HO SPOSATO AMRETH

Agenzia Primaria

REGINE ABEL

COVER DESIGN DI
Regine Abel

ILLUSTRAZIONI DI
Invidious
Vvevelur
Lau Isa San
Niklas Cloister

INDICE

HO SPOSATO AMRETH

È lui l'angelo oscuro dei suoi sogni.

Quando Ciara partecipa al Simposio di Medicina Intergalattica, l'ultima cosa che si aspetta è di incontrare Kayog, un infallibile empatico combina-coppie che sostiene di sapere chi sia la sua anima gemella. La sua eccitazione per la prospettiva di incontrare Amreth, un magnifico e potente Signore degli Inferi Obosiano, viene completamente spazzata via quando un attacco di pirati la porta quasi alla morte e, infine, ad essere rapita.

Dopo anni di solitudine come Guardiano sul pianeta prigione Molvi, Amreth è euforico quando Kayog lo informa di aver trovato la sua anima gemella. Devastato nell'apprendere del rapimento di lei, e pur non avendola ancora mai incontrata, non esita un istante ad andare a salvare la sua Ciara. Kayog non sbaglia mai. Tuttavia, una volta rintracciati i rapitori ed essersi riunito con la sua compagna, Amreth si rende conto che nulla è mai come sembra.

Con lo scatenarsi di eventi sempre più tragici, riusciranno gli sforzi di Amreth e Ciara ad aiutare a salvare dall'estinzione un'intera specie o anche loro soccomberanno di fronte alle spietate e malvagie forze esterne che li minacciano?

DEDICA

A tutti i professionisti del settore medico che ogni giorno si espongono a grandi rischi per salvare la vita di innumerevoli sconosciuti, ridurre le loro sofferenze e portare speranza dove prima non c'era più.

Agli scienziati e agli specialisti che lavorano instancabilmente nell'ombra per sconfiggere i nemici invisibili che attaccano il nostro corpo e la nostra mente, per contrastare le epidemie che decimano fin troppe comunità e per sviluppare nuove medicine e tecnologie per aiutare a prevenire terribili tragedie.

Voi siete gli eroi non celebrati di intere generazioni. Alcuni possono negare o mettere in discussione i miracoli che siete in grado di compiere, ma sappiate che esiste una maggioranza silenziosa che vi vede e vi ringrazia.

CAPITOLO 1

CIARA

Portai alle labbra un altro sfizioso antipasto mentre osservavo la variegata folla intorno a me. Non riuscivo a decidere se in me dominasse più il disgusto o il divertimento nel vedere tutta quella gente adularsi a vicenda. Nonostante mi aspettassi un comportamento del genere, mi lasciava comunque perplessa il fatto che, pur avendo raggiunto livelli così elevati di competenza nei rispettivi campi, ancora dovessero svilirsi in quel modo.

D'altronde, non potevo biasimarli. Ricevere un invito al Simposio Intergalattico di Medicina era già di per sé un traguardo che valeva un'intera carriera. Vi partecipavano sempre e solo i più grandi nomi del settore medico e farmaceutico della galassia. Era l'occasione migliore per fare pressioni lobbistiche, ottenere un lavoro prestigioso, assicurarsi i finanziamenti necessari per un nuovo progetto o una nuova ricerca, oltre che per convincere i potenziali donatori a diventare i propri mecenati.

Personalmente, non avevo tempo per quel vergognoso ma necessario aspetto amministrativo del campo medico. Ero solo felice di essermi guadagnata un biglietto per poter incontrare il mio eroe. Come epidemiologa dell'Organizzazione Medici Interstellari, un'entità galattica simile ai Medici Senza Frontiere del pianeta Terra, avevo sempre sognato di essere parte del genere di scoperta rivoluzionaria che il dottor Elias Jacobs aveva portato a termine dieci anni prima.

Durante una missione di ricerca di routine, la sua squadra venne attaccata da una bestia selvaggia dalla quale egli ricavò il rivoluzionario Siero Scimmiesco 12, conosciuto comunemente come SS12. Quel meraviglioso trasmettitore chimico non solo era stato in grado di fermare numerose malattie degenerative per molteplici specie senzienti, ma addirittura di invertirne il decorso. Patologie come la demenza, il Parkinson e l'Alzheimer erano ormai un ricordo del passato. E ciò includeva il loro equivalente nella maggior parte delle specie non umane.

Speravo solo di avere la possibilità di avere un incontro a quattr'occhi di anche solo cinque minuti con il dottor Jacobs. Per ottenere ciò, tuttavia, avrei dovuto essere un po' più aggressiva. La maggior parte dei miei colleghi, attuali e passati, si approcciava coraggiosamente a tutte le persone con cui volevano interagire. Anche se non ero particolarmente timida o incline a lasciarmi intimidire, non amavo dovermi farmi strada a gomitate tra la folla per un po' di attenzione. Eppure, sarebbe stato stupido da parte mia lasciarmi sfuggire quell'opportunità unica nella vita solo perché non mi andava di sforzarmi di uscire dalla mia zona di comfort.

Con un sospiro, mi servii un altro di quegli *amuse bouche*, tanto eccessivamente elaborati quanto follemente deliziosi, bevvi i due sorsi rimanenti del mio spumante, poi lasciai il bicchiere vuoto a un angolo del tavolo e mi diressi verso l'altra estremità della sala, dove Jacobs era circondato da una certa folla.

Fu un lento processo, con così tante persone di specie diverse che formavano gruppi di varie dimensioni. Lungo il percorso, scambiai educatamente sorrisi, cenni e persino qualche parola con conoscenti, ma fu solo a metà strada che i miei passi vacillarono. Le piume dorate e marroni di un maschio, alto e di una specie simile a un uccello, attirarono la mia attenzione. Dovetti guardarlo due volte prima di rendermi conto davvero che quello era proprio il celebre Kayog Voln.

Dirigeva la rinomata Agenzia Primaria di Accoppiamento, specializzata nella ricerca di partner a vita per specie aliene primitive. A differenza della maggior parte delle altre agenzie matrimoniali, aveva un tasso di successo del 100% per tutti gli abbinamenti effettivi che aveva realizzato. La sfida era riuscire a essere abbinati con qualcuno. Nel corso degli anni, l'Agenzia era stata sommersa da innumerevoli richieste, ma del resto il personale o, meglio, *Kayog*, non poteva semplicemente agitare una bacchetta magica per tirare fuori il nome della tua anima gemella. Doveva incontrare entrambi i partner per poterli riconoscere come la coppia perfetta. Da quanto avevo capito, essendo un Edal, caratteristica rara per le persone della sua specie, poteva sentire il canto di due anime e riconoscere se fossero in armonia.

Che diavolo ci fa a un simposio medico?

La domanda mi balenò in mente nello stesso momento in cui mi si parò davanti la risposta. Una delle tante persone che lo circondavano si spostò di lato, rivelando così la splendida sagoma della sua compagna, Linsea Voln. Mentre lui era completamente marrone con piume dorate sul petto e sul viso, con una coda bianca, lunga e soffice, lei ricordava più un gufo delle nevi, con le sue candide piume e una manciata di macchie scure sul petto.

Linsea lavorava come ambasciatrice per l'Organizzazione dei Pianeti Uniti. Tra i molti casi di alto profilo a cui aveva preso parte, la femmina Temern spesso facilitava la collaborazione tra specie quando si trattava di accedere a risorse mediche rare, tra le altre cose.

Non potei fare a meno di fermarmi di colpo per ammirare la coppia. Si tenevano per mano come due giovani innamorati. Ogni volta che lui la guardava con i suoi occhi argentati, la tenerezza, al limite dell'adorazione, che brillava in lui mi scioglieva

3

dall'interno... per non parlare del fatto che mi suscitava un pizzico di invidia. Da quello che mi sembrava di ricordare, si erano conosciuti all'università ed erano sposati da poco più di trent'anni.

Cosa non avrei dato perché qualcuno mi guardasse come Kayog guardava lei dopo così tanto tempo insieme...

Nonostante la rigidità del suo becco, stava sorridendo calorosamente a Demetra Stamos. Non avevo bisogno di essere a portata di orecchio per sapere che lei gli stava raccontando delle sue pene amorose. La povera donna si era sposata e aveva divorziato più volte di quante ne potessi contare. Sfortunatamente, era una di quelle che tendevano ad essere innamorate più dell'amore che del loro effettivo compagno. Per lei, essere single anche solo per un giorno significava che, in qualche modo, aveva fallito come donna. Mi rattristava, soprattutto perché altrimenti Demetra era una persona bellissima, estremamente intelligente e deliziosa. Semplicemente, continuava a scegliere l'uomo sbagliato. Un complimento e un sorriso seducente erano tutto ciò che le bastava per cadere ai piedi di un nuovo partner.

Speriamo che Kayog possa darle il lieto fine che cerca tanto disperatamente.

Proprio mentre stavo per voltarmi e riprendere il mio arduo viaggio verso il dottor Jacobs, Kayog improvvisamente aggrottò la fronte. Il suo sorriso svanì e scosse la testa, come per scrutare qualcosa in fondo alla stanza alla sua destra. Il suo cipiglio si fece più profondo mentre fissava intensamente ancora in quella direzione. Curiosa di sapere cosa avesse provocato questa strana reazione, seguii il suo sguardo.

Mi ci volle un attimo per capire cosa avesse attirato la sua attenzione con così tante persone che si spostavano in giro. Una donna che non conoscevo si stava appoggiando al muro per sostenersi, aveva le sopracciglia aggrottate. Fece un paio di respiri profondi, poi si raddrizzò, lanciando sguardi discreti intorno a sé, come per assicurarsi di non aver attirato troppo l'attenzione. Strinsi gli occhi, cercando segni che indicassero potesse aver bisogno di un aiuto. Anche se all'apparenza sembrava stare bene, uno sguardo a Kayog mi segnalò che la sua preoccupazione era aumentata.

Come in risposta a quel pensiero, il Temern si scusò con la sua compagna e con Demetra e si diresse dritto verso la donna. Senza pensarci, lo seguii. La massa di persone rese difficile il mio percorso, ma non ero più concentrata solo su Kayog. Gocce di sudore apparvero sulla fronte della donna mentre trasaliva ancora una volta. Capendo che aveva qualcosa di troppo serio per aspettare, la donna si diresse verso l'uscita.

Avendo partecipato a molti grandi eventi come quello in cui veniva servita una gran varietà di cibi alieni, ero abituata a vedere almeno una manciata di persone che si sentivano male e in imbarazzo dopo aver mangiato qualcosa che non avrebbero dovuto. Ma dove altro si poteva avere l'opportunità di assaggiare una selezione così diversificata di cucina extra-mondo?

La donna uscì dalla sala un buon minuto prima che io o Kayog riuscissimo a raggiungere la porta dell'enorme salone da ricevimenti utilizzata per l'evento. Proprio mentre stava per uscire, il Temern girò di colpo la testa a sinistra per guardarmi da sopra la spalla. Per qualche stupida ragione, sentii lo stomaco sprofondare, come se fossi stata colta in flagrante mentre commettevo un reato o pedinavo qualcuno. Ci guardammo negli occhi, e nei suoi era ben visibile una certa tensione.

"Lei è un medico?" chiese immediatamente, senza aggiungere altro.

"Sì," risposi.

"Bene. Mi segua. Quella donna non sta bene."

Senza attendere la mia risposta, si voltò e si precipitò fuori dalla stanza. Non stava correndo, ma i suoi lunghi passi mi costrinsero a fare una mezza corsa per stargli dietro. Le sue enormi ali mi bloccavano parzialmente la vista mentre uscivamo sul grande corridoio dell'enorme nave in cui aveva luogo l'evento. Da lì, potevamo vedere i quattro piani sopra di noi e intravedere gli altri tre sottostanti. Ogni livello aveva la propria balconata che si restringeva man mano che si saliva, dando quasi l'illusione che quelle promenade lungo le terrazze fossero anelli di una sorta di anfiteatro. All'estremità e al centro dei corridoi vi erano diversi ascensori che consentivano un rapido accesso agli altri piani. Tuttavia, anche le maestose scalinate offrivano un modo più informale per raggiungere la propria destinazione.

Finalmente intravidi la donna, poco più avanti rispetto a noi. Sembrava barcollare. Non riuscivo a capire se avesse intenzione di recarsi in uno dei bagni, tornare nei suoi alloggi o andare direttamente in infermeria. Qualunque fosse il suo piano, era chiaro che non ce l'avrebbe fatta.

Dato che tutti erano impegnati all'interno della sala, nessuna delle poche persone che gironzolavano lungo la balconata sembrò accorgersi delle sue condizioni. Mi sfuggì un sussulto quando, con due potenti battiti d'ali, Kayog si lanciò improvvisamente in avanti. Appena un paio di secondi dopo, la donna ebbe uno svenimento. Tuffandosi, il Temern l'afferrò proprio prima che toccasse terra. Corsi verso di loro, nonostante i miei movimenti fossero ostacolati dall'abito da sera aderente che indossavo e dai tacchi alti.

Tuttavia, ciò non mi impedì di digitare alcune istruzioni sul mio bracciale per attivare il mio scanner medico. Il Temern si girò verso di me proprio mentre li stavo raggiungendo. Non disse una parola, limitandosi a tenerla stretta tra le braccia come una sposa mentre passavo lo scanner su di lei. La donna gemeva di dolore, con la fronte sempre più imperlata di sudore.

"Sembra che stia avendo una reazione anafilattica," dissi, dando un'occhiata ai risultati della scansione che riempivano lo schermo olografico proiettato dal mio bracciale. "Dobbiamo portarla subito in infermeria."

Mentre parlavo, diedi un'occhiata agli ascensori situati a una cinquantina di metri di distanza. "Volerò fino a lassù. Sarà molto più veloce che aspettare l'ascensore," disse Kayog.

"Buona idea. Ci vediamo al piano," risposi, annuendo.

Con un potente battito d'ali, il Temern si librò in volo e raggiunse rapidamente la balconata quattro piani più in alto. Mentre correvo verso gli ascensori, non potei fare a meno di ammirare la forza e la grazia dei suoi movimenti. Da quanto sapevo, Kayog aveva poco più di sessant'anni. Eppure, non sembrava dimostrarne più di quaranta o quarantacinque, e ciò era in gran parte dovuto al suo incredibile livello di forma fisica.

Quell'uomo era muscoloso, anche se con un fisico snello, simile più a quello di un nuotatore piuttosto che a quello massiccio di un bodybuilder. Non avrebbe dovuto sorprendermi dato che, da adolescente, era stato un atleta.

Come previsto, l'ascensore ci mise troppo tempo ad arrivare e a portarmi a destinazione. A logica, si sarebbe potuto pensare che una nave da crociera di lusso come quella fosse dotata di ascensori molto più veloci. Tuttavia, erano stati progettati appositamente perché fossero più lenti, in modo che le persone potessero godersi la vista della balconata e la rilassante musica orchestrale all'interno della cabina. Gli ospiti di navi come quella dovevano rilassarsi, non correre come se fossero in un centro commerciale. Allo stesso tempo, quando si aveva fretta tutto ciò rendeva l'esperienza piuttosto frustrante.

Per fortuna, gli ascensori del personale non avevano tali limitazioni di velocità.

Dopo quella che mi sembrò essere un'eternità, nonostante fossero passati solo un paio di minuti, finalmente raggiunsi l'ultimo piano. Corsi in infermeria e trovai Kayog, da solo, nella sala d'attesa vicino alla reception.

"È dentro con la dottoressa Alicent," rispose Kayog alla mia domanda ancora inespressa.

"Oh, ottimo!" dissi sollevata. "La dottoressa Alicent è un ottimo medico. Quella povera donna è in buone mani. Grazie per essere stato così veloce. Deve essere incredibile riuscire a percepire le cose come riuscite a fare voi. Come medico sarebbe un dono eccezionale."

Lui ridacchiò e mi rivolse un sorriso indulgente. "È davvero molto utile, sì. Le persone spesso si convincono di stare bene quando in realtà non è così. Ma se io ho questo dono, voi non siete certo da meno. Siete stata decisamente recettiva in questa situazione."

Agitai una mano. "Sono semplicemente un'osservatrice. E anche in tal caso, se voi non aveste attirato la mia attenzione su di lei, probabilmente non me ne sarei accorta."

"Sì, d'accordo," ammise. "Tuttavia, molti altri hanno notato la mia reazione, ma solo voi e la mia compagna avete voluto intervenire in aiuto. La dice lunga sul vostro carattere. Siete premurosa, caratteristica meravigliosa nella vostra professione. Ma non mi sorprende. Avete un'anima davvero bella."

Le mie guance arrossirono, profondamente commossa dalle sue parole. Sebbene maestri nell'arte della diplomazia, i Temern non erano noti per essere adulatori. Non avrebbe detto qualcosa di così gentile se non lo avesse pensato veramente, il che rendeva quel complimento ancora più speciale.

Stavo cercando di trovare una risposta appropriata senza rendermi ridicola quando la porta degli ambulatori si aprì.

"Ciara! Che piacevole sorpresa!" disse Alicent, con gli occhi azzurri che brillavano mentre le rughe intorno agli angoli della bocca si incurvavano in un sorriso. "Devo dedurre che sei tu la dottoressa che è stata in grado di diagnosticare rapidamente una potenziale reazione allergica?"

Annuii.

"Beh, avevi proprio ragione. I frutti di mare nell'antipasto non le sono proprio andati giù," disse la donna, esagerando un'aria di scoraggiamento.

Sbuffai. "Un classico. Hai bisogno di aiuto?"

Alicent scosse la testa, i suoi riccioli neri striati di grigio che le rimbalzarono sul viso segnato dalle rughe.

"Tutto sotto controllo. Tornate pure a divertivi. E grazie per averla portata così rapidamente. Non sarebbe stato sicuramente piacevole per lei dover arrivare fino a qui da sola," disse Alicent, sorridendo rivolta sia a me che al Temern.

"È stato un piacere," rispose Kayog.

Ci congedammo e lasciammo l'infermeria, facendo un cenno di saluto all'infermiera che in quell'occasione aveva anche il ruolo di receptionist.

"Il Simposio Intergalattico di Medicina sembra proprio un bel cambiamento di scenario per voi," dissi in tono scherzoso mentre ci dirigevamo verso gli ascensori.

Lui alzò uno dei suoi sopraccigli piumati, lanciandomi un'occhiata laterale con un pizzico di divertimento negli occhi. "Cosa ve lo fa pensare?"

"Non siete il famoso Kayog Voln, il Dio degli Abbinamenti più celebre della galassia?"

Lui gettò indietro la testa e scoppiò a ridere. Era una risata piena, roca e potente, che aveva un qualcosa di incredibilmente contagioso. Anch'io mi ritrovai a ridacchiare a mia volta.

"Dio degli Abbinamenti... Suona molto bene. La mia amata Linsea non approverebbe questo vostro accarezzare il mio già considerevole ego su questo campo," disse in tono scherzoso. "Ma voi avete un ingiusto vantaggio su di me."

"Oh? E quale sarebbe?" chiesi, mentre lui premeva il pulsante dell'ascensore per riportarci al piano principale dove si stava svolgendo il simposio.

"Voi sapete chi sono, ma io ho sentito il vostro nome solo quando la dottoressa vi ha salutata," disse con fare drammatico, come se la cosa lo avesse ferito.

Non potei fare a meno di ridacchiare di nuovo mentre scuotevo la testa. Avevo sentito parlare della sua personalità giocosa e stuzzicante, ma non mi sarei mai aspettata che di persona fosse così delizioso.

"Chiedo scusa," risposi con lo stesso tono eccessivamente drammatico, premendomi un palmo sul petto. "Perdonate la mia tremenda maleducazione, Maestro Voln. Mi chiamo Ciara Stark, sono un medico specializzato in epidemiologia e orgogliosamente membro dell'Organizzazione dei Medici Interstellari da quattordici anni."

"Fantastico! Sono impressionato. Beh, dottoressa Stark, sarebbe troppo audace da parte mia chiamarla per nome?"

Sorrisi. "Assolutamente no, Kayog. Questi eventi possono essere un po' formali, ma io sono una persona più rilassata sotto questo aspetto.".

"Grazie al Creatore!" rispose con un sollievo esagerato che allargò ulteriormente il mio sorriso. "La mia Linsea alza sempre gli occhi al cielo per la mia mancanza di decoro in questo tipo di ambienti."

Lo guardai con compassione, anche se sapevo che stava grossolanamente esagerando per il racconto di quanto si fosse comportato male in altre occasioni. Osservarlo prima con la sua compagna, anche se solo per pochi minuti, mi aveva mostrato come fosse perfettamente in grado di comportarsi in ambienti snob come quello.

"Posso solo immaginare. Quello che mi è più difficile comprendere è il modo in cui un combinatore di coppie e un'ambasciatrice abbiano finito per sposarsi. Non avrei mai pensato che una coppia del genere potesse funzionare, eppure voi due sembrate assolutamente perfetti insieme," dissi, riflettendo ad alta voce.

Il suo viso si sciolse con la stessa tenerezza che aveva mostrato le poche volte in cui lo avevo sorpreso a guardare sua moglie.

"Siamo davvero perfetti l'uno per l'altra. Lei è la mia anima gemella. E questo abbinamento è anche piuttosto utile. Ogni volta che accompagno la mia amata a questo tipo di eventi, incontro innumerevoli persone, il che mi fornisce un ulteriore aiuto nel trovare i corretti abbinamenti. E questo di solito avviene nei luoghi più inaspettati."

Annuii quando l'ascensore si fermò. "Ha senso, in effetti," dissi mentre uscivo dalla cabina.

"Ma cosa mi dici di te, Ciara?" mi chiese mentre tornavamo verso la sala riunioni in una piacevole passeggiata. "Non vedo un anello al tuo dito. Naturalmente, sentiti libera di dirmi di farmi gli affari miei."

Scrollai le spalle. "Nessun problema. La mia vita non è per niente come le storie che, probabilmente, avrai sentito un miliardo di volte. Non c'è nessun anello perché gliel'ho tirato in faccia prima di prenderlo a calci, una volta scoperto che stava rubando la mia ricerca."

"Oh, no!" esclamò Kayog, con un'aria di sincera compassione ed empatia.

Per qualche stupida ragione, ciò mi toccò nel profondo. Gli rivolsi un sorriso rassegnato.

"Purtroppo, è così. Anche Collin lavorava con l'Organizzazione Medici Interstellari. Come me, era specializzato in epidemiologia. Abbiamo lavorato insieme a un paio di progetti e poi abbiamo iniziato a frequentarci. Mi piace vantarmi di essere una donna intelligente, ma sono stata così incredibilmente cieca. Non mi ha mai amata. Per tutto il tempo mi ha usata per preparare il tipo di articolo di ricerca che avrebbe aperto molte porte…a *lui*."

"L'ambizione può essere un cancro in molte relazioni," rispose Kayog, con un'espressione quasi di scusa.

"Giusto, tranne che nel nostro caso è stato completamente stupido, dato che non sono mai stata una persona ambiziosa. Tutto quello che quell'idiota doveva fare era chiedere il mio aiuto e gliel'avrei dato volentieri. Non avevo bisogno della gloria. Avrebbe potuto tenerla tutta per sé," dissi, con la vecchia rabbia che riaffiorava.

"Mi dispiace. Meritavi sicuramente di meglio. È successo di recente?" chiese, con fare gentile, quasi paterno.

Gli rivolsi un sorriso rassicurante e scossi la testa. "No. È stato qualche anno fa."

Esitò e sembrò intento a scegliere attentamente le parole mentre si fermava vicino alla ringhiera sul bordo che dava sui piani inferiori. Mi fermai anch'io e lo guardai con curiosità.

"Provi ancora qualcosa per lui?"

Sbuffai e lo guardai come se fosse impazzito. "Buon Dio, no! Decisamente non mi sto struggendo per quello stronzo. I sentimenti che provo ancora per lui sono solo un forte desiderio di dargli un pugno in faccia. Ma no, l'ho superato. Ero devastata quando è successo, ma sono contenta che sia andata così. Ho schivato un grosso proiettile. La prossima volta, starò alla larga da chiunque lavori come me nel campo medico e abbia grandi ambizioni."

Inclinò la testa, in quel modo strano da uccello mentre mi guardava con grande intensità. "Nessuno in un campo medico... Mmh. E cos'altro vorresti o non vorresti in un potenziale partner?"

Sorrisi, rendendomi improvvisamente conto che stava facendo la sua solita cosa, valutare ogni persona che incontrava come potenziale candidato per una coppia. Anche se ero single da un po', non ero attivamente alla ricerca di un partner. Detto ciò, ora che avevo tutta l'attenzione del Dio degli Abbinamenti, mi ritrovai improvvisamente catturata nel gioco e mi chiesi se sarebbe stato davvero in grado di trovare la mia anima gemella.

"Beh, visto che me lo chiedi, vorrei qualcuno che sia l'opposto di Collin in fatto di valori. Dovrebbe essere onesto, con una solida morale, generoso, altruista e coinvolto in questa relazione per *me*, non per quello che può ottenere *da* me."

Il Temern annuì, allargando il becco in un sorriso il più ampio possibile, data la sua rigidità. "Qualcuno di affidabile e con dei forti principi come un Obosiano?"

"Oh, Dio!" dissi, sventolandomi con le mani in modo eccessivamente drammatico. "Dovresti sapere che non si prende in giro una donna prospettandole il matrimonio con un bell'esemplare come loro," aggiunsi, lanciando uno sguardo non troppo sottile a una delle due guardie Obosiane che pattugliavano il viale. "Peccato che non ci filino nemmeno di striscio."

Fu lui a ridacchiare questa volta. "Ricevo un numero pazzesco di richieste da parte di femmine umane che vogliono essere accoppiate con uno di questi maschi impressionanti. Quindi...significa che ti piacerebbe essere accoppiata con un Obosiano?"

"Certo! Che domanda sciocca," dissi, lanciandogli uno scherzoso sguardo di rimprovero.

"Eccellente! Perché la tua anima gemella è proprio uno di loro!" esclamò Kayog con entusiasmo.

Il mio cervello si bloccò e lo fissai a bocca aperta, chiedendomi se mi stesse prendendo in giro.

"Dici sul serio?!"

Annuì. "Mentre mi stavi aiutando con quella povera donna, ho capito che la tua anima mi sembrava familiare. Volevo parlarti per avere conferma dei miei sospetti. E ora, non ho alcun dubbio che tu sia l'anima gemella di Lord Amreth Vahna. È un Guardiano su Molvi e un uomo meraviglioso."

"Davvero?!" insistetti, con la mente che vorticava a quella prospettiva.

"Sì, Ciara. È tutto verissimo. Posso essere molto dispettoso quando ho voglia di ridere un po'. Tuttavia, quando si tratta di accoppiare anime gemelle, non scherzo e non sbaglio *mai*. Tu e Lord Amreth siete fatti l'uno per l'altra. Di questo, sono assolutamente certo."

"Oh, mio Dio!" sussurrai, premendomi le mani sulle guance.

Un Obosiano... La mia anima gemella era uno di quei Signori degli Inferi sexy e bollenti come le fiamme dell'inferno!

Kayog sorrise. "Quel che sto avvertendo è una tua approvazione in merito?"

"Beh, ovvio!" risposi, come se avesse detto qualcosa di stupido.

Scoppiò a ridere. "Mi fa piacere sentirlo. Purtroppo, questo non è il momento per discutere i dettagli. La mia amata mi sta aspettando. Ma domattina, prima di partire, dovremmo approfondire il tutto."

Annuii con entusiasmo. "Assolutamente!"

"Bene. Perché non vieni con me? Ti presenterò la mia Linsea."

"Con molto piacere," dissi mentre ci dirigevamo verso le grandi porte della sala riunioni.

Non potei fare a meno di allungare il collo per dare un'altra occhiata a una delle guardie Obosiane. La mia fervida immaginazione si scatenò mentre mi chiedevo che aspetto avrebbe avuto il mio Signore degli Inferi. Ero particolarmente curiosa sui piercing a cui la loro gente era così affezionata. Bloccai immediatamente quei pensieri inappropriati per paura che le capacità empatiche del Temern mi tradissero.

"A proposito, devi sapere che l'Agenzia Primaria non si occuperà direttamente del vostro accoppiamento," spiegò cautamente. "Poiché nessuno di voi appartiene a una specie primitiva, non possiamo essere coinvolti a titolo ufficiale. Tuttavia, vi presenterò a vicenda ufficiosamente, a titolo di vostro amico."

"Grazie," dissi con sincera gratitudine mentre ci dirigevamo verso la sua bellissima compagna.

"Eccoti qui!" disse Linsea con un leggero tono di disapprovazione, anche se non mi sfuggì la sottile giocosità. "Stavo iniziando a sentirmi abbandonata."

"Mai, amore mio. Mai!' disse Kayog, abbracciandola prima di strofinare delicatamente il becco contro il suo.

L'amore che irradiava da loro sembrava un'entità vivente. Quella volta, però, l'ondata di invidia che voleva scatenarsi dentro di me fu rapidamente schiacciata da un travolgente senso di aspettativa. Avrei avuto anch'io qualcosa di così intenso con il mio Amreth?

"Mia Linsea, ecco qui una nuova amica. Ti presento Ciara Stark," disse Kayog, dopo aver lasciato andare la sua compagna. "Ciara, ti presento l'amore della mia vita, Linsea Voln."

"È un piacere conoscerti, Ciara," disse Linsea, con una voce amichevole e avvolgente come una calda coperta.

"Il piacere è tutto mio, in più di un modo," dissi con tono simile.

"Questo dovrebbe rassicurarmi che il mio compagno non era intento a combinare qualche guaio?" chiese in tono scherzoso.

Kayog rise, come se avesse detto qualcosa di offensivo. "Sono *sempre pronto* a combinare guai... *e* fare da mediatore..."

"Da mediatore?" ripeté Linsea, spalancando gli occhi.

Annuì, con un'espressione compiaciuta mentre io le regalavo un timido sorriso, sentendomi improvvisamente in imbarazzo senza alcun motivo.

"Assolutamente. Ho dimenticato di aggiungere che Ciara è anche l'anima gemella di Lord Amreth."

"No!" esclamò Linsea, premendosi entrambi i palmi sul petto con un'aria di stupore e felicità. "Questa è una notizia meravigliosa! Amreth è un uomo così straordinario e altruista. Per non parlare del fatto che è molto bello!"

"Ehi!' esclamò Kayog con finta indignazione.

Linsea e io scoppiammo a ridere. Lei gli diede una gomitata scherzosa mentre lo guardava con aria di sufficienza. "Oh, zitto, marito. Chiunque abbia degli occhi può vedere quanto è bello. Anche tu l'hai detto."

"Giusto, ma sono un maschio, e anche pateticamente insicuro," disse con tono imbronciato.

Lei sbuffò. "Il tuo ego è troppo grande per farti capire cosa vuol dire essere insicuri. Eppure, ti amo comunque."

"Perché sono amabile, perfetto da abbracciare e follemente

adorabile," disse compiaciuto, avvolgendole un'ala intorno per attirarla a sé.

La sua compagna sbatté la mano sulla fronte mentre io ridevo. Erano entrambi ridicolmente adorabili. Stavo per dirlo ad alta voce quando una forte esplosione scosse la nave.

Urla di panico riempirono la stanza quando l'allarme suonò e luci gialle iniziarono a lampeggiare lungo i bordi dell'alto soffitto.

"La nave è sotto attacco," disse la voce calma e sicura dell'intelligenza artificiale della nave attraverso il comunicatore. "Blocco di emergenza attivato. A tutti i civili: prego, mettetevi al riparo dove vi trovate."

CAPITOLO 2
CIARA

Due delle cinque guardie Obosiane presenti nella stanza si precipitarono verso Elias Jacobs. Altre due si diressero verso l'esterno, mentre l'ultima aprì un compartimento nascosto nel muro, rivelando un impressionante arsenale di armi, composto per lo più da scudi, spade e bastoni. Sebbene capissi la loro riluttanza ad avere armi utilizzabili da chiunque, mi angosciava il fatto che avessero solo una manciata di blaster, tutti apparentemente semplici storditori.

Con mio sgomento, la prima coppia di guardie scortò il dottor Jacobs fuori dalla stanza attraverso un passaggio segreto. A giudicare dallo sguardo sul suo volto, la cosa non sembrava essere una sorpresa per lui.

"Jacobs se lo aspettava," disse Kayog con voce gelida, come se avesse letto i pensieri che mi attraversavano la mente.

Il bagliore severo nei suoi occhi mi colse di sorpresa. Era scomparso l'uomo di una certa età, gioviale e scherzoso, che era solito mostrare.

"Resta con la mia Linsea," ordinò.

Annuii con decisione, mentre cercavo di sedare il panico che si stava radicando dentro di me. Accarezzò la guancia della moglie e poi si diresse rapidamente verso il deposito di armi nascosto. Linsea mi strinse la spalla con fare rassicurante, pur tenendo gli occhi fissi su suo marito, con la schiena in tensione.

Lanciai un'occhiata verso la direzione in cui era fuggito Jacobs. I pannelli decorati delle pareti che si erano aperti per farlo passare ora erano di nuovi chiusi. Se non li avessi visti aperti per consentire la sua fuga, mai avrei sospettato anche solo della loro esistenza. Era preparato a quella eventualità.

Che diavolo sta succedendo?

Kayog afferrò un imponente bastone da battaglia prima di tornare da noi. Pochi istanti prima che potesse raggiungerci, un'altra serie di esplosioni scosse la nave. Quella volta, la gente cedette al panico. Il passaggio dal colore giallo all'arancione delle luci lampeggianti non contribuì di certo a calmare le cose. Un paio di persone che si precipitarono verso le porte furono sufficienti perché si scatenasse una fuga di massa.

L'unico Obosiano rimasto nella sala volò verso l'ingresso, con gli occhi blu-argento che brillavano. Mi ci volle un attimo per capire cosa stesse facendo quando iniziò a volteggiare sopra la folla. La spinta frenetica che minacciava di schiacciare le persone davanti contro le porte sigillate, diminuì. Stava usando la sua aura calmante, chiamata *bakaan*, sugli ospiti del simposio. Tuttavia, erano troppi. Con le continue esplosioni, sarebbe stata solo una questione di tempo prima che la loro paura avesse la meglio sulla sua capacità di placarli.

Trasalii, colta alla sprovvista quando Kayog avvolse con protettività un braccio intorno alle mie spalle. Linsea era aggrappata all'altro braccio di suo marito, nel quale teneva saldamente stretto il bastone. Con un'espressione determinata, ci condusse con cautela più vicino alle porte, ma lontani dalla calca principale.

Il suono dell'allarme divenne più acuto pochi istanti prima che la voce dell'intelligenza artificiale risuonasse di nuovo.

"Il perimetro della nave è stato violato. A tutti i passeggeri, vi preghiamo di mantenere la calma e di dirigervi in modo ordinato alle navi di salvataggio più vicine. Ripeto: il perimetro della nave è stato violato. A tutti i passeggeri, vi preghiamo di mantenere la calma e di dirigervi in modo ordinato alle navi di salvataggio più vicine."

Le sue parole aprirono le porte a qualcosa che nemmeno i poteri calmanti dell'Obosiano riuscirono ad arginare. Per un terribile istante, temetti che le persone più vicine all'uscita venissero schiacciate contro di essa. Fortunatamente, le serrature automatiche si aprirono e le enormi porte si spalancarono, permettendo alle persone di uscire rapidamente. Ciò non impedì che alcuni di quelli davanti venissero spinti e sbattuti a terra.

Prima che potessero essere calpestati, usando sia la sua aura calmante che le straordinarie capacità del suo Lumiak, l'Obosiano allontanò la folla in fuga dalle persone a terra, prima di piombare sopra di loro per raccoglierle e rimetterle in piedi in modo che potessero fuggire a loro volta. In circostanze diverse, avrei assistito con meraviglia alla vista di un Obosiano che usava i suoi poteri senza intenti letali.

Tra le altre cose, potevano invocare il loro Lumiak, che era essenzialmente un fulmine. I viticci luminosi si contorcevano intorno alle sue mani e schizzavano poi fuori partendo dalle punta delle dita. A una bassa intensità davano semplicemente una piccola scossa. A un livello medio, agivano come uno storditore. Ma alla massima intensità, potevano letteralmente ridurre in cenere il loro bersaglio.

Un grido di sorpresa mi sfuggì quando il braccio di Kayog scivolò intorno alla mia vita e mi sollevò senza sforzo. Feci appena in tempo ad aggrapparmi alle sue spalle prima che sbattesse le ali e volasse sopra la folla che, in preda al panico, si riversava lungo la balconata. Dietro di lui, osservai Linsea sollevare una fragile donna anziana in modo simile e spiccare il volo con lei, seguendo la nostra scia. Sbucammo sulla balconata, dove ci accolse il caos più totale.

Un mare di persone invadeva lo spazio. Si spingevano e si urtavano a vicenda senza alcuna accortezza. La maggior parte cercava di raggiungere gli ascensori, mentre altri correvano su e giù per le scale. Purtroppo, le persone in fuga in direzioni opposte rendevano più difficile la circolazione. Le uniche aree ragionevolmente controllate erano i piani superiori, poiché la maggior parte degli ospiti era con noi al piano principale.

Sebbene le navi di salvataggio fossero disponibili su ogni livello, tutti cercavano di raggiungere quelle più grandi, creando ingorghi che alimentavano ulteriormente il panico. Poiché gli ascensori erano lenti, le persone si spintonavano per cercare di entrare ogni volta che gli ascensori tornavano al piano. Probabilmente, l'Intelligenza Artificiale avrebbe dovuto bloccarne l'accesso.

Una mezza dozzina di Obosiani volava nell'enorme spazio tra le balconate, diffondendo la loro aura rassicurante e intervenendo quando le persone sembravano sul punto di essere schiacciate contro la ringhiera o di cadere.

Osservai questa scena apocalittica nei secondi che Kayog impiegò per portarmi al piano più alto, dove si era radunata una folla più piccola per accedere a una delle navi di salvataggio. Mi rimise a terra, mentre la sua compagna atterrò qualche istante dopo con l'anziana donna.

"Salite sulla nave e partite immediatamente," ordinò Kayog.

"E voi?" chiesi, con voce preoccupata, guardando lui e sua moglie.

"Dobbiamo aiutare i più vulnerabili a uscire vivi da questa follia. Vi seguiremo a breve. Andate," disse in un tono che non ammetteva discussioni.

Con la gola stretta, annuii rigidamente. "Grazie!"

Sorrise, si voltò e si allontanò con la sua compagna. Una parte di me si sentiva in colpa per essere scappata invece di rimanere ad aiutare. Tuttavia, per esperienza sapevo bene come le persone piene di buone intenzioni spesso finissero per creare molti più problemi ai primi soccorritori, intralciandoli, invece di seguire le istruzioni di evacuazione quando richiesto. Non sarei stata una di quelle persone.

La signora anziana che Linsea aveva portato con sé era già in mezzo alla folla che si faceva strada attraverso le porte a volta verso la nave di salvataggio, a nord-est del quarto piano. Mi unii a loro, grata che le persone lì fossero ancora per lo più civili, in gran parte grazie alla fila che avanzava costantemente.

A circa cinque metri dall'ingresso del corridoio che conduceva alla nave di salvataggio, un'altra violenta esplosione scosse la nave. Per un breve attimo, mi trovai a riflettere su quanto fosse strana l'assenza di fumo nel corridoio o di qualsiasi altro segno di incendi.

Restai a bocca aperta quando gli Obosiani interruppero improvvisamente i loro sforzi di contenimento della folla e iniziarono a convergere tutti verso l'angolo nord-ovest del corridoio al livello principale, tre piani sotto rispetto a quello in cui mi trovavo. Mentre in precedenza avevano lanciato deboli raggi Lumiak sui passeggeri in preda al panico per far cessare quelle reazioni problematiche ai fini del salvataggio, in quel momento invece stavano scagliando qualcosa che sembrava di intensità letale, diretta contro bersagli che, dal punto in cui mi trovavo, non potevo vedere.

Poteva solo significare che i pirati ci avevano abbordato.

Come era possibile, dato che la nave era dotata della tecnologia di difesa più avanzata in quel settore della galassia?

Ma fu ciò che seguì a togliermi il respiro. Pochi secondi dopo che gli Obosiani erano passati all'offensiva, improvvisamente smisero di lanciare i loro fulmini: metà di loro restò immobile, sbattendo le palpebre, mentre gli altri si tenevano la testa con entrambe le mani, come se avessero un forte mal di testa o stessero cercando di scuotere la testa per rischiarare la propria mente. Le loro traiettorie di volo divennero irregolari, costringendo la maggior parte degli Obosiani ad effettuare un atterraggio di emergenza sul livello più vicino della balconata.

Gli invasori dovevano aver usato una sorta di attacco psionico contro di loro.

Con mia grande sorpresa, Kayog piombò all'improvviso verso l'azione, con il palmo della mano destra alzato nella direzione in cui gli Obosiani avevano lanciato i fulmini e i suoi occhi argentati che brillavano. In pochi secondi, gli Obosiani più vicini a lui sembrarono riprendersi da qualunque cosa li avesse colpiti e si lanciarono di nuovo in avanti per respingere gli invasori. Troppe domande mi balenarono nella mente. Aveva utilizzato una qualche abilità cinetica o aveva una sorta di abilità psichica di disturbo?

Sapevo che Kayog possedeva poteri speciali estremamente rari per la sua gente, ma quello a cui avevo assistito andava oltre qualsiasi cosa avessi mai sentito sulle capacità di un Temern.

Un altro passeggero che mi urtò con un po' troppa forza, facendomi ricordare che avrei dovuto darmi una mossa. Distogliendo gli occhi dallo spettacolo che si stava svolgendo davanti a me, feci qualche altro passo in avanti, ma subito sentii un urlo acuto alla mia destra, pochi istanti prima di entrare nel corridoio che portava alla navetta.

Mi si gelò il sangue nelle vene quando vidi una femmina Darwandir penzolare dalla ringhiera. Qualcuno doveva averla urtata accidentalmente nella fretta di raggiungere l'uscita, facendola cadere dalla balconata. Con mio sgomento, una mezza dozzina di persone le passò accanto, ignorando le sue grida d'aiuto mentre cercava di tenersi aggrappata.

Imprecando sottovoce, spinsi le persone dietro di me, molte delle quali mi lanciarono occhiatacce o gridarono contro perché gli stavo bloccando la via d'uscita. Ignorandoli, mi feci strada fino a raggiungere la donna. Le afferrai le braccia, troppo lunghe e magre. Non appena strinsi le mani attorno ai suoi polsi e iniziai a tirare, qualcosa sembrò scattare dentro la donna. Strillò come una banshee, il suono mi fece male ai timpani mentre cercava freneticamente di arrampicarsi su di me.

In un momento di puro terrore, mi resi conto che era completamente terrorizzata e il suo istinto di sopravvivenza stava oscurando ogni pensiero razionale nella sua mente con i suoi disperati sforzi per salvarsi. Gridai quando affondò i suoi artigli nella mia carne.

"BASTA!" gridai. "Sto cercando di aiutarti. Mi stai facendo male!"

Ma ormai era in preda al panico. Continuò a strillare, graffiandomi, mentre il sangue cominciava a colarmi lungo le braccia. Tentai di staccarmi dalla ringhiera, sperando che cadendo all'indietro sarei riuscita a trascinarla via con me. Una volta al sicuro, avrebbe smesso di lacerare le mie braccia. Tuttavia, il mio movimento improvviso non fece altro che spaventarla ancora di più. Cercò di saltare via, spingendosi verso l'alto con i piedi sul bordo inferiore della ringhiera e affondando gli artigli nelle mie spalle.

Non avendo uno slancio sufficientemente, la donna cadde di nuovo, spingendomi in avanti con tale forza che mi ritrovai piegata in due sulla ringhiera. Gridai, per il dolore e la paura, mentre cercavo ciecamente di aggrapparmi alla ringhiera per evitare di cadere nel vuoto e morire, portando anche lei incontro allo stesso destino. Più terrorizzata che mai, la femmina Darwandir impazzì, lanciandosi in un furioso e disperato tentativo di usarmi come una scala per salvarsi.

Mi girava la testa e la pressione sul petto mi impediva di espandere i polmoni e respirare. Le mie urla non servirono a nulla, e la donna continuò a lacerare la mia carne. Sentivo le mani formicolare e diventare insensibili mentre i suoi artigli affondavano su entrambi i lati della colonna vertebrale. Un suono soffocato sfuggì dalla gola quando appoggiò il ginocchio sulla mia nuca mentre continuava a scavalcarmi.

Avevo il vago ricordo di aver pensato che sarei potuta morire da un momento all'altro per una frattura al collo o alla spina dorsale ma poi qualcosa, probabilmente qualcuno che ci passava accanto, sbatté violentemente contro la mia anca sinistra. L'urto destabilizzò la donna ormai completamente folle, facendola cadere all'indietro. Strillò, terrorizzata, premendo ancora di più nella parte posteriore delle mie cosce per spingersi in avanti, ma non ottenne altro che farci precipitare entrambe oltre il bordo della balconata.

Il mio urlo si mescolò al suo mentre precipitavamo verso la morte.

In quei brevi secondi, un milione di pensieri e rimpianti attraversarono la mia mente. Avrei dovuto salire su quella scialuppa di salvataggio o, quantomeno, avrei dovuto osservare le misure di sicurezza da rispettare nel soccorrere una persona in preda al panico. Avrei dovuto chiedere aiuto. Avrei dovuto...

Avrei dovuto avere la possibilità di incontrare Amreth.

Proprio mentre quel pensiero mi balenava in testa, e nonostante la sofferenza provocata dai miei innumerevoli tagli e lacerazioni, mi resi conto che la mia discesa aveva rallentato, come se un campo di forza la stesse smorzando. A un certo punto mi fermai completamente, a mezz'aria, poi iniziai a scivolare lateralmente verso la sicurezza di uno dei piani inferiori della balconata. Non riuscii a capire a quale livello, poiché faticavo anche solo a rimanere cosciente.

"Silenzio," disse una voce sommessa e femminile, anche se permeata da una sottile e strana vibrazione.

Per una frazione di secondo, pensai che stesse parlando con me. Non mi sembrava di aver emesso alcun suono, a parte forse qualche gemito di dolore. Ma il rumore terribile che fino a quel momento aveva assalito le mie orecchie e che improvvisamente cessò, mi fece capire che la femmina Darwandir stava ancora strillando.

Con la vista offuscata, puntai lo sguardo su un maschio di una specie che non avevo mai visto prima. Aveva una morbida pelliccia marrone e sembianze scimmiesche, anche se sembrava stare in posizione eretta come un essere umano. Accanto a lui, una femmina, anch'essa di una specie che non avevo mai visto prima ma diversa dal maschio, mi osservava con un'espressione indecifrabile. La sua pelle pallida, grigio-biancastra, era decorata da striature scure e venate.

Nonostante il dolore lancinante che minacciava di sopraffarmi, fu la paura a farmi emettere un gemito spaventato quando il maschio si sporse in avanti per passare uno strano dispositivo sul mio viso. Subito mi resi conto che si trattava di una specie di scanner.

"È una di loro," disse alla femmina.

"Ma non Elias. Il codardo è fuggito," rispose lei con tono secco.

"Ce lo aspettavamo," disse il maschio con sufficienza, anche se era ben percepibile della rabbia nella sua voce. "Non importa. Questa femmina andrà bene."

"Io... bene per cosa?' balbettai, travolta da un'altra ondata di paura.

Mi mostrò le zanne e sibilò con rabbia. Contemporaneamente, emanò un potente getto di energia. Non mi colpì fisicamente, eppure mi sembrò come se il mio cervello fosse stato preso a schiaffi. Un velo di oscurità calò davanti ai miei occhi e caddi nell'oblio.

CAPITOLO 3
AMRETH

Mi stavo godendo l'intenso senso di potere che il mio Lumiak suscitava ogni volta in me. Le mie dita formicolavano, pura elettricità scorreva dalle mie mani mentre riempivo i cristalli del mio Quadrante di Luce. Fornivano energia ai detenuti che scontavano la pena nella area meno selvaggia dei quattro Quadranti del mio Settore. Erano classificati da Luce a Buio, con il primo che ospitava i criminali meno pericolosi, i Quadranti Grigi, ovvero il Q2 e il Q3, in cui erano invece relegati individui sempre più sempre più malvagi, e l'ultimo che conteneva i peggiori di tutti, per lo più senza alcuna speranza di redenzione.

Le possibilità di sopravvivenza dei detenuti diminuivano esponenzialmente in base al Quadrante in cui erano incarcerati, così come la loro qualità di vita. In conformità della legge, in qualità di direttore del mio Settore, ero tenuto a fornire ai miei prigionieri i requisiti minimi per la loro sopravvivenza. Ciò significava una certa quantità di cibo, energia per soddisfare le esigenze elettriche di base, un posto dove ripararsi e i mezzi per migliorare la propria condizione.

Il cibo e le risorse energetiche venivano forniti in un importo forfettario ogni mese. Tuttavia, se lo desideravano, i detenuti potevano lavorare alla raccolta e alla trasformazione di alcune delle risorse naturali presenti nel loro Quadrante. Era tutto su base volontaria, ma avrei acquistato al prezzo di mercato qualsiasi cosa producessero. In tal modo, i prigionieri potevano utilizzare quei crediti per migliorare le loro condizioni di vita, acquisire cristalli aggiuntivi per maggiori riserve di energia da spendere nel corso di quel mese, o per versare il denaro ricavato su un conto di risparmio che avrebbe fornito loro un comodo vantaggio una volta rilasciati.

Come spesso accadeva nella maggior parte dei settori gestiti da altri Guardiani, il mio Quadrante di Luce era quello che se la cavava molto meglio su quel fronte. I detenuti facevano uno sforzo coordinato per essere produttivi, piuttosto che passare tutto il tempo a proteggersi dagli altri prigionieri o a complottare gli uni contro gli altri, cosa che tendeva a essere invece la norma nei quadranti dal Q2 al Q4.

Eppure, per la prima volta in nove anni, i cristalli extra che i detenuti avevano acquisito nel mio Quadrante di Luce non sarebbero stati riempiti, né sarebbero rimasti avanzi in eccesso da restituirgli. Grazie a Gaelec, avevano goduto di quel comfort extra per un po'. Durante i suoi dodici anni di condanna, aveva svolto un impressionante lavoro di manutenzione e ottimizzazione. Aveva saggiamente dedicato la maggior parte del suo tempo ad apprendere nuove competenze che gli avevano permesso di migliorare la vita di tutti loro.

I primi segni di declino apparvero dopo il settimo mese. Quegli stolti non avevano fatto altro che continuare a lamentarsi del peggioramento delle loro condizioni di vita, ma la colpa era tutta loro. Sapevano fin dall'inizio che il tempo di Gaelec tra noi stava rapidamente volgendo al termine, quindi qualcun altro avrebbe dovuto farsi avanti e imparare da lui ciò che poteva, in modo da poter proseguire il lavoro dopo la sua partenza. Eppure, erano stati troppo pigri.

Peccato per loro.

Ad ogni modo, mi aveva fatto piacere scoprire che, nove mesi dopo la sua liberazione, Gaelec non solo stava bene, ma aveva anche trovato la sua anima gemella e che già stavano aspettando il loro primo figlio. Nonostante gli innumerevoli programmi di riabilitazione che avevo messo a disposizione dei miei detenuti, troppo poche persone ne avevano approfittato, soprattutto quelli della sua specie. Potevo solo sperare che la sua storia di successo sarebbe stata di ispirazione per altri Nazhral come lui.

Per quanto sciocco potesse sembrare, pensare a Gaelec mi faceva sentire come un padre orgoglioso. Beh, diciamo forse più un fratello maggiore che un padre. Dopotutto, non ero *così* vecchio.

Ma sto invecchiando e mi sento sempre più solo.

Il volto di Malaya mi balenò davanti agli occhi, riempiendomi immediatamente di vergogna. Troppe volte, negli ultimi anni, il pensiero fugace del fatto che avrebbe potuto essere la mia compagna riaffiorava in me. La cosa mi faceva vergognare ancora di più poiché si trattava dell'anima gemella del mio migliore amico. Certo, non ero *innamorato di* Malaya, ma le volevo bene. Pur con il cuore colmo di sincera felicità per il mio amico Kronos, non riuscivo a placare l'invidia che provavo vedendoli sempre così profondamente connessi e innamorati.

Desideravo ardentemente lo stesso tipo di meraviglioso legame che avevano... il loro amore sembrava un'entità vivente, da afferrare e stringere per sempre.

Ciò significa che hai bisogno di socializzare di più per trovare la tua anima gemella, stupido che non sei altro.

Purtroppo, era più facile a dirsi che a farsi. Non c'erano molte donne desiderose di trasferirsi su un pianeta prigione. La parte peggiore era che Kayog non poteva nemmeno aiutarmi in questa impresa. Noi Obosiani eravamo troppo avanzati per essere sotto l'egida dell'Agenzia Primaria di Accoppiamento e le probabilità che una compagna, accusata ingiustamente, finisse per caso su Molvi e avesse bisogno della protezione di un Signore dell'Inferno, come era successo con Malaya, erano praticamente nulle.

Proprio mentre stavo iniziando a riempire i cristalli del Q2, il mio comunicatore squillò. Restai a bocca aperta quando vidi il nome del mittente. Kayog mi chiedeva di chiamarlo tra quarantacinque minuti.

"Per l'amor di Tharmok, cosa può essere successo?" sussurrai tra me e me.

La mia mente si mise immediatamente a fantasticare. Si trattava di notizie su Gaelec? Il Temern aveva trovato un abbinamento per un altro detenuto? La compagna ingiustamente accusata e altamente improbabile a cui avevo pensato solo pochi istanti prima era forse apparsa davvero?

Mi sforzai di concentrarmi sui miei compiti piuttosto che perdermi in inutili congetture e riempii rapidamente i cristalli degli altri miei Quadranti. Pur essendo un convinto sostenitore del rispetto delle leggi e dell'imposizione di pene giuste ma severe a coloro che le infrangevano, non ero privo di cuore. La scarsità di ciò che i prigionieri del Q4 avevano prodotto nell'ultimo mese mi scoraggiava. I loro guadagni avrebbero a malapena coperto le loro riserve energetiche di base. Dato che non erano riusciti a razionare i consumi, presto sarebbero rimasti completamente a secco di energia e avrebbero sofferto il restante del mese... di nuovo.

Tuttavia, quello era un problema loro. Una volta completato il mio compito, mi allontanai dalla piccola isola su cui poggiavano i cristalli. Era circondata da un piccolo specchio d'acqua, pieno di creature diaboliche che avrebbero distrutto chiunque fosse stato così folle da tentare di attraversarlo per manomettere la rete elettrica del Settore.

Sorvolai la foresta che divideva il mio Settore nei quattro Quadranti. Non c'era bisogno di guardie per impedire ai prigionieri di fuggire, poiché le creature terribili e ben più spaventose che abitavano la foresta si assicuravano che chiunque fosse così folle da avventurarsi troppo in profondità incontrasse una morte orribile. Distrattamente, rintracciai i Faernych che popolavano la mia foresta. Quelle gigantesche creature draconiche a cinque teste costituivano i principali guardiani del Settore. Il loro veleno, acido e letale, poteva uccidere in pochi minuti e la loro folle velocità di volo rendeva quasi impossibile sfuggirgli.

Trovando tutto in ordine, volai sulla montagna che delimitava il mio Settore, sulla cui cima era scavata la mia dimora. Prima ancora di atterrare su una delle innumerevoli terrazze che si affacciavano sul panorama mozzafiato, trasmisi telepaticamente le mie emozioni ai miei Nundar. Avendo percepito il mio arrivo, avrebbero iniziato subito a preparare la cena, ma volevo aspettare fino a dopo la mia telefonata con Kayog.

Come ogni Obosiano, ospitavo un clan di Nundar, che eravamo soliti chiamare i nostri famigli. Quella specie altamente intelligente viveva da reclusa e si nutriva dell'energia che emettevamo. In cambio, si occupava di tutte le faccende domestiche, tra cui pulire, cucinare e persino riparare o costruire miglioramenti per la casa. La parte migliore era che possedevano anche una magia impressionante, che permetteva loro di difendere le dimore da potenziali invasori in nostra assenza, oltre ad avere enormi poteri curativi. Quei talenti incredibili avevano permesso ai Nundar di Kronos di salvare Malaya quando i Faernych ribelli avevano attaccato la loro casa.

Mentre entravo nel mio ufficio togliendomi la corazza, un improvviso pensiero mi colpì. Malaya aspettava il suo primo figlio. Poteva essere quello il motivo per cui Kayog mi aveva contattato? Aveva mostrato un affetto quasi paterno nei confronti della donna. Forse lui e Linsea stavano progettando una sorta di regalo per il bambino e avevano bisogno del mio aiuto?

Pochi minuti dopo, il mio comunicatore squillò di nuovo. Mi sistemai davanti al computer per rispondere, proiettando l'immagine sullo schermo. Il mio sorriso caloroso si irrigidì immediatamente alla vista del suo volto. Anche se non potevo leggere le aure attraverso la tecnologia, il suo viso mancava del solito entusiasmo gioioso che avevo sempre associato a quel Temern.

"Salve, Kayog," dissi con cautela. "Come sempre, è un piacere vederti."

"Anche per me è un piacere vederti," rispose Kayog, con voce stranamente stanca.

"Cosa c'è che non va?" chiesi. Il mio tono lasciava ben percepire la mia crescente preoccupazione.

Lui emise un sospiro e si strofinò il lato del becco con un'espressione inquieta che mise in allerta tutti i miei sensi. Non l'avevo mai visto in quel modo.

"Gli ultimi due giorni sono stati piuttosto stressanti e disturbanti," disse Kayog, come se stesse accuratamente scegliendo le parole.

"Come mai?" insistetti, sorpreso dalla sua risposta un po' evasiva.

Per mia esperienza, Kayog era solito preferire un approccio più diretto. Cosa poteva indurlo a comportarsi in modo così strano?

"Forse non lo sai, ma io e la mia compagna eravamo a bordo della Gladius," rispose, con un'espressione abbattuta.

Sbarrai gli occhi, scioccato. "Per il simposio?!" esclamai.

Annuì cupamente. "Sì."

"Che mi prenda un colpo! Stai bene? E Linsea?"

Annuì di nuovo e mi fece un sorriso triste ma rassicurante. "Sì. Stiamo entrambi bene. Ti ringrazio per l'interessamento."

Sospirai, sollevato. "Mi fa piacere sentirlo. Da quello che riportano i notiziari, molte persone sono rimaste ferite, ma fortunatamente non si sono registrati decessi."

"Esatto. Alcune persone hanno riportato ferite gravi, ma per fortuna si riprenderanno completamente. Tuttavia, sono tutte dovute alla fuga precipitosa di persone in preda al panico e non all'attacco in sé. Quello che le autorità non hanno reso pubblico è che, durante l'attacco, sono state rapite dodici persone."

"Cosa?! Chi? E perché?!" esclamai, sbalordito dal fatto che avessero tenuto segreta una cosa del genere anche dopo più di quarantotto ore dall'accaduto.

"Ogni singola persona rapita lavorava per l'Organizzazione Medici Interstellari," rispose con voce ferma.

"E il dottor Jacobs?!" chiesi, con la mente che turbinava alla velocità della luce per quella scioccante rivelazione.

Il Temern scosse la testa. "Jacobs è stato portato via non appena è iniziato l'attacco. Ne è uscito sano e salvo."

Strinsi gli occhi, insospettito. "È strano. Perché avrebbero dovuto portare via *lui*? Al Simposio c'erano molti alti funzionari. Anche loro sono stati scortati fuori prima?"

Kayog scosse di nuovo la testa. Il lampo di durezza nei suoi occhi, qualcosa non avevo mai visto prima, fece crescere ulteriormente il mio sospetto.

"I medici rapiti avevano tutti specializzazioni diverse. Tuttavia, ieri, nove di quei medici sono stati rilasciati," ha continuato.

"Rilasciati?!" ripetei, completamente sconcertato. "In cambio di cosa?"

"In cambio di niente. Sono stati messi in capsule di salvataggio che sono state in seguito lanciate sulla Luna Delta 5. Un'ora dopo il loro atterraggio si è attivato un faro, che ci ha così segnalato la loro posizione in modo da poterli soccorrere."

"I rapitori volevano avere abbastanza tempo per andarsene," dissi, comprendendo immediatamente la situazione, mentre Kayog annuiva. "È una notizia molto buona, anche se strana. Ci si aspetterebbe che i rapitori chiedano un riscatto o uccidano i prigionieri ritenuti inutili. Detto questo, perché me lo stai dicendo?"

"Per via delle tre persone ancora disperse. Una di loro è molto importante per te," rispose il Temern, con un misto di senso di colpa, tristezza e commiserazione sul volto che mi lasciò di stucco.

"Per me?" ripetei, confuso. "In che senso? Chi sarebbe?"

"Si chiama Ciara Stark. È un'umana di quarantuno anni. Come gli altri, lavora anche lei per l'Organizzazione Medica Interstellare ed è specializzata in epidemiologia. È con loro da oltre quattordici anni," spiegò Kayog prima di mostrarmi una sua foto.

Il mio cuore fece un salto alla vista di quella splendida donna. Per un istante, quasi pensai fosse un'Obosiana. Aveva la pelle marrone scuro e i capelli bianchi. Sulla fronte aveva una macchia bianca a forma di V, che sembrava quasi un cerchietto d'argento. Tuttavia, sospettavo che fosse il risultato di una forma di piebaldismo, il che avrebbe spiegato l'insolito colore dei capelli per qualcuno della sua etnia. Ovviamente, non aveva le corna, le orecchie a punta e le ali da pipistrello della mia gente, ma ciò non toglieva nulla alla sua bellezza mozzafiato.

"È stupenda," commentai.

"Non mi sorprende che tu lo dica," replicò il Temern con la solita espressione comprensiva, facendomi aggrottare la fronte.

"Che cosa significa? E perché quella faccia triste?" chiesi, con la tensione che mi stringeva lo stomaco mentre un altro sospetto ancora più potente si faceva strada in me.

"Sai il perché, Amreth," disse con aria abbattuta.

Lo fissai mentre le sue parole affondavano in me. Quella consapevolezza che mi rifiutavo di riconoscere si impose pian piano dentro di me.

"Non è possibile. Non puoi star insinuando quel che penso," dissi, scuotendo inconsciamente la testa.

"Sì, Amreth. Sto davvero insinuando quello che pensi. Ciara è la tua anima gemella."

"È impossibile!" esclamai.

"È innegabile. L'ho incontrata la notte dell'attacco alla Gladius. Ho immediatamente riconosciuto la sua anima come appartenente alla tua. A essere precisi, io e lei abbiamo avuto una lunga conversazione in cui le ho parlato di te. Avremmo dovuto continuare il mattino successivo, in modo da mettervi in contatto, ma il raid ce lo ha impedito."

"Sono passati due giorni, cazzo!" sbottai, improvvisamente arrabbiato, con una stretta al petto al pensiero di aver perso la mia anima gemella prima ancora di aver avuto la possibilità di incontrarla. "Perché me lo dici solo ora?"

Sebbene visibilmente turbato dalla mia reazione, si sforzò di mantenere un'espressione impassibile sul viso, rispondendo alla mia domanda con voce controllata e ragionevole.

"Perché c'erano oltre duemilaseicento persone a bordo, tra passeggeri e membri dell'equipaggio. Ci è voluto del tempo per mettere in salvo tutta quella gente e fare il conto di tutti. Non volevo mandarti un messaggio con una notizia terribile prima di sapere con certezza cosa ne era stato di lei."

"Dov'era quando è avvenuto l'attacco?" chiesi, ancora scioccato.

"Ciara era con me e la mia compagna."

"E l'avete abbandonata lì?!" urlai, con voce colma di shock, rabbia e incredulità.

Quella volta, Temern strinse la mascella, i suoi occhi argentati si oscurarono per l'indignazione, anche se il bordo sembrava leggermente luminoso, come se stesse contenendo una sorta di potere psionico. Ne possedeva davvero?

"Assolutamente no!" sbottò. "Non appena hanno aperto le porte della sala riunioni, l'ho portata all'uscita più sicura in modo che potesse salire su una delle navette di salvataggio. Avrebbe dovuto essere al sicuro mentre io combattevo e mi dedicavo ad aiutare altre persone in difficoltà. Ma mentre stavo affrontando i pirati, è andata a salvare una donna che era disperatamente aggrappata alla ringhiera di una delle balconate. E sfortunatamente, sono cadute entrambe."

"È MORTA!" gridai, balzando in piedi, con l'orrore che si impossessava del mio cuore.

"No!" esclamò Kayog, alzando i palmi delle mani per calmarmi. "La caduta non l'ha uccisa. Gli aggressori hanno catturato lei e la femmina di Darwandir che stava cercando di salvare. Hanno liberato la Darwandir ma hanno tenuto Ciara."

Mi passai nervosamente una mano tremante tra i lunghi capelli bianco argentati, mentre mi lasciavo ricadere sulla sedia. Un senso di sollievo e preoccupazione mi attanagliava le viscere.

"Ma perché? Cosa vogliono da lei?"

"Non lo so, Amreth," disse Kayog con tono scoraggiato. "I video delle telecamere di sicurezza mostrano che è stata portata via insieme alle altre nove persone che sono state rilasciate."

"Quindi c'è la possibilità che restituiscano anche lei?" chiesi, con un barlume di speranza, immediatamente schiacciato dalla sua espressione sconfitta.

"Tutto è possibile, amico mio, ma è altamente improbabile. Se avevano intenzione di liberarla, perché non farlo insieme agli altri nove?"

Ovviamente, avevo pensato la stessa cosa. Volevo semplicemente aggrapparmi a qualsiasi possibilità che potesse essere rilasciata sana e salva. Fissai il Temern, confuso, mentre cercavo di placare le mie emozioni contrastanti riguardo a tutta quella situazione.

"Perché dire tutto questo a me invece che agli Esecutori? Non stanno organizzando una missione di salvataggio?" chiesi.

Abbassò le spalle e mosse a disagio le sue enormi ali marroni. "Perché al momento non è previsto che gli Esecutori si prendano carico di questa missione. Non si occupano di casi in cui sono coinvolti 'solo' tre civili. Lasciano questo genere di cose ai Pacificatori locali."

"Sappiamo entrambi che saranno completamente inutili in questa faccenda!" dissi con rabbia. "Che fine hanno fatto le nuove e severe regole dell'OPU contro la pirateria? Quei rapitori hanno preso di mira una nave di lusso a bordo della quale erano presenti innumerevoli alti funzionari...e se la cavano così?"

"Non stanno ignorando l'intero incidente," aggiunse Kayog con voce rassicurante. "Tuttavia, il loro obiettivo è identificare i pirati e capire il tipo di tecnologia utilizzata per disabilitare la nave senza danneggiarla. Vogliono anche sapere perché se ne sono andati dopo che Elias ha abbandonato il vascello."

"Quindi, stai dicendo che le persone scomparse non sono abbastanza importanti da valere il tempo degli Esecutori," sibilai.

Stavo facendo un torto al Temern, rivolgendo la mia rabbia contro di lui. Niente di ciò che aveva detto mi sorprendeva. Non solo erano le procedure standard, ma avevano anche un senso. Sarebbe stato illogico inviare la squadra d'élite delle forze dell'ordine a indagare su ogni singolo caso di persone scomparse. Le loro competenze erano più utili per affrontare nello specifico i problemi di cui, effettivamente, si stavano già occupando. Allo stesso tempo, sapere che le persone incaricate di salvare la mia anima gemella possedevano molte meno risorse e talento non rendeva certo più facile le cose.

Fortunatamente, qualunque fosse l'espressione sul mio volto, Kayog sembrò leggere il mio rimorso per essermi scagliato contro di lui aggredito. Mi rivolse un altro sorriso di scuse, misto a una certa comprensione.

"E Maeve?" chiesi, improvvisamente colpito da un pensiero. "Lei e Helio sono stati di grande aiuto per Malaya e Kronos. Tecnicamente, non sono più degli Esecutori."

Il sorriso di approvazione che gli si allargò sul becco mi indicò che era sua intenzione da prima che arrivassimo a quel punto. Stavo quasi per chiedergli perché non lo avesse detto fin dall'inizio, ma sospettavo che stesse camminando su una linea sottile tra ciò che gli era consentito dire e i suggerimenti che poteva dare.

Sebbene tecnicamente fosse solo un agente di accoppiamento, Kayog Voln possedeva un'autorizzazione di sicurezza estremamente elevata. In teoria, era dovuto al suo matrimonio con uno degli ambasciatori di alto rango dell'Organizzazione dei Pianeti Uniti. Ma come Maeve e Helio, che erano ufficialmente cacciatori di taglie ma ufficiosamente agenti segreti per gli Esecutori, sospettavo sempre più che anche il Temern svolgesse missioni segrete per l'OPU.

"Tecnicamente, hai ragione," rispose in modo evasivo. "Il motivo principale per cui Maeve ha lasciato gli Esecutori è stato quello di potersi occupare di casi che sarebbero stati considerati troppo irrilevanti da loro. Detto questo, anche se non dubito che sarebbe felice di aiutarti, sia lei che il suo compagno stanno già lavorando a una missione importante. Ma questo non dovrebbe impedirti di metterti in contatto con loro. Qualunque cosa possano fare, la faranno."

Non dovette entrare nei dettagli per farmi capire cosa intendesse.

"Mi assicurerò di contattarli immediatamente," borbottai. "Ho bisogno di vedere tutti i file disponibili sull'attacco, e soprattutto la registrazione delle telecamere di sicurezza. Sappiamo almeno chi erano gli aggressori?"

Per un attimo, gli sfuggì un'espressione stranissima. Esitò per un secondo, prima di sembrare decidersi sulla risposta da darmi.

"Non dispongo dei file. Dopotutto, sono solo un agente matrimoniale. Tu, invece, sei un Signore dell'Inferno. Avrai sicuramente accesso a molte più risorse di me, giusto?"

Sbuffai e sorrisi. "Esatto," ammisi.

In quanto Guardiano di alto rango, avevo effettivamente accesso a molte cose. Tuttavia, in quel caso specifico, avrei dovuto spingermi oltre i limiti del mio accesso ed essere creativo per superare quei limiti al fine di ottenere le risposte che cercavo.

"Trovala, Amreth. Ciara era davvero ansiosa di incontrarti. Ha un'anima bellissima."

"*La troverò* e la riporterò a casa. Grazie, Kayog."

Sorrise e poi interruppe la comunicazione. Contattai immediatamente Maeve. Grazie al fantastico lavoro che aveva svolto
per dimostrare l'innocenza di Malaya, avevo collaborato anch'io
con lei, condividendo la mia testimonianza e le informazioni
sulla condanna illegale che il giudice corrotto aveva emesso nei
confronti della donna.

La velocità con cui Maeve rispose mi lasciò intendere che
fosse in attesa della mia chiamata.

"Ciao, Amreth," disse Maeve con voce gentile. "È un
peccato che dobbiamo parlare di nuovo in circostanze come
queste."

"I miei saluti, Maeve. Mi fa piacere trovarti bene. Le circostanze sono davvero sfortunate, ma spero che tu possa aiutarmi."

Lei strinse le labbra in un modo che indicava che stava
scegliendo attentamente le parole prima di rispondere. "Come
forse saprai, io e il mio compagno stiamo attualmente lavorando a una missione molto delicata da cui non possiamo allon-
tanarci. Tuttavia, ti aiuterò, nei limiti delle mie poche
possibilità."

"Accetto volentieri tutto il possibile. Al momento non
dispongo di nessuna informazione, nemmeno della specie a cui
appartengono gli aggressori."

Lei annuì, aggrottando leggermente la fronte. "È una situazione molto insolita. Il nostro più grande vantaggio è il fatto che
tutti i membri dell'Organizzazione Medici Interstellari che vanno
in missione sul campo devono ricevere un impianto organico di
localizzazione. È utile per le operazioni di soccorso, nel caso gli
succedesse qualcosa mentre si trovano su qualche pianeta
sperduto."

Mi sentii subito sollevato, il mio battito accelerò per la
speranza. Tuttavia, bastò uno sguardo al suo viso per smorzare la
mia crescente eccitazione. Ovviamente, non poteva essere così
facile.

"La buona notizia è che siamo riusciti a seguirla fino al

limite del Quadrante Nord prima di perdere il segnale," disse, con tono di scusa.

"Perso il segnale?" ripetei. "Hanno rilevato il localizzatore e lo hanno bloccato?"

Scosse la testa. 'Non abbiamo satelliti di comunicazione o ripetitori in quella zona. È la Zona Morta che precede il Quadrante Orientale."

Spalancai gli occhi per lo shock e l'incredulità. "Stai dicendo che i pirati sono dei Sectarian?!" esclamai.

Il suo cipiglio si fece più profondo, poi alzò le spalle, indicando la sua incertezza. "A dire il vero, non lo sappiamo. Alcuni fatti sembrano portare in quella direzione, ma non abbiamo prove concrete sufficienti per confermarlo. Ed è per questo che gli Esecutori sono così determinati a scoprire la loro identità."

"Esattamente!" dissi, come se fosse ovvio. "Quale modo migliore per identificarli se non trovando lei?"

"Perché, ovunque l'abbiano lasciata, non è dove sono andati in seguito," spiegò Maeve. "Vedi, la nave che siamo riusciti a catturare tramite le telecamere di sorveglianza della Gladius, non appartiene a nessuna specie del nostro Quadrante, o almeno a nessuna che conosciamo. Le telecamere di bordo, inoltre, erano affette da una continua interferenza, cosa che ci ha impedito di eseguire qualsiasi tipo di riconoscimento facciale o di specie. Anche i bioscanner hanno fallito."

"Quindi hanno deliberatamente sabotato la nostra tecnologia," risposi.

Lei annuì. "Ma non hanno danneggiato nulla. L'hanno solo interrotta per tutta la durata dell'incursione, il che conferma che volevano nascondere la loro identità'.

"E le guardie, allora? Da quanto ho capito, hanno combattuto contro i pirati. Sicuramente devono averli visti ed essere in grado di fornire una qualche descrizione," insistetti.

"Tutte le guardie erano Obosiani. E tutti quanti hanno riferito di aver subito una sorta di attacco psichico che ha completamente offuscato le loro menti, compromettendo persino la loro capacità di volare," rispose Maeve. "I nemici che sono riusciti a vedere indossavano una sorta di travestimento olografico che li faceva sembrare sfocati e sconnessi. Era impossibile dire cosa fossero, tranne che sembravano umanoidi. Se non fosse stato per Kayog, non sarebbero stati in grado di reagire e opporsi a loro."

"Kayog? Che cosa ha fatto?" chiesi, sorpreso.

"È un Edal. Questo gli conferisce una vasta gamma di poteri unici che gli altri membri della sua specie non hanno. La sua capacità di riconoscere le anime gemelle è semplicemente l'unica che ha reso pubblica. C'è molto di più in quel Temern di ciò che gli occhi possono vedere," aggiunse, con tono misterioso. "Può interrompere gli attacchi psichici, e ciò ha permesso alle guardie di riprendere a respingere i nemici. Ma la loro tecnologia era troppo potente, e sospetto che ci fosse dell'altro. Onestamente, non sappiamo proprio con chi abbiamo a che fare."

"Stiamo parlando di una potenziale invasione?" chiesi, ancora frastornato da tutte quelle rivelazioni.

Provai un senso di sollievo quando Maeve scosse la testa con convinzione. "È stato un attacco mirato. Volevano qualcosa, anche se siamo convinti cercassero invece qualcuno."

"Ciara?" chiesi, confuso.

Ancora una volta, scosse la testa. "Crediamo che cercassero Elias Jacobs."

"Perché?" chiesi, mentre i sospetti che si erano radicati in me mentre parlavo con Kayog riaffioravano.

"Non ne siamo sicuri. Sostiene di non saperlo neanche lui, ma mente. La sua fuga sembra un po' troppo premeditata. Sospettava che potesse esserci un attacco imminente e si era organizzato di conseguenza. Ti posso assicurare che stiamo indagando su questo."

"Ma perché prendere Ciara e gli altri due medici? Cosa potrebbero avere da interessare ai rapitori?" la incalzai.

"Questa è la domanda principale. Ciara è un'epidemiologa.

Mehreen è un'immunologa ed Ernst è un biologo molecolare," disse pensierosa. "Insieme, sono una squadra ideale per indagare e analizzare un'eventuale epidemia."

"Pensi che siano malati? O che stiano cercando di sviluppare una sorta di guerra biologica?" chiesi, con il mio senso di inquietudine che aumentò di un'altra tacca.

"Siamo più propensi verso la prima ipotesi," rispose Maeve. "Il loro attacco è stato chirurgico. Tutte le ferite riportate dai passeggeri sono dovute al loro panico, non alle azioni dei rapitori. Come per la femmina di Darwandir che è caduta con la tua compagna, gli aggressori hanno protetto tutte le persone che sono cadute o che avrebbero potuto riportare ferite gravi. Qualunque cosa vogliano, non pensiamo che siano malvagi. Ma la loro tecnologia li rende una minaccia innegabile che dobbiamo tenere in considerazione e valutare a fondo."

"Comunque sia, hanno comunque rapito tre persone dopo aver attaccato una nave e causando feriti, nonostante i loro migliori sforzi per limitarli. Se avessero avuto solo bisogno di aiuto, avrebbero potuto chiederlo. Perché fare questo? Perché venire dal Quadrante Orientale per questo? Dove li hanno portati?"

"A dire il vero, stiamo iniziando a sospettare che i rapitori possano essere stati assoldati da terzi," disse Maeve con cautela. "Come ho detto prima, abbiamo perso il segnale di Ciara ai confini della Zona Morta. Ma dopo che la nave ha lasciato le nove persone rilasciate, ha abbandonato il nostro Quadrante proseguendo in una direzione diversa. Quella nave è tornata nel Quadrante Orientale, ma l'impianto di Ciara non ha mai lasciato la Zona Morta."

"Cosa c'è laggiù?" chiesi, sconcertato.

"Solo una manciata di pianeti estremamente primitivi, soggetti alle più severe regolamentazioni della Prima Direttiva. L'unica specie laggiù con cui sono consentite interazioni, rigorosamente controllate, sono i Sangoth. Possiedono un certo livello di tecnologia e interagiamo con loro in misura paragonabile a quella con gli Ordosiani."

"Pensi che l'abbiano loro?"

"È un'ipotesi azzardata e pura speculazione," ammise con uno sguardo di scusa. "I Sangoth non hanno la capacità di compiere viaggi interstellari. Dobbiamo andare noi da loro. Tuttavia, hanno modi per contattarci attraverso dei ripetitori, seppur molto lenti."

"Anche supponendo che qualche Sectarian sia venuto nel nostro Quadrante per aiutarli, perché non potevano semplicemente rivolgersi ai nostri medici, se abbiamo già un rapporto con loro?"

"Non lo so, Amreth. Ma forse è perché la loro fiducia nei nostri confronti è stata tradita. Il siero che ha reso famoso Elias deriva da un evento casuale avvenuto su Kestria, il pianeta natale dei Sangoth."

"In nome di Tharmok, perché non me l'hai detto prima?!" esclamai. "È la connessione più ovvia!"

"Forse sì, forse no. Dobbiamo gestire la cosa con estrema cautela. Se Jacobs li avesse in qualche modo offesi, rivelare troppo presto la nostra mano potrebbe mettere a repentaglio le condizioni dei prigionieri. C'è anche la questione delle restrizioni estremamente severe per andare su quel pianeta. Anche ai Pacificatori non sarà permesso di atterrare senza un motivo fondato o probabile causa."

"Avete gli impianti dei tre dottori!" dissi, come se dovesse essere ovvio anche per lei.

"Sì, ma i Pacificatori non hanno una tecnologia abbastanza potente da rintracciarli senza entrare nell'atmosfera di Kestria, cosa che non possono fare senza motivo."

"Allora dategli quella dannata tecnologia!"

"Non possiamo. È troppo potente e potrebbe essere usata impropriamente nelle mani sbagliate. Ecco perché gli Esecutori controllano rigorosamente chi può accedervi."

"Quindi...dovremmo stare a guardare senza fare nulla?" esclamai, lasciando trapelare tutta la mia rabbia dalla voce.

"No, Amreth. Ti sto solo spiegando che gli Esecutori sono impegnati altrove e che i Pacificatori non hanno gli strumenti necessari per entrare a Kestria senza un motivo valido. Ma se una nave civile che attraversa quella regione dovesse avere un guasto imprevisto, nessuno potrebbe biasimare l'equipaggio per aver effettuato un atterraggio di emergenza."

La fissai, sbalordito. Lei mi rivolse un sorriso soddisfatto.

"I Pacificatori, così come gli Esecutori, hanno bisogno solo della minima prova per avere un valida ragione. Un'immagine o un video di una delle tre persone scomparse sarebbe sufficiente per giustificare il loro ingresso nell'atmosfera di Kestria."

Mi agitai sul posto, a disagio.

"Questa sarebbe una deliberata violazione delle leggi," dissi.

Arrossii per l'imbarazzo allo sguardo da 'mi prendi per il culo?' che Maeve mi lanciò.

"Seriamente, Amreth... Mi rendo conto che la tua specie cresce indottrinata sull'importanza di far rispettare la legge. Ma con tutto il rispetto, devi toglierti quel bastone moralista dal culo e concentrarti su ciò che conta davvero. Cos'è più importante per te? Salvare la tua anima gemella o rispettare rigorosamente qualche legge?"

"È una domanda ingiusta! Per quanto le intenzioni di infrangere la legge possano essere buone, esse esistono per un motivo. Voi umani non avete il detto che la strada per l'inferno è lastricata di buone intenzioni? E se andare su Kestria con un incidente opportunamente programmato finisse per creare ancora più problemi diplomatici?"

Lei scrollò le spalle. "Allora non andare, e spera per il meglio."

Le mostrai le zanne, ma il suo sguardo indifferente mi ferì ancora di più. Ovviamente, non sarei mai rimasto seduto a non fare nulla mentre la mia dolce metà era potenzialmente in pericolo, abbandonata da qualche parte e tenuta contro la sua volontà. Tuttavia, infrangere la legge...

"Hai parlato di interazioni occasionali con i Sangoth. Mi sembra di ricordare che offrissero contratti per lavoratori stagionali. Se mi unissi a una di quelle squadre, entrerei legalmente nel loro spazio aereo," dissi.

Maeve annuì lentamente. "Sì, è così. Purtroppo, non ci saranno missioni commerciali di questo tipo per altri cinque mesi. Sei disposto ad aspettare così a lungo?"

Non ebbi bisogno di rispondere. Il mio viso parlò da solo. Ancora una volta, mi rivolse un sorriso comprensivo, anche se i suoi occhi marrone scuro brillavano maliziosamente.

"Senti, so quanto deve essere difficile anche solo pensarci. A volte è necessario infrangere le regole. Cosa pensi che stia facendo in questo momento, condividendo tutto questo con te? Il più delle volte, gli Esecutori e la loro ampia rete esterna di cui faccio parte non hanno altra scelta che arrivare ai margini della legalità e talvolta persino oltre. Cosa pensi che sarebbe successo a Malaya e Kronos se non avessimo infranto quelle regole? Quante altre vite innocenti avrebbero distrutto il giudice Wuras e suo padre?

Annuii rigidamente.

"Ti sto dicendo tutto questo perché ci fidiamo implicitamente di te. Sei un Guardiano molto rispettato e un Guerriero d'élite. Sia Kayog che Linsea hanno garantito per la tua eccezionale moralità e le tue capacità diplomatiche. Sei il miglior candidato che gli Esecutori potessero desiderare per indagare sulla situazione in quella zona senza destare scalpore e smuovere troppo le acque."

Rimasi a bocca aperta per l'improvvisa rivelazione. Gli Esecutori non si stavano lavando le mani del destino di quelle tre persone scomparse. Stavano reclutando *me* come loro agente silenzioso per proteggere il loro alibi di estraneità ai fatti.

"Capisco cosa intendi dire," dissi infine.

Lei sorrise con approvazione. "Trasferirò tutte le informazioni di tracciamento che ti possono servire sul tuo comunicatore. Entra furtivamente. Per quanto possibile, evita il contatto con la gente del posto a meno che non sia assolutamente necessario. Procurati le prove che ci servono e poi vattene. Non cercare di fare l'eroe. Le comunicazioni saranno lente, poiché ogni messaggio che invierai dovrà raggiungere il ripetitore più vicino prima di essere rilevato. Tienici però informati il più possibile su ogni sviluppo. Ti aiuteremo in ogni modo possibile.

"Grazie, lo farò senz'altro."

"Buona fortuna, Amreth. E porta a casa la tua ragazza. Ti meriti tutta la felicità del mondo."

Non appena terminammo la comunicazione, iniziai i preparativi per la mia partenza immediata.

CAPITOLO 4

CIARA

Mi svegliai di soprassalto. Le luci intense della stanza mi obbligarono a sbattere le palpebre alcune volte prima che la mia vista si adattasse all'ambiente. Uno sguardo intorno rivelò che mi trovavo nella più elegante infermeria in cui avessi mai messo piede. In tutti i miei anni, avevo visitato le infermerie e i laboratori di innumerevoli navi e specie. Nessuno di quei luoghi poteva competere con questo.

Mi chiesi per un attimo se appartenesse agli Xurgen. Dopotutto, erano la specie più avanzata nel nostro settore della galassia. Tuttavia, nonostante avessi sbavato sulla loro tecnologia più di una volta, potevo dire con estrema sicurezza che non rientrava nella loro linea di prodotti.

Cercai di alzarmi dalla posizione sdraiata in cui mi trovavo, ma mi resi conto che una sorta di campo energetico mi teneva immobile. La mia iniziale confusione lasciò rapidamente il posto a un certo panico, mentre i ricordi dei recenti avvenimenti riaffioravano nella mia memoria. Il dolore per essere stata fatta a pezzi dalla terrorizzata femmina Darwandir tornò alla mia mente. Tuttavia, una rapida autovalutazione non rivelò alcun vero disagio, a parte un po' di rigidità e dolore. Considerando le gravi ferite che mi aveva inflitto, senza una forte dose di sedativo avrei dovuto essere in preda a una sofferenza lancinante. Dato che la mia mente era lucida ciò significava che, chiunque avesse attaccato la nave e fermato la mia caduta mortale, apparentemente mi aveva anche curata.

Volevo credere che fosse un buon segno, che forse le loro intenzioni non fossero poi così malvagie come la mia fervida immaginazione suggeriva. Il mio cuore sussultò quando girai la testa di lato. Attraverso una parete di vetro, fissai scioccata una strana femmina, insieme al maschio dall'aspetto scimmiesco che ricordavo vagamente dalla nave. Stavano parlando con Brett Dunham, un altro mio conoscente dell'Organizzazione Medici Interstellari.

Cosa vogliono da noi?

Qualunque domanda gli stesse facendo, le risposte del mio collega suscitavano in lei una reazione piuttosto indifferente. Il suo compagno maschio se ne stava lì impassibile, intervenendo di tanto in tanto. Avrei dato qualsiasi cosa per poter sentire il loro scambio. Se non altro, mi consolava un po' il fatto che Brett non sembrasse spaventato, ma solo confuso.

Uno sguardo dall'altra parte della mia stanza rivelò una seconda parete di vetro che mi separava da un altro membro dello staff dell'OMI. La vista di Mehreen Aziz priva di sensi mi spaventò. Certo, a bordo della Glaidus vi erano molti medici e professionisti del settore, ma erano presenti anche innumerevoli politici, investitori, magnati aziendali, sostenitori di cause sociali ed etiche e persone di diversi altri campi. Perché sembrava che solo i membri dell'Organizzazione dei Medici Interstellari fossero stati presi di mira?

Avevano menzionato qualcosa su Elias Jacobs...

Il fatto che fosse una delle figure più importanti della nostra organizzazione sembrava confermare che stessero davvero dando la caccia ai nostri membri.

Mi si strinse lo stomaco quando tornai a guardare Brett e i

nostri rapitori. Sembrava che stesse discutendo con la donna, che improvvisamente agitò la mano con aria irritata. Mi sfuggì un sussulto quando la testa di Brett ricadde sul cuscino, apparentemente perdendo conoscenza.

Che abbia dei poteri psionici?

Mentre quel pensiero mi attraversava la mente, mi ricordai di come quella sorta di primate sembrava avermi messo fuori combattimento sulla nave. Eppure, non si era né mosso né sembrava aver reagito quando la femmina aveva fatto quel gesto.

Il materasso, che era stato inclinato verso l'alto per mettere Brett in posizione semi-seduta, tornò completamente in orizzontale. Nel frattempo, i due alieni iniziarono a camminare verso la parete di vetro che separava la mia stanza da quella di Brett.

L'intera lastra di vetro scivolò in avanti con un leggero fruscio. Con il cuore che batteva all'impazzata, li osservai avvicinarsi silenziosamente, valutandomi con i loro sguardi. Nonostante l'assenza di apparente aggressività da parte di entrambi, mi si strinse lo stomaco per la paura.

Mentre si avvicinavano, e senza più il dolore debilitante che mi aveva offuscato la vista sulla nave, riuscii a osservarli meglio. Non c'era dubbio che non avessi mai visto nessuna delle due specie prima d'ora. La pelle bianco-grigiastra della femmina era decorata da stranissimi motivi neri. Per un brevissimo istante, mi ricordò la malattia che aveva colpito in precedenza gli Xelixiani, una specie che viveva nel Quadrante Occidentale. Ma a parte il fatto che la loro malattia era stata curata più di dieci anni prima, le sue macchie erano molto più ordinate, non il caos casuale della contaminazione che aveva diffuso tentacoli neri e venati su tutto il corpo degli Xelixiani. Assomigliavano più alle striature di una tigre, ma limitati ad aree specifiche del suo corpo.

Aveva lunghi capelli nerissimi e occhi molto chiari, mentre per il resto aveva un aspetto molto umano. Anche il suo compagno aveva il corpo di un essere umano, tranne che per la pelliccia marrone che ricordava quella di una scimmia. Il suo viso aveva innegabili tratti scimmieschi, specialmente il naso e gli occhi, ma la bocca poteva essere tranquillamente quella di uno di noi. La folta pelliccia intorno alla testa sembrava una criniera soffice e lucente. Anche lui mi stava osservando, con occhi marrone giallastro pieni di intelligenza. Per fortuna, erano privi della rabbia che aveva mostrato sulla nave prima di stordirmi.

Mentre si avvicinavano, la metà superiore del mio materasso iniziò a sollevarsi, mettendomi nella stessa posizione semi-seduta in cui era stato Brett. Non vidi nessuno dei due attivare l'interruttore o impartire alcun tipo di comando che avrebbe potuto mettere in movimento il mio letto.

"Salve, Ciara Stark. Io sono Svira e lui è Kald Aku Ebaki", disse la donna, con voce educata e indicando il suo compagno con la mano. "Abbiamo alcune domande da farti."

Per qualche stupida ragione, il mio cervello si fissò sul suo accento indefinibile. Non sapevo come mai, ma mi aveva fatto venire in mente l'accento sudafricano. Anche se parlava in Universale, cosa che fu di grande sollievo, il mio traduttore era entrato in azione quando aveva pronunciato la parola *Kald*. Inizialmente, pensavo che facesse parte del suo nome, ma la parola *Capitano* continuava a cercare di insinuarsi nella mia mente. Potevo solo presumere che il mio impianto stesse cercando di tradurre quella che percepiva come una lingua straniera.

Avrei voluto ricambiare il suo saluto, ma la mia bocca sembrava avere altre intenzioni.

"Dove sono? Perché mi avete presa? Cosa siete? E cosa avete fatto a Brett?" dissi rapidamente.

Svira sbuffò mentre Aku si limitò ad alzare un sopracciglio.

"Calmati, umana," rispose Svira con un pizzico di divertimento. "Nel caso non avessi prestato attenzione, ho detto che *noi* avevamo delle domande per *te*. Ma va bene. Per questa volta ti accontenterò, così potremo procedere con le questioni importanti. Brett sta bene. Sta solo dormendo perché non ci è utile."

"Chi intendi con *noi*?' chiesi, guardando prima l'uno e poi l'altra.

"Sono una visitatrice di questo Quadrante e un'amica dei Kreelar, la specie di Aku. Hanno bisogno di aiuto per rimediare ai torti che gli umani gli hanno fatto," rispose, con un tono di voce leggermente più duro.

"Cosa? E in che modo gli avremmo fatto qualcosa? Non ho mai nemmeno visto o sentito parlare della loro specie prima d'ora!" esclamai, anche se non mi sfuggì come avesse evitato opportunamente di nominare la propria specie.

"E non l'avresti mai fatto in tutta la tua vita se Elias Jacobs non avesse interferito."

Il sangue mi gelò nelle vene. Le sue parole mi ricordarono quanto fosse strano che Jacobs fosse stato scortato via dalla nave così rapidamente nel momento in cui era iniziato l'attacco. Cosa aveva fatto? Quando e dove aveva interferito con la vita delle persone del Quadrante Orientale?

L'OPU e l'Alleanza Galattica controllavano diverse aree della galassia conosciuta. Noi eravamo nel Quadrante Settentrionale. L'Alleanza Galattica controllava i Quadranti Occidentale e Orientale. Il Quadrante Meridionale era ancora una terra di nessuno, fortemente contesa. I residenti di ogni Quadrante osservavano rigide regole che vietavano loro di attraversare i territori degli altri.

La Terra era uno dei pochissimi pianeti membri sia dell'OPU che dell'Alleanza Galattica. Quel privilegio derivava dal fatto che il nostro sistema solare si trovava nella Zona Morta tra il Quadrante Occidentale e quello Settentrionale. Una volta che la nostra specie sviluppò il viaggio di curvatura, sia l'OPU che l'Alleanza Galattica tentarono di attirarci dalla loro parte. Fummo così avidi da chiedere di far parte di entrambi e riuscimmo addirittura a farcela.

Anche se ciò aveva portato grandi benefici al nostro mondo, non ci esentava dalle rigide regole osservate da tutti gli altri. Qualsiasi essere umano che lasciava la Terra non poteva fare avanti e indietro tra i territori dei Settori dell'Alleanza Galattica, detti Settari, e i territori Alleati dell'OPU. La gente dei Quadranti Orientale e Occidentale odiava essere chiamata Settaria. Tuttavia, era una descrizione appropriata, poiché i pianeti laggiù erano estremamente divisi e fermamente indottrinati a seguire le proprie regole, a modo loro. Inoltre, mentre i pianeti del Quadrante Occidentale seguivano ancora pesantemente le religioni organizzate, principalmente il culto della Dea, il Quadrante Orientale aveva abbandonato ogni forma di fede e aveva regole piuttosto particolari sulla schiavitù vincolata e la capacità di sottomettersi praticamente a qualsiasi cosa attraverso un contratto vincolante.

Pertanto, la presenza di Svira violava abbastanza regole da poter potenzialmente innescare un grave incidente diplomatico tra gli Alleati e i Settari. Avevano attaccato una nave che ospitava innumerevoli alti funzionari provenienti da vari pianeti del nostro Quadrante. Quale male potevano aver causato gli umani per cui Svira fosse disposta a correre un rischio del genere?

"Cosa ha fatto Jacobs?!" chiesi, con la mente che mi girava.

"Cosa sai dell'SS12?" chiese Svira, invece di rispondere alla mia domanda.

Mi sentii impallidire. Aveva fatto qualcosa di immorale per ottenere il siero che lo aveva portato ai vertici dell'eccellenza medica della nostra generazione?

"È una cura rivoluzionaria che il dottor Jacobs ha scoperto dieci anni fa durante il suo studio sui Sangoth," risposi con cautela. "Da quanto ho capito, uno dei membri del suo team è stato attaccato da una bestia rabbiosa e si è ammalato. Sono riusciti a rintracciare la bestia e da essa hanno ricavato il trattamento miracoloso."

"Una bestia, vero?" intervenne Aku per la prima volta, con voce rabbiosa. "È questa la descrizione che ha dato?"

Era una voce profonda e un po' roca. In altre circostanze, l'avrei trovato attraente. Ma sotto la superficie ribolliva una forte rabbia. Qualunque cosa avesse fatto Jacobs, doveva essere terribile.

Mi passai nervosamente la lingua sulle labbra e annuii. "Ovviamente, tutti i membri della comunità medica avevano innumerevoli domande sulla fonte della cura. Ma Jacobs, insieme a tutta la sua squadra, dichiarò che si trattava di una specie di bestia selvaggia che non erano riusciti a identificare. Si era decomposta troppo rapidamente a causa della malattia che la stava divorando dall'interno. Inoltre, aveva subito troppe mutazioni per consentire loro di identificare la specie originaria a cui apparteneva."

"E tu ci credi?!" chiese Svira con evidente incredulità.

Esitai e poi alzai le spalle. "Era davvero un resoconto piuttosto bizzarro e inquietante," ammisi. "Parecchie persone espressero il loro turbamento per il fatto che non avessero nemmeno schizzi o campioni conservati che avrebbero potuto consentire a computer più avanzati di quelli sul campo di tentare di ricreare la creatura originale a partire dal DNA. Tuttavia, non si può sfidare un'intera squadra di scienziati di grande prestigio senza prove concrete o almeno una pista abbastanza solida."

"E nessuno ha pensato di tornare indietro?" chiese Aku.

"Molti di noi volevano farlo. Ma il mondo natale dei Sangoth è soggetto a rigide regolamentazioni della Prima Direttiva. Quella *bestia* non viveva naturalmente nelle aree abitate dai Sangoth. Cercare di rintracciare una creatura di cui nemmeno si era sicuri dell'aspetto avrebbe rischiato di disturbare l'ecosistema. Non sembrava giustificato. date le circostanze. Ad ogni modo, l'intero Quadrante era troppo entusiasta di studiare e approfondire ulteriormente gli usi della SS12."

"Beh, hanno mentito a tutti voi," sbottò Aku. "Quella bestia selvaggia era mia sorella maggiore. Stava insegnando a suo figlio a saltare dagli alberi quando si è imbattuta in due umani. Si stavano accoppiando vicino al fiume dove avevano appena mangiato. Non avevamo mai visto degli umani prima. Ma mio nipote, che all'epoca aveva solo cinque anni, si incuriosì e si lanciò sul cibo lasciato in bella vista. Corse via da sua madre per mangiarne un po'."

"Oh, no!" sussurrai.

Se quella coppia era in una fuga romantica, era impossibile che avessero portato con loro le razioni sterili autorizzate quando necessario mangiare in ambienti protetti. Dio solo sapeva che tipo di reazione negativa avrebbe potuto avere la popolazione locale. Come se avesse potuto udire i pensieri che mi attraversavano la mente, Aku confermò i miei timori.

"L'umano maschio notò che mio nipote stava prendendo il cibo. Gli corse subito dietro. Naturalmente, mia sorella intervenne per proteggere suo figlio. L'umano le sparò," ringhiò Aku.

"Oh, mio Dio!" sussurrai, inorridita. Avrei voluto premermi la mano sul viso, ma il campo energetico mi teneva ancora immobile.

"Riuscì comunque a combatterlo. Lo morse e graffiò. A quel punto, anche la femmina umana sparò su mia sorella, mettendola fuori combattimento. E poi fuggirono entrambi, abbandonando mia sorella e mio nipote, preoccupato per le condizioni della madre."

"È morta?" chiesi, con voce strozzata.

"No. Avevano sparato dei tranquillanti," rispose.

Trasalii all'udire le sue parole. Non si dovevano mai iniettare farmaci di alcun tipo a nuove specie prima di eseguire test approfonditi per vedere come avrebbero potuto reagire. In quel caso specifico, oltre al fatto che non avrebbero mai dovuto essere lì, avrebbero dovuto usare un fucile stordente per neutralizzare il i bersaglio. Come cazzo avevano potuto commettere così tanti errori in una volta sola?

"Quello che devi capire è che il fiume dove è accaduto tutto ciò si trova a più di un giorno di viaggio dal villaggio Sangoth più vicino," aggiunse arrabbiato Aku.

"Questo significa almeno un'ora di volo con una navetta personale," specificò Svira. "Quegli umani non erano arrivati lì per caso. Era stata una scelta deliberata, sapendo che stavano violando la Prima Direttiva solo per godersi un bel posticino in cui fornicare."

"Mi dispiace che sia successo. Il modo in cui l'hanno gestita è stato oltremodo scandaloso. Di sicuro devono essere stati presi dal panico, cosa che li ha portati ad agire in modo irrazionale," dissi in tono scusante.

"E questo lo renderebbe accettabile?" sibilò Aku.

"Certo che no," dissi in tono rassicurante. "Non avrebbero mai dovuto essere lì, tanto per cominciare. Ma cosa è successo poi? Se io sono qui, presumo che abbia avuto una sorta di reazione negativa, è così?

"All'inizio sembrava che si fosse ripresa completamente, una volta che i sedativi avevano fatto effetto. Ma poi ha iniziato a stare male, circa una settimana dopo. Dato che era una balia, allattava al seno molti dei nostri bambini, compreso mio nipote."

"Oh, cielo!" sussurrai, con il petto che si stringeva.

"I piccoli si sono ammalati, così come quelli che non venivano più allattati al seno ma che giocavano con loro. E poi si è trasmesso ai loro fratelli, ai loro genitori e all'intero villaggio. I nostri piccoli vengono allattati al seno fino all'età di sei o sette anni. La maggior parte delle nostre femmine ha solo due o al massimo tre figli nella loro vita. Nei due mesi successivi all'incidente, quattro bambini su cinque sono morti. È rimasto appena un terzo delle nostre femmine. Alcune stanno iniziando a mostrare di nuovo i primi segni. Stiamo per estinguerci!"

Nonostante l'orrore che le sue parole risvegliarono in me, la mia mente scientifica si mise subito in moto, grazie agli anni passati ad affrontare situazioni di quel tipo.

"Solo le femmine, non i maschi?" lo interrogai.

"Entrambi i sessi vengono colpiti e hanno tassi di mortalità simili, tranne che diventa ancora più fatale per le femmine, se infettate dopo la pubertà," spiegò Aku.

Che fosse influenzato dai livelli di estrogeni?

Se il loro sviluppo ormonale seguiva uno schema simile a quello degli esseri umani, maschi e femmine avrebbero dovuto avere livelli di testosterone simili nella prima infanzia, ma le femmine avrebbero visto un aumento significativo degli estrogeni una volta raggiunta la pubertà.

"Cosa ne dicono i vostri medici?" chiesi con cautela.

"I nostri guaritori non possiedono una tecnologia abbastanza avanzata per essere in grado di comprendere appieno ciò che sta accadendo," rispose a malincuore Aku.

"I Kreelar sono soggetti alle più rigide regolamentazioni della Prima Direttiva per un motivo. Hanno sviluppato l'elettricità di base solo di recente. Non hanno nemmeno raggiunto un livello di connettività," spiegò Svira.

"Ma *voi* sì!" la affrontai, prima di lanciare un'occhiata significativa alla sala medica ad alta tecnologia che ci circondava.

Lei scosse la testa, il suo viso si chiuse. "Abbiamo raggiunto il limite possibile per cui possiamo interferire in questa faccenda."

"Che diavolo vorrebbe dire?" chiesi, sconcertata.

"Gli Oracoli hanno visto i percorsi. Se ci intromettiamo ulteriormente, le cose finiranno molto male per i Kreelar e per molti altri. Il nostro contributo nel salvare la loro gente sta per concludersi."

"Oracoli?" ripetei, confusa, prima che i miei occhi si spalancassero per lo shock e l'improvvisa comprensione. "Aspetta! Stai dicendo che con *noi* intendevi i... Korletheani?!"

Mi ritrassi e il mio cuore sussultò quando lei mostrò i denti, un'aria di puro odio si dipinse sul suo volto.

"*Non* siamo Korletheani! *Odiamo* quei figli di krillik! Ci hanno fatto quello che voi avete fatto ai Kreelar. Ma loro lo hanno fatto con intenti crudeli!"

"Ferma un attimo!" esclama, indignata. "*Io* non ho fatto nulla ai Kreelar. *L'umanità* non ha fatto loro nulla. Da quello che mi stai dicendo, sembra che sia stata la squadra di Elias ad averlo fatto. Quello che posso promettere è che farò tutto ciò che è in mio potere per aiutare a riparare alcuni dei danni e impedire che questa tragedia vada oltre. Ma... ma non sembri neanche una Xelixiana."

Da quel poco che ricordavo della storia dei Settari, i Korletheani avevano fatto un'enorme quantità di danni a un sacco di specie, sottoponendoli a sconsiderati e spietati esperimenti. L'unica specie che mi veniva in mente in quei Quadranti che aveva la pelle grigiastra con segni scuri erano gli Xelixiani. Tuttavia, avevano iridi sovradimensionate senza pupille, creste ossee a V sulla fronte e delle strane orecchie increspate. Non vedevo nessuna di quelle caratteristiche in Syira.

Lei sbuffò e scosse la testa. "No, non siamo Xelixiani."

"Allora cosa...?"

Agitò una mano, interrompendomi. "Non importa. L'unica cosa su cui dovresti concentrarti è riparare i danni fatti ai Kreelar. Hai una formazione in epidemiologia che sarà di grande utilità per la sfida che ci aspetta."

"Assolutamente. Posso e voglio aiutare. Ma Elias non dovrebbe..."

"Ci penseremo noi," interruppe di nuovo Svira. "C'è un motivo se è fuggito non appena la nostra nave ha attaccato la vostra. Sapeva cosa stava per succedere".

Anche se non l'avevo detto ad alta voce, era quel che sospettavo. Tuttavia, strinsi gli occhi e la guardai, cercando ancora di capire perché stessero gestendo le cose in quel modo.

"Va bene, ma perché attaccare la Gladius? Se quello che dici è vero, e non ho motivo di dubitarne, perché non smascherarlo e basta? L'OPU e la comunità galattica lo riterrebbero responsabile e farebbero tutto il possibile per risarcire i Kreelar. Questo attacco potrebbe innescare un grave conflitto politico tra il vostro Quadrante e il nostro."

Annuì. "Credimi, Ciara, quello era il piano originale. Purtroppo, tutte queste strade portano alla tragedia. Ma tu..."

Con mia sorpresa, la sua voce si affievolì e i suoi occhi si offuscarono. Lanciai uno sguardo confuso ad Aku, che si limitò ad osservare la compagna, in silenzio. Pochi istanti dopo, Svira sbatté le palpebre e mi restituì tutta la sua attenzione. Un sorriso trionfante si allungò sulle sue labbra.

"Tu puoi essere la chiave," disse infine. "Finché lavorerai con il tuo compagno, troverai la soluzione."

Mi ritrassi di nuovo, quella volta veramente confusa. "Il mio compagno?! Non ne ho uno!"

Fece un sorriso misterioso. "Non ancora, ma presto sì."

Oh, mio Dio! Stava parlando di Amreth?!

Il suo sorriso si allargò come se avesse letto il pensiero che mi era passato per la mente.

"Cosa sei?" sussurrai, rivolta più a me stessa che a lei. "Non sei né Xelixiana né Korletheana, e mostri il tipo di poteri che possiedono le Verediane. Eppure, chiaramente non sei una di loro. Allora cosa sei?"

"Siamo il peggior incubo dei Korletheani," disse, con un accenno di crudeltà nei suoi occhi pallidi. Poi si rivolse ad Aku con qualcosa di simile a un sorriso trionfante in volto. "È lei."

Un'aria di sollievo lo pervase.

"Sono chi?" chiesi, immediatamente preoccupata di nuovo.

Ignorò la mia domanda e il bordo esterno dei suoi occhi cominciò a brillare mentre mi fissava con grande intensità. "Ciara, obbedisci al mio comando. Una volta che avrò lasciato questa stanza, ti addormenterai e dimenticherai di avermi mai vista, così come qualsiasi discussione e allusione mai fatta durante questa discussione riguardo al mio popolo, ai Korletheani, alle Verediane e agli Xelixiani."

"Ma perché? Aspetta!" esclamai, quando entrambi si voltarono e iniziarono a camminare verso la parete di vetro che separava la mia stanza da quella in cui giaceva Mehreen.

Prima di uscire, si fermò un'ultima volta e mi guardò da sopra le spalle. Inizialmente, pensai che stesse per rispondere alla mia domanda, ma i suoi occhi si offuscarono di nuovo leggermente.

"Non dovrebbero mai esserci rocce rosse nel fiume. Ricordatelo bene."

"Cosa?!"

Non rispose e tornò a voltarsi verso la stanza di Mehreen. La metà superiore del mio letto iniziò di nuovo ad abbassarsi mentre, ancora una volta, chiamavo indietro Svira. Tuttavia, non appena lei varcò la porta a vetri aperta, sentii la mia coscienza venire inghiottita in un vuoto oscuro, e poi più niente.

CAPITOLO 5
CIARA

A differenza della volta precedente, non ripresi conoscenza per un improvviso scatto di panico. Invece, mi risvegliai comodamente da quello che mi sembrò essere stato il sonno migliore e più riposante che avessi mai fatto. Tuttavia, ciò non impedì che una brutale ondata di confusione mi travolgesse immediatamente non appena mi accorsi del nuovo ambiente in cui mi trovavo. Nonostante la nebbia che avvolgeva il mio ricordo degli eventi recenti, ero assolutamente certa che di aver dormito in un luogo completamente diverso. Ricordavo vagamente fosse una nave, ma non esattamente quale.

Mi trovavo sdraiata su un letto incredibilmente comodo, all'interno di quella che sembrava una casa di fango di discrete dimensioni. C'erano un paio di grandi finestre, chiuse da persiane di legno. Mi tolsi di dosso la morbida coperta sopra di me e mi alzai cautamente dal letto. Quel movimento mi ricordò che l'altra volta ero invece immobilizzata. Era strano che ricordassi quel dettaglio ma non il luogo in cui ero stata tenuta prigioniera. Mi diressi alla finestra per aprire le persiane. La luce del giorno invase immediatamente la stanza. Ad occhio, mi sembrava fosse metà mattina.

Le travi di legno a vista e le pareti di argilla davano all'ambiente un'atmosfera calda. Il mobilio, che comprendeva un letto matrimoniale, un comò e due comodini, era intagliato tutto nello stesso legno chiaro. Pur essendo prevalentemente beige, aveva una sfumatura leggermente verdastra, come il bambù secco.

Sfortunatamente, la finestra dava su quello che immaginavo essere un giardino privato, il che mi impediva di farmi un'idea più precisa di cosa stesse succedendo fuori. Nonostante fossi ancora un po' preoccupata per la situazione, non avvertivo di aver paura. Mi sentivo come pervasa da una strana sensazione di determinazione.

Improvvisamente, mi resi conto che indossavo una sorta di camicia da notte leggera ma modesta e coprente. Il tessuto mi era sconosciuto, così come il modello. In un angolo della stanza, arredata in modo spartano ma con gusto, vi era una sedia posta vicino alla finestra su cui si trovavano dei vestiti ben ripiegati. Ai piedi della sedia vidi anche un paio di scarpe comode, esattamente della mia misura. Arrossii quando mi resi conto che c'era anche della biancheria intima.

Volevo credere che una delle femmine Kreelar me li avesse forniti. Mi sembrava strano che fosse stato Aku a occuparsene.

Eppure, anche se quel pensiero mi balenò nella mente, con una certezza che non riuscivo a spiegarmi, credevo che qualcun altro, non della loro specie, li avesse predisposti per me. Per un momento, pensai di indossare subito quei vestiti, ma decisi invece di esplorare il resto dell'abitazione prima di fare qualsiasi cosa.

Uscita dalla camera da letto, mi trovai davanti a un soggiorno piuttosto carino. Un grande divano e una poltrona, entrambi in legno con dei cuscini beige molto comodi, erano posizionati proprio di fronte alla porta della camera da letto. A sinistra, vi era un tavolo con sei sedie, posto di fronte a un'altra grande finestra da un lato, e un piccolo bancone con un lavandino e delle mensole dall'altro. Anche se quell'ambiente doveva chiaramente fungere anche da sala da pranzo, non riuscivo a vedere nulla che somigliasse anche lontanamente a un fornello o a un frigorifero. D'altra parte, non ricordavo di aver visto alcun tipo di lampada da notte o qualcosa che suggerisse che l'abitazione fosse dotata di un impianto elettrico.

Eppure, una parte di me credeva che qualcuno avesse detto che i Kreelar fossero abbastanza avanzati da essere in grado di sfruttare l'energia elettrica. Improvvisamente, mi venne in mente che, se davvero non avessero avuto almeno quel grado di tecnologia, aiutarli senza la comodità della tecnologia avanzata che era sempre stata a mia disposizione si sarebbe rivelato estremamente impegnativo.

Ad ogni modo, mi avvicinai al tavolo su cui erano stati lasciati alcuni piatti coperti. Sollevai il coperchio del primo e trovai pane secco, marmellata, quello che supposi essere formaggio, salumi, frutta e una specie di succo trasparente. Con mio grande stupore, proprio accanto al piatto che conteneva la frutta, vidi il mio bracciale.

Il mio cuore sussultò mentre lo afferravo avidamente. Anche se me l'aspettavo, non potei evitare di sentire un pizzico di delusione per l'assenza di una rete di connessione. Ciò, però, non lo rendeva del tutto inutilizzabile. Come membro dell'Organizzazione Medici Interstellari, ero stata vaccinata praticamente contro tutto il possibile. Avevo anche ricevuto una serie di nanobot intelligenti in grado di rilevare la maggior parte delle tossine e di disfarsene rapidamente nel caso mi fossi trovata bloccata da qualche parte senza accesso a medicinali avanzati.

Nonostante tutto, però, esaminai comunque il cibo per verificare la presenza di eventuali rischi. Non sarebbe stato saggio pensare che potesse essere una buona idea espormi incautamente a batteri non necessari, solo perché ero protetta, . Anche se il mio sistema poteva combattere quasi tutto, non c'era nulla da guadagnare nel sottopormi al dolore, disagio, e forse addirittura all'agonia di una malattia sconosciuta.

La luce verde sull'interfaccia del mio bracciale mi segnalò che era tutto a posto. Diedi un morso alla carne stagionata. Il sapore ricordava una versione più delicata del chorizo. Le fette bianco-giallastre si rivelarono essere una specie di formaggio, molto simile al formaggio svizzero, il mio preferito. Si abbinava perfettamente con un po' di marmellata su quel pane che sembrava essere un cracker multi cereali. Pur avendo effettivamente un po' di fame, non mi sedetti a mangiare, optando invece per completare prima il giro.

La porta vicino alla zona pranzo era chiusa a chiave. Presumevo fosse l'ingresso principale. Dire che non mi desse fastidio essere rinchiusa dentro quella casa sarebbe stata una menzogna. Tuttavia, date le circostanze, potevo comprendere il motivo per cui Aku non volesse che un essere umano gironzolasse per il suo villaggio. Per quanto ne sapevo, la sua gente odiava la mia specie per ciò che gli era accaduto.

Tornai indietro, verso la porta dall'altra parte della zona giorno. Si rivelò essere una seconda camera da letto. Il letto era di dimensioni inferiori rispetto a quello in cui avevo dormito io. Anche il comò era più piccolo, lasciando però molto spazio per una grande scrivania che sarebbe stata perfetta da usare come mio ufficio. La porta sul muro di fondo della zona giorno si apriva sul cortile sul retro. Era piccolo e accogliente, con alte recinzioni che garantivano un'ottima privacy. Nel giro di un secondo, compresi il motivo: non avevano un bagno tradizionale, ma una doccia esterna accanto a una latrina.

Con mia grande gioia, la latrina non era così rudimentale come mi sarei aspettata. Come medico da campo, avevo avuto la mia buona dose di esperienze con latrine e bagni chimici lungo tutta la mia carriera. Quella, a dire il vero, sembrava collegata a una sorta di sistema fognario, cosa che per me andava benissimo. Era pulita, dotata di una carta igienica stranissima, più simile a dei tovaglioli che ad altro, e un piccolo lavandino, probabilmente collegato a un sistema di pozzi. Liberai rapidamente la mia vescica e poi mi feci una doccia. Sopra una mensola incassata vi era riposto un set di asciugamani. Ne presi uno, mi asciugai e me lo avvolsi intorno al corpo prima di tornare in casa. Decisi di indossare i vestiti che mi erano stati lasciati a disposizione e mi disturbò non poco scoprire che mi stavano perfettamente. Erano comodi, il tipo di abbigliamento resistente che indossavamo spesso in missioni di quel tipo.

Tornai nella sala da pranzo e mangiai, valutando intanto l'attuale situazione in cui mi trovavo. I vuoti nella mia memoria mi infastidivano tremendamente. Avrei dovuto preoccuparmene, ma una parte di me sentiva che quella perdita era qualcosa di previsto. Era come se fossi stata avvertita in anticipo che sarebbe accaduto, anche se ovviamente la cosa non aveva alcun senso.

La domanda principale era chi altro fosse stato portato lì. Mi ricordavo chiaramente di Brett Dunham e sapevo senza alcun dubbio che non poteva trovarsi insieme a me in quel momento. Ricordavo anche di aver visto Mehreen. Averla vicina sarebbe stato meraviglioso. Avrei solo voluto poter contattare qualcuno fuori dal pianeta per fargli sapere che stavo bene. I miei genitori dovevano essere già fuori di sé, dato che sicuramente erano stati avvertiti del mio rapimento.

Incerta sul da farsi, sistemai ordinatamente gli avanzi in un unico piatto, che poi ricoprii, e portai quelli vuoti nel lavandino. Proprio mentre stavo per iniziare a lavarli, un colpo alla porta mi fece sobbalzare, spaventandomi a morte.

"Avanti," chiamai, con il palmo della mano premuto sul petto.

Il chiavistello scattò e poi la porta si aprì. Strinsi le mani davanti a me, sentendomi improvvisamente nervosa quando l'imponente figura di Aku riempì l'ingresso. I suoi occhi passarono rapidamente su di me prima di posarsi sul tavolo.

"Bene, sei pronta," disse con tono di approvazione. "Non preoccuparti dei piatti. Qualcuno si occuperà di lavarli. Vieni."

Mi fece cenno di seguirlo e uscì subito dalla casa, senza

attendere la mia risposta. Lo seguii in fretta, affascinata dal lento movimento della sua lunga e soffice coda. Mi sorprese che ne avesse una. Gli ominidi come gli esseri umani e i primati più evoluti non avevano la coda, a differenza delle scimmie. E quel Kreelar possedeva chiaramente un livello di intelligenza e sensibilità pari a quello di un essere umano.

Uscita dalla casa, mi ritrovai in un cortile interno piuttosto affascinante. All'interno, altre otto abitazioni simili alla mia circondavano i bordi dell'area. Con mia grande gioia, un laboratorio da campo dispiegabile e dotato di pannelli solari era situato accanto all'ultima abitazione di fronte alla mia. La pavimentazione era costituita da terra battuta, sebbene una serie di fiori e piccoli cespugli adornassero i bordi anteriori di ogni piccola residenza. Sulla destra, un alto cancello limitava il nostro accesso al resto del villaggio. Davanti ad esso si trovava una sola guardia.

Come Aku, indossava dei pantaloni lunghi e molto larghi, una cintura decorata e un drappo decorativo ai fianchi. Il petto nudo non nascondeva nulla dei suoi addominali ben definiti. I bracciali di cuoio intorno ai polsi avevano la stessa tonalità verde scuro di quelli del suo capo. La differenza principale tra loro era la cerchiatura finemente intagliata sulla fronte di Aku, che immaginavo servisse a contraddistinguerlo come capo tribù, o *Kald*, se avevo interpretato correttamente il mio traduttore.

Mentre ci avvicinavamo al laboratorio, riconobbi che era di proprietà dell'Organizzazione Medica Interstellare. L'avevano rubato?

"Come avete fatto a mettere le mani su questo laboratorio?" dissi, prima ancora di rendermene conto.

"Siamo stati creativi," rispose Aku in modo evasivo.

"Quanto creativi?" insistetti.

Bastò uno sguardo per farmi capire che avrei dovuto lasciar perdere l'argomento. Anche se non aveva molta importanza, date le circostanze, odiavo lavorare al buio e avere così tante domande senza risposta. La cosa mi preoccupava anche perché nel mio lavoro era essenziale avere attrezzature affidabili e di prima qualità. Un'attrezzatura difettosa significava risultati inaffidabili, e ciò si traduceva a sua volta in cure che avrebbero potuto essere addirittura più dannose della malattia che stavamo cercando di combattere.

Ma tutti questi pensieri vaganti volarono via dalla mia mente quando la porta si aprì rivelando la presenza di due volti familiari.

"Mehreen! Ernst!" esclamai. Il mio volto si illuminò per la gioia mentre entrambi gli scienziati si alzavano dalle loro postazioni di lavoro.

"Eccola qui!" disse Mehreen.

Anche se eravamo in rapporti amichevoli, non avrei potuto definire nessuno dei due un amico intimo. Eppure, mi precipitai immediatamente da lei e la strinsi in un grande abbraccio, che Mehreen ricambiò felicemente. A quarantotto anni, la piccola donna di origini libanesi sembrava appena trentenne. Aveva una pelle perfetta e luminosa, lunghi capelli castano scuro, occhi marrone chiaro e ciglia naturali incredibilmente lunghe che mi facevano sbavare d'invidia. Si era guadagnata il rispetto della comunità scientifica con il suo impressionante lavoro da immunologa.

Dopo aver lasciato andare Mehreen, mi voltai verso Ernst Wagner. Alto e dinoccolato, mi sovrastava di una buona testa. Il calore del suo abbraccio mi colse leggermente di sorpresa, dato che lo conoscevo ancora meno di Mehreen. Dalle mie limitate interazioni con lui, anche se non lo avrei definito propriamente freddo e distante, non mi era mai sembrato un tipo particolarmente espansivo. Come se avesse appena pensato lo stesso, Ernst sciolse l'abbraccio e si raddrizzò, prima di passarsi le dita tra i corti capelli castano chiaro. Il barlume di imbarazzo nei suoi occhi azzurri sarebbe stato adorabile se non fosse stato così strano in un uomo di cinquantaquattro anni solitamente decisamente imperturbabile.

In qualità di biologo cellulare e molecolare, era un esperto nella ricerca delle conseguenze fisiologiche sulla salute dovute alle interazioni chimiche delle piante su tessuti viventi nelle specie animali, con una specializzazione in xenobiologia.

"Sono lieto di vedere che vi conoscete già," disse Aku, richiamando la nostra attenzione. "Renderà le cose più facili per tutti. Prego," aggiunse, indicando il tavolo da riunione al centro della sala.

Lo spazio aveva quattro postazioni di lavoro sui lati destro e sinistro. Una grande porta sul retro dava accesso al laboratorio vero e proprio, diviso in tre sezioni. Una di esse era accessibile solo dopo aver attraversato uno spazio di decontaminazione. Un'altra sezione aveva due stanze di isolamento per i pazienti e l'ultima offriva una varietà di gabbie e celle dove avremmo potuto tenere degli animali.

Ci sedemmo intorno al tavolo, Mehreen e io a sinistra, Ernst di fronte a noi e Aku a capotavola.

"Siete stati scelti perché avete le competenze e la giusta bussola morale per porre rimedio alla tragedia causata da Elias," disse con voce calma, prima di rivolgersi a me. "Come Mehreen ed Ernst potranno confermare, questi dispositivi contengono tutte le informazioni di cui avete bisogno."

Indicò i computer su ogni postazione di lavoro. Senza connessione, saremmo stati comunque limitati in alcune delle attività che avremmo potuto svolgere e rispetto alle informazioni a cui avremmo potuto accedere. Tuttavia, quei laboratori erano stati specificamente progettati per operare in aree remote, spesso per specie primitive che non possedevano quel tipo di tecnologia. Pertanto, le unità locali possedevano un ampio database con quasi tutto ciò di cui avremmo potuto aver bisogno per il confronto incrociato e l'analisi.

"Se avete domande, io e i miei collaboratori saremo lieti di rispondervi. Potete esaminare Yekka, l'ultimo membro della nostra tribù a presentare i sintomi," continuò. "L'abbiamo sistemata nella prima casa proprio accanto al laboratorio."

"Abbiamo trovato un file su di lei nel sistema," disse Ernst con un leggero cipiglio. "Avete inserito voi quei dati?"

Aku scosse la testa. "L'hanno fatto i nostri amici."

"Sono gli stessi amici che vi hanno insegnato l'Universale?" chiesi.

Mi lanciò uno sguardo strano prima di annuire. "Sì, è così. Ma ora basta parlare di loro," aggiunse, quando aprii bocca per chiedere ulteriori informazioni. "Non sono loro il motivo della vostra presenza qui."

"Avevi detto che avresti risposto alle nostre domande," lo sfidò Ernst.

"Ho detto che avrei risposto alle domande riguardanti la malattia che ci affligge, nient'altro," ribatté, con tono più duro.

Mehreen lanciò a Ernst uno sguardo che implicava che avrebbe dovuto lasciar perdere. Anch'io avrei voluto insistere, ma mi resi conto che gli altri lavoravano in quel laboratorio da un po' di tempo ormai. Dio solo sapeva cosa fosse successo nel frattempo. Non mi sembrava saggio fare storie finché non avessi capito meglio cosa stesse succedendo.

Si rivolse ad Aku. "In base ai problemi che la vostra gente sta affrontando, se avessimo più aiuto..."

"Non verrà nessun altro," lo interruppe seccamente. "Voi tre siete già troppi, per non parlare del suo compagno. Gli alieni sono una piaga per questo mondo. Vi abbiamo portato qui solo perché non avevamo altra scelta. State certi che vogliamo che ve ne andiate tanto quanto voi volete andarvene."

"Il suo compagno?" ripeté Ernst, confuso.

Aku agitò una mano, chiaramente disinteressato ad approfondire la questione. Una parte di me avrebbe voluto che avesse risposto, mentre un'altra non voleva davvero discutere l'improbabile stato della mia vita personale con gli altri presenti.

"Siete liberi di muovervi in questo cortile," continuò. "Inizialmente, lo avevamo costruito per tenere gli ammalati isolati dal resto della tribù. Non cercate di fuggire. Non vi vogliamo fare del male, ma ci aspettiamo che facciate tutto ciò che è in vostro potere per sistemare ciò che la vostra gente ha combinato. Se avete bisogno di uscire dal cortile, chiedete a una delle guardie. Sappiate che la foresta oltre la recinzione non è sicura. Se vi avventurerete lì senza essere accompagnati, non sopravviverete. Deve esservi chiaro che questo non è un gioco o una minaccia a vuoto. Domande?"

Ne avevo un milione. A giudicare dalle espressioni dei miei compagni, anche loro avevano molte cose da chiedergli. Tuttavia, ci scambiammo uno sguardo e ci capimmo al volo. Dovevamo discutere alcune cose tra di noi prima di sottoporlo a un interrogatorio completo.

"Bene!" disse alzandosi quando annuimmo tutti in risposta. "I pasti saranno serviti nella casa verde all'una e poi alle sei. Se avete bisogno di nutrirvi prima, basterà semplicemente avvisare la guardia. Il suo nome è Enre. Ci saranno sempre cose da sgranocchiare nella casa dei pasti. Che la vostra giornata sia produttiva."

Con quelle parole, si alzò e uscì dal laboratorio.

"Chi cazzo è?!" sussurrai mentre guardavo la porta chiudersi dietro di lui.

"Era il nostro scontroso padrone di casa, Kald Aku Ebaki," disse Mehreen con un lungo e sofferente sospiro. "Ma era ora che smettessi di sonnecchiare e ti unissi al divertimento."

"Quanto tempo sono rimasta addormentata? E voi da quanto siete qui?' chiesi.

"Siamo arrivati tutti qui due giorni fa," rispose Ernst. "Io e Mehreen abbiamo iniziato a esaminare i file ieri. Tutta questa faccenda è un casino di proporzioni epiche."

"Ieri?! Perché non mi avete svegliata?" esclamai.

"Hai riportato delle gravi ferite sul Gladius," spiegò

Mehreen. "I tuoi nanobot hanno fatto gli straordinari per farti tornare al 100%."

"Ma stavo bene quando mi sono svegliato prima di arrivare qui," obiettai.

Lei scosse la testa. "Eri solo parzialmente guarita e stavi beneficiando degli effetti di alcuni antidolorifici piuttosto incredibili. Non ti sarebbe per niente piaciuto essere rimessa in piedi ieri."

"Capisco. Ma voi due? State bene?"

Annuirono entrambi.

"Siamo stati trattati molto bene," disse Ernst. "Nessuno ci ha minacciato o ha cercato di farci del male. Le nostre abitazioni sono pulite e confortevoli e ci forniscono cibo in abbondanza."

"Mi fa piacere sentirlo. Ma soffrite di qualche tipo di perdita di memoria?" chiesi.

Ancora una volta, entrambi annuirono.

"Ci hanno cancellato la memoria," disse Mehreen con fermezza. "C'era qualcuno con Aku su quella nave, ma non ricordo chi fosse, che aspetto avesse, o anche in che tipo di nave ci trovassimo."

"Lo stesso," commentai, con un pizzico di frustrazione.

"Ma perché?" chiese Ernst.

"Per lo stesso motivo per cui non ci dicono dove hanno preso questo laboratorio. Chiunque li stia aiutando, si metterebbe in guai seri," dissi, pensierosa. "Per quanto vorrei che si aprisse con noi, Aku ha ragione: questo non è rilevante per il nostro scopo attuale. Ma quelle accuse contro Elias sono assurde."

"Assurde ma vere," disse Ernst con aria disgustata.

"Cosa?!" chiesi, sbalordita dalla profondità del disprezzo che potevo leggere sui suoi lineamenti.

"Ho lavorato con Jacobs. Quell'uomo è tanto spregevole quanto spietato. In base alla mia esperienza con Elias, tutto ciò che ha detto Aku sembra più che probabile. È per questo che ho lasciato la sua squadra. Quel miserabile è una sanguisuga. Fa passare il lavoro dei suoi stagisti come suo. Quello che la maggior parte delle persone non capisce è che il SS12 gli ha salvato la carriera. Stava per perdere tutti i suoi finanziamenti. E con così tante persone che si rifiutavano di lavorare con lui, stava diventando disperato.

"Cosa stai dicendo? Pensi che tutta questa tragedia sia stata causata deliberatamente? Lo stai accusando di essere coinvolto in qualcosa di così terribile?"

Mi si ribaltò lo stomaco di fronte alla sua esitazione. Fu un duro colpo rendermi conto che qualcuno che stimavo così tanto si fosse rivelato non essere affatto l'immagine idealizzata che mi ero costruita nella mia testa.

"No," disse alla fine. "Dubito che avrebbe provocato qualcosa del genere di proposito. Nonostante tutti i suoi difetti, Jacobs è un opportunista, non una mente diabolica. È solo diventato sempre più pigro a seguire i protocolli, e questo si è ripercosso sui membri della sua squadra. Vi rendete conto che, quando lasceremo questo pianeta, dopo aver risolto questa crisi, ci troveremo in un gran casino, vero?"

"*Quando* ce ne andremo, o *se* ce ne andremo?" ribatté Mehreen.

Mi accigliai mentre studiavo il suo viso. "Perché dici così? Pensi che ci faranno del male una volta ottenuto ciò che vogliono?"

Lei scosse la testa. "Non ho percepito alcuna cattiva intenzione da parte di queste persone. Quindi no, non penso che cercheranno di farci del male, ma credo che vorranno tenerci."

"E perché mai? L'hai sentito dire chiaramente che non vede l'ora che ce ne andiamo," obiettai.

"È vero," concesse. "Tuttavia, hanno anche visto come la malattia sia tornata un anno dopo che Jacobs l'aveva inizialmente curata. La loro gente è sull'orlo dell'estinzione. Al loro posto, non sarei così veloce nel permettere alle uniche persone in grado di porre rimedio di andarsene, soprattutto visto che la loro specie non ha un modo diretto di comunicare con noi nel caso succedesse qualcos'altro."

Agitai una mano, liquidando quell'obiezione. "La Prima Direttiva è già stata violata per ciò che li riguarda. A seguito di questo incidente, saremo costretti ad eseguire regolarmente controlli e tenerci in contatto con loro."

"Noi tre lo sappiamo. Ma *loro* no. E anche se gli dicessimo che torneremo per assicurarci che tutto sia ancora a posto, non hanno alcun motivo di fidarsi di noi."

"Capisco quello che dici, ma sono convinta che ci vorranno fuori dai piedi per dimenticare che siamo mai esistiti. Comunque, solo il tempo saprà dirlo. Per ora, dobbiamo tornare al lavoro. Vi sarei grata se poteste aggiornarmi su ciò che avete scoperto finora."

E così, ebbe inizio la nostra corsa contro il tempo.

CAPITOLO 6
AMRETH

Dopo diciotto ore di viaggio fino ai confini del nostro settore della galassia, e quattro giorni dopo il rapimento di Ciara, iniziai finalmente la mia discesa nell'atmosfera di Kestria. Nonostante il mandato non ufficiale che mi era stato dato dagli Esecutori, il mio profondo e ben radicato lato Obosiano, che mi imponeva di rispettare le leggi, continuava a tentennare all'idea di violare la Prima Direttiva. In verità, mi aspettavo di sentirmi fisicamente male al solo pensiero. Tuttavia, la necessità di salvare la mia compagna, una donna che non avevo mai nemmeno incontrato, ebbe la meglio su tutto il resto.

Il mio cuore sussultò quando, pochi minuti dopo aver attraversato l'atmosfera, il mio localizzatore si attivò, indicando che stava finalmente captando il segnale dall'impianto di Ciara. Altri due segnali confermarono che anche Mehreen ed Ernst erano con lei. Fu un grande sollievo. Se fossero stati separati, ciò avrebbe potuto complicare notevolmente qualsiasi tentativo di salvataggio.

Con mia sorpresa, il segnale non proveniva dalle vicinanze dei villaggi dei Sangoth, ma dall'altro lato della catena montuosa dove abitavano. Era nella valle, a quasi due ore di volo da lì.

Anche se confuso, mi sentii comunque sollevato. I Sangoth abitavano sulle cime ghiacciate delle montagne. Senza un'adeguata attrezzatura invernale, gli esseri umani avrebbero faticato a sopportare quelle temperature gelide.

Durante tutto il viaggio per arrivare fino a lì, avevo cercato di scoprire il possibile sulla mia Ciara. Tutto ciò che avevo letto non aveva fatto altro che aumentare l'orgoglio che provavo sapendo che era mia. Oltre al suo curriculum stellare e al suo passato impeccabile, era stata un prodigio a scuola, ottenendo il suo primo dottorato all'età di ventitré anni. Era stata insignita con innumerevoli premi e riconoscimenti nel corso degli anni, molti dei quali le avevano aperto porte e possibilità per cui molti avrebbero supplicato.

Nonostante le numerose offerte ricevute per incarichi prestigiosi, Ciara le rifiutò tutte per dedicarsi a missioni altruistiche su pianeti primitivi in condizioni disastrose. Si era concentrata anche su ricerche che avrebbero potuto avere un impatto enorme sul mondo medico, ma che non le avrebbero dato il tipo di fascino e visibilità che molti dei suoi colleghi cercavano. Come Elias Jacobs.

Ma vorrà mai stabilirsi su Molvi?

Quella domanda mi tormentava incessantemente. Ovviamente, in qualità di Guardiano del mio Settore, non potevo andarmene. I Settori appartenevano a una stirpe. La mia famiglia gestiva il nostro da molte generazioni. Era un enorme onore essere il Guerriero scelto per assumere tale responsabilità. Nonostante tutte le difficoltà, amavo ciò che facevo. Anche in quel momento, mi sentivo in colpa per la mia assenza e aver dovuto scaricare i miei doveri sul mio migliore amico, Kronos, e mio cugino Silas.

Mi vergognavo ancora di più perché Kronos era già molto impegnato a prendersi cura del suo Settore, oltre che con i preparativi per l'arrivo del suo primo figlio. Speravo solo che saremmo riusciti a risolvere rapidamente la questione. Almeno, mi consolava il fatto di aver mantenuto il mio Settore in buone condizioni e, a meno che qualcosa di totalmente inaspettato non facesse deragliare le cose, gestire i miei prigionieri in mia assenza non avrebbe dovuto essere un fardello troppo pesante.

Mentre sorvolavo la fitta foresta, delimitata da un ampio fiume, cercai distrattamente con lo sguardo di individuare la fauna locale. Sebbene per la maggior parte sembrasse composta da creature piuttosto piccole, alcuni esemplari grandi che correvano ad alta velocità indicavano che alcune aree potevano non essere sicure. Quelle creature sembravano decisamente dei feroci predatori.

La mia confusione aumentò man mano che mi avvicinavo alla posizione degli impianti. Provenivano chiaramente da un villaggio tentacolare poco più avanti. Per quanto avesse un aspetto piacevole e fosse composto da edifici robusti, era innegabilmente primitivo. Oltre al fatto che, chiaramente, non avevano raggiunto la tecnologia per i viaggi spaziali, dubitavo che possedessero persino l'elettricità.

Durante il mio viaggio fino a lì avevo fatto diverse congetture su cosa potesse star succedendo. La mia teoria principale era che una specie avanzata avesse segretamente stabilito una base sul pianeta e avesse rapito quegli scienziati per completare il progetto che avevano iniziato illegalmente con Jacobs.

Ma sicuramente non poteva essere così.

Sorvolai il villaggio in modalità occultata per avere una prima visione della conformazione del terreno. Il numero incredibilmente elevato di maschi rispetto in rapporto alle femmine, mi lasciò perplesso. Il numero drasticamente basso di giovani sollevò ancora più dubbi. Mentre mi dirigevo lì, non avevo rilevato nessuno di loro che vagava nella natura selvaggia circostante, cosa che avrebbe potuto spiegare un tale squilibrio nel caso i giovani fossero stati fuori per una gita o a caccia.

Anche il fatto che fossero tutti nel villaggio, almeno in apparenza, sembrava strano. Una trentina di maschi e una manciata di femmine erano intenti a lavorare fuori dai cancelli del villaggio, arando i campi che si estendevano su entrambi i lati della strada principale che portava all'ingresso. Modificai la mia vista in modo da poter scrutare le loro anime. Con mio sollievo, avevano le tonalità pacifiche di persone comuni e perbene. Nessuno di loro mostrava la sfumatura arancione o rossastra che indicava malvagità o cattive intenzioni.

Ma che cos'è il male per loro?

Nel corso degli anni, avevo incontrato alcune specie rare che non sarebbero mai state ammesse nell'Organizzazione dei Pianeti Uniti. I loro valori morali erano troppo diversi dai nostri. Cose che noi consideriamo inconcepibili e atroci, per loro erano normali e parte della legge del più forte. Non commettevano quegli atti mossi da una qualche forma di crudeltà. Il nostro shock e la nostra indignazione li lasciavano davvero perplessi. Come si possono perseguire persone che vedono il mondo attraverso lenti completamente diverse dalle nostre?

Ingrandii la vista sui maschi all'esterno per vederli meglio. Il loro aspetto scimmiesco mi lasciò di stucco. La scansione biologica mi confermò che non c'erano tracce di una specie simile nel nostro database.

"In nome di Tharmok, che sta succedendo?" sussurrai tra me e me.

La scansione segnalava un unico edificio ad alta tecnologia, che si rivelò essere un laboratorio mobile dell'Organizzazione Medici Interstellari. Come diamine aveva fatto una specie così primitiva a metterci le mani sopra? Perché quei tre scienziati stavano lavorando al suo interno? Il pensiero che degli invasori Settari stessero usando quel villaggio come base non mi abbandonava. Eppure, non rilevavo alcun impianto cerebrale o collare di controllo che potesse indicare che quella specie scimmiesca fosse asservita al comando di potenti extra-mondo.

Dopo una breve esitazione, virai di nuovo verso il cortile interno in cui si trovava il laboratorio. Procedetti con un'altra scansione, per avere conferma dell'assenza di qualsiasi tipo di tecnologia in grado di rilevare il segnale che mi accingevo a inviare agli impianti dei tre dottori. Il dispositivo organico era stato progettato in modo tale da ingannare la maggior parte degli scanner, facendogli credere che fosse semplicemente un neo sulla pelle della persona.

Una volta inviato un segnale, l'ospite avrebbe avvertito una piccola pulsazione che indicava che stavamo cercando di contattarlo. In base ai protocolli, se il bersaglio era in grado di muoversi, ci si aspettava che uscisse all'aperto per consentire il riconoscimento facciale. Se non fosse stato in grado di uscire, doveva fornire una delle quattro possibili risposte.

La prima indicava che non poteva uscire, il che generalmente significava che era fisicamente trattenuto, sia che fosse chiuso in uno spazio o ammanettato. Il secondo indicava che avrebbe avuto bisogno di un po' di tempo prima di poter uscire. In tal caso, avrebbe tentato di fornire un intervallo di tempo per l'attesa. Il terzo segnale ci informava che era ferito e che, quindi, non poteva uscire o avevano bisogno di assistenza immediata. L'ultimo segnale indicava un pericolo che ci imponeva di andarcene subito prima di essere catturati o attaccati.

L'obiettivo poteva rispondere con una combinazione di tutte le risposte precedenti. La sfida consisteva nel fatto che doveva esercitare pressione sull'impianto sottocutaneo secondo uno schema specifico. Se era incatenato o ferito, quel compito era quasi impossibile.

Il mio cuore fece un balzo quando le porte del laboratorio si aprirono meno di un minuto dopo. Trattenni il respiro e ingrandii la visuale con la telecamera mentre tre umani uscivano dall'edificio. Per i denti di Tharmok! La mia compagna era ancora più bella di persona!

Aveva il viso di una dea, con zigomi alti, un naso delicato, labbra carnose e sensuali, occhi mozzafiato di un colore che non riuscivo a definire. Il suo fascicolo li etichettava come grigi, ma erano troppo scuri per essere descritti come tali e allo stesso tempo troppo chiari per essere neri. La sua pelle marrone era invitante al punto da far venire voglia di assaggiarla e contrastava meravigliosamente con le ciocche setose dei suoi capelli bianco argentati. Sotto la luce del sole del primo pomeriggio, brillavano come un mare di diamanti. Nonostante fosse molto basica, la sua uniforme da campo abbracciava le curve perfette del suo corpo nel modo giusto. Ci volle tutta la mia forza di volontà per trattenermi dal far atterrare subito la mia navicella e correre da lei.

Vedere Ciara alzare la mano destra e accarezzarsi la guancia prima di far scorrere il palmo lungo il lato del collo mi fece uscire dal mio stordito stato di ammaliamento. Era il segno che indicava che erano illesi e non in pericolo. Risposi al segnale, confermando di aver ricevuto la loro risposta, mentre continuavano a fingere di chiacchierare come nulla fosse mentre si sgranchivano le gambe.

Si attardarono ancora qualche secondo prima di rientrare. Un'ultima scansione confermò che non ci fosse nessun altro all'interno del laboratorio. Rilevai solo due scimmie femmine nell'abitazione accanto a loro. I dati superficiali delle scansioni sembravano indicare che stavano dormendo. Una sola guardia stava di guardia senza troppo impegno davanti ai cancelli che chiudevano il cortile interno dove erano rinchiusi i medici.

Dopo un ultima perlustrazione del perimetro per valutare il modo migliore per farli evadere, mi allontanai, relativamente poco, dal laboratorio, a circa dieci minuti di volo con le mie ali, fino a una formazione rocciosa alta e con una sporgenza robusta su cui feci atterrare il mio velivolo, ancora in modalità occultata. Non potevo rischiare di lasciarlo nella foresta o in qualsiasi altra area aperta dove la gente del posto o un animale avrebbe potuto imbattersi in esso.

E in ogni caso, per il momento non avrei fatto evadere i prigionieri.

Prima volevo entrare nel villaggio, magari organizzare qualche diversivo per aiutarli a fuggire e, idealmente, parlare con uno di loro per farmi un'idea più precisa di cosa stesse succedendo. Poco prima di lasciare la nave, inviai un messaggio a Maeve con le coordinate del villaggio, i dati e tutte le foto raccolte fino a quel momento dalle mie scansioni. Poiché non c'erano ripetitori nelle vicinanze, il messaggio avrebbe impiegato un po' di tempo prima di arrivare a destinazione.

Eppure, una parte di me sospettava ancora che qualcuno potesse essere comodamente appostato nelle vicinanze di Kestria, pronto a intervenire se le cose si fossero fatte davvero disperate. Anche se avevo avuto interazioni quotidiane, seppur limitate, con gli Esecutori, avevo visto abbastanza rapporti riguardanti alcuni dei peggiori detenuti incarcerati nel mio Settore per sapere quali metodi creativi erano stati usati per catturarli. Gli Esecutori raramente lasciavano le cose al caso. Erano semplicemente bravissimi a trovare soluzioni alternative per mantenere un alibi e una plausibile estraneità ai fatti. Visto il modo in cui mi avevano permesso di recarmi lì, non dubitavo che avessero qualcun altro pronto a seguire qualsiasi pista che potesse condurli all'identità dei Settari che minacciavano la sovranità dei nostri confini.

Anche senza prove a sostegno di quella ipotesi, quel pensiero mi donava comunque un certo conforto. Se le cose mi fossero andate male, quantomeno qualcuno avrebbe saputo con certezza dove si trovasse la mia compagna, in modo da portarla in salvo.

Aprii il portello della mia nave, attivai il mio scudo personale invisibile e poi mi alzai in volo. Ancora una volta, rimasi meravigliato dalla bellezza del paesaggio. Mi ricordava casa mia, con le sue foreste lussureggianti, la flora variopinta, i cieli limpidi e l'aria fresca delicatamente intrecciata con il dolce aroma dei fiori profumati. Il sole accarezzava le mie ali con i suoi caldi raggi, il tempo era perfetto per un lungo soggiorno all'aperto, senza il tipo di umidità opprimente che avrebbe potuto invece rovinare luoghi come quelli.

Per quanto volessi volare direttamente nel cortile, non potevo rischiare che il rumore dello sbattere delle mie ali mi tradisse. Anche se il mio scudo di occultamento aveva una forte funzione di smorzamento del suono, non era in grado di silenziare ogni movimento. Non conoscevo abbastanza quella specie per escludere la possibilità che fosse dotata un udito molto sensibile. Inoltre, la posizione della guardia vicino al cancello avrebbe reso quasi impossibile atterrare senza essere notati.

In ogni caso, l'obiettivo dell'infiltrazione per quel giorno era principalmente di vedere come avrei potuto portare via in sicurezza gli ostaggi o stabilire un piano per prelevarli in volo individualmente nel momento più appropriato. Atterrai nella foresta situata di fronte al villaggio, il limite degli alberi iniziava a circa cento metri rispetto ai confini dei campi agricoli.

Iniziai a camminare cautamente verso il villaggio. Almeno ventitré maschi e quattro femmine stavano lavorando nei campi su ciascun lato dell'ampio sentiero che conduceva ai cancelli. Il rumore del loro lavoro mi tranquillizzò, dato che soffocava ulteriormente il suono, già molto discreto, dei miei passi. Ad ogni modo, anche senza quei rumori, non sarebbero stati in grado di sentirmi da quella distanza e con l'effetto smorzante del mio scudo, ma ogni aiuto era sicuramente ben accetto. Stavano raccogliendo quelle che sembravano essere una sorta di pannocchie, anche se la forma era leggermente diversa, così come il colore. Altri sembravano intenti a estirpare le erbacce e lavorare il terreno.

Tuttavia, fu il colore della loro aura a catturare la mia attenzione. Durante il mio volo, aveva una tonalità bianco-bluastra che indicava la specie come abbastanza sicura. Considerando la distanza e l'ostruzione causata dalla nave stessa, non era raro che le nostre letture venissero in qualche modo influenzate o distorte. In quel momento, però, trovandomi davanti a loro di persona, notai che avevano tutti una pallida tinta gialla che mi rese irrequieto. Dato che era comunque lontano dall'essere un colore anche solo lontanamente interpretabile come un segnale di pericolo, continuai ad avanzare, con gli occhi che guizzavano da una parte all'altra mentre li osservavo alla ricerca di qualsiasi segno di potenziale pericolo.

Il fatto che fossero tutti concentrati sul loro lavoro, a parte qualche chiacchiera occasionale, mi fece sentire un po' più tranquillo. A metà del percorso, notai il primo cambiamento nel colore delle loro aure. La sfumatura gialla si intensificò notevolmente. Fortunatamente non era diventata arancione o rossa, dato che nel secondo caso sarebbe stato terribile. Mi fece comunque balenare l'idea di interrompere la missione. Odiavo non avere un effettivo riferimento rispetto alla tavolozza dei colori della gamma emotiva di quelle persone.

Continuavano comunque a non notarmi. Un paio di maschi e una femmina raccolsero le pesanti casse piene di verdure per portarle a un carro all'ingresso del villaggio, prima di tornare ai loro posti. Il modo disinvolto con cui li trasportavano indicava che disponevano di un'enorme forza. Mi suggeriva anche che le loro femmine, o almeno quella, erano forti quanto i maschi. D'altra parte, sebbene più snelle e con le spalle più strette, le femmine erano alte quanto le loro controparti e i muscoli delle braccia erano ben definiti come quelli di un atleta.

Proprio mentre mi stavo avvicinando agli ultimi cinque metri dall'ingresso del villaggio, dove i cancelli erano spalancati, il colore della loro aura cambiò di nuovo, quella volta con un accenno di arancione. Mi si strinse lo stomaco e mi fermai di colpo. Non poteva essere una coincidenza. Mentre il giallo originale mi indicava solo che dovevo stare in guardia, l'aumento di intensità suggeriva che stessero tramando qualcosa. Era il colore che i miei detenuti solitamente mostravano quando stavano aspettando il momento giusto per tendere una trappola al loro ignaro bersaglio.

Non sapevo se quei colori avessero un significato diverso per quelle persone, ma il mio istinto mi stava urlando di andarmene da lì. Mettendo a tacere la mia voglia di andare avanti e di mettermi in contatto la mia compagna, iniziai lentamente ad arretrare, con gli occhi che scattavano in ogni direzione alla ricerca di qualche segno che mi indicasse che mi avevano visto.

E alla fine arrivò.

Avevo fatto solo tre passi indietro quando ogni singolo scimmione alzò la testa nella mia direzione. Mi gelò il sangue nel momento in cui tutti mi guardarono direttamente negli occhi. Istintivamente, diedi un'occhiata al mio scudo per assicurarmi che fosse ancora attivo. E lo era. In qualche modo, riuscivano a vedere attraverso. All'unisono, tutti lasciarono cadere i loro attrezzi agricoli e corsero verso di me.

Sbattei le ali e mi diressi verso la foresta. Con mia grande sorpresa, riuscirono a stare al mio passo, correndo a velocità incredibile. La loro perfetta coordinazione, accompagnata da un silenzio inquietante, escluso il rumore sordo dei loro passi, mi spaventò ancora di più. Il mio cuore sussultò quando un maschio con una sorta di cerchietto saltò almeno quattro metri in alto, sfiorandomi il tallone sinistro con la punta delle dita. Solo un paio di centimetri in più e avrebbe potuto tirarmi giù, afferrandomi per la caviglia.

Aumentai la velocità quando una strana sensazione di formicolio iniziò a manifestarsi nella parte posteriore dei miei occhi. Il mio piano iniziale di seminarli nella foresta venne rapidamente sventato quando tutti saltarono a un'altezza folle, aggrappandosi ai rami più bassi degli alberi circostanti, dondolandosi con incredibile forza per alcuni metri fino ad arrivare all'albero successivo. Molti, al contempo, si arrampicavano sempre più in alto. Un paio di loro lanciarono un grido acuto, simile a quello delle scimmie. Non sembrava casuale, ma una sorta di direttiva tattica per aiutarsi a coordinare meglio il loro attacco.

Con il crescente formicolio nella parte posteriore dei miei

occhi, mi ci volle troppo tempo per capire che stavano cercando di raggiungere un'altezza sufficiente per potermi saltare addosso e buttarmi a terra.

Mi alzai immediatamente di quota, sperando di guadagnare abbastanza distanza verticale da rendere i rami superiori troppo deboli per sostenere il loro peso, dandomi la possibilità di fuggire. Ma non appena iniziai la mia ascesa, un forte rumore esplose nella mia testa. La mia vista si offuscò e improvvisamente mi ritrovai a lottare per controllare i miei movimenti. Sembrava un rumore bianco innaturale, che confondeva le mie sinapsi e disturbava il mio sistema motorio.

Iniziai a precipitare e riuscii a malapena a riprendermi abbastanza da planare per non schiantarmi a terra. Il rumore diminuì, ripristinando parzialmente il controllo delle ali e dei sensi. Ma non appena cercai di alzare di nuovo la quota, il rumore tornò con ancora più forte, facendomi vacillare ancora una volta.

Non avendo altra scelta che atterrare o rischiare di ferirmi gravemente, volai verso terra ma mi schiantai brutalmente. La mia vista offuscata mi aveva fatto calcolare male la distanza. Sentii i miei denti sbattere, ma mi lasciai trasportare dallo slancio e balzai in piedi. Il rumore incessante mi faceva lacrimare gli occhi e tremare i muscoli. Cercai di concentrarmi sulle sagome in avvicinamento, invocando intanto il mio Lumiak. Le punte delle mie dita iniziarono a formicolare per l'energia elettrica... mezzo secondo prima che svanisse. Le mie ginocchia cedettero e caddi al suolo. Un'ondata di vertigini mi travolse. Inginocchiato, appoggiando i palmi delle mani sul terreno della foresta per sostenermi, lottai per restare cosciente.

In un ultimo disperato tentativo, feci esplodere il mio *bakaan*. Se non altro, avrebbe potuto farli desistere dal tentare di uccidermi. Non sapevo se avesse funzionato, ma dopo i ripetuti tonfi delle creature scimmiesche che saltavano giù dagli alberi e atterravano tutt'intorno, il rumore nella mia testa si affievolì quando tutti furono in piedi davanti a me.

"Un'aura calmante?" disse una voce maschile con un accenno di divertimento. "Deve essere un talento utile da avere con dei bambini troppo vivaci. Ma non c'è bisogno di placarci. Non siamo tuoi nemici, Obosiano. Puoi rilassarti e abbassare lo scudo. Ti aspettavamo."

Come facevano a sapere cosa fossi, se io non avevo mai sentito parlare della loro specie? Come potevano aspettarsi il mio arrivo? E com'era possibile che parlassero l'Universale così fluentemente? Ma soprattutto: come cazzo avevano fatto a vedermi?

In un certo senso, quell'ultima domanda era stupida. Chiaramente, possedevano una qualche forma di potere psionico. Io, in quanto Obosiano, avevo il potere di vedere le anime, anche attraverso l'occultamento, e a quanto sembrava, anche loro erano dotati di abilità simili.

Con la mente ancora scossa, disattivai lo scudo. Alzai lo sguardo verso il maschio alto e muscoloso che sembrava essere il loro capo, a giudicare dal cerchietto sulla fronte che nessuno degli altri possedeva.

"Aspettavate... me?" chiesi, odiando di trovarmi in una posizione così vulnerabile.

Annuì. "Non darci motivo di farti del male e andrà tutto bene."

"Chi sei?" chiesi, mentre la pressione sul mio cervello continuava a diminuire. Con mio sollievo, le loro auree stavano diventando sempre più blu, il colore standard che indica l'assenza di minaccia.

"Il mio nome è Aku. Sono il Kald di Bryst, il villaggio in cui stavi cercando di entrare di nascosto. E questi sono i miei compagni di tribù. Il nostro popolo si chiama Kreelar. Ma alzati. Dovresti essere abbastanza stabile ora."

Non avevo bisogno che me lo dicesse due volte.

Mi alzai in piedi e mi spolverai prima di aggiustare la corazza. Nessuna parola sarebbe stata in grado di descrivere la mortificazione che provai in quel momento. Come guerriero Obosiano d'élite, considerato il migliore della mia stirpe, cosa che mi aveva fatto guadagnare la responsabilità di gestire il nostro Settore su Molvi, non avrei mai dovuto essere sconfitto così facilmente. Certo, ero in netto svantaggio numerico. Ma erano una specie aliena terrestre e senza armi. Io avevo i miei poteri psionici. Avevo anche un blaster e una spada, e non avevo nemmeno provato a utilizzarli.

Considerando l'esito attuale, almeno per il momento mi trovai contento di non averlo fatto. Attaccare o uccidere quelle persone era l'ultima cosa di cui avevamo bisogno se volevamo che i prigionieri avessero una possibilità di tornare a casa illesi.

Avevo gestito male tutta la faccenda. I segnali di pericolo erano stati chiari e forti. La mia arroganza e l'eccessiva fiducia nella mia capacità di fuggire grazie alle mie ali erano state però la mia rovina.

Se mio padre lo scoprisse, non la finirebbe più di tormentarmi per questo.

Anche se dubitavo che potesse leggere nel pensiero, il Kreelar di nome Aku mi fece un sorriso beffardo che sembrava suggerire sospettasse quali pensieri di auto commiserazione mi stessero frullando per la testa.

"Per il momento, dovremo requisire le tue armi," disse Aku, tendendomi una mano. "Te le restituiremo più tardi, quando saremo sicuri di aver raggiunto un'intesa. Non temere, non verranno manomesse'.

Dovetti reprimere il mio istinto di discutere con lui. Il bagliore irremovibile nei suoi occhi smentiva la cortese dolcezza della sua voce. L'aura di autorità che emanava urlava a gran voce che nemico formidabile potesse diventare, se necessario. Uno sguardo alla sua aura confermò ancora una volta che non avesse cattive intenzioni nei miei confronti. Non che ciò avrebbe fatto differenza. Se avessi cercato di resistere, non avrebbero avuto problemi a sottomettermi con la forza e a portarmi via le armi, come dimostrato dalla facilità con cui mi avevano catturato.

Stringendo le labbra, obbedii, gesto che fece aumentare di una tacca il sorrisetto compiaciuto del Kreelar. Le consegnò a un altro maschio, di dimensioni e muscolatura simili, ma con una pelliccia beige grigiastra. Quantomeno, la cura con cui il secondo maschio maneggiava le armi mi tranquillizzò. Non traspariva paura dell'ignoto, ma piuttosto rispetto verso degli oggetti di valore.

"Vieni con me, Obosiano," disse Aku, indicando il villaggio.

"Mi chiamo Amreth," replicai scontrosamente.

"Allora Amreth sia," rispose in tono conciliante, mentre cominciavamo a camminare.

"Ma non hai risposto alla mia domanda iniziale. In che senso vi aspettavate il mio arrivo?" chiesi.

Mi lanciò un'occhiata di laterale e sollevò un sopracciglio, indicando chiaramente che mi stavo comportando in modo un po' troppo arrogante. Ovviamente, non ero in una posizione di potere. Tuttavia, la mia gente aveva la tendenza ad essere schietta e diretta su tutto. A volte sembravamo scortesi, supponenti o arroganti, cosa che in realtà non era intenzionale.

Con mia sorpresa, mi assecondò.

"I nostri amici ci avevano avvertito che saresti venuto a salvare la tua compagna. Solo che lei non ha bisogno di essere salvata. Ha bisogno del tuo aiuto," disse Aku disinvoltura.

"Aiuto per cosa?" chiesi, confuso.

"Per portare a termine il suo compito. Una volta fatto questo, potrete tornare tutti a casa," rispose, con lo stesso tono piatto di prima.

"E quale sarebbe questo compito?" insistetti, iniziando a sentirmi infastidito dal lento gocciolare di informazioni.

"Rimediare all'estremo danno che gli umani ci hanno inflitto," rispose, con lo sguardo e la voce che si indurirono.

"Umani?!" esclamai, sbalordito. "Quando? Come? Il vostro

pianeta è soggetto a restrizioni molto severe della Prima Direttiva."

"E gli umani l'hanno violata viaggiando in aree proibite ben oltre i territori Sangoth," ringhiò Aku. "A causa della loro negligenza, gli umani ci hanno infettato con una malattia mortale che ora ha portato il mio popolo sull'orlo dell'estinzione."

"Per il sangue di Tharmok" sussurrai. Lo shock di poco prima lasciò il posto alla comprensione. "Ecco perché avete preso i prigionieri. Volete che trovino una cura!"

Annuì, con un'espressione cupa, mentre oltrepassavamo la linea degli alberi e imboccavamo l'ampio sentiero che conduceva al villaggio. Con un gesto rigido della testa, Aku fece cenno ai suoi compagni di tornare ai loro lavori nei campi. Obbedirono tutti tranne due maschi, che rimasero con noi mentre proseguivamo lungo l'ampio sentiero verso il villaggio.

"Ma se avete trovato un modo per viaggiare extra mondo e rapire questi scienziati, perché non avete reso pubblico il torto che vi hanno fatto gli umani?" chiesi, sconcertato. "L'OPU e tutti i pianeti Alleati avrebbero messo ogni tipo di risorsa a vostra disposizione per sistemare le cose e far rispondere i colpevoli del loro crimine."

Aku scosse la testa, con una convinzione che mi lasciò sorpreso. "Abbiamo esplorato tutti questi scenari. Ognuno di essi finisce per portare a un destino molto peggiore per noi. Alcune persone potenti nel vostro mondo rischierebbero di perdere molto se ciò venisse rivelato come dovrebbe essere. Sterminare una specie primitiva di cui nessuno ha mai sentito parlare per mantenere il proprio segreto può essere allettante per coloro che hanno i mezzi per farlo."

La mia schiena si irrigidì e i miei istinti protettivi si scatenarono, mentre il mio profondo bisogno di giustizia mi imponeva di dare la caccia ai colpevoli e sottoporli alla giusta punizione che meritavano.

"Come fai a sapere che vi capiterà una sorte peggiore se

consegnate i colpevoli alla giustizia? Non si può permettere che la facciano franca per qualcosa di così atroce, se è vero quel che dici. Al di là del fatto che devono rispondere dei loro crimini, se gli si permette di passarla liscia, cosa gli impedirebbe di causare danni simili o forse anche maggiori a qualcun altro?" lo sfidai con veemenza.

Mi rivolse il tipo di sorriso indulgente solitamente riservato a un bambino troppo irruente. "Non temere, Amreth. I responsabili la pagheranno."

"Serve giustizia vera, non privata," ribattei accigliandomi, con voce severa.

Sbuffò e il suo divertimento aumentò. "Non ci sarà nessuna attività di giustizia privata. *Tu*, Amreth, provvederai alla loro punizione."

Mi ritrassi, non solo stupito dalle sue parole, ma anche dalla certezza con cui le aveva pronunciate.

"Io?" ripetei.

"Sì, *Guardiano*," disse, enfatizzando il mio titolo e stuzzicando la mia curiosità.

"Chi sarebbero questi vostri amici, in nome di Tharmok?"

"Solo dei buoni amici," rispose Aku, con un tono che chiariva che non avrebbe aggiunto altro.

"Come fanno a darvi queste previsioni?" insistetti.

"Lo fanno e basta," disse con un'alzata di spalle, la sua espressione mi indicò chiaramente che avrei dovuto lasciar perdere l'argomento.

Infastidito, feci mente locale tra il miliardo di domande che avrei voluto fargli, soprattutto riguardanti l'identità delle persone potenti a cui aveva accennato. Tuttavia, non mi diede la possibilità di farlo.

"Questo è il nostro villaggio, Bryst," disse Aku mentre finalmente varcavamo i cancelli principali.

Sebbene primitivo per gli standard galattici, il villaggio era in realtà piuttosto bello. Ci accolse una grande piazza, ricoperta di pavimentazione colorata che formava un motivo astratto. Non avevo dubbi che di solito servisse per raduni di massa e forse anche un mercato all'aperto. Tutt'intorno, vari edifici a un piano fatti in legno e argilla creavano piccoli gruppi simili a isolati. Avevano eretto una manciata di edifici molto più grandi, con pietra e mattoni. Tutti vantavano colori chiari con sfumature di beige, marrone e kaki, ed erano dotati di vere e proprie finestre di vetro. Le strade erano tutte fatte di terra battuta, delimitata da un bordo decorativo in pietra o pavimentazione. Molte piante, alberi e fiori colorati conferivano al luogo un aspetto accogliente e invitante.

Non rilevai segnali evidenti di energia elettrica o di alcun tipo di tecnologia di trasporto come veicoli. Pochissime persone gironzolavano per le strade, per lo più donne e una manciata di bambini. che mi guardavano tutti con palese curiosità. Con mio sollievo, nessuna delle loro auree esprimeva ostilità. Chiunque fossero i loro amici, senza dubbio dei Settari, avevano convinto quelle persone che sarei stato per loro una sorta di alleato. Anche se ciò giocava in mio favore e aveva impedito che il mio errore iniziale avesse un esito sfortunato, mi rese ancora più desideroso di scoprire la loro identità e come fossero coinvolti in primo luogo.

Ci dirigemmo immediatamente a destra, verso l'altro cancello che controllava l'accesso al cortile interno dove erano tenuti la mia compagna e i suoi colleghi. Il mio battito accelerò alla prospettiva di incontrare la mia Ciara di persona. Sembrava stare bene quando, poco prima, era uscita dal laboratorio. A giudicare dalle mie interazioni con Aku fino a quel momento, non avevo motivo di pensare che fosse stata sottoposta a maltrattamenti di alcun tipo.

Ma come avrebbe reagito alla mia presenza?

Aku le aveva detto che i loro amici avevano previsto il mio arrivo? Era emozionata? Secondo Kayog, non vedeva l'ora di incontrarmi. Tuttavia, di certo non si aspettava che sarebbe stato in tali circostanze.

Con mia sorpresa, invece di condurmi al laboratorio, Aku mi portò in un'abitazione sul lato opposto del cortile interno, proprio di fronte ad esso. Detti un'occhiata all'edificio dispiegabile alle mie spalle e vidi uno dei due maschi che ci accompagnavano dirigersi dritto verso di esso. Quello che era rimasto con noi era lo stesso che custodiva le mie armi.

Il capo dei Kreelar aprì la porta dell'abitazione e mi fece cenno di entrare.

"Condividerai questa dimora con la tua compagna," disse, non appena entrammo nell'umile ma confortevole zona giorno.

"Cosa?!" esclamai, fissandolo con stupore.

"Pace, Amreth," disse Aku con quel tono di scherno odioso che stava iniziando ad essermi familiare. "So che voi due non vi siete mai incontrati. Ci sono due camere da letto. Lei avrà la sua privacy. Ma se condividere un'abitazione fosse davvero un problema per uno di voi, faremo in modo di trasferirvi altrove."

"Capisco," dissi, la tensione sulle mie spalle si attenuò.

Ovviamente, preferivo di gran lunga condividere una casa con Ciara, anche solo per poterla proteggere in qualsiasi modo possibile. Tuttavia, volevo che si sentisse a suo agio con me, e non che sentisse la mia presenza come imposta, semplicemente perché un Temern ci aveva dichiarati anime gemelle.

"Non ti metteremo in catene né ti spieremo," disse Aku, assumendo un'espressione seria con un accenno di avvertimento. "Confiderò nel tuo onore perché tu faccia ciò che è giusto per il mio popolo prima di ripartire, e che non tenterai di fuggire prima che la situazione sia risolta."

"Fiducia? Nemmeno mi conosci. Mi sembra un atto di fede sconsiderato," lo sfidai, con la mia maledetta bocca da Obosiano che diceva ciò che pensavo quando, invece, avrei dovuto rallegrarmi.

"Posso incatenarti, se ci tieni tanto," rispose, con un tono

solo in parte canzonatorio. "Ma no, Guardiano, in questa specifica questione, nessuna decisione che prendo è sconsiderata. Ma
un atto di fede? Sì, lo ammetto. Ho totale e completa fiducia nei
miei amici. Dicono che ci si può fidare di te e che rimarrai finché
la questione non sarà risolta, proprio come avevano previsto che
saresti venuto qui. Quindi sì, mi fiderò del tuo onore."

Inclinai la testa di lato, incapace di resistere alla necessità di
mettere alla prova la sua logica, ma anche di farmi un'idea più
chiara del tipo di persona con cui avevo a che fare.

"Non conosco i tuoi amici né come funziona la loro lungimi-
ranza. Ma cosa succede se non voglio aiutare la tua gente? Se
decidessi di mettere in discussione la loro affermazione che ti
aiuterò? Dopo tutto, per quanto buone possano essere le tue
intenzioni, hai commesso un crimine per raggiungere il tuo
scopo."

Con mia sorpresa, si strinse nelle spalle, apparentemente non
colpito dalle mie parole. "Mi rattristerà e ritarderà la risoluzione
di questa tragedia. A sua volta, probabilmente causerà altre morti
inutili. Ma non posso costringerti ad aiutare a risolvere una situazione che non hai creato. Quindi, se dovessi rifiutarti di aiutare,
dovrai semplicemente rimanere qui finché non sarà sicuro per
noi rilasciarvi tutti."

Lo fissai, scioccato. Uno sguardo alla sua aura non rivelò
alcun inganno. Non avrebbe davvero forzato la mano o usato la
mia compagna come ricatto per costringermi a obbedire alle loro
richieste. Con mia vergogna, mi sembrò una persona molto
migliore di quanto volessi credere.

Aprii la bocca per rispondere, ma una luce intensa ai margini
della mia visione attirò la mia attenzione.

"La tua compagna si sta avvicinando," disse Aku con voce
sommessa.

La mia bocca si seccò all'istante mentre la luce più bella che
avessi mai visto, anche se smorzata dalla porta chiusa tra di noi,
mi ammaliava. Il bagliore dell'aura della sua scorta mi infasti-

diva oltre a ogni dire, mescolandosi con la sua a causa della vicinanza.

Pochi istanti dopo, la porta si aprì e il mio cervello smise di funzionare.

Che Tharmok mi fulmini...è pura perfezione!

"Ti lasciamo con la tua compagna," disse Aku.

Quasi nemmeno notai il tono leggermente beffardo della sua voce. Ero troppo affascinato dalla mia donna. Lei sussultò e spalancò gli occhi, fissandomi, prima di lanciare uno sguardo confuso verso Aku.

"Il mio compagno?!" esclamò, pochi secondi prima di sembrare colpita da un improvviso pensiero. La sua testa scattò di nuovo verso di me, per esaminarmi con shock e incredulità.

"Am... Amreth?" chiese Ciara, con voce esitante.

"Sì, Ciara. Sono io," dissi, stupito da come fossi riuscito a formulare qualche parola.

La leggera risatina di Aku mi strappò dal mio stordimento. Lanciai un'occhiata al Kreelar e lo vidi intento a guardare a sua volta me e la mia compagna con un sorriso soddisfatto. In un lampo di improvvisa comprensione, mi resi conto che, in qualche modo, sapeva che questa esatta scena avrebbe avuto luogo. Qualcosa nel modo in cui si stava svolgendo sembrava fargli particolarmente piacere.

Senza aggiungere altro, fece un cenno di saluto a entrambi e poi uscì dalla casa, subito seguito dal suo compagno.

CAPITOLO 7

CIARA

Troppi pensieri esplosero simultaneamente nella mia testa, impedendomi di ragionare. La bellezza mozzafiato di Amreth rendeva ancora più difficile per la mia mente mantenere la sua razionalità. Dal momento in cui Kayog mi aveva parlato della mia anima gemella, la mia fervida immaginazione aveva subito iniziato a creare ogni genere di scenario su come sarebbe stato il nostro primo incontro. Poi, il mio intero mondo mi era crollato addosso, durante quell'attacco.

"Cosa ci fai qui?" dissi prima ancora di rendermene conto, rabbrividendo all'idea che quelle fossero le prime parole uscite dalla mia bocca dopo che lui mi aveva confermato la sua identità.

Dal modo in cui sbatté le palpebre e dall'incertezza che sembrò balenare sui suoi stupefacenti lineamenti, non era certo la reazione che si aspettava o che, forse, sperava avrei avuto.

"Sono venuto a salvarti," disse, cautamente.

"A salvare *me*?" ripetei, con la voce che tradiva la confusione nella mia testa. "Come sei arrivato qui? Come ci hai trovati? Non sei un Guardiano?"

Mi portai le mani alle guance e scossi la testa, imbarazzata per avergli improvvisamente vomitato addosso tutto quello. Non volevo bombardarlo di domande, ma l'intera situazione mi sembrava surreale.

"Sì, Ciara. Sono un Guardiano su Molvi e sono venuto non appena ho saputo il fato a cui eri andata incontro," rispose, con un'espressione guardinga.

"Ma... Kayog ti ha detto di...?" Feci un cenno, indicando entrambi noi, quando la mia voce si interruppe.

Annuì. "Non appena la tua scomparsa è stata confermata, Kayog mi ha contattato per parlarmi di te."

"E sei venuto qui solo per me?" sussurrai, incredula.

"Certo," rispose, come se fosse ovvio. "Quale uomo non correrebbe in soccorso della sua anima gemella?"

Lo fissai, senza parole. Una parte di me avrebbe voluto sciogliersi dall'interno all'esterno per il fatto che non aveva esitato a venire a salvarmi, nonostante non ci fossimo mai incontrati e nemmeno parlati. Un'altra parte di me, invece, era semplicemente troppo sconvolta per comprendere appieno le emozioni contrastanti che mi attanagliavano. Aku aveva detto che il mio compagno sarebbe venuto, ma avevo continuato a rifiutare quell'idea, ritenendola troppo inverosimile. Eppure, eccolo lì, talmente invitante da far venire voglia di mangiarlo.

"Wow," dissi infine, con un misto di meraviglia e stupore. "Chi altro c'è qui con te? Gli Esecutori?"

La mia fronte si aggrottò ulteriormente per la confusione quando lui scosse la testa, con in volto quasi un'espressione di scusa.

"Temo di essere solo. La situazione è un po' complicata," rispose Amreth, scegliendo con cura le parole.

"Fammi indovinare," dissi con tono indifferente. "Tre Medici Interstellari non sono abbastanza importanti da inviare i pezzi grossi."

Annuì di nuovo. "Gli Esecutori non potevano giustificare di prendere in carico questa missione solo per tre civili, poiché dovrebbe essere una questione che spetta ai Pacificatori. Inoltre, non aiuta che questo pianeta si trovi all'interno della Zona Morta. Non c'è un modo semplice per rintracciarvi qui."

"Ma tu l'hai fatto," lo sfidai, accigliandomi.

"Ho dovuto... ehm... aggirare certe regole per venire qui," disse con riluttanza.

In circostanze diverse, avrei trovato lo sguardo mortificato sul suo splendido viso adorabile. Quel maschio era davvero stupendo.

Doveva essere alto almeno un metro e novantacinque, con spalle larghe e bicipiti enormi, lasciati scoperti dalla corazza di pelle decorata senza maniche che aveva indosso. La sua pelle era della sfumatura più scura degli Obosiani. Come degli elfi oscuri, tendevano ad avere una carnagione molto scura, spesso con una sfumatura blu notte o grigio quasi nero. La sua era molto più marrone- grigiastra, che avrei descritto simile al color carbone. La sclera nera metteva in risalto i suoi occhi bianco argento, che mi attiravano in modo quasi irresistibile. Aveva un naso aquilino e le labbra più sensuali e carnose che avessi mai visto, perfette da baciare.

Come tutti i suoi simili, una serie di scaglie scure adornava la sua fronte, che proseguendo andavano a formare le corna nere sulla sommità del capo e un'altra serie più piccola e ricurva dietro le orecchie. Anche le scaglie contrastavano nettamente con i suoi lunghi capelli bianco argento, dello stesso colore dei miei. Se quella tonalità era standard per gli Obosiani, per me era dovuta invece a un raro tratto genetico umano dovuto al piebaldismo. Nonostante fossero ripiegate, le sue ali nere da pipistrello sembravano enormi, oltre che letali, visti gli artigli affilati alle estremità e lungo i bordi inferiori.

Naturalmente, non potei fare a meno di soffermarmi con lo sguardo sui numerosi piercing che aveva in volto. Era un uso culturale per gli Obosiani e una grande fonte di orgoglio. La loro gente non poteva semplicemente farsi un piercing: dovevano guadagnarsi quel privilegio attraverso una moltitudine di potenziali imprese che potevano compiere, per le quali veniva loro data una quantità variabile di un raro metallo chiamato algarium; una volta che ne avevano a sufficienza, potevano forgiare il piercing nella forma che preferivano, a seconda del punto del corpo che più li tentava.

Amreth aveva un piccolo anello su ciascuna narice, una piccola spina sul labbro inferiore, più precisamente sulla parte del viso subito sotto il labbro, due anelli sul sopracciglio sinistro e altri lungo i lati delle orecchie. Non riuscivo a vedere nessun piercing sulle sue braccia, ma non dubitai neanche per un istante che sotto la corazza ne nascondesse degli altri.

Cercai di reprimere immediatamente il pensiero che si stava facendo strada nella mia mente, ovvero se ne avesse anche nelle parti intime. A quanto sapevo, gli Obosiani, sia maschi che femmine, si assicuravano di avere dei piercing anche nelle parti intime per aumentare certe sensazioni durante gli accoppiamenti. Considerando che possedevano poteri erotici che spesso li facevano etichettare come Incubi e Succubi, quell'usanza non era poi così sorprendente.

"Wow," dissi infine, sinceramente colpita. "So quanto sia importante per la tua gente rispettare le regole. Quindi... significa davvero molto per me che tu le abbia un po' infrante per venire a salvarmi."

"Sempre, Ciara," disse con un sorriso gentile che addolcì il suo viso nel modo più meraviglioso possibile.

"Allora, cosa hai fatto per venire fin qui? Sei semplicemente andato al villaggio?" chiesi, con sincera curiosità.

L'improvviso imbarazzo sul suo volto e il modo in cui si mosse a disagio mi sorprese, oltre a mandare su di giri la mia curiosità.

Si strofinò un punto dietro il corno destro, appena sopra la nuca, mentre cercava una risposta appropriata.

"Non esattamente. Stavo cercando di esplorare la zona per

trovare il modo migliore per farvi uscire tutti e tre, ma sono stato catturato," disse, imbarazzato.

Sbattei le palpebre.

"Hanno usato contro di me dei poteri psionici che non avevo modo di contrastare. Mi hanno praticamente paralizzato," aggiunse rapidamente, sembrando un po' sulla difensiva.

"Certo," risposi, pensierosa. "Ricordo che le guardie Obosiane sulla Gladius hanno rischiato di schiantarsi contro la balconata quando sono state colpite da attacchi simili. In effetti, Kayog ha fatto qualcosa che li ha aiutati a resistere. Mi sorprende che non te ne abbia parlato."

Amreth scrollò le spalle e allungò il collo, cercando visibilmente di allentare un po' la tensione che si stava accumulando sui suoi muscoli, mentre il suo imbarazzo sembrava aumentare ulteriormente.

"Kayog aveva menzionato le loro abilità psioniche," ammise.

"E non ti eri preparato di conseguenza?" dissi di colpo, con voce incredula, rabbrividendo immediatamente dentro di me per la mia reazione inappropriata.

Cazzo! Potevo sembrare più sprezzante e ingrata di così?! La mia maledetta bocca aveva la tendenza a dire subito tutto ciò che mi passava per la testa cosa che a volte poteva involontariamente farmi risultare eccessivamente cattiva o offensiva.

"Non sono andato lì senza precauzioni," disse, sembrando ancora più sulla difensiva. "Avevo attivato il mio scudo di occultamento. Considerando che le mie scansioni non avevano rivelato alcuna forma di tecnologia, a parte il laboratorio dispiegabile in cui stavate lavorando, non avevo motivo di pensare che possedessero poteri che gli permettessero di vedere attraverso il mio scudo. Dopotutto, la mia gente vanta alcune delle tecnologie più avanzate in circolazione. Avevo solo intenzione di entrare e uscire rapidamente, e magari creare un paio di diversivi per aiutarvi a fuggire.

"Certo, capisco," dissi in tono conciliante, sentendo di

essermi comportata da vera stronza nei confronti di quel povero maschio. "Al tuo posto avrei fatto lo stesso. Nessuno sospetterebbe che possano avere il tipo di poteri psionici che hanno dimostrato di possedere. In verità, un tempo non li avevano proprio. Questa non è una caratteristica normale per i Kreelar. Qualunque cosa sia successa loro dieci anni fa, è stato quello che ha causato questa mutazione."

"Cosa?!" esclamò Amreth, sbalordito.

Annuii, aggrottando la fronte. "Ma per favore accomodati. Sono proprio una pessima padrona di casa," aggiunsi, con una risatina nervosa.

Sorrise. "Non preoccuparti. L'intera situazione è un po' surreale. Non possiamo certo aspettarci di essere in grado di comportarci come se nulla fosse."

Dopo un imbarazzante momento di esitazione, lo guidai verso la sala da pranzo invece che verso il soggiorno. Su un lato del tavolo c'era una panca larga, mentre sugli altri c'erano delle sedie. Immaginavo che l'assenza di uno schienale sarebbe stata più comoda per le sue ali. Sembrava condividere quel pensiero, dato che si diresse dritto verso la panca. Rimase comunque in piedi finché non mi sedetti di fronte a lui. Trovai strano che osservasse alcune di quelle vecchie cortesie umane.

Una volta seduta, mi ricordai improvvisamente di non avergli offerto nulla da bere o da mangiare.

"No, Ciara. Sto bene," rispose con un'espressione divertita quando gli chiesi di nuovo se avesse bisogno di qualcosa per rinfrescarsi. "Non preoccuparti così tanto per me. Ti farò sapere se ho bisogno di qualcosa."

"Va bene," dissi, sentendomi incredibilmente goffa. Non era quella la prima impressione che volevo dare alla mia anima gemella.

"Dunque, mi stavi dicendo della mutazione dei Kreelar. Prima, però, vorrei sapere come stai," chiese, con i suoi occhi bianco-argento che mi studiavano intensamente. "Basandomi sulle registrazioni a bordo della Gladius, devi essere stata ferita gravemente durante l'assalto."

Dal modo in cui il suo sguardo andò leggermente fuori fuoco, sospettai che stesse scrutando la mia anima o la mia aura per cercare ulteriori informazioni sul mio attuale stato emotivo.

"Sto bene, tutti e tre stiamo bene. Grazie per averlo chiesto," risposi con un sorriso. "I Kreelar e i loro amici mi hanno rimessa completamente in sesto. Non so che tipo di tecnologia abbiano i loro amici, ma potrebbe dare del filo da torcere a quella degli Xurgen. E da quando siamo arrivati qui, ci hanno trattato come ospiti stimati. Hanno bisogno di noi… disperatamente."

"Sono felice che siano stati in grado di curarti. Niente di tutto questo ha molto senso, però. Che cosa hai scoperto dal tuo arrivo?" chiese. "Aku sostiene che gli umani li abbiano danneggiati in qualche modo."

Annuii cupamente. "Quello che è successo è davvero orrendo e precisamente il motivo per cui esistono le rigide linee guida della Prima Direttiva. E la cosa che più mi fa infuriare è che tutta questa tragedia sia stata causata proprio da chi, meglio di tutti, avrebbe dovuto sapere come ci si comporta."

"Cosa intendi?"

"Tutto questo casino è iniziato poco più di dieci anni fa. Probabilmente, avrai sentito parlare dell'incidente che ha portato l'OPU a stabilire un contatto con i Sangoth per la prima volta, giusto?"

Annuì. "I contrabbandieri stavano rubando alcuni metalli rari dalle loro montagne. La competizione per quelle risorse rare aveva portato alcune fazioni criminali a combattere per mettere le mani su quella ricchezza. Se ricordo bene, la fazione perdente fece la spia sul vincitore."

"Esatto. Il Cartello Timmons non prese bene la sconfitta. Pensarono che, se non potevano sfruttare loro quella ricchezza, allora nessun altro lo avrebbe fatto. Se non avessero fatto la soffiata all'OPU, non avremmo mai saputo dell'esistenza dei

Sangoth. Purtroppo, erano già stati causati diversi danni alla loro popolazione. L'OPU avviò alcuni colloqui diplomatici e i Sangoth acconsentirono a permettere ad alcuni dei nostri scienziati di condurre studi non intrusivi sul loro popolo.

"Ed è qui che entra in gioco Elias Jacobs," disse, con improvvisa comprensione.

Annuii. "La sua squadra era lì per uno studio della durata di un anno. I Sangoth hanno ossa estremamente forti, quasi indistruttibili. Questa caratteristica è dovuta ai residui minerali nell'acqua che scorre attraverso la loro montagna. Jacobs sperava di trovare un modo per adattare queste qualità ad altre specie e aiutare così a trovare una cura per condizioni come l'osteogenesi e l'osteoporosi. Tuttavia, quella ricerca non portò a nulla. I Sangoth possiedono tratti genetici unici che gli permettono di assimilare quei minerali come nessun'altra specie potrebbe fare."

"Ma gli ha permesso di scoprire quel siero SS12, giusto? O era una montatura?" chiese Amreth.

"I Sangoth non hanno niente a che fare con quel siero," dissi con rabbia. "In quel periodo, due dei medici della sua squadra decisero di fare una fuga romantica nella valle vicino al fiume. Era ben al di fuori dell'area autorizzata. Stavano facendo sesso vicino all'acqua, dopo aver fatto un picnic. Una madre Kreelar e suo figlio si imbatterono in loro per caso."

"Caspita! Immagino che non sia andata bene," chiese Amreth accigliandosi.

"Sarebbe un eufemismo. Non avevano mai visto esseri umani prima, ma non fu quello il problema. Il bambino di cinque anni notò il cibo e iniziò a mangiarlo. L'uomo se ne accorse e subito tentò di fermare il bambino."

Amreth sussultò, sicuramente immaginando il seguito di quella storia.

"Pensando che stesse cercando di fare del male al suo

bambino, la madre lo aggredì e lo morse. La coppia riuscì a fuggire sparandole contro dei tranquillanti."

Amreth imprecò sottovoce. "Non sono un medico, eppure persino io so che non si devono iniettare sostanze chimiche a specie primitive senza sapere le reazioni che potrebbero avere su di loro."

"Esatto. La femmina rimase stordita per qualche ora. Alla fine, l'effetto del sedativo svanì e riuscì a riportare il bambino al villaggio. Inizialmente, sembrava andasse tutto bene. Ma la settimana successiva, iniziò a mostrare segni di malattia. Il problema, però, era che faceva da balia per la sua gente."

"Per il sangue di Tharmok! Ha infettato gli altri?" chiese Amreth cupamente.

Annuii. "La cosa triste è che smise di allattare non appena comparvero i primi sintomi. Ma il danno era già fatto. Pochi giorni dopo essersi ammalata, accadde lo stesso a molti dei bambini che aveva allattato. I Kreelar nutrono i piccoli al seno fino all'età di sei o sette anni."

"E la squadra di Jacobs non fece nulla? Almeno indagarono sulle potenziali conseguenze di ciò che avevano causato?" chiese, indignato.

"In realtà, sì," ammisi. "Si resero subito conto che qualcosa non andava e intervennero immediatamente. Purtroppo, fu troppo tardi per otto dei bambini che morirono. Riuscirono a salvare la madre, Sora, ma lei avrebbe preferito non essere sopravvissuta."

"Cosa?! Perché?" esclamò Amreth.

"Sora si incolpa per quello che è successo allora, per quello che è avvenuto in seguito e per ciò che sta accadendo ora," dissi, con voce frustrata.

"Ma non è colpa sua! Stava semplicemente difendendo suo figlio. Non poteva sapere che quello sconosciuto le avrebbe trasmesso qualche malattia," obiettò lui.

"Sono pienamente d'accordo con te, ma le cose sono diventate molto più grandi di quanto chiunque si aspettasse. Ci stiamo lavorando solo da tre giorni, ma tutto ciò che abbiamo scoperto finora non fa che farmi infuriare ancora di più."

"Cosa intendi?" chiese lui, inclinando la testa di lato.

"Abbiamo fatto alcuni test su Sora. E indovina un po'? La grande scoperta di Elias, l'SS12, in realtà viene proprio da lei. Elias ha ricavato il siero dagli anticorpi che ha sviluppato sopravvivendo alla malattia che il medico umano le ha trasmesso."

"Quindi, non è stato il sedativo ciò a cui ha reagito negativamente?" chiese Amreth, sorpreso.

Scossi la testa. "No. È stato morderlo, ingerendo così un po' del suo sangue. Ma il problema è che, qualunque cosa fosse ciò di cui ha sofferto, *non* è la stessa malattia che sta uccidendo gli altri. Se fosse stato così, avremmo potuto trovare rapidamente una cura rapida per tutti loro. Ma è successo qualcos'altro."

"Pensi che Elias abbia fatto qualcosa alla loro gente?" chiese Amreth, con il volto sempre più scuro e sospettoso. "Potrebbe averli fatti ammalare di proposito per testare ulteriormente il suo siero?"

Esitai. "In realtà, no. Non credo che li abbia fatti ammalare di proposito. Dopotutto, dalla nostra analisi e dagli eventi come ce li hanno raccontati, è stato puramente frutto di una sfortunata coincidenza che lei lo abbia morso e si sia infettata con quella malattia. Il problema è che, non appena Elias la curò, se ne andò senza mai voltarsi indietro. E questa è una grave violazione della Prima Direttiva. Quelle terribili conseguenze avrebbero dovuto essere segnalate. I Kreelar avrebbero dovuto rimanere sotto discreta osservazione per almeno cinque anni, in modo da assicurarsi che non riemergesse nulla."

"Perché non l'ha fatto? Non era colpa sua se quei due sciocchi medici avevano infranto il protocollo. *Loro* avrebbero dovuto affrontare delle conseguenze. Nella peggiore delle ipotesi, sarebbe stata solo una leggera macchia sulla sua reputazione, ma non un colpo devastante," argomentò Amreth.

"E questa è la parte che mi dà veramente fastidio. Le conseguenze a cui andrà incontro ora, dopo che è stato scoperto, distruggeranno la sua carriera. Perché rischiare? L'incredibile scoperta del siero SS12 avrebbe cancellato in un batter d'occhio l'imbarazzo e la vergogna per questa situazione. Sarebbe stato il momento ideale per lui, a prescindere da quanto tragico fosse stato per le vittime. Deve esserci qualcos'altro che ci sfugge."

"Aku ha detto che dovevano mantenere tutto questo segreto perché delle persone estremamente potenti avrebbero reso le cose ancora più tragiche se, al posto di rapirvi, avessero scelto di rendere pubblica questa situazione," disse pensieroso Amreth.

"Sì, ha accennato anche a me qualcosa di simile," dissi accigliandomi. "Una volta salvate queste persone, dovremo andare in fondo alla questione."

"Sono d'accordo," disse Amreth con una determinazione che mi fece quasi sorridere.

Era davvero l'incarnazione dell'Obosiano perfetto, sempre estremamente rispettoso della legge.

"È solo frustrante che nessuno abbia davvero fatto notare alcune delle sue incongruenze. Prima di tutto, ha chiamato la sua scoperta SS12, che sta per Siero Scimmiesco. Anche se i Sangoth hanno legami molto lontani con le scimmie, potremmo al più compararli agli Yeti. I Kreelar, invece, hanno chiaramente tratti scimmieschi. Quando gli venne chiesto di descrivere la specie da cui aveva ricavato il siero, Elias fornì una spiegazione vaga, ovvero che la malattia di cui soffriva la creatura agiva come un virulento batterio carnivoro che non solo consumava la carne a un ritmo accelerato, ma la faceva anche decomporre troppo rapidamente per poter prevalere tessuti vitali che consentissero loro di identificarne la specie."

"È ridicolo!" commentò Amreth con incredulità.

Sbuffai. "Non dirlo a me. Ma la gente era troppo impegnata a sbavare sul siero e sulle sue applicazioni per soffermarsi davvero sulle sue origini. E quaggiù, tutto andò bene per quasi un anno, dopo la loro partenza. Poi, quella malattia tornò. Ma quella volta fu diverso. Nessuno aveva morso nessuno e non era limitata a un sottogruppo specifico, come era successo con Sora e i piccoli che aveva allattato. Cominciarono ad ammalarsi membri a caso della tribù, di ogni età e di ambo i sessi."

"Una specie di virus?" chiese.

Scosse la testa. "No. Qualunque cosa sia, non è contagioso per via aerea, non è un agente patogeno trasmesso dal sangue e non è fisicamente contraibile tramite contatto. Provoca forti mal di testa e gonfiore del cervello. È quasi come l'encefalite, con mal di testa, febbre, stanchezza, dolori articolari e infine confusione e allucinazioni. Entrambi i sessi ne sono colpiti, ma le femmine che la contraggono dopo la pubertà raramente sopravvivono. Il problema più grande è che ha iniziato a manifestarsi in ogni tribù, non solo tra la gente qui a Bryst."

"Non ha alcun senso. Quando Sora si è ammalata per la prima volta, ha infettato un bambino di un'altra tribù?"

"No. La malattia ha colpito esclusivamente qui. Quindi, deve essere successo qualcos'altro che ora si sta diffondendo ad altri Kreelar, ma non ai Sangoth. Ma del resto, le due specie non interagiscono tra loro. Negli ultimi nove anni, da quando la malattia è tornata o, meglio, si è manifestata in questa sua versione, le femmine Kreelar sono state decimate. Ora rappresentano meno di un terzo della loro popolazione. Se non troviamo in fretta una cura, si estingueranno. Quindi, come puoi immaginare, non possiamo andarcene. Dobbiamo *assolutamente* risolvere la questione."

Annuì lentamente, con un cipiglio profondo. "Aku ha detto che sarai in grado di risolverla, ma che con il mio aiuto potrai farlo ancor più velocemente."

Il mio interesse si riaccese. "L'ha detto anche a me. Hanno una specie di veggente che ha profetizzato che saresti venuto e mi avresti aiutata. La prima parte di questa previsione era evidentemente accurata."

"Già. Il che significa che devo aiutarti. Qualunque cosa ti serva, devi solo chiedere."

Anche se le sue parole mi fecero piacere, per una ragione che non riuscivo a spiegarmi sentii il bisogno di mettere in discussione la sua motivazione.

"Offriresti comunque il tuo aiuto anche se non fossi coinvolta io?" chiesi.

Lui si ritrasse leggermente, sembrando un po' offeso.

"Sì, Ciara. Offrirei comunque il mio aiuto. Potrei essere venuto qui appositamente per te e, in quanto tua anima gemella, è mio dovere aiutarti in ogni modo possibile. Ma ho anche il dovere dettato dalla mia coscienza di fare del bene a chi ne ha bisogno. Gli Obosiani possono sembrare freddi e rigidi a volte, ma non siamo senza cuore. Siamo solo... severi quando si tratta di far rispettare la legge e seguire le regole."

"Allora potresti trovare problematico avermi come collega. Sono un tipo ribelle," lo sfidai.

Anche se strinse gli occhi, fissandomi, le sue labbra si distesero in un sottile sorriso che lasciava trasparire un pizzico di provocazione.

"Davvero?" chiese con tono dubbioso. "Sembra un po' contraddittorio per un'epidemiologa."

Alzai le spalle. "Quelle regole le seguo. Ma le altre..." Agitai una mano, mentre la mia voce si affievoliva.

"Beh, allora dovrai essere disciplinata a dovere."

Sbuffai e lo guardai incredula, non sapendo come interpretare la sua espressione, che era un perfetto misto di serietà con un barlume di malizia.

"Buona fortuna, allora!" dissi, con aria di sfida.

"Su questo fronte, non ho bisogno di fortuna, Ciara," disse, abbassando la voce di un'ottava, in un modo che suonava sia minaccioso che ricco di promesse.

Il mio stomaco si ribaltò e mi ritrovai improvvisamente ad ammirare di nuovo il suo aspetto follemente attraente. Non sapevo cosa provassi per lui. Fisicamente, gli davo un voto di un miliardo su dieci. Per quanto riguardava la personalità, mi ci sarebbe voluto un po' di tempo per abituarmici. Mi confortò però scorgere quello scorcio del suo lato giocoso.

Una parte di me desiderava non sapere che fosse la mia anima gemella, perché così il nostro rapporto avrebbe avuto la possibilità di crescere in modo naturale. Invece, mi sentivo costretta a buttarmi tra le sue braccia perché sapevo che eravamo destinati a stare insieme. Mi sarebbe anche stato bene tutto ciò, se non fosse stato per la mia stupida mente eccessivamente analitica, che aveva sempre bisogno di cercare i potenziali difetti che avrebbero potuto avere ripercussioni negative in futuro. Avevo bisogno di rilassarmi e lasciare che le cose accadessero. Dopotutto, aveva viaggiato per metà della galassia solo per venire a salvarmi, facendo un atto di fede.

E Kayog non si sbagliava mai.

"Ma seriamente, Ciara, cosa posso fare per aiutarti? Sono molte cose, ma sicuramente non uno scienziato," disse, con sguardo quasi avvilito.

Sorrisi. "In realtà, il tuo arrivo non avrebbe potuto avere un tempismo più perfetto. Queste persone non hanno ancora sistemi di trasporto o di comunicazione avanzati. Hanno l'equivalente della Banda Cittadina per le comunicazioni radio. Ma come puoi immaginare, è troppo limitata per le nostre esigenze. Dobbiamo visitare gli altri villaggi per cercare di capire meglio quale potrebbe essere la causa della diffusione della malattia ad altre tribù."

"Naturalmente, sarò felice di portarti lì in volo. In qualche modo, dubito che Aku sarebbe troppo entusiasta di lasciare che ti faccia salire a bordo della mia navetta," aggiunse, pensieroso.

"Sono d'accordo. Almeno, non adesso. La gente qui a Bryst è stata gentile con noi, ma gli altri villaggi non hanno mai incontrato un umano di persona prima d'ora. Poiché la loro unica conoscenza di noi è che le nostre azioni potrebbero essere la causa di ciò che sta distruggendo la loro gente, dubito che accoglierebbero con entusiasmo uno shuttle, almeno finché non avremo avuto la possibilità di stabilire una sorta di rapporto. Stavo per montare su una delle loro cavalcature, ma ci vorrebbero ore per raggiungere la nostra destinazione. Quindi, sarebbe fantastico se mi portassi lì in volo... sempre che io non sia troppo pesante."

Sussultai non appena pronunciai quest'ultima frase. Gli Obosiani erano famosi per la loro forza. Io ero piuttosto in forma e con un peso che per lui non avrebbe richiesto il minimo sforzo. Non volevo pensasse che lo avessi detto solo per ricevere i suoi complimenti.

Un'emozione stranissima balenò nei suoi occhi bianco argento. "Mi stai dando del debole, donna?" chiese, con finta indignazione.

Sbuffai e mi rilassai all'istante. "Non proprio, ma devo tener conto del fatto che essere alti e con le spalle larghe non significa necessariamente essere forti. Non ci sarebbe da vergognarsi se fossi debole," dissi in tono scherzoso.

"Presto scoprirai che la tua anima gemella è molte cose, ma non debole."

Aprì la bocca per dire qualcos'altro, esitò e poi decise di non proseguire. La cosa mi fece bruciare di curiosità. Con una certezza che non riuscivo a spiegarmi, sapevo che stava per dire qualcosa di provocante. Era brutto volersi corteggiare, ma doversi muovere in punta di piedi a causa delle gravi circostanze in cui ci eravamo incontrati, senza contare quanto fosse di per sé insolita la nostra situazione.

Eppure, segretamente, ero felice che ci fossimo ritrovati in una relazione del genere. Non c'era prova più grande per la forza di una coppia che affrontare insieme le avversità. Finora, mi erano piaciute molto le sue risposte e reazioni rispetto a tutta quella situazione.

"Non ti dispiacerà allora se metto alla prova tutto questo," risposi, con una punta di provocazione prima di tornare seria. "Ma potresti essere di grande aiuto anche su un altro fronte. Da quanto so, i Guardiani sono degli eccellenti cacciatori. Stando a ciò che mi ha riferito Aku, negli ultimi nove anni hanno trovato sempre più casi di animali selvatici che hanno contratto la rabbia."

"Più o meno nello stesso periodo in cui è iniziata la seconda ondata della malattia!" esclamò. "Questo tipo di rabbia si era già verificato prima?"

Scossi la testa, colpita dalla sua capacità analitica. "No. E sospettiamo che siano collegati. O meglio, Ernst ha avanzato alcune ipotesi su quale potrebbe essere la causa. Ma abbiamo bisogno di più dati per esserne certi."

"Quali ipotesi?" insistette Amreth.

"I nostri test preliminari non indicano anomalie nelle persone. Ma sospettiamo che potrebbe trattarsi di un prione ripiegato," dissi, riflettendo.

Alzò un sopracciglio, il suo viso assunse un'espressione confusa che mi fece immediatamente arrossire. Dato che raramente discutevo del mio lavoro con persone non dedite alla scienza, anche perché solitamente gli altri si addormentavano, tendevo a dimenticarmi di spiegare alcune nozioni che per me erano la base.

"Oh, ti chiedo scusa. I prioni sono come proteine all'interno di cose organiche come persone, animali, piante, eccetera. Ma se qualcosa contiene un prione ripiegato, cioè deformato, e viene consumato, è possibile che causi una malattia catastrofica."

"Consumarlo? Quindi, pensi che stiano mangiando qualcosa che li sta avvelenando?" chiese Amreth, sembrando sorpreso.

Annuii. "Come ho detto, sono ancora tutte ipotesi, ma sembra la teoria più probabile."

"Se fosse nel cibo, perché solo poche persone si ammalano? Perché non tutti? Da quel poco che ho visto, sembrano coltivare cibo collettivamente e per tutti. Presumo che caccino in tribù per l'intero villaggio. O ho interpretato male le cose?"

"No, è tutto esatto. Tuttavia, alcune persone sono già immuni perché si sono ammalate in precedenza e hanno sviluppato anticorpi contro il virus," spiegai. "Altre, magari, casualmente hanno mangiato il lotto di cibo sicuro. Ma, ripeto, è troppo presto per dirlo. Potremmo sbagliarci completamente."

"Avete analizzato le loro scorte di cibo?"

Sorrisi, sentendomi stupidamente orgogliosa del vivo interesse che stava mostrando, nonché della facilità con cui stava seguendo e facendo domande pertinenti e approfondite. Non avevo bisogno di un chissà quale secchione come compagno, ma sicuramente una persona arguta e dalla mente rapida e brillante.

"È esattamente quello che abbiamo fatto. Purtroppo, finora non abbiamo avuto fortuna. Ma non c'è da stupirsi. Se abbiamo ragione nell'ipotizzare che sia un prione ripiegato a causare la malattia, i sintomi possono impiegare giorni o settimane per comparire. Quindi, se a causarlo fosse stato un lotto di cibo contaminato, ormai sarà stato consumato del tutto e dunque restringere il campo sulle possibili cause sarà sempre più difficile. Tu, però, potresti esserci davvero di grande aiuto nei prossimi giorni per cercare di individuare nella fauna locale la potenziale causa del contagio."

"Sarò felice di farlo. Del resto, è difficile trovare un Obosiano a cui non piaccia volare, soprattutto in un ambiente così bello e incontaminato come questo," rispose con un sorriso.

"Grazie. Significa molto per me. Individuare la fonte è la parte più difficile del lavoro investigativo che dobbiamo fare. Per favore, sii paziente se dovessi lasciarmi andare un po' troppo con tutte le spiegazioni tecniche. Quando inizio a parlare di queste cose, tendo a divagare molto quindi, ecco…non farti problemi a dirmi di chiudere il becco," dissi imbarazzata.

Il modo dolce e quasi tenero in cui sorrise smosse qualcosa dentro me. "Non ci si deve mai scusare per essere appassionati di qualcosa, soprattutto se del proprio lavoro. E il tuo, Ciara, è un lavoro estremamente importante: cambi la vita delle altre persone in meglio. Sono onorato di poterti aiutare in questa impresa."

Forse, all'udire le sue parole le dita dei miei piedi si arricciarono per un istante,. Proprio mentre stavo aprendo la bocca per rispondere, sentimmo il suono di alcune campane. Amreth si irrigidì, immediatamente allertato.

"Va tutto bene!" dissi, alzando il palmo della mano in un gesto rassicurante. "Sono solo i rintocchi che indicano che i cacciatori sono tornati con la carne. Dovrei andare a controllare che non ci siano segni di contaminazione."

"Fai strada, mia compagna."

CAPITOLO 8
AMRETH

Seguii Ciara fuori all'esterno, mentre cercavo di mettere ordine tra le mie emozioni contrastanti. Dal momento in cui Kayog mi aveva rivelato della sua esistenza, avevo immaginato un milione di scenari diversi su come sarebbe stato il nostro primo incontro. Per quanto mi vantassi di essere razionale e imperturbabile, non ero riuscito a resistere alla tentazione di fantasticare su innumerevoli scene eroiche in cui la salvavo, sfrecciando nei cieli con lei tra le mie braccia mentre venivo inseguito da nemici terribili. Ciara si sarebbe aggrappata a me, fiduciosa nella mia capacità di tenerla al sicuro nonostante l'estremo pericolo che stavamo affrontando.

Essere stato catturato durante la mia prima escursione, in gran parte perché non mi ero preparato adeguatamente, non avrebbe potuto deludere di più quelle grandiose aspettative. Il mio istinto bruciava ancora per l'imbarazzo che avevo provato quando Ciara aveva sottolineato la mia scarsa preparazione.

Sebbene fosse innegabilmente attratta fisicamente da me, non mi era parsa particolarmente colpita da me come individuo. E la cosa mi feriva. Ma cosa mi aspettavo, del resto? Non credevo nell'amore a prima vista, anche se mi aveva lasciato senza fiato dal momento stesso in cui Kayog aveva condiviso la sua immagine con me. Tuttavia, speravo in qualcosa di più di un'alchimia istantanea che avrebbe confermato ciò che il Temern sosteneva su di noi, ovvero che fossimo fatti l'uno per l'altra. In verità, se non fosse stato per quell'affermazione, probabilmente non avrei più provato a cercare di incontrare il suo favore, alla luce della sua tiepida risposta nei miei confronti.

Tuttavia, mi rincuorava che in una o due occasioni sembrava aver abbassato la guardia e aver mostrato un lato meno distante e riservato della sua personalità. Non era cosa da poco, detta da un Obosiano. Avevamo la reputazione di essere piuttosto rigidi, e io incarnavo perfettamente quella caratteristica tipica della mia gente.

Tuttavia, avevo davvero desiderato di ricevere un abbraccio da parte sua.

Per una ragione che non riuscivo a spiegarmi, sentivo nel profondo che il contatto fisico tra noi sarebbe stato necessario per avviare il nostro legame. E non mi riferivo a niente di sessuale. Anche qualcosa di semplice come tenersi per mano avrebbe aiutato a rompere la barriera invisibile che ancora ci separava.

Una parte di me si chiedeva se non stessi rimuginando un po' troppo su tutto ciò. Tuttavia, sentivo anche fortemente che, se non fossimo riusciti a colmare il divario tra noi subito, si sarebbe semplicemente allargato, con ognuno di noi sempre più in difficoltà nel trovare un modo per stabilire quella connessione. In un certo senso, sapendo che eravamo destinati a stare insieme, ci eravamo creati quella strana aspettativa che le cose dovessero scorrere facilmente in un certo modo. In circostanze diverse, se il nostro primo incontro fosse stato un appuntamento romantico e accuratamente pianificato direttamente da noi, ero certo che sarebbe stato molto più fluido rispetto a quell'imbarazzante situazione.

Ciò non mi impediva comunque di essere ancora più colpito

dalla mia Ciara. Al di là della sua bellezza fisica e dell'incante-
vole meraviglia che era la sua anima, la mia donna era intelligente, forte e non una persona facile da manipolare o
sottomettere. Mi piaceva che in alcune occasioni avesse espresso
senza mezzi termini i suoi pensieri, anche se ciò comportava
mettermi in cattiva luce. Era molto da Obosiana. Non avrei
saputo che farmene di una donna remissiva e timorosa, che non
sapesse dire ciò che pensava o rimproverarmi per i miei falli-
menti. L'assenza di crudeltà nel farlo e il barlume di colpa che
emanava ogni volta per il timore di aver ferito i miei sentimenti,
mi rassicuravano sul fatto che fosse una persona di animo
gentile.

Ma a farmi sciogliere, era stata la sua determinazione nel fare
la cosa giusta per coloro che avevano subito un torto e nell'usare
le abilità che aveva affinato nel corso degli anni per migliorare la
vita di altre persone. Spesso molti presumevano erroneamente
che noi Obosiani avessimo un lato sadico che ci facesse godere
della sofferenza dei prigionieri. Non avrebbero potuto sbagliarsi
di più. La realtà era che mi si spezzava il cuore ogni volta che
uno dei miei detenuti non riusciva a redimersi o andava incontro
a una fine terribile a causa delle sue scelte sbagliate.

Non vedevano la quantità di sforzi e di lavoro che facevamo
per convincere i detenuti a usare il tempo in carcere per migliorare se stessi, in modo da poter avere un futuro più luminoso
facendo scelte migliori grazie alle nuove competenze e alle
ricchezze acquisite.

Anche se non potevo negare di provare molta meno simpatia
per i criminali nei nostri Quadranti Oscuri, alcuni di loro
avevano fatto davvero di tutto per redimersi. Considerando
l'atrocità dei crimini che li avevano condotti lì, vedere uno di
loro scontare la pena fino al termine e cambiare vita era stato
probabilmente uno dei più grandi successi per tutti noi.

L'affrettarsi della mia compagna verso i due esseri umani che
avevo riconosciuto come Mehreen Aziz ed Ernst Wagner mi

strappò dai miei pensieri vaganti. I suoi due colleghi si erano già riuniti intorno al carretto trainato da una bestia che non ero in grado di riconoscere. Sopra il carro, giaceva un grosso animale, morto. Ernst stava guardando l'interfaccia di un dispositivo di analisi, avendo prelevato probabilmente del sangue dalla bestia. Mehreen, invece, era intenta a passare uno scanner portatile su ogni centimetro della carcassa.

La mia compagna li raggiunse e scambiò qualche parola con Ernst, che le mostrò l'interfaccia. Digitò alcune istruzioni, poi estrasse quello che sembrava un lungo ago dalla parte superiore del dispositivo. Lo tenne sollevato, mentre Ernst sostituiva l'ago con uno nuovo e armeggiava con il dispositivo mentre Ciara lo inseriva di nuovo nella creatura.

Non volendo intromettermi nel loro lavoro, mi feci da parte e studiai gli abitanti del villaggio. Molti di loro erano entrati nel cortile interno, pur tenendosi vicino ai cancelli come se avessero paura di sconfinare. Osservavano gli scienziati con innegabile diffidenza, ma privi di qualsiasi traccia di aggressività. Mi resi conto solo allora che la loro preoccupazione riguardasse più la sicurezza alimentare del loro cibo che i medici stessi.

Ancora una volta, la mia mente iniziò a speculare su chi, in nome di Tharmok, fossero gli *amici* che li avevano convinti così a fondo che potessero fidarsi di noi e che avremmo fatto la cosa giusta. Avrei dovuto scrivere a Maeve perché si mettesse sulle tracce di qualsiasi potente entità con cui Elias potesse essere in combutta.

O forse era in debito con qualcuno?

Presi mentalmente nota delle cose su cui avrei voluto che indagasse. Essendo uno dei migliori hacker degli Esecutori, non c'erano molti segreti che potevano sfuggire a Maeve, una volta che si era messa in testa di scoprirli. Finché c'era una qualche traccia digitale, lei era in grado di risalire a ogni cosa.

Il pensiero di non poter semplicemente andarmene e tornare alla mia nave non mi andava giù. Odiavo essere prigioniero in quel cortile. Che ironia per un Guardiano. I miei detenuti non avrebbero finito più di prendermi in giro se avessero saputo della mia attuale situazione. Tecnicamente, però, avrei potuto andarmene. Ci stavano dando chiaramente abbastanza libertà di movimento da permettermi di prendere Ciara e volare alla mia nave prima che potessero anche solo avvicinarsi abbastanza da neutralizzarmi con i loro poteri psionici.

Tuttavia, non l'avrei mai fatto.

Al di là del fatto che sentivo un forte dovere morale nell'aiutarli, ero obbligato anche dal mio onore a restare. Con una certezza che non riuscivo a spiegarmi, sapevo che Aku non era uno che concedeva facilmente la sua fiducia. E con me, invece, lo aveva fatto. A prescindere da quanto la previsione di un qualche Veggente avesse rafforzato quella convinzione, una parte di me credeva fermamente che i nostri incontri lo avessero rassicurato sul fatto che fossi un uomo di parola. Se avesse pensato che non ci si potesse fidare di me, Veggente o meno, mi avrebbe tenuto in catene senza alcun dubbio.

Ad ogni modo, cercare di tirarmi indietro ora sarebbe stato il modo più sicuro per distruggere ogni speranza di un rapporto facile e scorrevole con la mia donna.

Tornai a concentrami sugli scienziati proprio mentre terminavano i diversi test. Dal loro linguaggio del corpo capii che non avevano trovato nulla di sospetto o che potesse essere utile alla loro ricerca. Ciara fece un cenno ai cacciatori Kreelar, indicando che potevano portare via la carne, poi si voltò verso di me. I suoi compagni si girarono, diretti verso il laboratorio, ma si bloccarono di colpo quando infine mi notarono.

"Un Obosiano!" sussurrò Ernst. Anche se inizialmente scioccato, l'eccitazione prese subito il sopravvento.

Si diresse rapidamente verso di me, seguito dalle due donne. Rimasi immobile mentre lui si avvicinava.

"Mio signore, siamo così felici di vedervi. Dove sono gli altri?" chiese, cercando di sbirciare oltre le mie spalle.

"Sono venuto qui da solo. Non c'è nessun altro, solo io," risposi con voce calma. "E puoi chiamarmi semplicemente Amreth."

In teoria, avrebbe dovuto rivolgersi a me come Lord Amreth, date le mie origini nobili. Molti dei miei pari erano fissati con la gerarchia. A me, invece, non importava più di tanto. Inoltre, date le circostanze, quei rigidi protocolli non mi sembravano appropriati. Il barlume di approvazione negli occhi della mia compagna mi fece un certo effetto. Non l'avevo fatto per impressionarla, ma avrei accolto con favore qualsiasi cosa potesse aiutarla a innamorarsi di me.

Lui sbatté, le palpebre confuso. "Da solo? E perché mai?"

Come mossi da una volontà propria, i miei occhi si spostarono verso Ciara. Mi fermai appena prima di dirgli che ero venuto a salvare la mia compagna. Anche se vero, non mi sembrava appropriato rivelare la natura del nostro legame senza il suo consenso. Pur avendo ammesso di essere a conoscenza della nostra connessione, Ciara non aveva ancora espresso alcun desiderio di intraprendere una relazione con me.

"È venuto per me," rispose Ciara al posto mio, lasciandoci tutti a bocca aperta.

"Per te?" ripeterono Ernst e Mehreen contemporaneamente.

Un'adorabilissima timida espressione balenò sul viso della mia donna, nonostante stesse facendo di tutto per sembrare disinvolta.

"Colleghi, vi presento Amreth Vahna, Guardiano di Molvi, nonché la mia anima gemella. Kayog ci ha abbinati proprio prima che la Gladius venisse attaccata."

Il modo in cui i suoi colleghi rimasero a bocca aperta con gli occhi che quasi uscivano dalle orbite sarebbe stato esilarante, se non fossi stato troppo impegnato a pavoneggiarmi per essere stato reclamato pubblicamente. Ciara non mi sembrava il tipo che amava vantarsi. Per me, il fatto che avesse scelto di rivelarlo apertamente di fronte agli altri, mi indicava che era così decisa a far funzionare le cose tra noi che non aveva alcun timore a condividerlo.

"Kayog? Il Temern combina coppie?!" esclamò Mehreen.

Ciara annuì.

"Santo cielo! Non sapevo che avessi cercato i suoi servizi," aggiunse.

La mia compagna sbuffò e scosse la testa. "Non l'ho fatto. Ci siamo incontrati sulla nave e abbiamo iniziato a parlare quando abbiamo aiutato una donna che non si sentiva molto bene. E poco dopo, boom, mi ha detto che conosceva la mia anima gemella."

"Ma… come avete fatto a conoscervi prima che venissimo rapiti?!" obiettò Ernst.

"Non l'abbiamo fatto," risposi con voce impassibile. "Una volta confermato che Ciara era tra i dispersi, Kayog mi ha contattato."

"E così hai deciso di venire a salvarla?!" chiese Mehreen. Un'espressione di puro stupore si posò sui suoi lineamenti.

"Certo. Che razza di uomo sarei altrimenti?"

La mia compagna scoppiò a ridere, mentre Ernst alzò gli occhi al cielo con finta disperazione quando Mehreen si premette i palmi delle mani sul petto e mi fissò con aria meravigliata.

"Che mi venga un colpo! È così terribilmente romantico. Ti prego, dimmi che hai un fratello single!"

Toccò a me scoppiare a ridere. "Ce l'ho," risposi, annuendo.

"Esigo una presentazione formale," disse Mehreen prima di sbattere con fare civettuolo le ciglia.

"Amica, datti una regolata e smettila di flirtare con il mio uomo," disse Ciara, fingendo di essere seria.

Anche quello scambio mi fece ridere. Era sciocco quanto piacere traessi dal suo atteggiamento possessivo nei miei confronti, per quanto giocosa potesse essere la situazione.

"Guastafeste," rispose Mehreen, facendo un broncio esagerato. "Comunque, il mio nome è Mehreen e lui è Ernst."

"Lo sa e ha letto tutti i fascicoli su di noi mentre veniva qui. Ora andiamo a mangiare. Possiamo aggiornarlo sulle parti che non ho ancora trattato con lui."

Seguimmo tutti i suoi passi. Iniziavo a rendermi conto che i due scienziati sembravano sottomettersi all'autorità della mia donna. Ci condusse in una delle case adiacenti al laboratorio. Con mia sorpresa, l'interno era stato allestito come una sala riunioni, con accanto una zona pranzo. Il tavolo era già imbandito con una generosa quantità di cibo. Con mio sgomento, mentre ci sedevamo, notai la notevole percentuale di frutta e verdura e solo una piccola porzione di carne e del pane secco.

Ciara ridacchiò vedendo la mia espressione, il suo volto assunse un'aria di commiserazione mista a un pizzico di scherno.

"Qualcuno qui non è vegano, eh?" chiese in tono scherzoso.

"Assolutamente no," risposi scontrosamente. "I nostri Nundar preparano i piatti gastronomici più deliziosi che si possano sognare."

"Nundar? Cosa sono?" chiese incuriosita.

"Li chiamiamo i nostri famigli. Sono una specie spirituale di eremiti che hanno bisogno di vivere con un Obosiano per prosperare. Sono molto intelligenti e possiedono poteri psionici estremamente potenti. Si nutrono di emozioni, ma sono anche estremamente sensibili ad esse. Le emozioni negative li angosciano molto, il che spiega il loro bisogno di isolamento," spiegai.

"E perché prosperano proprio intorno alla vostra specie?" chiese Ciara.

"Come la mia gente, si nutrono principalmente di emozioni. Gli Obosiani emettono naturalmente e costantemente una certa aura energetica, che possiamo deliberatamente aumentare secondo necessità. Pertanto, quando raggiungiamo la maturità, ci ritroviamo circondati da giovani Nundar, e la speranza è che ad alcuni di loro piaccia la nostra energia. Coloro che l'apprezzano, ci scelgono come loro protettori e si trasferiscono con noi nella sezione della nostra dimora a loro riservata."

Ritenni più saggio saltare la parte in cui avveniva la selezione durante le scatenate e selvagge settimane in cui i giovani Obosiani raggiungevano la maturità, intorno ai diciotto anni. Prima di allora, eravamo fondamentalmente asessuati. Ma una volta arrivato il momento, diventavamo praticamente rabbiosi e venivamo catapultati in un'orgia con altri adolescenti della nostra età mentre sfogavamo la nostra libido sfrenata con tutto ciò che si muoveva. I giovani Nundar ci controllavano, assicurandosi che rimanessimo idratati, nutriti e riposati durante quel periodo in cui le nostre menti erano completamente annebbiate. Vederci nel nostro stato più incontrollato e primordiale li aiutava a valutare meglio se potevano immaginare di servirci per il resto della loro vita.

"Non è un po' invasivo? Sembra che si possa finire ad avere la casa piena di Nundar," chiese Ciara, cautamente.

Sbuffai e le rivolsi un sorriso rassicurante. "No, per niente. Come ho detto, a loro piace vivere in isolamento. È difficile vederli anche solo una volta al mese. Normalmente, ci si accorge della loro esistenza solo perché si occupano di tutte le faccende di casa, compresa la cucina, le pulizie e il bucato. Ma poiché possono percepire la nostra presenza e il nostro stato d'animo, sanno esattamente come rendersi invisibili e si fanno vedere solo se sentono che vogliamo parlare o interagire con loro."

"Wow, aiutanti invisibili ed efficienti, che cucinano ottimo cibo e si occupano di tutte le faccende domestiche? Dove devo firmare?" disse Mehreen, con la voce che trasudava invidia, anche se il suo tono rimase scherzoso. "A proposito, dicevamo di presentarmi a tuo fratello…"

Tutti noi sbuffammo e la mia compagna scosse la testa con falsa severità verso la sua collega, come se fosse un caso disperato.

"Quindi è vero che gli Obosiani sono sostanzialmente come degli Incubi," disse Ernst, riflettendo.

"Nella misura in cui ci nutriamo delle emozioni dei nostri partner, sì, è così. Non ne abbiamo bisogno, ma ci sazia molto più del cibo normale. Tuttavia, non prosciughiamo la forza vitale dei nostri compagni quando lo facciamo. Non ne risentono in alcun modo," dissi, con tono più leggero.

"Benissimo allora, direi che sei a posto," disse Mehreen con esagerato entusiasmo. "Non c'è bisogno che ti torturi con tutto quel cibo da uccellini," aggiunse, indicando il pasto prevalentemente vegetariano sul tavolo, prima di lanciare un'occhiata significativa verso Ciara.

"Ehi! Non sono cibo!" esclamò Ciara, con finta indignazione.

"Tecnicamente sì," dissi con un ghigno beffardo. "O meglio, le tue emozioni lo sono."

Decisi di non specificare che banchettare con il suo piacere sarebbe stato quanto di più succulento e squisito possibile. E presto, una volta arrivato il momento, me lo sarei concesso.

"Ma non temere, Ciara. Non mi nutrirò mai di te senza il tuo esplicito consenso," dissi con tono rassicurante.

Apparentemente determinata a fomentarci il più possibile, anche se senza alcuna cattiva intenzione, ancora una volta Mehreen stuzzicò scherzosamente la mia compagna, nel chiaro tentativo di farla arrossire.

"Visto che voi due siete anime gemelle, per non parlare del fatto che siete entrambi molto sexy, sono sicura che Ciara sarà più che felice di concederti il suo consenso," disse Mehreen, agitando la mano in aria. "A proposito, dobbiamo presumere che condividerete la casa assegnata a Ciara?"

Ernst si morse le guance per non ridere, mentre la mia compagna rimase a bocca aperta, incredula, ancora ferma al primo commento. Mehreen mi stava piacendo. Era strano, dato che la mia gente tendeva ad essere più piuttosto austera. Inoltre, anche se ingiustamente, pensavo che gli scienziati fossero tipi noiosi e impacciati. Una parte di me sospettava che il suo umorismo potesse essere anche un meccanismo di difesa per la situazione stressante in cui erano stati catapultati.

"Uhm... secondo Aku, dovremmo effettivamente condividere la sua dimora. Gli ho fatto presente che sarebbe stato altamente inappropriato. Mi ha informato che dispone di una stanza per gli ospiti, quindi non dovrebbe essere un problema, ma ha anche detto che nel caso si fosse rivelato effettivamente problematico per uno di noi, allora mi avrebbe fornito una sistemazione diversa," spiegai, con fare pragmatico.

"Wow!" sussurrò Ciara, guardandomi con un'espressione ferita che mi lasciò perplesso. "Trovi davvero così terribile condividere una casa con me?"

Mi ritrassi e la fissai, restando a bocca aperta. "Cosa?! No, per niente. Ho solo trovato estremamente presuntuoso da parte sua presumere che a te andasse bene."

Le sue spalle si rilassarono. "Ti ha detto perché voleva che condividessimo la casa?"

"Ha detto che siamo anime gemelle," risposi con calma.

"Il che è vero," disse Mehreen, come se fosse ovvio.

"Sì, ma lui come lo sa?" ribattei, prima di lanciare un'occhiata alla mia compagna. "Dubito che gliel'abbiate detto tu o Kayog."

"È stato il loro amico a farlo," disse Ciara con decisione, prima di aggrottare la fronte per la frustrazione. "Odio che i nostri ricordi siano stati cancellati. So solo che il loro amico sostiene che tutti noi avremo un ruolo importante che porterà al successo dei nostri sforzi."

"Sembra la visione di un Veggente o di un Oracolo," dissi pensieroso. "Quegli amici potrebbero essere Korletheani?"

Con mio grande stupore, tutti e tre gli umani risposero all'unisono con un deciso *no*. La cosa li sorprese e si scambiarono sguardi divertiti per la loro reazione istintiva.

"Non so perché posso dirlo con assoluta certezza, ma gli

amici dei Kreelar hanno un odio assoluto nei confronti dei Korletheani," disse Ciara con cautela, e i suoi colleghi annuirono.

"Sì, sento qualcosa di molto sgradevole quando viene fuori il loro nome. Deve venire da quei misteriosi amici," disse Ernst accigliandosi. "Mi chiedo se i loro amici possano essere Sareniani."

Ciara annuì. "È plausibile, considerando che possiedono poteri di controllo mentale. Con un solo comando, potrebbero cancellare i nostri ricordi. Inoltre, odiano i Korletheani. Ma quale ragione potrebbe averli portati nella Zona Morta? Per lo più orbitano intorno alla loro regione, all'estremità opposta del Quadrante Orientale."

"Ha importanza?" ribatté Ernst.

"Assolutamente!" esclamai severamente. "A differenza degli umani, che fanno parte dell'Alleanza Galattica dei Quadranti Orientale e Occidentale, noi che siamo qui nel Quadrante Settentrionale sappiamo molto poco dei Settari. Hanno aiutato a sferrare un attacco contro una delle nostre più potenti navi Alleate. È stato un evento isolato o stanno tramando qualcosa di più nefasto?"

"Ottima domanda," disse Ciara con tono conciliante. "Ma i Kreelar hanno davvero bisogno del nostro aiuto. Senza l'intervento dei loro amici, potrebbero estinguersi completamente in pochi anni. Inoltre, finora, non ho percepito assolutamente alcuna cattiva intenzione o inganno da parte di Aku e dei suoi uomini della tribù. Vogliono solo salvare la loro gente."

Annuii a malincuore. "Neanch'io percepisco alcuna forma di tradimento da parte loro. Ma perché i loro amici voglio tenersi così segreti?"

"Sai perché," disse Ciara con tono di rimprovero. "Hanno infranto la legge per aiutare i Kreelar. Anche se lo hanno fatto per buone ragioni, gli staresti col fiato sul collo se potessi mettere le mani su di loro."

"E a buon ragione!" esclamai.

Mi lanciò un'occhiataccia, il suo viso si chiuse, facendomi restare malissimo. Non mi piaceva suscitare quel tipo di reazione in lei.

"Se devo infrangere la legge per salvare una specie in via di estinzione, lo farò senza esitazione," disse con tono aspro.

"C'erano altri modi che non hanno esplorato," obiettai.

"Davvero?" mi sfidò. "Credono che siamo l'unica speranza e che poteremo il miglior risultato per tutti. Finora, le loro previsioni si sono rivelate esatte, compreso il fatto che tu sia venuto qui."

"Un crimine è un crimine," dissi ostinatamente. "Delle persone sono rimaste ferite a causa del loro attacco."

"E hanno fatto ogni ragionevole sforzo per mitigare i danni, incluso salvarmi la vita e curarmi completamente," disse Ciara, con lo stesso tono severo. "Hai violato la Prima Direttiva venendo a salvarmi. Dovresti essere condannato e spedito su Molvi?"

Agitai una mano, liquidando l'obiezione. "Vengono fatte alcune eccezioni quando si soccorrono i propri familiari, così come in base alle intenzioni della persona che ha commesso la violazione."

"Esatto!" esclamò Ciara, come se dovesse essere ovvio anche per me. "Non puoi sapere quali siano fossero le loro intenzioni."

"Vero," ammisi. "Ma cosa ci facevano qui su Kestria, tanto per cominciare?"

Scrollò le spalle. "Se per questo, cosa ci facevamo qui noi umani? Cosa ci facevano qui Elias e la sua squadra? Questa è la Zona Morta. L'OPU non ha più giurisdizione sui Settari che vengono su questo pianeta di quanta ne abbiano loro su di noi. Chiunque siano i loro amici, potrebbero aver avuto ragioni legittime per trovarsi qui. E chiaramente, hanno un forte legame con loro che mi sembra duri da molti anni. Quindi, tecnicamente, se proprio dobbiamo individuare degli intrusi, sembra che ad esserlo siamo *noi*."

Strinsi le labbra, riflettendo sulle sue parole prima di annuire, lentamente.

"Sì, mi sembrano dei punti validi. Ma perché sei così protettiva nei loro confronti?" chiesi con sincera curiosità.

Sembrò sorpresa dalla domanda. Con mia grande gioia, invece di negare o mettersi sulla difensiva, Ciara si prese un momento per valutare i suoi pensieri e sentimenti al riguardo prima di rispondere. E ciò mi fece molto piacere.

"Quando sono diventata medico, ho giurato di non fare del male e di aiutare chiunque abbia bisogno. I Kreelar hanno un disperato bisogno di aiuto. Senza i loro amici, sarebbero morti tutti di sicuro. Hai parlato di un attacco, ma non di un massacro. Aku giura che non hanno fatto del male a nessuno, nemmeno alle guardie, anch'esse neutralizzate tramite attacchi psionici. Tu stesso lo hai confermato. Sì, alcune persone sono rimaste ferite nel panico, ma non è stata colpa dei Kreelar o, almeno, non direttamente. Il modo in cui mi hanno salvata dimostra che stavano cercando davvero di ridurre al minimo i danni agli innocenti."

Ancora una volta, mi ritrovai costretto a cedere, seppur con riluttanza. Ciò sembrò compiacerla e incoraggiarla.

"Penso che i Kreelar siano brava gente e anche i loro amici lo hanno capito. Potrebbero trattarci di merda per tutto ciò che hanno dovuto subire, nonostante i responsabili siano solo Elias e la sua squadra," continuò.

"Sono stati estremamente gentili con noi," concordò Ernst, mentre Mehreen annuiva in segno di approvazione.

"Ciara dice che potreste aver trovato una pista. Pensate di poterli aiutare?" chiesi.

Ernst annuì, con un'espressione di speranza sul volto. "Abbiamo trovato i prioni responsabili, gli agenti infettivi che causano questa variante di malattia prionica," aggiunse rapidamente, con tono quasi di scuse, nonostante la spiegazione sarebbe rimasta tutt'altro che chiara per la maggior parte delle persone.

Sorrisi, con fare rassicurante. "Ciara mi ha già spiegato molto bene cosa sono i prioni."

"Oh, eccellente!" esclamò. "Abbiamo trovato i prioni nelle cellule cerebrali dei quattro pazienti attualmente ricoverati. Due di loro hanno iniziato a mostrare i sintomi solo ieri. Sapevamo per certo che si trattava di una malattia prionica a causa della formazione iniziale di placche spugnose nel tessuto cerebrale, visibile nelle scansioni. Come probabilmente ti avrà detto Ciara, i prioni devono essere ingeriti. Abbiamo analizzato ogni alimento nel villaggio e le loro fonti d'acqua. È tutto pulito. Dobbiamo scoprire cosa stanno mangiando che lo sta causando, ma non ci resta che affidarci a un Ave Maria."

Non conoscevo il significato di quell'espressione, ma dato il contesto, sospettavo significasse che sarebbe stato un compito estremamente difficile da realizzare.

"La cosa importante è che, visto che tutto ciò sta accadendo anche in altri villaggi, sappiamo che il problema non è limitato a una mandria o a una fattoria in particolare. C'è qualcosa là fuori che sta infettando queste persone," continuò Ernst.

"Potete curarlo?" chiesi.

Tutti e tre scossero la testa.

"Non esistono cure conosciute per le malattie prioniche come questa. Di solito, non possiamo fare altro che far stare i pazienti umani il meglio possibile, mentre la malattia progredisce fino alla loro morte," disse Ciara con un'espressione turbata. "Questa però si sta comportando in modo diverso con i Kreelar."

"E come?" chiesi, con sincera curiosità.

"I sintomi compaiono più rapidamente, mentre nella maggior parte delle altre specie possono essere necessarie settimane o mesi. Ma soprattutto, alcuni dei Kreelar sopravvivono, mentre gli esseri umani muoiono entro due anni. Sora è stata il primo caso ed è ancora viva. È la sorella di Aku e la balia che ha attaccato i medici vicino al fiume. Non solo ha gli anticorpi, ma anche il suo tessuto cerebrale è mutato, conferendole poteri psionici."

"Gli altri, come Aku ad esempio, hanno gli stessi anticorpi?" chiesi, affascinato.

Ciara esitò, sembrando incerta su come rispondere.

"Gli anticorpi sono abbastanza simili ma non uguali," disse Mehreen. "Crediamo che i prioni abbiano la stessa origine ma che la fonte di contaminazione sia diversa, e dunque che la variante che Sora ha ingerito attraverso il sangue di quel dottore fosse una versione mutata di quella che ha infettato le altre."

"Stiamo ancora cercando di capire perché le femmine siano più soggette a morire," disse Ciara.

"Personalmente, immaginavo fosse per un fattore ormonale," commentai.

"Anche noi lo sospettiamo, ma cosa nello specifico? Come interagisce con i prioni per provocare i catastrofici collassi organici che le hanno uccise?" replicò, riflettendo ad alta voce.

"Almeno ora possiamo individuare chi è infetto, anche se non mostra ancora sintomi," disse Ernst. "Dobbiamo testare tutti e fornire loro i kit per farlo da soli, in modo da assicurarci che le madri e le balie infette non trasmettano nulla ai piccoli."

"Suppongo che abbiano molti villaggi sparsi su un vasto territorio. Hanno sistemi di comunicazione rapidi?" chiesi, cercando di valutare quanti villaggi potessimo raggiungere nel minor tempo possibile.

"Sì e no," rispose Ciara. "Hanno l'equivalente delle vecchie Bande Cittadine, che in pratica richiedono solo un'antenna e un ricevitore per captare le frequenze radio. Possono parlare attraverso di esse, ma non dispongono di videocomunicazione, quindi non potremmo mostrare virtualmente agli altri cosa fare esattamente. Quantomeno, però, permetterà ad Aku di avvisarli di quello che sta succedendo e che inizieremo a recarci nei vari villaggi a partire da domani, portando con noi i kit dei test e le medicine."

"Medicine?" ripetei, accigliandomi. "Pensavo avessi detto che non ci fosse ancora una cura."

"Abbiamo preparato qualcosa derivato dagli anticorpi di Sora, con immunoglobuline sintetiche che aiuteranno a prevenire che i prioni normali diventino anormali. Questo dovrebbe rallentare significativamente il progresso della malattia e dare al corpo del paziente la possibilità di reagire e mutare, invece di morire. Finora ha funzionato bene per i nostri primi due pazienti."

Un pensiero improvviso mi colpì. "C'è qualche possibilità che stiano effettivamente consumando questo qualcosa di proposito? È possibile che i Kreelar *vogliano* subire questa mutazione? Dopo tutto, ha dato loro il tipo di poteri psionici offensivi che molti cacciatori vorrebbero avere."

Con mia sorpresa, tutti scossero contemporaneamente la testa.

"Assolutamente no," disse Ciara con certezza. "Erano felici così come erano. Tuttavia, preferiscono la mutazione alla morte. Hanno solo paura di quali altri cambiamenti possano verificarsi in futuro e vorrebbero avere conferma che questa mutazione sia il risultato finale e ultimo della loro esposizione ai prioni."

"Mi sembra giusto. Allora, qual è il piano?" chiesi.

"Domani mattina andremo nei villaggi vicini con un paio di Kreelar come scorta," disse Ernst. "Con le tue ali, potresti portare Ciara in uno dei villaggi più distanti."

Annuii. "Ne stavamo discutendo giusto prima che i cacciatori tornassero al villaggio con la loro preda. La mia navetta sarebbe molto più efficiente, però. La speranza è che domani le cose andranno abbastanza bene da far sentire la loro gente più a suo agio con la nostra tecnologia avanzata. Ciò permetterebbe a te e a Mehreen di viaggiare più lontano mentre io porto in volo la mia compagna."

Mi sentii bruciare dall'imbarazzo quando mi accorsi di aver usato quel termine affettuoso. Era la seconda volta che lo facevo. Lanciai un'occhiata nervosa a Ciara, ma fui sollevato nel vederla sorridere con approvazione. Dubitavo però che fosse perché l'avevo reclamata come mia compagna, ma mi rasserenò che non sembrasse dispiaciuta o turbata.

"Sembra che abbiamo un piano, allora!" disse Ciara.

Finimmo il nostro pasto "da uccellini" in un'atmosfera amichevole. Successivamente, Ernst e Mehreen tornarono a preparare altre medicine mentre Ciara mi insegnava come somministrare il test in modo da poterla aiutare il mattino seguente.

In un modo che non riuscivo a spiegare, tutto ciò mi faceva sentire bene.

CAPITOLO 9
CIARA

Una volta preparati il più possibile per ciò che ci avrebbe atteso il mattino dopo, ci scambiammo la buonanotte e mi diressi verso la mia casa insieme al mio compagno. Ancora non riuscivo ad accettare l'idea che fosse realmente mio. Non che la cosa mi dispiacesse, ma non sapevo come comportarmi. Per la prima volta, mi resi conto di quanto fossi imbarazzante dal punto di vista romantico.

Amreth aveva fatto un paio di tentativi di flirt dal suo arrivo, ma anche lui era stato piuttosto cauto. Era difficile trovare un equilibrio per evitare di sembrare troppo audace o di andare troppo in fretta. Il suo precedente commento sul rimettermi in riga aveva sfiorato quel sottile confine. Il problema era che non potevo essere certa che intendesse alludere a qualche fantasia di sculacciarmi. La sua gente era completamente dedita a disciplinare la cattiva condotta, quindi le sue parole potevano essere perfettamente innocenti.

Ma d'altronde, ero sempre stata una persona negata a cogliere quel genere di allusioni. Quel traditore del mio ex fidanzato aveva dovuto dirmi esplicitamente di essere interessato a me e che stava esaurendo i modi sottili per esprimerlo senza che io mi fossi ancora resa conto che stava flirtando.

E ora, quella diversamente romantica fortunata se ne stava andando a casa con il perfetto sconosciuto che, teoricamente, doveva essere la mia dolce metà.

Se fosse stato di un'altra specie, tranne forse un Temern come Kayog, non avrei potuto giurare che mi sarebbe andato bene che passasse la notte sotto lo stesso tetto con me così presto. Le camere da letto separate non significavano nulla se la persona era uno psicopatico o un tipo non incline a rispettare i confini. Tuttavia, Amreth mi ispirava fiducia con un'intensità che sfidava ogni logica.

Con mia grande sorpresa, a metà strada attraverso il cortile verso casa mia, Amreth mi fece cenno di aspettare un minuto e si diresse verso il cancello, agitando la mano verso Enre, la guardia Kreelar seduta in cima alla piccola torre ai margini del cancello. Enre saltò giù dai tre metri di altezza, atterrando senza sforzo con la grazia di un gatto. Si avvicinò a noi con un atteggiamento tanto calmo quanto intriso di curiosità.

"Scusa il disturbo, ma devo fare una commissione alla mia nave," disse Amreth.

Lo fissai a bocca aperta prima di riprendere rapidamente il controllo dei miei lineamenti. Enre strinse gli occhi marrone scuro su di lui, con un accenno di sospetto.

"Perché?"

"Se devo restare qui, ho bisogno di vestiti puliti e di alcuni dei miei effetti personali," rispose Amreth con voce calma.

Il Kreelar studiò in silenzio i suoi lineamenti, con un'espressione indecifrabile in volto. I suoi occhi brillarono leggermente. Mi spaventava sempre quando quelle creature facevano quella cosa. Con mio grande fastidio, quando avevo interrogato Aku sui loro poteri, mi aveva semplicemente detto che tale conoscenza era irrilevante per il compito a cui dovevo lavorare. Al mio contestare quell'affermazione, dicendo che una migliore comprensione dei loro poteri avrebbe potuto portarmi a fare certe associazioni che avrebbero potuto aiutarmi a identificare e risolvere il problema più velocemente, mi liquidò e zittì in un istante. A quanto sembrava, quei suoi maledetti amici avevano confermato che fornirmi quella conoscenza non avrebbe aiutato la loro causa.

Considerando le occasioni in cui avevano usato quella capacità, sospettavo fortemente che gli permettesse di leggere le emozioni o le intenzioni del loro bersaglio. Non credevo che potessero leggere nel pensiero. Più di una volta erano rimasti sinceramente sorpresi da qualcosa che avevamo detto o rivelato. Se avessero potuto leggere nel pensiero, avrebbero saputo in anticipo cosa ci stavamo preparando a dire o fare.

"Questa è una decisione che spetta ad Aku," disse infine Enre.

"Certamente," rispose Amreth gentilmente.

Anche se non era il momento di ricoprirlo di complimenti, gli rivolsi un sorriso riconoscente per la sua grande considerazione e disponibilità. Tecnicamente, non essendo ufficialmente un prigioniero, avrebbe potuto sgattaiolare fuori e poi tentare di tornare discretamente una volta terminato ciò che lo stava richiamando sulla sua nave.

Lo avrei odiato però. Non avrei saputo dire se lo avrebbe fatto davvero, ma dopo il tradimento del mio ex fidanzato avevo qualche problema di fiducia. Qualsiasi sua azione che potesse anche solo lontanamente suggerire che fosse inaffidabile avrebbe compromesso significativamente qualsiasi relazione avremmo potuto avere.

Con mio grande stupore, meno di dieci secondi dopo, Aku attraversò il cancello ed entrò nel cortile. Dal modo in cui Amreth socchiuse gli occhi, capii che si stava chiedendo se Enre avesse usato una qualche forma di telepatia per chiamarlo. Ciò avrebbe spiegato il luccichio degli occhi.

"Enre dice che vuoi andartene?" chiese Aku con tono collo-quiale e non aggressivo, confermando così i miei sospetti.

"Non *andarmene*," lo corresse Amreth. "Ho solo bisogno di vestiti puliti e alcuni effetti personali. Quando ho lasciato la nave, non mi aspettavo di rimanere qui a lungo."

Aku strinse le labbra mentre lo guardava con aria inter-rogativa.

"Senti, domattina volerò in un villaggio vicino con Ciara. Se la mia intenzione fosse quella di scappare, succederebbe comunque a quell'ora. Il tuo 'amico' dice che ci si può fidare di me e io mi sono impegnato a portare a termine questa cosa. Quindi, se hai intenzione di fidarti di me, devi iniziare a farlo a partire da adesso. Non sono venuto qui per fare qualche giochetto."

"La nostra gente diffida degli stranieri. Il tuo andare e venire così di frequente li metterà ancora più a disagio," obiettò Aku.

"Amreth è un Obosiano," intervenni dolcemente. "La sua parola è sacra per lui. Se dice che tornerà, puoi essere sicuro che lo farà. Il vostro amico ha avuto ragione su tutto finora. Perché dubitare di lui proprio adesso?"

Con mia sorpresa, mi lanciò una strana occhiata prima di rivolgerne una ancora più strano ad Amreth. Avrei dato qualsiasi cosa per capire cosa gli stesse passando per la testa.

"Non è la *mia* fiducia che dovete guadagnarvi. L'avete già. La mia gente sta morendo. Hanno bisogno di qualcuno da incol-pare. E voi siete semplicemente la cosa più vicina contro cui possono scagliarsi. Per favore, sii rapido e discreto."

Rimasi a bocca aperta, senza parole. Di tutte le cose che avrebbe potuto rispondere, non mi aspettavo certo quello.

"Lo farò," disse Amreth, riprendendosi dallo stesso stupore che avevo provato io.

Lanciò uno sguardo verso nord-est, dove all'orizzonte si intravedevano una serie di basse catene montuose, poi si voltò di nuovo verso di me.

"Vuoi che ti porti qualcosa dalla mia nave?" mi chiese.

Scossi la testa. "Abbiamo tutto ciò che ci serve. Il laboratorio mobile è perfetto. Ma qualunque cosa tu stia andando a prendere laggiù, *non* portare cibo!"

Scoppiai a ridere vedendo la sua espressione. Dubitavo che avesse davvero pensato di farlo, ma ricordare come non gli fosse piaciuto il cibo prevalentemente vegetariano che avevamo lì mi fece morire dal ridere. Sembrava un ragazzino che faceva il broncio perché doveva mangiare i broccoli.

"Ricevuto. Torno presto," rispose.

Poi, con un potente battito d'ali, spiccò il volo. Non potei fare a meno di ammirare la sua grazia e forza. Amreth era magnifico. Ovviamente, il suo aspetto fisico era uno spettacolo per gli occhi, ma quel che avevo visto fino a quel momento della sua personalità mi stava davvero piacendo. Eravamo agli inizi della nostra relazione, quindi avevamo ancora molto da fare per conoscerci. Tuttavia, mi piaceva la sua intelligenza e la sua capacità di capire rapidamente le cose e concentrarsi su argomenti che di solito, in pochi secondi lasciavano tutti gli altri con gli occhi pesanti e socchiusi.

La mia preoccupazione principale riguardava quanto a volte sembrasse rigido quando si trattava di rispettare la legge. Capivo che la sua gente era sostanzialmente indottrinata fin dalla nascita, ma nulla era mai completamente bianco o nero. Quantomeno era aperto alle discussioni, ascoltava con una mente aperta e sembrava disposto a concedere e trovare compromessi.

La forte sensazione di essere osservata fece scattare la mia testa verso Aku. Trovarmi con lui ed Enre che mi fissavano con un'espressione leggermente divertita mi fece arrossire per l'imbarazzo.

"Ti piace," disse Aku, con voce piatta.

Mi mossi sui miei piedi, sentendomi un po' a disagio, e alzai le spalle, cercando di liquidare l'argomento. "Lo spero. Siamo anime gemelle, dopotutto."

"Non lo conosci ancora," mi provocò Aku.

"Hai ragione, ma questo non significa che non possa esserci una chimica naturale. Il tuo amico ha detto che siamo fatti l'uno per l'altra, così come il mio," dissi con disinvoltura. "A volte, non c'è bisogno di conoscere qualcuno a lungo per avere un'idea chiara di chi è e della sua vera natura. Io non ti conosco e, nonostante tu ci abbia rapito, credo che tu sia una brava persona. Le tue azioni e la devozione verso la tua gente lo dimostrano chiaramente. Provo lo stesso nei confronti di Amreth."

Una strana espressione attraversò sia il suo viso che quello di Enre.

Aku annuì lentamente. "Le tue parole sono gentili. Ma come ho detto prima, il sentimento è reciproco. Detto questo, è affascinante assistere a questa attrazione tra specie così diverse," aggiunse pensieroso, il che spinse Enre ad annuire, segnalando di essere d'accordo con lui.

Sorrisi. "È molto comune tra gli extra-mondo. Le persone di molti pianeti della nostra alleanza si sposano tra loro. Le anime gemelle non sono determinate dalla specie. Voglio dire, la tua anima gemella potrebbe essere umana."

Aku indietreggiò. "Ewww! Assolutamente no!" esclamò, con la stessa espressione di orrore che mostrava Enre.

"Ehi!" dissi, premendomi il petto con un palmo della mano come se fossi stata ferita a morte, con un'espressione eccessivamente drammatica sul viso.

"Chiedo scusa," disse Aku, con le orecchie che si scurivano per l'imbarazzo, mentre io scoppiavo a ridere. "Non volevo mancare di rispetto. Tu e i tuoi compagni siete abbastanza affascinanti, ma no, è altamente improbabile che io possa finire con un'umana. In verità, una compagna extra-mondo non sarebbe la benvenuta qui, dopo tutto questo. Ci vorrà un bel po' di tempo prima che la mia gente guarisca e veda gli estranei come qualcosa di diverso da portatori di sventura."

"Vero," dissi, tornando seria.

"Ma sono contento per te," disse Aku con tono più gentile. "Sembra davvero un uomo d'onore. Per quello che vale, non è stato facile catturarlo, anche se lui la vede così e questo ferisce il suo orgoglio. Dieci di noi hanno dovuto usare i loro poteri su Amreth per abbatterlo. E anche allora, ha continuato a combattere. Era da un po' che non inseguivamo qualcuno o qualcosa per così tanto tempo. Di solito niente arriva al limite della vegetazione."

"Oh, wow! Dovresti dirglielo. Era davvero mortificato per essere stato catturato," dissi, con un'insensata ondata di orgoglio che mi attraversava.

"Non se ne parla! Meglio che non si monti troppo la testa, no?" disse con voce scherzosa.

Sbuffai e scossi la testa. "Allora, forse lo farò io. Glielo devo. È venuto fin qui per salvarmi senza che ci fossimo mai incontrati," aggiunsi con un velo di malinconia, prima di tornare a guardarlo con sguardo serio. "Capisco che non puoi dirci nulla sui tuoi amici. Ma sono una minaccia per noi?"

Anche se non avevo motivo di credere che non avrebbe mentito per proteggerli, la rapidità e la convinzione con cui scosse la testa mi convinsero che, quantomeno, fosse sincero nel credere che non costituissero una minaccia. Non che ciò dimostrasse qualcosa.

"Non lo sono. I loro affari sono nei Quadranti Orientale e Occidentale. Laggiù, ci sono molte cose oscure che si stanno muovendo. Posso solo pregare che alla fine si schierino dalla parte dei vincitori, una volta che tutto sarà finito," disse Aku con un tono misterioso, unito a un accenno di preoccupazione per i suoi amici. "Ma ora dobbiamo lasciarti Io e i tuoi compagni dovremo metterci presto in cammino, domani. Enre partirà stanotte per il villaggio di Jaln per anticipargli il vostro arrivo. Riposa bene."

"Lo farò," dissi con un sorriso.

Dopo un ultimo cenno di risposta, Aku si voltò e lasciò il

cortile con Enre al seguito. Li osservai finché non scomparvero dalla mia vista, poi mi diressi verso casa. Con mia sorpresa, mi ritrovai a correre a farmi una doccia e a scegliere l'abito che avrei indossato dalla rispettabile selezione che mi era stata fornita. C'erano alcune camicie da notte, abbastanza sexy ma allo stesso tempo pudiche e rispettabili, il tipo di indumenti che avrei potuto indossare davanti a lui senza che sembrasse stessi cercando di essere troppo maliziosa. Tuttavia, sospettavo che chiunque avesse scelto quei vestiti per me, sapesse che sarei stata insieme ad Amreth.

A giudicare dagli abiti indossati dai Kreelar, non dovevano essere stati loro a creare quei vestiti. La loro gente, sia maschi che femmine, indossava per lo più pantaloni che mi ricordavano quei pantaloni a sbuffo da harem, con cinture colorate o un drappo sopra. Nessuno dei due sessi indossava delle maglie o camice, a parte qualche fascia, la tracolla dell'arma, o più spesso una serie di perline e collane colorate intorno al collo, che ricadevano fino al centro del petto.

Le femmine non avevano il seno prominente come il nostro, ma solo un paio di capezzoli in più. Non avrei saputo dire se i loro indumenti servissero a nascondere la nudità o fossero semplicemente una questione di moda. Tuttavia, apprezzavo il fatto di non dover fissare le loro parti intime. L'unico paziente maschio che avevamo esaminato ci aveva già dato un bello spettacolo. Se quel che avevamo visto valeva per tutti i Kreelar, allora potevano anche avere delle fattezze un po' scimmiesche, ma là sotto erano dotati come un cavallo.

Dopo aver scelto una vestaglia color corallo e senza maniche, che valorizzava la mia carnagione scura, mi spazzolai i capelli e lavai i denti, assicurandomi che non ci fosse nulla dello strano cibo locale incastrato tra di essi. Ero quel genere di persona incline a sorridere allegramente agli altri, completamente ignara di avere una fogliolina di spinaci tra i denti davanti.

Una rapida occhiata all'orologio mi indicò che erano passati ventuno minuti da quando Amreth era volato via verso la sua nave. Considerando che aveva detto che erano quasi dieci minuti di volo a tratta, probabilmente gli sarebbero occorsi altri venti minuti prima di tornare. Sentendomi irrequieta, tornai al mio portatile per cercare di lavorare un po', ma la mia mente continuava a vagare.

Era arrivato da meno di un giorno, eppure la mia intera vita sembrava essere stata capovolta. Avrei voluto che non fossimo lì, che tutta quella faccenda fosse già risolta, in modo da poterci concentrare solo sul conoscerci ed esplorare il nostro rapporto.

Tra le altre cose, dovevo anche capire come gestire le cose tra di noi nei giorni seguenti. Avrei dovuto lasciare che le cose seguissero il loro corso normale e limitare a lasciarmi trasportare dagli eventi? O forse avrei fatto meglio a suggerire di mettere tutto in attesa fino a quando non avessimo sistemato tutto quel casino, per poi ricominciare da capo con la mente sgombra? E lui, invece? Che aspettative aveva?

"Oh, mio Dio! Smettila!" sussurrai ad alta voce con rabbia.

Avevo la tendenza a rimuginare troppo e ad analizzare troppo a fondo ogni cosa. A volte, non era necessario che tutto fosse ben ordinato e suddiviso in piccole scatoline ognuna con la propria etichetta: il caos aveva una bellezza tutta sua.

Quasi mi venne un colpo per lo spavento quando sentii bussare alla porta d'ingresso. Con il cuore che batteva all'impazzata, balzai in piedi e corsi fuori dalla stanza degli ospiti dove stavo lavorando o, meglio, sognando ad occhi aperti, e mi precipitai verso la porta. Non era chiusa a chiave. Il cuore mi batteva all'impazzata quando vidi Amreth in piedi dietro di essa, con due grandi borse in mano.

"Entra," dissi, sentendomi un po' in imbarazzo mentre mi facevo da parte per farlo passare.

Sorrise, con un pizzico di divertimento, senza dubbio percependo quanto la sua semplice presenza mi avesse improvvisamente innervosita.

"Tecnicamente, dato che a partire da oggi vivrai qui, non dovrai più bussare in futuro," dissi con una risatina nervosa.

"Ti ringrazio. È solo che mi sembrava leggermente presuntuoso non farlo almeno questa volta," rispose.

"E apprezzo che tu sia così premuroso," dissi, sistemandomi una ciocca dei miei capelli bianco argento dietro l'orecchio. "Ma ti prego, vieni pure, ti faccio strada. Le tue valigie sembrano pesanti," aggiunsi, facendo un cenno verso la stanza degli ospiti.

Mi seguì nella stanza e solo allora il mio maledetto cervello si ricordò che l'avevo adibita a mio ufficio. In tutto il tempo che avevo passato ad aspettarlo non mi era nemmeno passato per la mente di spostare le mie cose per fargli spazio. Certo, si trattava solo di un computer portatile e un display olografico 3D, ma avrei comunque dovuto pensarci.

"Oh, scusami!" esclamai, correndo a prendere le mie cose. "Ho usato questa stanza come ufficio."

"Puoi lasciare tutto qui," intervenne Amreth, appoggiando intanto una delle borse sul letto. "Avrò bisogno di questa stanza solo per dormire. Per il resto, puoi continuare a lavorare qui."

"Non vorrei disturbarti o invadere la tua privacy," dissi timidamente.

Si strinse nelle spalle e mi guardò come se avessi detto qualcosa di sciocco. "La tua presenza non potrebbe mai infastidirmi. Mentre la mia potrebbe sicuramente infastidire *te,*" aggiunse, in tono canzonatorio.

"Ne dubito. Finora mi è davvero piaciuta la tua compagnia, e per i miei occhi sei molto più piacevole che tutti quei dati medici," ribattei provocatoriamente.

Lui sbuffò. "Non per vantarmi, ma non potrei essere più d'accordo con te su quest'ultimo punto. Mi viene il mal di testa solo a guardare quei rapporti che tu e i tuoi colleghi state studiando. Preferirei anch'io avere gli occhi su di me e non su quella roba," disse, fingendo esageratamente di rabbrividire.

Sorrisi, apprezzando molto il suo lato giocoso. Dubitavo se

ne rendesse conto, ma mentre la gente diceva che io avevo un'espressione da stronza quando ero a riposo, lui aveva la tipica faccia altezzosa Obosiana. Chiunque non lo conoscesse avrebbe probabilmente pensato che fosse un presuntuoso e rigido moralista, convinto di essere meglio di tutti.

"Ma anche tu sei un vero piacere per gli occhi, Ciara. Adoro il colore di questa camicia da notte su di te. Sembra far risplendere la tua pelle."

Il mio stomaco fremette in modo estremamente piacevole. Non fu solo per le parole, ma per la gentile dolcezza in cui le aveva pronunciate e per l'ammirazione nei suoi occhi, completamente priva di allusioni a qualcosa di più osceno. Certo, quella situazione avrebbe potuto prendere molte pieghe diverse, ma mi piaceva che non mi guardasse solo come un giocattolo sessuale.

Mi guardai, sorridendo timidamente, mentre la mano destra appiattiva distrattamente delle inesistenti pieghe sulla corta gonna della mia camicia da notte.

"Grazie. Chiunque abbia scelto i vestiti per me, ha avuto davvero buon gusto. Di solito evito di scegliere abiti colorati, ma la selezione che mi hanno fornito mi ha fatto riconsiderare questa mia posizione. Una volta che me ne andrò da qui, il mio guardaroba verrà notevolmente aggiornato. Vorrei solo che qui ci fosse anche una vasca da bagno e non solo una doccia. Ho un debole per i immergermi tra le bolle mentre leggo un buon libro."

"Ho una vasca idromassaggio sulla mia nave che personalmente non uso mai. Se l'impulso diventasse troppo forte per te, vedrò di convincere Aku a concederti una meritata fuga per un'oretta o giù di lì."

Sorrisi. "Sei molto dolce, e terrò sicuramente a mente la tua offerta. Anzi, la considererò una ricompensa per quando individueremo la fonte della malattia che li affligge."

"Affare fatto! Ora ho un incentivo in più per fare in modo che ciò accada il prima possibile. Ma detto questo, penso che una doccia farebbe bene anche a me in questo momento," disse

Amreth, dando un'occhiata alla stanza. "Non ho notato il bagno quando Aku mi ha mostrato la casa."

"Questo posto è piuttosto spartano," dissi con tono quasi di scuse, come se in qualche modo fosse casa mia e temessi non fosse all'altezza. "Hanno una doccia esterna e una latrina."

Lo sguardo abbattuto sul suo viso mi fece scoppiare a ridere. Non volevo prenderlo in giro, ma essendo un nobile Signore degli Inferi, probabilmente non era abituato a vivere così alla buona. Inoltre, le sue ali erano piuttosto enormi: anche se la doccia non era piccola, probabilmente sarebbe stata un po' stretta per lui.

"Avrei dovuto fidarmi del mio istinto," mormorò sottovoce.

"Riguardo cosa?" chiesi, incuriosita.

"Sul fatto di farmi una doccia sulla mia nave prima di tornare. Solo che ero via già da un po' di tempo e non volevo che Aku pensasse avessi rinnegato la mia parola. Oh beh, mi ricorderà dei tempi del mio addestramento da Guerriero. Si sono assicurati che dimenticassimo il significato di "lusso e comodità' durante quei quattro anni brutali," disse con rassegnazione.

Il mio cuore si sciolse. "Grazie. Sei davvero molto premuroso. Aku ha fatto un enorme atto di fede fidandosi di noi. Non mi aspettavo che dicesse quello che ha detto prima che tu partissi. È sciocco, ma questo mi ha reso ancora più determinata a dimostrargli che aveva fatto la cosa giusta nel riporre la sua fiducia in noi."

"La penso allo stesso modo, soprattutto perché era sincero quando ha pronunciato quelle parole. Ha un'anima insolitamente piacevole."

"Non mi sorprende. Ma ammetto di essere davvero invidiosa della tua capacità di vedere le anime. Mi avrebbe risparmiato di farmi fregare da più di uno stronzo in passato," dissi, con una buona dose di autoironia.

Amreth mi rivolse un sorriso misterioso mentre iniziava a

togliersi la corazza. "Non essere invidiosa, Ciara. Anche tu sarai in grado di farlo in un futuro non troppo lontano... spero."

Sbattetti le palpebre, confusa. "Cosa intendi dire?"

"Il giorno in cui io e te ci legheremo formalmente, ti trasmetterò alcune delle mie capacità. In particolare, acquisirai la visione notturna e la capacità di vedere le anime. Non sarà potente come la mia, ma sarai in grado di sapere chi ti ha cattive intenzioni nei tuoi confronti e chi invece è sincero. Guarirai anche più velocemente dalle ferite e sarai più resistente alle malattie in generale."

Lo fissai a bocca aperta mentre ridacchiava compiaciuto, con un suono profondo e roco, terribilmente sexy.

"Dannazione, dove devo firmare?" sussurrai.

Lui rise, appoggiò la corazza sul letto e si voltò verso di me. Mi ci volle tutta la mia forza di volontà per non lasciare che il mio sguardo avido vagasse su tutta la perfezione del suo corpo. Ciò non mi impedì di notare il piercing nel capezzolo sinistro e quello nell'ombelico. La loro presenza rafforzò ulteriormente la mia convinzione che probabilmente ne avrei scoperti altri...più in basso.

"Ti dispiacerebbe mostrarmi quella doccia primitiva?" mi chiese, con un luccichio malizioso nel suo sguardo che lasciava intendere quanto stessi facendo un pessimo lavoro nel trattenermi dal divorarlo con gli occhi.

Poi, il mio istinto mi suggerì che, con tutta probabilità, quel maledetto doveva essersi spogliato solo parzialmente di proposito, per farmi venire l'acquolina in bocca.

"Da questa parte," dissi, svicolando via e lasciando trasparire con un po' troppo entusiasmo per nascondere il mio imbarazzo.

Lo condussi nel cortile privato dove si trovava la doccia. Ancora una volta, non potei fare a meno di ridere, dimostrando ben con poca compassione, davanti alla sua espressione abbattuta quando vide con cosa aveva a che fare.

"Divertiti!" dissi in tono canzonatorio.

Mormorò qualcosa sottovoce mentre io tornavo dentro. Non ero mai stata il tipo di donna maniaca affamata di sesso, ma il desiderio ardente di andare a sbirciare il mio uomo che si lavava era stato quasi irresistibile.

La mia anima gemella era davvero... mooolto splendida!

Il solo pensiero della perfezione del suo corpo mi faceva sbavare, soprattutto per quel piercing impertinente nel capezzolo. Non ero mai stata particolarmente interessata a nessun tipo di modifica del corpo, che si trattasse di plastiche, piercing o persino tatuaggi. Certo, se qualcuno ne aveva di davvero belli potevo anche fermarmi ad ammirarli, ma non era mai stato qualcosa che mi attraesse.

Su Amreth, però, era tutto pura perfezione.

Ovviamente, ero un po' parte nei suoi confronti, ma ero anche sinceramente eccitata da tutto ciò che lo riguardava. Con mia grande vergogna, la mia mente maliziosa iniziò a immergersi in ogni tipo di sconcia fantasia su di lui. Avrei voluto prendere a calci Mehreen prima, per aver fatto tutte quelle allusioni e, soprattutto, per aver sollevato l'argomento dei suoi poteri da Incubo. Allo stesso tempo, avrei voluto che lo avesse spinto ancora più a fondo, in modo da farmi avere un quadro più completo di ciò che mi aspettava il giorno in cui io e Amreth ci saremmo dati da fare.

Quando accadrà davvero?

Con mio sgomento, un'ondata di delusione mi invase, ricordando che la nostra non era un'unione ufficiale dell'Agenzia Primaria. Sebbene Kayog ci avesse accoppiati, non avevamo ricevuto nessuno dei benefici dell'Agenzia, né eravamo soggetti alle loro regole e agli impegni che comportavano. Appartenendo entrambi a specie avanzate, eravamo stati lasciati a noi stessi per quanto riguardava il nostro accoppiamento e ciò significava che non avevamo l'obbligo di consumare la nostra unione quella sera. Caspita, a dirla tutta non eravamo nemmeno sposati.

E su quel fronte, il mio comportamento mi lasciava ancor più confusa, dato che non ero il tipo da fare sesso al primo appuntamento. Certo, Amreth non era un tizio qualsiasi che stavo frequentando giusto per vedere se le cose avrebbero potuto svilupparsi in qualcosa di più serio. La vera domanda, però, era: quanto della mia attrazione e impazienza di approfondire il rapporto con lui era dovuta alla chimica naturale tra di noi o e quanto dal pregiudizio dato dalla consapevolezza che eravamo destinati a stare insieme?

La mia mente tornò sui suoi poteri da Incubo. In passato avevo letto qualcosa a riguardo, ma visto che all'epoca la possibilità di una relazione con un Obosiano era scarsa o nulla, non mi ero mai informata più di tanto. Oh, come me ne stavo pentendo.

Un'occhiata all'orologio mi fece aggrottare la fronte. Erano già passati venti minuti da quando era entrato nella doccia. Dato che non mi sembrava il tipo da indugiare o sognare ad occhi aperti sotto l'acqua, mi sembrava fosse passato troppo tempo.

Attesi ancora un po', ma quando oramai eravamo arrivati ai trentacinque minuti di doccia, decisi di andare a dare un occhio, nel caso fosse successo qualcosa o avesse bisogno di aiuto. Avevo analizzato l'acqua e il sapone, e nessuno dei due rappresentava la minima minaccia per gli esseri umani o per gli Obosiani.

Un po' preoccupata di disturbarlo ed essere troppo invasiva, nel caso fosse davvero uno che passava un'eternità sotto la doccia, premetti l'orecchio contro la porta per sentire se l'acqua stesse ancora scorrendo. Mi sembrava di no, ma un sibilo ovattato filtrava attraverso la porta. Incuriosita, mi annunciai bussando, prima di aprire leggermente la porta.

"Amreth? Stai bene?" lo chiamai attraverso la stretta apertura.

"Sto bene, vieni pure," rispose.

Aprendo un po' di più la porta, sporsi la testa all'interno per dare un'occhiata. Rimasi a bocca aperta e spalancai la porta per potermi allontanare, fissando Amreth. A giudicare dall'espressione sul suo viso, sembrava essere piuttosto irritato. Era piegato in avanti, con i palmi delle mani premuti contro la parete esterna della doccia, un asciugamano avvolto intorno alla vita per nascondere le sue parti intime e le sue enormi ali che sbattevano lentamente dietro di lui.

"Cosa stai facendo?" chiesi, sconcertata.

"Mi sto asciugando le ali," rispose, scontroso. "Avevo dimenticato quanto fosse fastidioso non avere i soffioni appositi per lavare le ali o un'asciugatrice per togliere tutta l'acqua tra le pieghe delle membrane. Non hai idea di quanto possa prudere cercare di dormire con le ali ancora umide. Volare in giro avrebbe accelerato il processo, ma dubito che i nostri cari Kreelar sarebbero troppo entusiasti di vedermi volteggiare intorno al loro villaggio di notte come un predatore pronto a calare sulla sua ignara vittima."

Sbuffai, prima di mettermi una mano sulla bocca per non ridere. "Hai ragione, non ho idea di come possa essere. Suppongo che anche lavarle sia stata una bella seccatura. Faccio fatica a lavarmi la schiena senza una spazzola, figurati. Non riesco a immaginare come debba essere provare a pulire quelle enormi ali."

"Ho rinunciato a metà del processo," disse, sconfortato. "Contorcersi, anche all'estremo, funziona solo fino a un certo punto."

"Povero piccolo," dissi in tono scherzoso. "Sai, avresti potuto chiedere aiuto."

"Non volevo disturbarti," mormorò.

"Non mi avrebbe disturbato, sciocco testone," dissi con finto rimprovero mentre mi dirigevo verso gli scaffali incassati vicino alla doccia su cui erano riposti gli asciugamani.

Con mia sorpresa, improvvisamente sembrò quasi timido quando mi avvicinai a lui con un grande telo da doccia. Quella reazione mi colse di sorpresa. Nonostante fossimo in bagno, non stavo vedendo molto di più di lui rispetto a quando si era tolto la corazza in camera. L'unica differenza era che non indossava niente ai piedi e aveva un asciugamano intorno alla vita invece dei pantaloni di pelle attillati che aveva in precedenza.

Ma sto per toccarlo... anzi, sto per accarezzarlo con un asciugamano...

Nel momento stessi in cui quel maledetto pensiero mi passò per la testa, il mio stomaco iniziò subito a fremere e le mi dita cominciarono ad arricciarsi per l'attesa.

"C'è un punto in particolare su cui dovrei concentrarmi?" chiesi, orgogliosa che la mia voce suonasse molto più ferma di quanto mi aspettassi.

"La base delle mie ali, dove si uniscono alla schiena, e le pieghe lungo le spine, se puoi," rispose Amreth.

"Va bene. Non esitare a dirmi se lo sto facendo male," dissi, posizionandomi intanto dietro di lui.

Amreth spalancò le ali. A parte il fatto che erano magnifiche, rimasi davvero colpita dalla loro impressionante apertura. I muscoli della sua schiena si increspavano e si gonfiavano per lo sforzo richiesto dalla posizione. Nonostante ciò, sembravano non pesargli nulla.

Iniziai a strofinargli la schiena con l'asciugamano, a sinistra della spina dorsale e lungo la base dell'ala. Amreth venne scosso da un leggero brivido. Era stato quasi impercettibile, ma abbastanza forte perché io potessi notarlo. Sentii il mio stomaco stringersi al pensiero che fosse stato il piacere derivato dal mio tocco a provocare quella reazione in lui. Non dissi nulla, però, e lui fece lo stesso.

"Le tue ali sono davvero stupende," dissi sommessamente, mentre ne ammiravo la consistenza di ossidiana e coriacea. "Ma devono essere terribilmente pesanti."

Mi lanciò un'occhiata da sopra la spalla, un sorriso divertito allungò le sue labbra. "Tecnicamente, hai ragione. Ma per me, non sono diverse da qualsiasi altro arto del mio corpo. Ho avuto una vita intera per abituarmi."

"Beh, comunque all'inizio deve essere stata una vera sfida," insistetti.

Si strinse nelle spalle. "Nasciamo con le ali. All'inizio inciampiamo mentre ancora ci adattiamo al loro peso. Ma non è molto diverso dai bambini umani che cercano di trovare l'equilibrio quando imparano a stare in piedi. Abbiamo solo un paio di arti in più di cui tenere conto."

Passai il telo sulla superficie coriacea, impiegando un po' più di tempo del necessario per asciugare completamente ogni traccia di umidità negli angoli in cui le spine si univano. Non vedevo l'ora di strofinarci sopra il palmo della mano. Tuttavia, mi sembrava un po' troppo audace.

"E la prima volta che hai volato? Non è stata un'esperienza terrificante?"

"Non per me," disse con fermezza. "Alcuni Obosiani sono molto nervosi al riguardo. Abbiamo anche una piccola percentuale della nostra gente che detesta il fatto di possedere ali. Ma in quel caso, si tratta di qualcosa che va oltre il non volere o avere paura di farlo. Semplicemente, odiano avere le ali, cosa che faccio davvero fatica a comprendere. Io amo le mie. Non potrei immaginare un mondo in cui debba essere sempre costretto a restare attaccato al suolo."

"Oh, wow! Non avrei mai immaginato che potesse essere un problema," dissi, con sincera sorpresa, mentre passavo all'altra ala. "Cosa succede a queste persone? C'è una terapia che può aiutarli?"

"Per alcuni, la terapia li aiuta a superare questa cosa. Di solito quei casi sono dovuti a gravi traumi legati al volo. Ma normalmente, la bassissima percentuale di persone che sono veramente contrarie ad avere le ali esprime questa avversione abbastanza presto, fin da bambini. La maggior parte di loro finisce per farsi rimuovere le ali."

"COSA?! Dici sul serio?!" esclamai.

Annuì, con il volto cupo. "Poiché la procedura non è reversibile, devono aspettare fino a quando non raggiungono l'età adulta. Se a quel punto vogliono ancora procedere, devono trascorrere un anno intero senza ali in una simulazione su un ponte ologrammi. Solo allora, se ancora lo desiderano, possono sottoporsi all'intervento. Per fortuna, anche se l'8% della nostra popolazione vorrebbe sbarazzarsi delle ali, solo il 2% se la fa effettivamente rimuovere. Gli altri le tengono, e semplicemente non volano mai."

"Caspita. Anche se potrei avere le vertigini solo stando in piedi su una sedia, dubito fortemente che mi farei rimuovere le ali. Ma certo, ecco, posso immaginarmi a vivere come una persona legata al suolo," dissi imbarazzata.

Amreth spalancò la bocca e si voltò a fissarmi, scioccato. "Hai paura di volare?"

"Ho paura dell'altezza," dissi con un'espressione colpevole.

"Ti rendi conto che domani ti porterò in braccio e voleremo verso quel villaggio, vero?" disse, con un'espressione un po' perplessa.

Annuii. "Sì. Terrò la faccia nascosta e premuta contro il tuo petto e gli occhi ben chiusi."

"Ma ti perderai il panorama!" esclamò, scandalizzato. "Questo pianeta è stupendo! Sarebbe un crimine se ti perdessi la sua bellezza."

"Credimi, Amreth, è meglio che mi perda il panorama piuttosto che vomitare su di te o farmi la pipì addosso per la paura," dissi in tono scherzoso mentre dedicavo le mie attenzioni alla parte anteriore delle sue ali, anche se quelle non ne avevano davvero bisogno, dato che era chiaramente riuscito a farlo da solo.

"Non ci sarà nessun vomito o pipì," disse, con una sicurezza che rasentava l'arroganza.

"Davvero?" lo sfidai.

Annuì. "Ti tranquillizzerò io in modo che l'altezza non ti spaventi più di tanto."

"Tranquillizzarmi?" ripetei. "Ora mi hai incuriosita. E come faresti?"

"Con il mio *bakaan*, ovviamente," disse.

Non appena pronunciò quelle parole, venni invasa da una sorta di formicolio, a cui rapidamente seguì il senso di pace e benessere più meraviglioso che avessi mai provato.

"Wow! Okay, è davvero fantastico!" dissi, con la voce leggermente impastata, come se avessi ricevuto il miglior massaggio mai fatto e fossi ancora leggermente annebbiata dal piacere. "Vorrei avere quel potere quando ho a che fare con pazienti in difficoltà o in preda al panico. Immagino che non sia uno di quelli che mi trasmetterai, vero?"

Scosse la testa e mi lanciò uno sguardo di scusa. "No, ma sarò felice di usarlo sui tuoi pazienti al posto tuo."

"Sei troppo gentile," risposi, tornando scherzosa. "Conoscevo questa capacità degli Obosiani ma non l'avevo mai sperimentata direttamente. Sulla nave, durante l'attacco, una delle guardie lo ha impiegato sulla folla in preda al panico per fermarne la fuga precipitosa, ma io ero fuori dal raggio del suo *bakaan*. Detto ciò, a parte questo e il tuo Lumiak, tutti i tuoi altri poteri non sono forse di natura sessuale?"

Esitò. "Tecnicamente, la mia stessa aura lo è. L'ho usata al suo livello più basso su di te proprio ora. Ma maggiore è l'intensità e più erogeno è il suo effetto. Infatti, usandola alla massima potenza, potrei farti raggiungere l'orgasmo senza nemmeno toccarti."

Rimasi a bocca aperta. "Il tuo *bakaan da solo* potrebbe farmi raggiungere l'orgasmo?" chiesi, volendo essere sicura di aver capito bene.

I suoi occhi bianco argento si oscurarono, mentre il suo sorriso compiaciuto assunse un aspetto sensuale che accese immediatamente una piccola scintilla nella bocca dello stomaco.

"Mmh-mmm, esatto. Ma ho anche feromoni che possono farti impazzire di lussuria. E per quanto riguarda il mio Lumiak, non è solo un potere offensivo. A bassa intensità, e se usato su punti erogeni molto strategici, posso farti impazzire con un piacere istantaneo e potente, persino più forte di una stimolazione diretta del tuo punto G…"

Maledetto uomo… o meglio, maschio. Il modo in cui la sua voce si abbassava ad ogni sua parola, per non parlare delle parole stesse che aveva pronunciato, mi aveva resa pulsante e sofferente nel giro di pochi istanti. Come cazzo poteva stuzzicarmi con così tante promesse di piacere sapendo che non avrebbe agito di conseguenza? Il mio lato malizioso avrebbe voluto chiedergli di darmi un assaggio… solo per pura curiosità scientifica, ovviamente. Dal modo provocatorio in cui mi stava fissando, quel disgraziato sapeva esattamente quali pensieri mi stessero passando per la mente.

"Beh, sembra che mi aspettino molte cose interessanti una volta che saremo un po' più…intimi. Sappi solo che ti sei prefissato degli obiettivi piuttosto alti. Ora ho aspettative di ogni tipo."

Sbuffò e gonfiò il petto, con una sicurezza al limite dell'arroganza. "Darti più piacere di quanto tu possa mai immaginare non sarà una sfida per me. Sono un Obosiano. Siamo l'incarnazione della sessualità e della sensualità."

Dire che le mie dita dei piedi si arricciarono per l'eccitazione sarebbe stato un vero eufemismo.

"Qualcuno qui si stia dando delle arie," dissi in tono scherzoso, per nascondere l'effetto che le sue parole stavano avendo su di me.

"No, mia Ciara. Non mi darei *mai* arie su niente, tanto meno in questo. Ma presto lo scoprirai tu stessa."

Gli feci una smorfia. Non avevo bisogno di leggere la mente o vedere le anime per sapere che non stava scherzando. Per la seconda volta quella sera, mi sorpresi a desiderare che fossimo sotto le linee guida dell'Agenzia in modo da poter mettere alla prova tutto quello.

Invece, sospirai e appallottolai l'asciugamano ormai umido con cui lo stavo asciugando.

"Beh, credo che abbiamo finito qui, a meno che tu non pensi che mi sia sfuggito qualche punto," dissi con nonchalance, anche se un po' sconcertata per la scintilla di speranza che si era accesa nel profondo di me mentre pronunciavo quelle parole.

"Grazie, Ciara. Ma non essere così triste. Puoi toccarmi in qualsiasi momento, e non solo per asciugarmi," scherzò.

Sussultai e lo fissai, sbalordita.

"Siamo anime gemelle," disse in risposta alla mia espressione, come se dovesse essere ovvio anche per me. "Tutto di me, tutto ciò che sono, è tuo."

Ed ecco che un fuoco si accese dentro di me. Un miliardo di risposte bruciavano sulla mia lingua, ma invece mi sorpresi a uscirmene con una domanda completamente diversa.

"Quanto ti ha spaventato scoprire di essere stato abbinato con un'umana? Con me?"

Istintivamente, rabbrividii. Anche se quella domanda mi aveva tormentata dal momento in cui Kayog mi aveva comunicato che Amreth fosse il mio solo e unico amore, ancora mi chiedevo come l'avrebbe presa. Da quanto ne sapevo, la sua gente non era particolarmente impressionata dalla mia specie nel suo complesso. Gli umani avevano una propensione troppo grande a infrangere le regole o a spingerle al limite. La nostra moralità poteva essere molto flessibile, soprattutto quando poteva andare a nostro vantaggio e anche a scapito degli altri.

"Non mi ha spaventato per niente. Al contrario, ero euforico," disse, con una convinzione che mi fece avvertire un nodo allo stomaco.

"Davvero?" chiesi, chiedendomi da dove provenisse quel mio irrazionale bisogno di essere rassicurata.

Annuì. "È da un po' che desidero una compagna per la vita.

A dire il vero, proprio il giorno in cui Kayog mi ha chiamato per parlarmi di te, mi stavo lamentando di come non potessi avvalermi dei servizi della sua agenzia perché il mio mondo natale è troppo avanzato. Nessuna notizia avrebbe potuto rendermi più felice, soprattutto sapendo che, chiunque tu fossi, insieme avremmo raggiunto la perfetta armonia e condiviso il tipo di amore che il mio migliore amico Kronos ha trovato con la sua Malaya."

Mi pettinai una ciocca di capelli dietro l'orecchio e gli rivolsi un sorriso. "Io, al contrario, non stavo cercando proprio nessuno. Quindi, quando Kayog mi dato questa notizia, mi ha presa completamente alla sprovvista con questa sorpresa."

"Non è una brutta notizia, spero?" chiese Amreth, inclinando la testa di lato.

La vulnerabilità e l'incertezza nascoste nella sua voce, per quanto sottili, mi stupirono. Come poteva un esemplare così splendido dubitare anche solo lontanamente che qualunque donna dotata di occhi avrebbe desiderato altro che gettarsi tra le sue braccia?

"Stai scherzando? Davvero non hai idea di quanto le donne umane sbavino costantemente dietro la tua specie? Sappiamo quanto siete esigenti, quindi scoprire che la mia anima gemella fosse un Obosiano è stato un grande onore per me. E finora, stai superando ogni mia aspettativa. Non mi riferisco solo all'essere attraente, cosa che è assolutamente vera. È che sembri anche essere di buon cuore, avere compassione, integrità e la capacità non solo di stare al passo con le mie chiacchiere da secchiona, ma anche di essere interessato alle cose scientifiche di cui blatero continuamente. Mi hai fatta sentire vista e ascoltata invece che fastidiosa e noiosa, come invece mi fanno spesso sentire i profani."

"Sei molte cose, ma non fastidiosa, Ciara. La prima volta che Kayog mi ha mostrato un tuo ologramma, sono rimasto sbalordito dalla tua bellezza. Ricordo di aver pensato che avresti potuto essere una di noi, con la tua pelle scura e i tuoi capelli bianco argento," disse timidamente.

Sbuffai, la mia bocca prese il sopravvento, per nascondere il mio imbarazzo. "La maggior parte delle persone mi trova strana a causa del mio piebaldismo. È ciò che fa sì che i miei capelli siano bianchi e che abbia quella chiazza di pelle scolorita sulla fronte," dissi con una risata nervosa.

"Non sei strana. Solo uno sciocco lo penserebbe. A parte il fatto che i tuoi capelli sono dello stesso colore di quelli della mia gente, trovo che la tua chiazza più chiara sia stupenda. È come una piccola corona naturale. Vorrei che potessi vederti attraverso i miei occhi. La tua aura è ipnotica e ti illumina dall'interno. Fa risplendere la tua corona."

La mia gola si strinse per l'emozione. Certo, le sue parole mi avevano toccata nel profondo, ma furono lo sguardo nei suoi occhi e la sincerità nella sua voce a sciogliermi completamente.

"Parli della mia compassione e integrità, ma non vedi la tua? Molte persone, nelle tue stesse circostanze avrebbero voltato le spalle ai Kreelar per averli rapiti. Aku si fida di te perché la tua gentilezza e determinazione nell'aiutare la sua gente si irradiano da te con la forza di mille soli. Non so quanto io sia intelligente, ma tu hai un talento nello spiegare concetti complessi in un modo che possa essere sia comprensibile che affascinante."

"Accidenti! Se stai cercando di ammaliarmi, stai facendo un ottimo lavoro," mormorai, con le guance che si scaldavano di piacere.

"Ce l'ho fatta, allora! Quando avremo finito di aiutare queste persone, ho intenzione di farti innamorare perdutamente di me," disse con voce carica di promesse. "Ma vieni, torniamo dentro ora."

Annuii e appesi il telo ad asciugare sullo stendino vicino alla parete interna della doccia. Con mia grande sorpresa, Amreth mi porse la mano. Istintivamente, la accettai. Il suo sorriso di gratitudine suscitò in me una strana emozione. Mi accarezzò delicatamente il dorso della mano con il pollice prima di condurmi di nuovo in casa. Il mio compagno si fermò nel mezzo della zona giorno, che si trovava proprio tra le due camere da letto, poi si voltò verso di me.

"Credo che dovremmo andare a dormire, visto che domattina ci toccherà alzarci presto," disse con voce gentile. "Nonostante le terribili circostanze che ci hanno portato qui, sono felice che siamo finalmente insieme. Sarebbe troppo audace da parte mia chiederti un bacio della buonanotte? Sentiti assolutamente libero di dire di no."

Il mio stomaco fece un'altra capriola e mi ci volle tutta la mia forza di volontà per non accettare con troppo entusiasmo.

"Non è troppo audace," dissi con molta più sicurezza di quanta ne sentissi. "E sì, puoi farlo."

La dolcezza del suo sorriso e il modo in cui i suoi occhi bianco-argento si oscurarono mentre mi attirava delicatamente nel suo abbraccio, risvegliarono immediatamente i miei sensi, in particolare nelle mie parti intime. Premetti i palmi delle mani sul suo petto nudo, e un delizioso brivido percorse la mia schiena mentre le sue forti braccia mi stringevano. Avrei voluto strofinargli le mani dappertutto, essendone stata privata dalla presenza dell'asciugamano quando glielo avevo passato sulle sue ali. La sua pelle era morbida e calda. Le mie dita erano impazienti di salire fino alle sue spalle e al lato delle braccia, ricoperte da scaglie scure.

Costringendo le mie mani a rimanere ferme, avvicinai il mio viso al suo. Amreth si sporse in avanti, inclinò la testa di lato e poi premette le sue labbra sulle mie. Sebbene sapessi, senza ombra di dubbio, che non aveva usato i suoi feromoni afrodisiaci o il suo *bakaan*, la scarica di desiderio che esplose nel mio ventre al solo contatto mi lasciò stordita. Il bacio fu privo di qualsiasi traccia di lussuria. Era delicato, tenero e molto rispettoso.

Troppo presto, interruppe il bacio. Quasi mi lamentai, non

sentendomi ancora pronta a separarmi da lui. Con mia grande gioia, proprio quando pensavo che mi avrebbe allontanata, Amreth strinse ancora di più il suo abbraccio e affondò il viso tra i miei capelli, mentre io seppellivo la faccia nel suo collo. Quella volta, con una volontà propria, le mie mani scivolarono verso l'alto, accarezzando le scaglie scure a "V" che coprivano la curva delle sue spalle, per poi affondare nella setosità dei lunghi capelli bianco-argento sulla sua nuca. Un altro brivido mi attraversò quando le sue ali si avvolsero intorno a noi.

Mi ero sempre chiesta come sarebbe stato essere abbracciata in quel modo. Andava oltre il sentirsi al sicuro e protetti. Mi sentivo a casa.

Non avrei saputo dire per quanto tempo fossimo rimasti in quel modo, stretti in un abbraccio silenzioso. Ma quando lui aprì le ali e allentò la presa su di me, mi sentii schiacciare da un brutale senso di abbandono. Avrei potuto restare così con lui per sempre. La tenerezza nei suoi occhi, mentre mi fissava, mi sciolse dentro. Non lo conoscevo ancora bene, ma sapevo con incrollabile certezza che quello era stato solo un primo assaggio del profondo amore che, alla fine, avrebbe bruciato luminoso tra noi.

Avvolse la mia guancia destra con la mano, poi si sporse di nuovo in avanti per sfiorare le mie labbra con le sue un'ultima volta.

"Sogni d'oro, mia compagna," disse con un sussurro profondo.

Passò il pollice sulle mie labbra, accarezzandole, poi tolse la mano dalla mia guancia.

"Buonanotte, Amreth," sussurrai in risposta.

Si voltò e andò verso la sua stanza. Fissai la sua schiena che si allontanava. Portai distrattamente due dita alle labbra, come per ravvivare la sensazione del suo bacio. Fu solo quando la porta si chiuse dietro di lui che finalmente uscii dal mio stato di trance.

Andai in camera mia, ancora combattuta tra la delusione per non aver potuto essere obbligata a sottostare alle regole dell'Agenzia e il sollievo di poter far funzionare le cose tra di noi al nostro ritmo. Tuttavia, il pensiero dominante mentre mi infilavo nel letto e appoggiavo la testa sul cuscino, era che mi stavo innamorando perdutamente dell'uomo con cui avrei trascorso il resto della mia vita.

Chiusi gli occhi e sorrisi.

CAPITOLO 10
AMRETH

La prima notte trascorsa insieme in quella casa si rivelò molto più riposante di quanto mi aspettassi. La sera prima aveva iniziato a crearsi un legame autentico. Invece di rigirarmi nel letto, desiderando di abbracciarla di nuovo, il ricordo di quanto fosse perfetto sentirla tra le mie braccia mi tenne compagnia fino al mattino.

Una parte di me era imbarazzata per essere stato così consapevole del suo eccitamento, dato che la sua aura lo trasmetteva a gran voce. Ovviamente, mi aveva fatto molto piacere che fosse attratta da me. Tuttavia, volevo avere un legame emotivo e spirituale con Ciara prima di fare il passo successivo. Poiché il sesso con un Obosiano come me sarebbe stato sicuramente fenomenale, avevo bisogno di sentire che avessimo qualcosa di più della semplice lussuria come base per il nostro rapporto.

Ma quell'abbraccio...

Non ero mai stato un tipo con propensione alle dipendenze... almeno fino a quel momento. Non c'erano dubbi che la mia compagna sarebbe diventata la mia nuova droga. E avrei accolto quella dipendenza con piacere.

Ci svegliammo quasi contemporaneamente. Dopo esserci

rapidamente vestiti, ci ritrovammo in soggiorno, dove riuscii a rubarle spudoratamente un bacio seguito da un abbraccio fin troppo breve e, purtroppo, senza ali. Avrei potuto provare a farlo durare un po' di più, ma le luci intense delle anime in avvicinamento alla nostra casa mi costrinsero a staccarmi da lei.

Come Obosiano, ero in grado di vedere le anime in un raggio molto ampio, anche attraverso muri e altri ostacoli che avrebbe bloccato normalmente la vista delle altre persone. Nemmeno gli scudi di occultamento potevano ingannarmi.

Alla fine, venne fuori che si trattava di Aku, venuto per invitarci a unirci agli altri per una colazione veloce prima che ognuno di noi partisse per la propria direzione. Dopo il pasto, lo spettacolo che ci accolse all'esterno ci lasciò a bocca aperta: alcune cavalcature attendevano i nostri compagni e la loro scorta.

"Questi sono Sagul," spiegò Aku. "Ci permettono di andare più lontano e molto più velocemente rispetto a se corressimo o ci dondolassimo sugli alberi. Gli umani che sono venuti qui prima di voi hanno detto che assomigliano ai vostri cavalli e che si comportano allo stesso modo."

La mia compagna annuì. "Sicuramente sono della stessa taglia di un cavallo e anche la testa è molto simile. Tuttavia, le curve e la forma del loro corpo mi ricordano più un levriero, con il manto di una zebra, la criniera di un leone e il corno di un unicorno…anche se nel loro caso ne hanno ben tre."

Aku e un paio di altri Kreelar, di cui non conoscevo il nome, la fissarono piuttosto confusi, proprio come me. Conoscevo i cavalli, i leoni e gli unicorni, ma levrieri e zebre non mi dicevano nulla. Sospettavo che neppure i nostri ospiti avessero mai sentito parlare di quelle altre creature.

"Sono bellissimi!" esclamò Mehreen, con un entusiasmo quasi infantile. "Mi sembra di capire che ognuno di noi potrà cavalcarne uno, giusto?"

Aku annuì. "Sì. Spero non sia un problema."

Ernst e Mehreen scossero la testa allo stesso tempo. "L'equitazione è un addestramento obbligatorio per diventare un Medico Interstellare ed essere assegnati ad alcuni dei pianeti primitivi. Spesso non è possibile o non è permesso dalla gente del posto di utilizzare le navette, quindi dobbiamo essere in grado di adattarci a qualsiasi mezzo di trasporto locale sia disponibile."

Un'ondata di imbarazzo mi travolse per l'istantanea gelosia che provai quando vidi Ciara guardare con invidia i suoi colleghi, mentre i Kreelar insegnavano loro a cavalcare i Sagul. Avevo contato le ore, i minuti e i secondi fino a quando finalmente l'avrei potuta tenere tra le mie braccia mentre sfrecciavamo nei cieli verso la nostra destinazione. Non avrei permesso a una creatura aliena qualsiasi, per quanto carina, di rubarmi il momento di vicinanza con la mia compagna.

Fortunatamente, la nostra destinazione era troppo lontana per poterci arrivare cavalcando quelle bestie. Proprio per quella ragione Enre, che ci avrebbe fatto da scorta, era partito la sera precedente, in modo da arrivare in mattinata. Con mio grande stupore, proprio poco prima che gli altri due medici e le loro scorte partissero al galoppo, una donna entrò nel cortile interno, portando con sé un piccolo pacco. Lo consegnò al suo capo che poi si avvicinò a me.

"Ecco, tieni, nel caso ne avessi bisogno. Ne dubito, ma non vorrei che ti trovassi in una situazione precaria e con pochi mezzi per difendere te stesso o la tua compagna. Confido che dimostrerai saggezza nel decidere *se* o *quando* usarli."

Rimasi a bocca aperta quando vidi che mi aveva restituito il mio blaster e la mia spada.

"La tua fiducia mi onora," dissi con genuina sincerità mentre prendevo le armi dalle sue mani.

"Come la tua integrità onora noi. Buon viaggio, a entrambi voi. Che la vostra missione si riveli fruttuosa," rispose Aku.

Con un ultimo cenno del capo, si voltò e saltò sulla sua cavalcatura con incredibile grazia e destrezza, chiaro segno del predatore letale nascosto dietro la sua sempre controllata facciata esterna. L'entità dell'importanza del lavoro che stavamo svolgendo e del rapporto che stavamo sviluppando con la sua gente si radicò finalmente dentro di me.

Tra le loro naturali capacità fisiche e i loro nuovi poteri, i Kreelar avrebbero potuto essere nemici estremamente letali sul campo di battaglia. Il fatto che non avessero raggiunto il viaggio interstellare da soli non aveva alcun significato, dato che in passato alcune specie chiaramente più avanzate avevano interagito con loro in più occasioni. Se uno di quei visitatori o, peggio ancora, quei loro amici, li avesse convinti ad attaccarci, le cose avrebbero potuto mettersi male molto rapidamente. Gli umani avevano già dato loro un motivo per provare risentimento verso gli extra-mondo, e il loro attacco alla Gladius era stato la dimostrazione di come avrebbero potuto portare devastazione anche al di fuori dei confini del loro pianeta, se solo avessero voluto farlo.

Agganciai le armi intorno alla vita mentre guardavamo le loro cavalcature prendere il volo. Una volta che superarono il cancello del cortile interno, mi voltai verso la mia donna e vidi che mi stava fissando con un'aria di orgoglio che mi scaldò il cuore. Non avevo fatto nulla di speciale verso Aku per guadagnarmi quel livello di fiducia, ma era meraviglioso vedere quanto lei ne fosse felice. Il suo orgoglio confermava che mi aveva reclamato come compagno e che ormai ci vedeva come un'estensione l'uno dell'altra.

"Andiamo," dissi dolcemente.

Ciara annuì e si passò la tracolla della borsa al collo in modo che le attraversasse il petto, pendendo di lato. Fortunatamente, la sera prima Enre aveva portato con sé la maggior parte delle attrezzature e delle medicine di cui la mia compagna avrebbe avuto bisogno, legandole alla sua cavalcatura.

Una fiamma si accese nel mio ventre quando si avvicinò a me e avvolse un braccio intorno alle spalle, mentre la prendevo come una sposa, pronto per portarla in volo. Spostò la borsa sulla pancia prima di lanciarmi un'occhiata. L'espressione di Ciara era indecifrabile, ma una parte di me credeva che anche lei si stesse godendo quella vicinanza. Non era lussuria ciò che si agitava nel mio profondo, ma una tenera possessività, mista a uno strano senso di benessere nel tenerla così vicina a me, tra le mie braccia, esattamente dove sarebbe dovuta stare.

"Ci siamo," dissi dolcemente prima di sbattere le ali e spiccare il volo.

Mentre prendevo quota, Ciara si irrigidì gradualmente, stringendo più forte la mano alla mia spalla e premendosi contro di me. Chiuse gli occhi e affondò il viso nell'incavo del mio collo. Che Tharmok, mi prendesse! Era così meraviglioso sentirla così stretta al mio corpo. Presto, però, quella calda sensazione venne schiacciata dalla vergogna: per quanto adorassi quella maggiore vicinanza con la mia compagna, il mio istinto protettivo prevalse sui miei bisogni egoistici.

"Calmati, mia Ciara," dissi in tono rassicurante, emanando un po' del mio *bakaan* per tranquillizzarla.

Venne attraversata da un brivido e la sua mano si strinse un po' di più la presa per una frazione di secondo, prima che mi guardasse con aria meravigliata.

"Visto? Non è poi così male," dissi gentilmente.

Lei corrugò la fronte, poi sbirciò con diffidenza sotto di noi prima di richiudere gli occhi e seppellire di nuovo il viso nel mio collo. Sorrisi e strinsi il mio abbraccio intorno a lei prima di baciarle la sommità del capo. Amavo la consistenza morbida e soffice dei suoi capelli. Era come strofinare il viso su una nuvola.

Nonostante la paura, la mia compagna continuò a lanciare qualche sguardo verso il basso mentre volavamo, e la sua paura diminuì gradualmente, man mano che la bellezza del paesaggio catturava sempre più la sua attenzione.

"Volare è una di quelle cose che, se dovessi rinunciarvi, mi distruggerebbe," dissi con malinconia, mentre spalancavo le ali per planare su una corrente d'aria. "È per la sensazione di totale libertà, di essere in completa armonia con il mondo che riesce a darmi. A volte faccio acrobazie spericolate in aria solo per divertimento. Io e mio fratello spesso ci rincorrevamo in cielo, lanciandoci in sfide ridicolmente pericolose per vedere chi avrebbe virato per primo mentre sfrecciavamo a tutta velocità verso una parete rocciosa o giù da una scogliera."

"Perché ho la sensazione che non sia sempre finita bene?" chiese Ciara, con una nota di disapprovazione nella voce.

"Perché è così," confermai con una risatina. "Per fortuna, abbiamo una rigenerazione accelerata naturale, oltre all'accesso ad alcune delle migliori medicine disponibili. Potrei essermi rotto più ossa del dovuto a causa del mio comportamento sconsiderato. Tenere a freno le buffonate spericolate dei giovani una volta che hanno assaporato la velocità può essere veramente difficile, credimi."

"E dimmi, come imparate a volare?" chiese, scrutando le ali da sopra le mie spalle mentre riprendevo a sbatterle. "Vi buttano fuori da una navetta o vi lasciano cadere da un dirupo?"

Sbuffai e scossi la testa. "Di solito sono i genitori a cercare di impedire ai più piccoli di volare troppo presto. Alcuni bambini sono invece un po' riluttanti e necessitano di un po' di incoraggiamento per iniziare. Ma per la maggior parte di noi, il bisogno di imitare i nostri genitori e i più grandi è semplicemente troppo forte, senza contare l'istintiva voglia di sbattere le ali. L'unica cosa che ci impedisce di volare da troppo piccoli è la debolezza dei nostri muscoli."

"Cioè che da piccoli, anche provando a spiccare il volo, non riuscite a sbattere le ali abbastanza forte?"

Annuii. "Ci libriamo di un paio di centimetri e cadiamo subito di nuovo a terra. Inutile dire che tutto ciò che ci circonda viene piuttosto maltrattato nel processo… Scoprirai presto che le abitazioni con bambini Obosiani tendono ad essere molto minimaliste nell'arredamento."

Lei ridacchiò. "Questo significa che dovremo imbottire ogni

superficie della casa il giorno in cui avremo dei figli?" chiese Ciara in tono scherzoso.

Un forte desiderio esplose nel mio petto a quel pensiero. Volevo assolutamente dei figli. Dato che ci eravamo appena conosciuti, ovviamente non avevamo ancora avuto modo di parlarne, ma mi fece un piacere indescrivibile che non solo sembrasse essere aperta all'idea, ma che addirittura pensasse fosse scontato che un giorno avremmo avuto dei bambini.

"Potrebbe non essere una cattiva idea, almeno per alcune cose. Se i nostri piccoli saranno anche solo la metà dei combinaguai che eravamo io e mio fratello, sarebbe decisamente una mossa saggia," ammisi.

"Faccio fatica a immaginare te, o qualsiasi altro Obosiano, come un combinaguai," disse con un'espressione divertita. "Sembrate sempre così composti e disciplinati."

Scoppiai a ridere. "Le persone più tranquille sono quelle di cui si dovrebbe diffidare di più. Non lasciarti ingannare da quell'immagine austera che la mia gente proietta. Siamo esattamente come tutti gli altri, con tanto di senso dell'umorismo, comportamento dispettoso e diverse risposte emotive, compresi i "capricci da diva', come piace dire agli umani. È solo che tendiamo a tenere tutto questo per noi."

"Okay, ora voglio assolutamente vederti mentre fai una scenata da reginetta del dramma," disse Ciara, con gli occhi che brillavano di malizia.

"Infrangi deliberatamente la legge e potresti vedere esaudito il tuo desiderio," dissi, provocandola.

Con mia sorpresa, non rispose con un'alzata di spalle sprezzante come mi sarei aspettato. Invece, si fece seria e studiò i miei lineamenti con sorprendente intensità.

"No, Amreth. Non credo che funzionerebbe. A dire il vero, credo che solo un dolore profondo e devastante ti farebbe perdere il controllo. Ma non ho dubbi che mi rimprovereresti fino a farmi cadere le orecchie."

"Oh, su quello non c'è dubbio. Ma perché ho la sensazione che tu stia tramando per farmi arrabbiare di proposito?" chiesi, guardandola con sospetto.

Il sorriso compiaciuto e spudorato che mi rivolse fu tutta la risposta di cui avevo bisogno. Incapace di resistere, mi sporsi in avanti e le baciai la fronte. Lei sorrise e inclinò il viso per baciarmi sulla guancia. Il mio cuore si sciolse ulteriormente e le diedi una leggera stretta prima di tornare a guardare in basso, verso la nostra destinazione.

Indicai in avanti con un cenno. "Eccoci qui, il villaggio di Jaln. Dovremmo atterrare nei prossimi cinque minuti."

Ciara annuì, anche se non mi sfuggì la tensione che tornò a irrigidirle la schiena.

"Andrà tutto bene e non saremo soli," dissi rassicurandola. "Enre è già lì che ci aspetta."

Sorrise, anche se la sua rigidità indicava che era ancora preoccupata per l'accoglienza che avremmo potuto trovare. Usai un po' di più il mio *bakaan* per tranquillizzarla. Tuttavia, dovevo stare attento a quanta aura calmante emettessi, poiché avrei potuto farla sentire annebbiata o addirittura molto eccitata. Date le circostanze, nessuna delle due opzioni sarebbe stata ideale.

Mentre iniziavo la discesa a terra, osservai il villaggio. Le sue dimensioni erano paragonabili a quelle di Bryst, forse anche leggermente più grandi. Sembrava anche più antico, con una chiara evoluzione da alcuni degli edifici più vecchi a quelli più recenti. Come nel villaggio di Aku, una serie di case era separata dal resto del villaggio da un cortile interno. Cominciavo a sospettare che tutte le tribù fossero state costrette a erigere quelle recinzioni per isolare i membri contagiati, una volta che la malattia aveva iniziato a diffondersi.

Facendo rotta verso l'area aperta che sembrava essere la piazza del villaggio, alterai la mia visione in modo da poter analizzare lo stato d'animo degli abitanti. Avrei sperato in molti più aloni blu, tuttavia l'aura generalmente gialla della popolazione era sufficientemente pallida da indicare più diffidenza che vera e propria ostilità, almeno, per quanto riguardava la maggior parte delle persone. Fortunatamente, un numero non trascurabile di persone irradiava un'aura che solitamente rifletteva sollievo e persino un senso di attesa. Solo uno dei Kreelar metteva in allerta tutti i miei sensi. Era arrabbiato. Purtroppo, non riuscivo a capire se la sua rabbia fosse rivolta contro di noi o verso qualcosa completamente non correlato al nostro arrivo.

Con grande sollievo, individuai Enre al centro della piazza, intento ad agitare una mano verso di noi per salutarci e assicurarsi che lo avessi visto. Prima della nostra partenza da Bryst, Aku aveva utilizzato il sistema radio per confermare al villaggio che tutto stesse andando secondo i piani e che presto saremmo arrivati da loro.

Mi infastidiva oltre ogni dire che Ciara fosse ancora nervosa, se non addirittura spaventata, quando atterrammo davanti a Enre. La nostra guardia si trovava accanto a una femmina Kreelar che emanava una forte aura di autorità. Sembrava più vecchia di Aku e più vicina ai miei quarantasei anni di età. Come la maggior parte delle femmine di quella specie, era alta, abbastanza muscolosa pur senza avere un fisico mascolino, e aveva una chiara pelliccia beige leggermente grigiastra, oltre a degli splendidi occhi blu. Come per Aku, una sorta di cerchietto le adornava la fronte, distinguendola come capo della tribù.

"Eccovi qui," disse Enre rivolgendoci un gran sorriso. "Sono contento che siate riusciti a trovare facilmente la strada fino a qui."

Sebbene avesse pronunciato quelle parole con tono gioviale, non mi sfuggì il sollievo nascosto nella sua voce. In quel preciso momento, mi resi conto che, per quanto il suo popolo rispettasse l'autorità di Aku, non condivideva necessariamente le sue opinioni su tutto. Si erano fidati del suo giudizio nel permettermi di volare da solo con la mia compagna fino a lì, ma ciò non implicava che condividessero la sua fiducia in me. Quella consapevolezza non ferì i miei sentimenti, ma aumentò invece il mio rispetto per Aku come leader. Considerando tutto ciò che era in gioco per loro, la sua gente dimostrava di avere un alto livello di lealtà nei suoi confronti.

"Le indicazioni che ci sono state fornite erano perfette," risposi gentilmente mentre rimettevo a terra la mia compagna.

Ciara aggiustò la tracolla della borsa sul petto, si passò le dita tra i capelli per sistemarli, dato che il vento li aveva un po' arruffati, poi sorrise educatamente a Enre e alla donna accanto a lui. Nonostante il persistente nervosismo, il portamento e la calma compostezza che mostrò in quel momento mi riempirono il cuore di orgoglio. Se non fosse stato per la mia capacità di leggere una buona gamma di emozioni attraverso l'aura di una persona, io stesso sarei stato ingannato dalla sua apparente imperturbabilità.

"Ottimo, ottimo! Amreth, Ciara, lasciate che vi presenti Kald Vala, capo del villaggio di Jaln. Vala, questi sono gli alieni di cui ti abbiamo parlato, Amreth e Ciara, che stanno lavorando diligentemente per aiutare a salvare la nostra gente," disse Enre, indicando prima me e poi la mia compagna.

"È un piacere conoscervi, Amreth e Ciara," disse Vala con voce gentile. "Il popolo di Jaln vi dà il benvenuto e vi ringrazia per qualsiasi aiuto possiate fornire alla nostra tragica situazione. Noi..."

"Samra telankay!" gridò improvvisamente una rabbiosa voce maschile, interrompendola.

Non fu una sorpresa che il mio impianto di traduzione non riconoscesse la lingua. Ad ogni modo, non avevo bisogno di alcuna traduzione per capire il significato delle sue parole. Le ripeté, come in una litania, mentre si avvicinava a noi.

Gli altri abitanti del villaggio, che si erano riuniti a breve distanza intorno alla piazza per assistere al nostro arrivo, si mossero all'unisono verso l'uomo per trattenerlo. Era lui che emanava l'aura di rabbia che avevo percepito durante la mia discesa. D'istinto, spinsi Ciara dietro di me e aprii le ali per nasconderla alla vista. Gli altri Kreelar lo afferrarono per le braccia e cercarono di trattenerlo mentre lui lottava per liberarsi, ripetendo le stesse parole in continuazione. La profondità del dolore e della tristezza nella sua voce e sul suo volto mi disse tutto ciò che avevo bisogno di sapere.

La malattia doveva avergli portato via una persona cara.

Enre e Vala assunsero una posizione protettiva di fronte a noi. Quel gesto cancellò ogni riserva che potessi ancora avere riguardo alle loro intenzioni o alla sicurezza della mia compagna durante la nostra permanenza in quel villaggio.

"Muti, calmati!" ordinò Vala.

Appoggiai una mano sulle spalle di Enre e Vala e li spinsi delicatamente da parte in modo che non mi bloccassero il campo visivo sul maschio che ancora gridava. Mi lanciarono uno sguardo preoccupato, ma io continuai a tenere gli occhi fissi su Muti. Non feci alcun gesto minaccioso, lanciando invece una mirata esplosione del mio *bakaan* su di lui. Poiché aveva un raggio d'azione relativamente ampio, anche le persone nelle sue immediate vicinanze avvertirono un po' della mia aura calmante: sciolse parte della loro tensione, ma allentò anche la loro presa su Muti per cercare di trattenerlo.

Avendo ricevuto la maggiore concentrazione del mio potere, i suoi sforzi per liberarsi si indebolirono, poi i suoi occhi si velarono leggermente e le sue grida rabbiose si trasformarono in parole incomprensibili, prima di scemare in suoni soffocati e pianto. Il mio cuore si spezzò per lui quando cadde in ginocchio, il corpo scosso da violenti singhiozzi. Molte delle persone intorno a lui si accovacciarono al suo fianco. Intrecciarono le loro code con la sua, accarezzandogli la testa e la schiena e sussurrando parole rassicuranti nella loro lingua.

Ciara scostò la mia ala sinistra, volendo naturalmente vedere cosa stesse succedendo. Dato che la minaccia era oramai sotto controllo, ripiegai l'ala e feci mettere la mia compagna al mio fianco. Vala si avvicinò a Muti, si inginocchiò proprio di fronte a lui e lo strinse tra le sue braccia. Gli sussurrò qualcosa nella loro lingua con fare quasi materno. Continuai a inviare onde calmanti verso di lui e, gradualmente, il suo singhiozzare si affievolì. Vala si tirò indietro, poi gli coprì il viso con entrambe le mani e gli asciugò le lacrime con i pollici.

Disse ancora qualche parola e lui annuì, con i lineamenti contratti dal dolore, dalla disperazione e da qualcosa di simile al senso di colpa. Vala gli baciò la fronte e lo aiutò ad alzarsi, rimettendosi in piedi a sua volta. Fece un cenno verso un paio di abitanti del villaggio, che si avvicinarono prontamente a lui e, sorreggendolo per le braccia, lo scortarono via gentilmente.

Il capo tribù continuò a fissarlo mentre si allontanava, con in volto un'espressione triste e colma di pietà, prima di girarsi verso di noi. Come seguendo il suo esempio, anche il resto della folla riportò la propria attenzione su di noi. Un rapido esame delle loro emozioni mi rassicurò che quell'incidente non aveva aumentato la loro ostilità nei nostri confronti. Tuttavia, nelle loro aure si era ormai infiltrato una sfumatura di disperazione.

"A causa della malattia che la vostra gente ha portato da noi, Muti sta per perdere la sua compagna. È in condizioni critiche e i suoi due bambini stanno lottando per la vita," disse con amarezza una donna alla nostra destra.

Nonostante la durezza del suo tono, la sua rabbia non era diretta specificamente contro di noi, ma verso gli extra-mondo in generale e il flagello che stava devastando la loro gente. Un solo sguardo severo da parte di Vala la fece tacere.

"Non ci sono parole per esprimere il dolore che proviamo per la tragedia che ha colpito il vostro popolo," disse Ciara rivolta alla donna, con voce dolce e colma di compassione. "I pochi di noi che ora sono qui, non sono vostri nemici. Avete tutto il diritto di essere arrabbiati. Niente di tutto questo sarebbe dovuto accadere. Non siamo stati noi personalmente a causarlo, ma faremo tutto ciò che è in nostro potere per assicurarci di fermare questa tragedia. Non riporterà indietro coloro che ci hanno già lasciato.

L'unica cosa che possiamo fare è impegnarci per impedire che possa accadere di nuovo."

"Ma davvero potete farlo?" intervenne Vala, con un accenno di sfida nella voce. "La malattia è tornata dopo che i primi umani dissero che era stata curata. Nell'ultimo decennio si è ripresentata continuamente. Ritorna *sempre*. E questa volta, sta colpendo la mia tribù più duramente che mai. Solo tre giorni fa, già ventitré dei miei compagni hanno iniziato a mostrare i primi sintomi."

"Lo stesso giorno in cui siete arrivati voi!" disse la donna di prima, questa volta con un tono d'accusa ben percepibile nella voce.

Alcune teste annuirono, mentre altre persone presenti mormorarono nella loro lingua, evidentemente d'accordo con la donna. Un'altra rapida occhiata alle loro aure mi rassicurò che neanche in quel caso le loro intenzioni stavano diventando ostili, nonostante la loro rabbia stesse crescendo. Non era ancora nulla di allarmante, ma mi preparai mentalmente ad agire rapidamente per mettere in salvo la mia compagna se le cose fossero precipitate.

Avendo imparato la lezione dalla prima volta che mi avevano catturato, mi ero assicurato di portare con me un disgregatore psichico in modo che non potessero più attaccare la mia mente. A dire il vero, non credevo che si sarebbero scagliati contro di noi. Tuttavia, trattandosi della sicurezza della mia donna, non intendevo correre rischi.

"Il nostro arrivo quel giorno è una pura coincidenza e non è collegato in alcun modo al contagio," disse Ciara, con un tono che non ammetteva discussioni. "Il tipo di malattia che vi affligge si trasmette solo attraverso qualcosa che viene ingerito. Ci vogliono anche un certo numero di giorni prima che compaiano i primi sintomi. Quindi, qualunque cosa abbia causato questa nuova ondata, i membri della tribù malati l'hanno mangiata molto prima del nostro arrivo su Kestria."

"Ma quale cibo, allora?" chiese Vala. "E perché solo loro sono stati contagiati e non il resto di noi?"

"È quello che mi auguro possiate aiutarci a determinare," disse Ciara. "Ho molte domande al riguardo che spero ci metteranno sulla strada giusta per trovare la fonte. Enre ha portato con sé anche dei kit di analisi per rilevare se qualcuno dei vostri magazzini alimentari possa essere attualmente contaminato, oltre a scoprire se qualcun altro tra voi è infetto ma ancora non ha mostrato alcun sintomo."

"I test sono stati conservati in un ambiente fresco, come da istruzioni," disse prontamente Enre. "Devo andare a prenderli?"

"Tra un minuto," rispose Ciara. "Prima dobbiamo sistemare le cose in modo da poterlo fare con ordine e assicurarci di tenere traccia di tutti quelli che sono stati testati. C'è anche un piccolo questionario che devono compilare."

"Sì," disse Enre. "Ernst mi ha spiegato la procedura. Sistemeremo dei tavoli e delle sedie e prepareremo i moduli."

"Grazie," disse Ciara, con un sorriso riconoscente, prima di rivolgersi di nuovo a Vala. "Naturalmente, avrò bisogno di esaminare i pazienti. Ma vorrei anche sapere se sei al corrente di qualcosa di specifico o insolito che è successo a tutti loro nell'ultima settimana circa."

Lei aggrottò la fronte, riflettendo sulla domanda. "Niente che mi venga in mente, a dire il vero. Inizialmente, pensavamo che potesse essere dovuto al loro pellegrinaggio al Tempio di Svast. Ci andiamo tutti una volta all'anno, per le preghiere e la purificazione. I rituali durano una settimana e poi si torna indietro."

"Sembrerebbe quindi che possano aver mangiato qualcosa laggiù e che sia stato quello a farli ammalare," dissi, pensieroso.

Vala scosse la testa. "Anche noi pensavamo che fosse stato qualcosa al tempio a contagiarli. Sarebbe stata una tragedia, considerando che è il luogo più sacro per il nostro popolo. Perché gli dèi dovrebbero punirci quando andiamo a onorarli? In media, partecipano insieme sette o otto tribù diverse. Questa volta erano nove. Non appena la prima persona si è ammalata, abbiamo contattato i villaggi da cui provenivano gli altri partecipanti, ma solo uno di essi aveva avuto casi di persone contagiate."

"Solo uno?" ripeté Ciara, riflettendo. "Quanto dura il viaggio da qui al tempio?"

"Sono due giorni di cammino a tratta attraverso la foresta," rispose Vala. "Potremmo metterci di meno, ma i pellegrini si fermano lungo il percorso per recitare preghiere di benedizione alla terra, mangiare e riposare. Solitamente, si accampano per la notte a metà strada."

"Quando sono tornati dal tempio?" chiese Ciara, con voce concitata.

Eccitazione non sarebbe stato un termine appropriato per descrivere le sue emozioni, ma sembrava chiaramente che stesse sentendo di essere sulla strada giusta.

"Sono tornati otto giorni fa, ma hanno iniziato a mostrare i sintomi solo cinque giorni dopo," rispose Vala.

"Queste sono informazioni fondamentali," disse Ciara, guardando distrattamente Enre intento a sistemare i tavoli poco lontano, con l'aiuto di altri abitanti del villaggio. "Ci dà una finestra molto più ristretta su quando possa essere avvenuta l'infezione. L'altro villaggio con persone infette, quanto è vicino a questo?"

"Molto poco," disse Vala con tono scoraggiato. "Questo è un altro motivo per cui abbiamo escluso la possibilità che il viaggio verso il tempio possa essere stato la causa. C'è un ampio fiume tra il villaggio di Baki e noi che si deve attraversare in barca. Una volta dall'altra parte, c'è una lunga strada da percorrere a piedi. Hanno compiuto dei percorsi completamente diversi."

"Ma hanno cacciato per mangiare lungo la strada, giusto?" obbiettò Ciara.

Vala annuì. "Cacciamo e raccogliamo cibo lungo il percorso."

Improvvisamente, compresi anch'io.

"Quindi, qualcosa che hanno raccolto nella foresta o cacciato lungo i rispettivi percorsi doveva essere infetto," dissi pensieroso. "C'è qualche possibilità che gli animali siano ancora infetti, o a quest'ora potrebbero essere già tutti morti?"

"Dipende se il prione che sta danneggiando i Kreelar è invece normale per l'animale, la frutta o la verdura che hanno consumato. In tal caso, allora dovrebbero aggirarsi ancora in quell'area. Ma in caso contrario, ci toccherà trovarne uno ancora vivo."

"Ci vorrebbe poco più di mezza giornata, circa dodici ore, per raggiungere il tempio a piedi, e forse sette o otto se andassimo a cavallo di un Sagul," rispose Vala.

"Il che significa che mi ci vorrebbero appena due o tre ore per andare e altrettante per tornare," commentai.

"Avrò bisogno di circa sei ore per testare tutti e il cibo. Quindi, direi che è perfetto," disse Ciara, con una scintilla di entusiasmo nei suoi bellissimi occhi.

Tuttavia, mentre pronunciavo quelle parole, sentii come un'ondata di disagio attraversarmi. Non mi andava davvero di lasciare la mia compagna lì da sola. Certo, Enre l'avrebbe protetta, e non avevo dubbi che Vala avrebbe fatto lo stesso. L'aura delle persone intorno a noi aveva gradualmente perso parte del suo aspetto diffidente di prima, con sempre più striature blu che indicavano che si stavano abituando alla nostra presenza, Tuttavia, la cosa mi innervosiva lo stesso. Allo stesso tempo, potevo compiere quel viaggio molto più velocemente di loro.

Ignara del mio tumulto interiore, Ciara iniziò a digitare alcune istruzioni sul suo bracciale, pochi secondi prima che il mio suonasse per un messaggio in arrivo.

"Ti ho inviato i dati relativi ai prioni che stiamo cercando," disse Ciara. "Avrei bisogno che tu facessi una scansione aerea della flora e della fauna tra qui e là. C'è una buona possibilità che il tuo bracciale non sia in grado di rilevare i prioni senza testare effettivamente un campione, ma sarà in grado di individuare eventuali anomalie tra piante e animali della stessa specie."

"Quindi segnalerà qualsiasi animale o gruppo di piante che risulti anormale rispetto ad altri dello stesso tipo," dissi, per aver conferma di aver capito bene mentre caricavo i nuovi dati sul mio scanner.

"Esatto," disse Ciara, sorridendomi con quel barlume di orgoglio nei suoi occhi che mi faceva impazzire.

Non mi ero mai considerato stupido, ma semplicemente una persona di intelligenza normale. Eppure, nell'ultimo giorno, la mia compagna mi aveva fatto sentire sempre più un genio. Stavo scoprendo una nuova passione nel cercare di risolvere quei piccoli misteri.

Sorrisi, prima di lanciare uno sguardo diffidente alla folla intorno a noi. Con mia sorpresa, Ciara percepì e immediatamente comprese il mio disagio.

"Starò bene in tua assenza," disse con tono rassicurante. "Enre e Kald Vala si assicureranno che io sia al sicuro."

"Non verrà fatto alcun male alla tua compagna," confermò Vala, con una fermezza che fece miracoli per alleviare buona parte delle mie preoccupazioni. "Non esiste disonore più grande per un padrone di casa del permettere che i propri ospiti vengano maltrattati nella propria dimora. Sul mio onore e sulla mia vita, mi impegno a tenere al sicuro la tua compagna fintanto che si troverà tra le nostre mura e fino a quando non avrà fatto ritorno a Bryst."

"Grazie, Vala," dissi con sincera gratitudine.

Mi voltai verso Ciara e le accarezzai delicatamente la guancia. Con mia grande gioia, premette il palmo della mano sul dorso della mia e si appoggiò al mio tocco. Incapace di resistere, mi sporsi in avanti e la baciai. Lei ricambiò, con una tenerezza che mi fece perdere la testa. Lottando contro l'impulso di stringerla tra le mie braccia e approfondire il bacio, mi raddrizzai e, seppur con riluttanza, lasciai ricadere la mia mano.

"Torno presto."

"Fai attenzione là fuori," rispose, con un sorriso inco-raggiante.

Annuii, lanciai un ultimo sguardo significativo a Vala e poi mi allontanai.

La prima ora trascorse senza niente di emozionante. Il mio scanner raccolse dati sulla flora e la fauna sottostante, ma non rilevò nulla di insolito. Grazie alle precedenti visite autorizzate su Kestria alle squadre di Elias Jacobs per lavorare con i Sangoth, l'OPU aveva già un database piuttosto ampio sulle piante e le creature di quel pianeta. Per il momento, tutto sembrava assolutamente normale, così mi concessi di godermi la bellezza incontaminata di quel nuovo mondo.

Per quanto odiassi il modo in cui quegli sciocchi medici avevano tragicamente rovinato la vita di quelle tribù, attraverso le loro azioni sconsiderate, potevo capire la tentazione che li aveva portati a farlo. Quel posto era un vero paradiso, con innu-merevoli aree perfette per delle fughe romantiche. Ne avevo individuate così tante lungo il percorso che mi era venuta voglia di portarvi Ciara per un vero corteggiamento. Con mia vergogna, mi sorpresi a chiedermi se sarebbe stato accettabile fare una simile scappatella prima della nostra partenza. Dato che non avremmo introdotto nulla di estraneo nel loro ecosistema, non avrebbero dovuto esserci impedimenti, no?

Ma tutti quei pensieri vaganti scomparvero dalla mia testa non appena il mio scanner emise un segnale. Uno sguardo all'in-terfaccia mi indicò una serie di punti arancioni in movimento, di varie dimensioni, che rappresentavano degli animali. Alzai lo sguardo e alterai la visione, in modo da scrutare l'aura di quelle creature. Un misto di shock ed eccitazione mi pervase nel vedere il colore bordeaux e grigiastro delle loro aure. Corrispondeva a uno stato di furia cieca. Quelle creature erano rabbiose.

Chi o cosa le aveva infettate?

Volai a cerchio intorno all'area, segnando le coordinate sulla mappa del mio scanner mentre cercavo di vedere quanto lontano si fossero spinte le creature infette. Notai anche che non tutti gli animali risultavano rabbiosi. In effetti, solo una manciata lo era. Pur avendo esaminato i risultati rapidamente, mi sembrava strano che non tutti gli animali della stessa specie mostrassero i sintomi. Non avrei saputo dire, però, se fosse perché erano ancora nelle prime fasi della malattia, oppure perché non erano ancora stati infettati o se erano in qualche modo immuni.

Ma spettava a persone più competenti di me valutare quella fosse la verità.

Con mia sorpresa, mentre mi spostavo più a ovest rispetto al percorso che stavo seguendo inizialmente, un denso tratto rosso apparve ai margini del mio raggio di scansione. Si trovava sull'altra sponda del fiume, cosa che per un attimo mi fece esitare. Incuriosito, e non volendo tralasciare nulla, attraversai il grande specchio d'acqua. Una volta oltre la sponda occidentale, digitai un comando nello scanner. Rimasi a bocca aperta quando dal mio bracciale spuntò un piccolo display olografico con ulteriori informazioni che indicavano una pianta anomala e invasiva.

"In che modo questa pianta è anomala?" chiesi al mio dispositivo.

"Questa pianta non appartiene all'ecosistema di Kestria," rispose l'intelligenza artificiale. "Corrisponde al 94% a due diverse specie di bacche della Terra: fragole e lamponi."

Imprecai sottovoce, scosso da un brivido improvviso. Certo, le bacche erano piuttosto lontane dal luogo in cui avevo visto vagare le creature infette. Tuttavia, se ci voleva un po' prima che i sintomi si manifestassero, gli animali potevano semplicemente essersi spostati nei giorni successivi al consumo.

Dall'altra parte del fiume, però?

Non aveva senso. Continuai a volare più a ovest finché lo scanner non smise di rilevare altre bacche. Tuttavia, rilevò alcuni animali malati, anche se in numero molto inferiore rispetto a quelli che avevo trovato sulla sponda orientale. Tornai indietro e continuai per quasi un chilometro verso est, per vedere se ci fossero altre bacche, ma non ne trovai nessuna.

Per un momento, considerai l'idea di raccogliere alcuni campioni, poi però decisi di non farlo. Non ero uno scienziato e non sapevo quali potenziali conseguenze le mie azioni avrebbero potuto avere per i Kreelar. Non aveva importanza che Ciara avesse detto che l'infezione si trasmetteva solo attraverso il consumo di cibo contaminato: quelle persone stavano già soffrendo abbastanza senza che io mettessi ulteriormente a rischio le loro vite. Almeno, sapevo esattamente dove potevano essere raccolte, nel rispetto delle procedure di sicurezza e contenimento. Così, volai verso alcune delle zone più grandi e scattai delle foto ravvicinate.

Dato che il tempo cominciava a scarseggiare, tornai sul sentiero principale che i pellegrini avevano percorso e proseguì il viaggio verso il Tempio di Svast. Una melodia ossessionante mi raggiunse molto prima che la foresta si aprisse davanti a me, rivelando lo splendore del Tempio. Non avevo bisogno di sapere che si trattava di un luogo sacro per riconoscerlo come tale. Irradiava energia divina. Sospettavo che parte di quell'energia potesse essere spiegata dalla fisica, ma una parte di me credeva che le persone potessero infondere un'area con energia positiva o negativa quando una quantità sufficiente di essa veniva emanata ripetutamente per un lungo periodo di tempo.

Il tempio era stato scavato direttamente nella parete di una montagna incorniciata da una cascata. Le alte colonne e le massicce porte erano ornate da intricati simboli scolpiti in una lingua aliena che il mio traduttore non conosceva. Sembrava non esserci un accesso diretto all'ingresso principale via terra. Per raggiungere le scale bisognava camminare nell'acqua. Immaginai che fosse una sorta di rituale di purificazione da compiere prima di poter entrare.

Ed era esattamente quello che sembrava stesse accadendo in quel momento. Almeno un centinaio di pellegrini di tutte le età erano riuniti nell'acqua. I più giovani si trovavano più vicini alle scale, che era la parte meno profonda. Le persone più anziane avevano preso posizione nella parte più profonda, con l'acqua che arrivava fino alla vita. Formavano una catena continua, con tutti sulla stessa fila e che si tenevano per mano. Chi si trovava all'estremità della fila, si collegava alla persona del gruppo davanti ad essa tenendone la coda in mano.

Cantavano, senza eseguire una vera e propria danza, ma facendo un passo da un lato all'altro, avanti e indietro, e di tanto in tanto inclinando la testa in varie angolazioni in sincronia. Davanti a loro, in cima alle quattro scale che portavano all'ingresso, c'erano tre Kreelar che cantavano eseguendo gesti più ampi con le braccia e le mani. Indossavano vesti senza maniche, con maschere senza volto che rendevano impossibile identificare con certezza il loro sesso.

Avrei voluto avvicinarmi per osservare meglio e godermi ancora di più l'affascinante cerimonia, ma virai e tornai indietro. Anche se Vala non mi aveva detto di stare alla larga dal tempio, mi sembrava comunque un sacrilegio spiare i loro rituali e intrufolarmi nel loro santuario. Inoltre, ero lì solo per determinare se nella zona si potessero trovare altre piante o animali infetti. Il fatto che non avessi trovato niente del genere confermava il motivo per cui solo un piccolo numero di pellegrini era stato infettato, invece che tutti coloro che avevano partecipato al rituale insieme a loro.

Nonostante cercai di affrettarmi nel viaggio di ritorno, arrivai comunque al villaggio di Jaln dopo quasi otto ore di assenza. Pur sentendomi stanco e affamato, provavi solo sollievo quando, iniziando la discesa verso la piazza del villaggio, vidi Ciara correre al centro, con un ampio sorriso in volto.

Anche gli altri abitanti del villaggio, e in particolare Enre e Vala, irradiavano un senso di sollievo. Potevo solo immaginare quanto avrei minato la fiducia che quella gente riponeva in tutti noi se non fossi tornato da loro.

Ciara che si gettò tra le mie braccia non appena atterrai fu qualcosa di meraviglioso. Mi fece desiderare di poter ricevere un'accoglienza calorosa come quella ogni giorno, per il resto della mia vita. Mi commosse ancora di più il fatto che non fosse spinta dalla paura o dal bisogno di protezione, ma dalla genuina felicità di riavermi lì con lei.

"Bentornato, Amreth. Temevamo ti fossi perso," disse Vala con tono canzonatorio, anche se non mi sfuggì la sottile preoccupazione che ancora permaneva in lei.

"Non mi ero perso, ma mi sono allontanato molto più di quanto inizialmente previsto, per indagare su alcune anomalie," risposi, prima di rivolgermi alla mia compagna. "Credo che questo ti piacerà."

Con un paio di tocchi sull'interfaccia del mio bracciale, aprii le foto che avevo scattato e le visualizzai sullo schermo olografico che si era attivato sul dispositivo. Ciara rimase a bocca aperta, con gli occhi spalancati per l'eccitazione. Raccontai rapidamente cosa avevo scoperto, tra gli animali rabbiosi e le aree contaminate dalle bacche.

"Hai fatto bene a non prelevare campioni," disse Ciara distrattamente, sfogliando intanto i rapporti delle scansioni prima di lanciare un'occhiata a Vala. "Conosci quei frutti? Fanno parte della vostra dieta?"

Scosse la testa e osservò le immagini delle bacche con un'espressione confusa, condivisa anche da Enre.

"Non ho mai visto quelle bacche prima d'ora. Sicuramente, però, non si trovano nelle zone in cui cacciamo o cerchiamo cibo."

"Non mi sorprende," dissi, pensieroso. "Senza lo scanner, probabilmente non avrei notato la loro presenza. Non erano visibili dall'alto e anche dopo essere atterrato ho dovuto spostare alcune foglie per osservarle."

Ciara strinse le labbra e annuì lentamente mentre rifletteva sulle mie parole. "È abbastanza comune per le fragoline di bosco. Questo spiega alcune cose. Idealmente, dovremmo allestire un laboratorio sul campo direttamente in quella zona. Forse potremmo fare qualcosa di simile usando la tua navetta?

Soppressi il mio istintivo desiderio di dire di sì e lanciai uno sguardo interrogativo a Vala. Il mio cuore sprofondò quando ci fissò con un'espressione severa.

"Discuterò la questione con gli altri Kald," disse, con fare evasivo. "Comunque, ormai si sta facendo troppo tardi per tornare a Bryst. Dovete essere stanchi e affamati. Venite, riposatevi e rifocillatevi. Dormirete tutti qui stanotte. Domani mattina, prenderemo una decisione."

CAPITOLO 11
AMRETH

P er quanto potessi comprendere la loro riluttanza, odiavo sentirmi incatenato. Ormai mi sembrava che avessimo dato sufficientemente prova che potessero fidarsi di noi al punto da concederci maggiore libertà di movimento per fare ciò che era necessario per risolvere quella crisi. Tuttavia, non volendo causare troppo attrito con loro, mi limitai ad adeguarmi e obbedire.

Ci condussero in una piccola casa. Sorprendentemente, non era situata nel cortile interno, ma nel villaggio vero e proprio. Tutte quelle nel recinto erano già piene di pellegrini infetti. Due uomini uscirono dalla casa assegnataci proprio mentre ci avvicinavamo. Solo una volta dentro mi resi conto che ci avevano portato del cibo. Con mio grande imbarazzo, il mio stomaco espresse rumorosamente la sua approvazione, facendo scoppiare a ridere tutti.

"Godetevi il pasto. Ci vediamo domattina," disse Vala.

La ringraziammo e la guardammo andarsene. Non appena la porta si chiuse dietro di lei, mi sfilai le armi dalla cintura, grato di non averle dovute usare quel giorno, e diedi un'occhiata alla parete di destra, dove nella casa a Bryst si trovava la porta della camera degli ospiti. Non vedendola, mi voltai di scatto per guardare la parete opposta. Solo allora notai che quella dimora non aveva una seconda camera.

"Per il sangue di Tharmok. Sembra che ci sia solo una camera da letto. Posso chiedergli se hanno una casa più grande," dissi, grattandomi la nuca. "Oppure potrei dormire sul divano."

"Assolutamente no!" replicò Ciara, guardandomi come se avessi preso una botta di troppo in testa. "Hai visto quanto sei grosso rispetto a quel divano? Non vedi l'ora di dormire con le ginocchia praticamente in bocca?"

Sbuffai e scossi la testa, sentendomi quasi come un bambino rimproverato dalla madre.

"Siamo adulti, non selvaggi animali. Sono sicura che possiamo condividere un letto e comportarci come persone civili. Ma se la cosa ti mettesse a disagio, ti lascerò il letto e dormirò io sul divano.

"Assolutamente no!" dissi, facendo eco alle sue parole precedenti ma con totale indignazione. "Non dormirò comodamente in un letto mentre la mia compagna se ne sta tutta accartocciata sul divano."

"Esatto!" esclamò, come se si sentisse esageratamente sollevata che finalmente ci stessi arrivando anche io. "Visto quanto ti è sembrato oltraggioso? Perché allora hai pensato che a me andasse bene condannarti a dormire lì?"

Aggrottai il viso, non riuscendo a trovare una risposta appropriata.

"Abbiamo entrambi bisogno di riposarci. Quindi, la questione è risolta. Avanti, ora andiamo a mangiare," concluse Ciara, con un tono che non ammetteva discussioni, facendomi cenno di sedermi a tavola.

Come nobile Lord e Guardiano del mio Settore, non ricordavo l'ultima volta che qualcuno mi aveva dato ordini. L'unica persona che mi faceva saltare sull'attenti con una sola parola era mio padre. A dire il vero, anche il padre di Kronos aveva il dono di far sciogliere le budella con un solo sguardo. Eppure, dietro il suo aspetto severo e intimidatorio, Lord Aramon era un uomo dolcissimo, pur con il senso dell'umorismo più indecifrabile che potesse esserci. Non si capiva mai se ti stava rimproverando o prendendo in giro finché non notavi il suo sorrisetto, tanto compiaciuto quanto discreto.

Sorrisi, divertito da come la mia compagna aveva preso il comando, e mi accomodai a tavola. Lei non si sedette, ma iniziò immediatamente a frugare nei tre vassoi che ci avevano lasciando, ammucchiando tutta la carne che riusciva a trovare su un piatto, per poi sistemarlo davanti a me.

"Gli ho detto che non eri proprio un tipo da cibo per uccellini," disse Ciara, divertita.

Scoppiai a ridere, con il petto che si riscaldò di affetto mentre lei prendeva per sé giusto un paio di verdure con un pezzo di carne bianca arrosto, sedendosi poi di fronte a me.

"Mangi solo questo?" chiesi, accigliandomi di fronte alla quantità ridotta di cibo nel suo piatto.

Lei scrollò le spalle. "Ho già mangiato. Mi sto unendo a te solo perché è brutto mangiare da soli mentre il proprio compagno ti fissa. Ora mangia, avanti. Non ti permetterò di morire di fame sotto la mia guardia."

Annuì di nuovo, grato per l'ennesimo gesto premuroso da parte sua, e obbedii. Dire che ero affamato non avrebbe reso minimamente l'idea della sensazione di vuoto che stavo provando nello stomaco. Volare richiedeva molta energia. Per quanto fossi grato per il cibo, che in realtà era piuttosto delizioso, avevo fame di un tipo di sostentamento molto diverso. Mi veniva l'acquolina in bocca al solo pensiero di che sapore avrebbero avuto le sue emozioni. Ciara non poteva nemmeno immaginare quanto sarebbe stato più saziante e soddisfacente nutrirmi di lei.

Premurosa come sempre, Ciara non iniziò subito a parlare, permettendomi di mangiare qualche boccone per placare i morsi più brutali della fame. Quasi ingurgitai i primi pezzi di carne. Anche se cercò di nasconderlo, non mi sfuggì il divertimento nei suoi occhi mentre sbriciava discretamente verso di me.

"Ero preoccupato per te," dissi infine, dopo aver mandato giù un altro boccone. "È andato tutto bene in mia assenza?"

Annuì. "Grazie per esserti preoccupato, ma non ce n'era bisogno. Sono stati tutti molto gentili con me. E comunque, Enre e Vala sono andati in modalità protettiva da mamma orsa nei miei confronti. Tenermi al sicuro era davvero una questione di orgoglio e onore per loro."

"Sono contento di sentire che non ci sono stati incidenti," dissi, tagliando intanto un altro pezzo di carne.

"In realtà, ci sono stati una novità parzialmente buona e un piccolo incidente," aggiunse Ciara. "La notizia parzialmente buona è che sono riuscita a mettere la moglie di Muti in semistasi. Impedisce alla malattia di progredire. Le ho iniettato dei nanobot che prendono di mira i prioni che la stanno uccidendo e li eliminano. È un processo molto lento, ma sembra star funzionando."

"La guarirà?" chiesi, rianimandomi a quella notizia.

Lei scosse la testa. "No. La porterà solo a uno stato meno critico, in cui il suo corpo sarà in grado di combattere i prioni mentre si adatta ai cambiamenti della sua evoluzione. I loro due figli hanno reagito molto bene alla medicina invece, quindi incrocio le dita per loro."

"È una notizia meravigliosa. Non riesco a immaginare un dono più grande per quel pover'uomo. Il suo dolore era così vivido che potevo quasi toccarlo. Quello che state facendo tu e la tua squadra di colleghi è fenomenale," dissi, con profonda ammirazione e rispetto.

Sorrise, timidamente. "Grazie. Ma non dimenticare che ora anche tu fai parte di quella squadra. E con la tua scoperta di oggi, potremmo esserci avvicinati ancora di più alla soluzione."

"Come hai detto tu, incrociamo le dita," risposi dolcemente. "Ma hai menzionato anche un incidente, giusto?"

Ciara annuì. "Dopo aver finito di testare tutti, e per fortuna non abbiamo trovato altri casi, abbiamo iniziato a somministrare il vaccino a tutte le persone che non erano state infettate prima. Due di loro erano irremovibili nella loro decisione di non farselo inoculare."

Arricciai le labbra e annuii, pensieroso. "Non mi sorprende. Francamente, mi aspettavo molta più resistenza e da un numero maggiore di persone. Ma non si può costringere qualcuno a ricevere un trattamento come quello."

"Lo so. Tutto quello che posso fare è spiegare i benefici, ma alla fine la scelta spetta a loro. Speriamo che vedere che gli altri stanno bene e non subiscono effetti negativi possa fargli cambiare idea. In ogni caso, prego che riusciremo a trovare una cura o a debellare la fonte."

"Pensi che le bacche possano essere davvero la fonte di tutto questo?" chiesi.

"Data la loro origine aliena, è estremamente probabile. Non dovrebbero esserci fragole su Kestria. Dagli eventi che Sora e Aku ci hanno raccontato, i medici stavano mangiando vicino al fiume. Dopo che Sora ha morso l'uomo, l'hanno stordita e poi sono scappati. Non sono più tornati a prendere il cibo che avevano lasciato. E neanche i Kreelar lo hanno recuperato."

"Quindi, la fauna locale deve essersene cibata," dissi, con improvvisa comprensione.

"Esatto. Le bacche sono un incubo in questo caso perché ognuna ha un'altissima concentrazione di semi. Quei semi passano attraverso il sistema digestivo e spesso ne escono intatti nelle feci," spiegò Ciara. "Di tutti i frutti che avrebbero potuto mangiarsi, dovevano scegliere proprio il più facile da diffondere e in grado di crescere ovunque. Le fragole hanno bisogno solo di terreno umido, un po' di fertilizzanti e molto sole."

"Tutte condizioni perfettamente soddisfatte," commentai, pensieroso.

"Sì. A prescindere che gli animali che se ne sono nutriti si siano ammalati e le abbiano rigurgitate, o che le abbiano semplicemente espulse tramite le feci, hanno contribuito a diffondere e spargere i semi in lungo e in largo. Non so quante fragole ci fossero o quanti animali diversi le abbiano mangiate, ma il luogo che mi hai mostrato è molto lontano dalla zona in cui si è verificato quel primo incidente."

"Quindi si stanno diffondendo. Ma come fanno ad esserci anche dall'altra parte del fiume?"

"Domattina dovremmo fare un'analisi approfondita della catena alimentare della loro fauna selvatica. I piccoli roditori e mammiferi che hanno mangiato le fragole non possono aver percorso molto strada senza espellere prima i semi. Dobbiamo quindi presumere che anche alcuni uccelli abbiano mangiato quei frutti, e che siano quindi in grado di percorrere distanze molto maggiori. E poi ci sono i predatori più grandi, che si nutrono sia di uccelli che di piccoli mammiferi. Se qualcuno di questi animali tendesse a vagare o migrare, allora potrebbe diffondere il contagio."

"Sono passati quasi dieci anni, però," dissi accigliandomi. "Non avrebbe dovuto diffondersi ancor più lontano e con un raggio molto più ampio?"

La mia compagna scosse la testa. "Non necessariamente. Questo tipo di cose tendono ad essere esponenziali. Inizia in piccolo, con un piccolo cespuglio qui e poi un altro lì. Ma più cespugli ci sono, più creature si nutrono di esse e più le diffondono. Non tutti i semi rilasciati in natura attecchiscono. Semplicemente, le probabilità si moltiplicano con l'aumentare dell'incidenza."

"Possiamo eliminare tutte quelle aree infestate dalle bacche?" chiesi, riempiendomi spudoratamente il piatto, anche se quella volta con un misto di contorni e verdure.

Lei aggrottò la fronte e appoggiò la forchetta sul bordo del piatto vuoto. "È estremamente difficile, e spesso impossibile, sradicare completamente una pianta invasiva. Una volta che inizia a diffondersi, ci sono sempre dei semi da qualche parte che possono sfuggire o che si trovano nel sistema digestivo di qualche creatura, in attesa di essere rilasciati quando e dove meno ci si potrebbe aspettare. Quindi, per quanto si riesca a ridurne il numero, le piante tornano quasi sempre. Diventa un lavoro permanente controllarne la propagazione."

"Dunque non c'è soluzione," conclusi, abbattuto.

"Ci sono misure di mitigazione che possiamo implementare. Ma ci vorranno un bel po' di tempo di test approfonditi, in modo da essere certi di non danneggiare la flora o la fauna locali nel processo. Dobbiamo studiare tutti gli animali della zona, sia quelli che sono stati infettati che quelli che sembrano esserne immuni. Abbiamo risolto problemi simili in passato con dei nanobot progettati specificamente per impedire a un certo tipo di proteina di attaccarsi a specifiche cellule, impedendo loro di riprodursi e uccidere così l'organismo."

"Sembra la soluzione perfetta!" dissi, come se fosse ovvio.

"Lo sarebbe, sempre che quella cellula sia abbastanza unica da non essere presente in altre forme di vita nella zona. Non vorremmo sterminare accidentalmente altre piante o animali nel processo," spiegò.

"Giusto, non ci avevo pensato. Ecco perché sei *tu* la scienziata," dissi, scherzosamente.

Ciara sorrise. "Ognuno di noi ha le proprie competenze e il proprio scopo. Oggi sei stato fantastico. Dal modo in cui mi hai fatto sentire al sicuro durante il volo, nonostante la mia paura dell'altezza, a come hai aiutato a tranquillizzare quel povero maschio, quando altri avrebbero semplicemente risposto alla sua aggressività con la violenza. E poi, come hai gestito la missione che ti abbiamo affidato. Hai fatto molto di più, indagando a fondo e andando oltre il percorso originale concordato."

"È stato solo buon senso," dissi, con voce un po' burbera, anche se in realtà ero quasi in imbarazzo per i suoi elogi.

"Credimi, troppo spesso il buon senso è una merce rara. Non sottovalutarti. E per la cronaca, non credo che tu te ne sia accorto, ma ti sei guadagnato molto rispetto scegliendo di non avvicinarti al tempio. Ho visto lo sguardo nei loro occhi quando hai detto di essere tornato subito indietro. Non ci sono parole per descrivere quanto sono incredibilmente orgogliosa di te."

Sentii un forte calore nel petto e mi sorpresi a tendere la mano oltre il tavolo, verso di lei. Con mia grande gioia, Ciara posò la sua mano nella mia, senza nemmeno un istante di esitazione.

"Il sentimento è reciproco, Ciara. Immagino di non aver notato quello che hai visto tu, perché ero troppo occupato a notare le loro reazioni nei *tuoi* confronti. Quando siamo arrivati questa mattina, le loro aure irradiavano sfiducia e disperazione. Al mio ritorno stasera, ho visto sollievo ma soprattutto, speranza. Quello che tu e i tuoi colleghi state facendo sta salvando un'intera specie. Non ci potrebbe essere onore più grande per me che fare parte di tutto questo."

"E stai sicuramente dimostrando di essere una parte importante, in più di un modo," disse con un sorriso.

Le strinsi delicatamente la mano e accarezzai il dorso con il pollice, prima di lasciarla andare.

"Beh, ho sudato tutto il giorno. Dovrei andare a farmi una doccia," dissi, alzandomi in piedi e raccogliendo i piatti vuoti sul tavolo.

Ciara prese i piatti restanti e mi seguì al lavandino per lavarli. Svolgere insieme un compito così umile aveva qualcosa di stranamente intimo.

"Vuoi che ti aiuti a lavarti le ali?" si offrì la mia compagna, mentre finivo di asciugare l'ultimo piatto.

Il mio stomaco andò subito sottosopra e dovetti cercare di

nascondere quanto le sue parole mi avessero colpito, stampandomi in viso un'espressione giocosa e irreverente.

"Dovrei essere nudo per fartelo fare."

Lei scrollò le spalle, alzò un sopracciglio e mi guardò con fermezza. "Sì, e allora? Sono un medico. Non può esserci molto che non abbia già visto. Quindi, a meno che non ti metta a disagio, o la nudità Obosiana non sia in qualche modo letale per gli esseri umani, per me non c'è nessun problema," disse impassibile.

"Nudità letale? Questa è nuova. Ma no, vedermi svestito non ti causerà alcun danno."

"Allora, è deciso, ragazzone. Si va in doccia!"

"Ragazzone?!" esclamai, con un misto di divertimento e incredulità.

"Ho detto quello che ho detto," rispose con voce canzonatoria mentre si dirigeva impettita verso la porta sul retro.

Seguendola, mi tolsi la corazza dal petto e la posai sul bancone prima di uscire all'esterno. Si sfilò le scarpe calciandole via e aprì il rubinetto. Con mia grande sorpresa, Ciara si spogliò dei suoi vestiti, riponendoli ordinatamente in una pila accanto agli scaffali incassati su cui si trovavano gli asciugamani puliti. Quando si voltò per guardarmi, in tutta la sua gloriosa nudità, mi trovò a bocca aperta, intento a fissarla, con le mani immobili ancora sui pantaloni e le chiusure magnetiche semi aperte.

"Che aspetti? Spogliati!" disse, facendo un gesto con la mano destra per indicarmi che avrei dovuto darmi una mossa. "E non restartene lì a bocca aperta. Semplicemente, non intendo bagnarmi i vestiti mentre ti lavo le ali, e anch'io ho bisogno di farmi una doccia."

Quelle parole mi fecero riprendere dal mio stordimento e obbedii prontamente. Nonostante il suo tono e il suo comportamento diretto e pragmatico, non mi sfuggì il barlume di imbarazzo nei suoi occhi. Un miliardo di parole premevano per uscire dalla mia bocca. Avrei voluto dirle quanto fosse bella, così come avrei voluto chiederle se ciò significava che avrei dovuto lavarle la schiena a mia volta.

Una parte di me sentiva che farle notare come il suo essersi spogliata avesse cambiato la dinamica tra noi, avrebbe solo reso la situazione imbarazzante. Ma un'altra parte di me, credeva che far finta di niente avrebbe avuto un effetto ancora peggiore, come se fossimo davanti a qualcosa di così terribile che era meglio convincersi non stesse accadendo niente, invece di affrontare la situazione.

"Le mie scuse, Ciara. La tua bellezza ha abbagliato la mia mente," dissi alla fine. "Ma hai ragione. Pratico ed efficiente. Approvato!"

Anche se sbuffò e mi fece una smorfia, non mi sfuggì il modo sottile in cui le sue spalle si rilassarono. Volevo credere di aver gestito la situazione in modo adeguato.

"Queste sono solo alcune delle mie innumerevoli qualità," disse, facendosi passare i capelli sopra la spalla in un modo teatrale che mi fece ridere. "Ma grazie per averlo notato."

Mi tolsi gli stivali e poi i pantaloni, mentre venivo invaso da un'improvvisa ondata di nervosismo. Mi sembrava sciocco preoccuparmi di cosa potesse pensare del mio aspetto. Ero in ottima forma e dubitavo potesse trovare inadeguato il mio corpo. Tuttavia, sapeva che aspetto avesse un pene Obosiano? L'avrebbe eccitata o turbata?

Mi raddrizzai e mi misi di fronte a lei, con il mento sollevato in un accenno di sfida. Ciara non sembrò essere turbata o sconvolta dallo spettacolo che aveva davanti. Con incredibile audacia, lasciò scorrere lentamente il suo sguardo su di me, indugiando e con una possessività che mi fece affluire il sangue all'inguine. Sebbene innegabilmente soddisfatta, non c'era nulla di sensuale o di mera lussuria nel modo in cui mi ammirava.

"Sei davvero un maschio stupendo," disse Ciara, quasi con malinconia.

"Sono contento che la pensi così," aggiunsi, sentendomi inspiegabilmente timido.

Si sistemò rapidamente i capelli in una sola treccia, che raccolse in uno chignon, intrecciando abilmente l'estremità tra i capelli in modo che rimanesse in posizione. Il gesto fece sporgere leggermente i suoi seni sodi, attirando i miei occhi sulle areole scure e sui suoi piccoli boccioli turgidi. Sarebbero stati ancora più invitanti con un bel piercing dorato.

Come se potesse leggermi il pensiero, la mia compagna indicò le mie parti basse.

"Dal momento in cui ti ho incontrato, mi sono chiesta quanti piercing avessi e dove si trovassero," disse con voce dolce.

Abbassai lo sguardo sul mio cazzo, già mezzo eretto. Non appena aveva iniziato a spogliarsi, il mio membro si era irrigidito. Non mi dava fastidio che avesse davanti quell'innegabile prova della mia crescente eccitazione. Anche se poteva essere percepito come offensivo, credevo che l'assenza di desiderio visibile da parte mia, avendola per la prima volta completamente nuda e davanti, sarebbe stata molto più problematica.

"Posso dire senza esitazione che ogni singolo Obosiano adulto, maschio *e* anche femmina, ha almeno un paio di piercing o impianti nelle parti intime," dissi divertito.

"A giudicare dal tuo, sono molto più di un paio," disse Ciara, aggrottando il viso in un'espressione indecifrabile.

Abbassai lo sguardo sul mio pene, il mio sguardo vagò sulle due file di tre borchie rotonde su ciascun lato della mia lunghezza, vicino alla base, le barbel all'inizio dell'asta, quello sulla testa e le due borchie aggiuntive proprio sotto il glande.

"Infatti. Ne ho dieci," dissi con disinvoltura, prima di studiare i suoi lineamenti. "È qualcosa che ti infastidisce?"

Con mio sollievo, scosse subito la testa, senza esitazione.

"Niente affatto. In realtà, lo trovo piuttosto eccitante," aggiunse, con un'espressione un po' imbarazzata. "Ne hai altri?"

"Sulla lingua," risposi.

Annuì, assumendo un'espressione maliziosa. "Lo so. L'ho sentito."

Quella reazione mi fece ridacchiare, ma suscitò in me anche una forte voglia di baciarla profondamente di nuovo. Scacciando quel pensiero dalla mia mente, lasciai che il mio sguardo vagasse liberamente, e anche un po' avidamente, su quella perfezione che era il suo corpo.

"Alcuni sarebbero estremamente sexy anche su di te," riflettei ad alta voce.

Con mio grande stupore, Ciara si irrigidì immediatamente, un cipiglio le corrugò la fronte mentre scuoteva la testa.

"Per me è un no secco," disse, con un tono che non ammetteva repliche.

Considerando il suo precedente commento sul fatto che li trovasse sexy, quella risposta mi sorprese.

"Perché?" chiesi, cautamente.

"Anche se apprezzo e ammiro sinceramente le modifiche del corpo sugli altri, quando sono ben fatte, personalmente non ne voglio nessuna su di me. I buchi ai lobi per gli orecchini sono il massimo a cui posso arrivare. Non ho nulla in contrario, ma mi piace il mio aspetto fisico così com'è," disse con gentilezza, quasi facendo attenzione alla scelta di parole.

"Capisco," risposi dolcemente.

Si mosse sui suoi piedi, sembrando un po' a disagio. "Questo che ho detto…ti turba in qualche modo?"

Alzai un sopracciglio, sorpreso. "Mi turba? Per niente. Forse mi ha solo un po' deluso…ma anche questa mi sembra una parola troppo forte. Adoro l'estetica dei piercing perché è una parte intrinseca della mia cultura, ma non è qualcosa di essenziale. Alla fine dei conti, è il tuo corpo. Nessuno può decidere cosa farne tranne te. Finché sei felice, è tutto ciò che conta."

"Ma questo mi renderà meno attraente ai tuoi occhi?" insistette.

"Ciara, il tuo aspetto fisico non è l'elemento principale del tuo fascino. Lo è la luce della tua anima. E la tua mi ipnotizza. Niente potrà mai superarla. Inoltre, sei bellissima così come sei. E questo non cambierà, nemmeno tra sessant'anni, quando saremo entrambi tutti rugosi e io avrò la pancia da vino."

Lei scoppiò a ridere. "Vuoi dire la pancia da birra?"

"Sì, quello," dissi divertito. "O comunque si chiami quella pancia da donna incinta che viene ai maschi quando invecchiano, ecco."

Ancora ridacchiando, la mia compagna fissò il mio ventre piatto con un'espressione malinconica. "Mio nonno ha una pancia piuttosto impressionante che mia nonna chiama la sua sfera di cristallo. Ogni volta che le chiede qualcosa di stupido, lei inizia a strofinargli la pancia e ci guarda dentro come per trovare la risposta, prima di rispondere con qualcosa di totalmente ridicolo."

Toccò a me scoppiare a ridere mentre cercavo di visualizzare la scena. "Immagino che potremmo essere noi tra qualche anno."

Lei sorrise e scosse la testa. "Ne dubito. Ho visto degli Obosiani anziani. Restate tutti incredibilmente in forma anche in età avanzata... non che mi lamenti. Ma ora andiamo a metterci sotto la doccia."

Annuii e mi legai rapidamente i lunghi capelli in una crocchia, per evitare che di bagnarli. Non avevo intenzione di passare ore a cercare di farli asciugare naturalmente prima di andare a letto.

Ci posizionammo sotto il getto della doccia. I miei occhi si fissarono immediatamente su come l'acqua scorreva sulla sua pelle. Venni pervaso da un'irrazionale invidia, desideroso che fossero le mie mani e la mia lingua a scivolare su di lei in quel modo. Avrei voluto leccare ogni goccia che si attardava su quella seta scura che tanto ardentemente volevo esplorare.

Poiché c'era una sola saponetta, la usammo a turno, creando un po' di schiuma prima di passarcela. Guardarla strofinarsi il sapone sul corpo, specialmente sul seno e tra le cosce, me lo fece diventare duro in pochi secondi. Anche se stava facendo finta di non averlo notato, non mi sfuggì il discreto ma compiaciuto sorrisetto che si disegnò all'angolo della sua bocca.

Ma non era la sola a saper giocare.

Prendendomi il mio tempo, feci infine cenno verso la sua schiena.

"Vuoi una mano?" le chiesi.

"Sì, grazie," rispose, con uno strano bagliore nei suoi occhi castano grigiastri.

Si voltò e il mio sguardo cadde subito sulle curve del suo sedere. Che Tharmok mi prendesse! Avrebbe dovuto essere illegale che qualcosa fosse così dannatamente invitante. Non riuscivo a decidere se volessi più afferrarle le chiappe con entrambe le mani o inginocchiarmi e morderle direttamente. Sembravano chiedere di essere morse.

Cercando di controllarmi, mi costrinsi ad alzare di nuovo lo sguardo, iniziando a lavarle la schiena. Lungi dal distrarmi, quella vista mi eccitò ancora di più. La sua pelle era così morbida e calda sotto il mio tocco. Sentirla rabbrividire mentre le mie mani scivolavano lungo la schiena, da entrambi i lati, fece sussultare il mio cazzo. Nonostante i suoi tentativi di rimanere impassibile, il profumo della sua eccitazione giunse alle mie narici.

Per una frazione di secondo, pensai di osare di più e far scivolare le mani sul suo petto per stuzzicarle i capezzoli. Una parte di me credeva che non si sarebbe opposta a un simile tocco, e che forse l'avrebbe persino gradito. Ma un'altra parte di me riteneva più prudente trattenersi. Non era solo perché non volevo potesse ritenermi troppo arrogante o irrispettoso: Ciara doveva sapere che poteva fidarsi di me e che non avrei mai cercato di approfittare di lei, soprattutto in una situazione di vulnerabilità come quella.

Finito di insaponarla, lasciai cadere le mani, con molta riluttanza, e feci un passo indietro. La mia compagna si voltò immediatamente verso di me, con un'espressione indecifrabile. I suoi capezzoli tesi, dritti sull'attenti, sembravano quasi gridare con rabbia il loro disappunto per essere stati così completamente ignorati e trascurati.

Fingendo indifferenza, ripresi a insaponarmi mentre lei tornò sotto l'acqua per sciacquarsi. Con lo sguardo fisso nel suo, iniziai a lavarmi il cazzo e i testicoli, sfidandola silenziosamente a tenere gli occhi nei miei. L'espressione lasciva che scese sul suo viso mi eccitò al punto da lasciar fuoriuscire una goccia di liquido pre-seminale, fortunatamente nascosta dal sapone.

Il mio stomaco fece un triplo salto mortale quando, improvvisamente, Ciara si allontanò dall'acqua, chiudendo la breve distanza tra noi per sciacquarmi il sapone di dosso. Era così vicina che, ogni volta che inspirava, il movimento del suo petto faceva sì che i suoi capezzoli mi sfiorassero. In un attimo di quasi follia, pensai che si sarebbe chinata per baciarmi. Invece, agitò un panno che teneva in mano e che nemmeno avevo notato.

"Pronta per le tue ali," disse con voce melodiosa.

Il bagliore provocatorio nei suoi occhi mostrava chiaramente come avesse notato il mio disappunto e quanto stesse godendo del potere che aveva su di me in quel momento.

"Grazie," dissi, con voce controllata, mentre lottavo contro l'impulso di sculacciare quel suo delizioso fondoschiena.

Procedette a lavarmi le ali in modo efficiente ma fin troppo rapido per i miei gusti. La prima volta che me le aveva asciugate, Ciara si era presa il suo tempo, facendo durare quella squisita tortura a lungo, per nostro divertimento e…delusione. Era chiaro desiderasse toccarmi le ali con le sue mani nude, proprio come io avevo pregato che facesse.

Tutti questi giochetti accorti e premurosi erano decisamente fastidiosi.

Eppure, non erano realmente un problema per me. Creavano tensione e attesa. Quando il desiderio sarebbe stato finalmente soddisfatto, l'esperienza sarebbe stata ancora più speciale.

"Allora come mai un esemplare così bello di mascolinità come te è ancora single?" chiese improvvisamente Ciara, mentre mi asciugava la parte anteriore dell'ala sinistra.

Sbuffai e le lanciai un'occhiata laterale, più lusingato di quanto mai avrei ammesso.

"La risposta ovvia è che non ti avevo ancora trovata," risposi, provocandola. "Ma come puoi immaginare, vivere su Molvi rende piuttosto difficile trovare una compagna."

"Giusto. Un pianeta-prigione non sembra esattamente il posto ideale per incontrare qualcuno," commentò. Anche se il suo tono era leggero e un po' scherzoso, notai l'espressione turbata che balenò sui suoi lineamenti.

"No, infatti," ammisi, "ma non per i motivi che credi. Contrariamente a quanto pensa la maggior parte delle persone, Molvi non è solo un posto spaventoso infestato da assassini e psicopatici, nonché da un esercito di bestie sanguinarie e terrificanti. Tutto questo c'è sicuramente, ma è contenuto in ciascuno dei nostri settori. Il resto del pianeta è bello quanto la natura selvaggia che puoi ammirare qui. Abbiamo una capitale con centri commerciali, ristoranti, divertimenti, scuole e varie attività che soddisfano perfettamente le esigenze quotidiane delle persone e delle famiglie che vi abitano."

"Oh, mio Dio! Davvero?!" esclamò Ciara.

Non riuscii a trattenere un sorriso per il tono sollevato e speranzoso della sua voce.

"Sì, mia compagna. Nessun Guardiano potrebbe crearsi una famiglia se non potesse godere di una vita normale, sicura e confortevole lì. Il problema è che la maggior parte delle persone sono già sposate, o sono i figli più piccoli di quelle stesse coppie. Le scuole su Molvi possono arrivare solo fino a un certo punto e una volta che lo studente è pronto per passare a un'istruzione più avanzata, come una laurea universitaria, di solito torna su Vargos, il nostro mondo natale."

"Giusto. Ha senso, in effetti."

"Ovviamente, sono tornato spesso a casa mia e sono stato invitato a molti eventi in cui i miei genitori hanno cercato di combinarmi in qualche matrimonio", dissi, incapace di trattenermi dall'alzare gli occhi al cielo per l'irritazione, facendo così ridacchiare Ciara. "La mia gente è anche molto appassionata di feste sfarzose, in cui ostentano le loro ville e ricchezze su Molvi, offrendo anche l'opportunità di incontrare un potenziale partner. Tuttavia, nonostante tutte le comodità e la bellezza che può avere, la vita su un pianeta prigione non è per tutti".

"Deve essere molto limitante per certe professioni," concordò Ciara, spostandosi dall'altro lato per lavare la parte posteriore delle mie ali.

Mi infastidì che dovesse farlo proprio in quel momento. Avrei voluto vedere la sua faccia mentre affrontavamo quell'argomento delicato. Nel giro di un paio di settimane, o comunque speravo entro circa un mese al massimo, saremmo stati liberi di tornare alle nostre vite. Per quanto avrei voluto accontentarla in tutto, la mia situazione era tale che avrebbe dovuto essere lei a seguire me. Poteva essere il punto di rottura per la nostra relazione?

"Sarebbe un problema per te?" chiesi, dolcemente.

Sentii una stretta al petto quando non rispose subito. Mi voltai per guardarla. Con mio sollievo, non sembrava angosciata o a disagio, ma come se stesse valutando alcune cose.

"A essere sincera, non mi interessa molto dove vivo," rispose infine. "Negli ultimi anni mi sono concentrata maggiormente sulla ricerca, che posso svolgere quasi da ovunque, purché ci sia un laboratorio abbastanza avanzato. Ma anche facendo solo quello, richiede comunque dei viaggi occasionali. A volte dobbiamo stare via per alcune settimane o persino un paio di mesi."

"Possiamo farla funzionare," risposi prontamente. "Farti accedere a un laboratorio di prim'ordine non sarebbe un problema. Abbiamo già un paio di strutture di ricerca di alto livello su Molvi. Per quanto riguarda i tuoi viaggi, se Kayog e Linsea sono riusciti a dar vita a un matrimonio così felice nonostante ognuno di loro si sia recato in ogni angolo della galassia, sono sicuro che possiamo farlo anche noi."

Le sue labbra si distesero in un sorriso malinconico, il suo viso si addolcì con un'espressione sognante. "Sono così perfetti insieme. Ho visto molte coppie profondamente innamorate, anche dopo molti anni di matrimonio, ma non credo di essere mai stata in presenza di due persone in così perfetta armonia tra loro. Non sono gelosa, normalmente, ma desidero così tanto quello che hanno quei due."

"Lo avremo anche noi," dissi con convinzione. "Siamo anime gemelle."

Ciara sorrise e finì di lavarmi le ali, prima di spingermi sotto l'acqua per farmi sciacquare.

"Chi si sta occupando del tuo Settore in questo momento?" chiese, prendendo intanto un asciugamano.

"Il mio migliore amico, Kronos. È il guardiano del Settore accanto al mio. Anche mio cugino Arthas è pronto ad aiutarmi, se fosse necessario. Tuttavia, mi sento comunque in colpa per la mia assenza," ammisi imbarazzato, mentre le porgevo la mano per prenderle l'asciugamano.

Con mia sorpresa, la mia compagna ignorò la mia mano e procedette ad asciugarmi il petto. Anche se confuso, non mi opposi.

"È un problema serio? Potrebbe minare il tuo status di Guardiano del tuo Settore?" mi chiese, con un pizzico di preoccupazione.

Quella domanda mi commosse più di quanto potessi esprimere. Non avevo bisogno di essere un genio per capire che avesse delle riserve sul fatto di stabilirsi a Molvi. Al suo posto, qualcun'altra avrebbe potuto gioire al pensiero che la mia prolungata assenza potesse farmi perdere la mia posizione, in modo da non essere costretta a trasferirsi lì con me. Invece, la sua preoccupazione si era subito rivolta su di me, ed era qualcosa che la diceva lunga su di lei e il tipo di persona che era.

"No," risposi con tono rassicurante. "Ci vuole qualcosa di estremamente grave per rimuovere un Guardiano. È più che altro che detesto essere un fastidio per gli altri. Kronos ha già un bel da fare con i suoi Quadranti, per non parlare del fatto che la sua compagna umana è in avanzato stato di gravidanza del loro primo figlio. Dovrei essere lì a supportarlo e tranquillizzarlo, invece di pesargli in questo modo."

Riuscii a malapena a finire la frase, dato che il mio cervello si distrasse immediatamente quando Ciara infilò il dito indice sotto il morbido tessuto dell'asciugamano per tracciare con delicatezza il piercing sul mio capezzolo sinistro. Il modo in cui la mia compagna passava il dito intorno all'areola, non lasciava dubbi sul fatto che mi stesse stuzzicando di proposito.

Evitò deliberatamente il contatto visivo, finendo intanto di asciugarmi il petto. Poi, portò l'asciugamano in basso, fino al mio bacino. Per un attimo, mi convinsi avrebbe proseguito fino al mio sesso. Trattenni il respiro, preparandomi a quel momento, ma quella torturatrice di una donna spostò il panno di lato, sulla destra, girandomi intorno. Il sorriso compiaciuto, al limite del malizioso, che le si allungò sulle labbra, mi fece venir voglia di metterla in ginocchio e sculacciarla a dovere.

"Forse non sei un peso come pensi," disse con nonchalance, asciugandomi intanto il braccio. "Visto che è così nervoso per il loro primo figlio, potresti star facendo un favore enorme a sua moglie. Se è sempre in ansia per lei o va nel panico ogni volta che starnutisce, quella povera donna potrebbe star morendo dalla voglia di metterlo KO in modo da poter avere un po' di pace. Tenerlo occupato potrebbe essere una benedizione per lei."

Sbuffai e annuii lentamente. "Sì, Malaya potrebbe avergli urlato contro una o due volte, dicendogli che era solo incinta e non invalida," risposi ridacchiando.

"Visto?" disse Ciara trionfante. "Ma capisco quel che dici.

Anch'io detesto quando il mio carico di lavoro finisce per essere scaricato su qualcun altro perché le circostanze mi rendono impossibile gestirlo da sola."

Involontariamente, dalla mia gola sfuggì un leggero ringhio, simile a fusa, quando Ciara iniziò ad asciugarmi la schiena. Probabilmente aveva sfregato accidentalmente quel punto sensibile proprio nell'angolo superiore vicino alla spina dorsale, dove l'ala si univa alla schiena. A essere preciso, non lo avrei definito propriamente un punto erogeno, eppure sfregare il muscolo situato lì era sempre stato molto piacevole. Non era il tipo di piacere da raggiungere l'orgasmo, ma di quelli in grado di rendere rilassati e soddisfatti come durante un massaggio completo.

"Oooh! Qualcuno qui ha gradito..." disse Ciara compiaciuta.

"Assolutamente sì," dissi, con voce profonda. "È il mio punto debole. È estremamente rilassante farsi massaggiare lì."

Ciara sbuffò. "Beh, non lo avevo capito..."

"Cosa intendi?' chiesi, con voce fin troppo innocente che non la ingannò affatto.

Con mio grande stupore e piacere, mi massaggiò quel muscolo a mani nude, scatenando un brivido lungo la mia schiena, seguito da un altro mugolio, quella volta più simile a un gemito. La mia compagna ridacchiò, continuando a massaggiarmi per qualche altro secondo. Quando smise, quasi mi lamentai.

"Punto debole debitamente annotato. Aspettati che ne abusi spudoratamente per farti cedere a qualsiasi richiesta irragionevole possa avanzare in futuro," disse, con un sorriso impenitente.

Scoppia a ridere. "Per quello, sì, probabilmente ti darei la mia stessa anima."

Anche lei si mise a ridere e riprese ad asciugarmi l'ala.

"Ma tu, Ciara? Perché una donna così bella, intelligente e di successo come te è ancora single?" le chiesi.

"Ero fidanzata con un coglione che si è preso gioco di me per molto tempo. Dopo averlo scaricato, sono diventata molto più esigente," rispose, liquidando rapidamente la questione. "Ho prestato maggiore attenzione ai segnali che indicavano se la persona potesse essere un narcisista o uno che volesse usarmi e basta. Per quel che vale, mi sono imbattuta anche in alcuni uomini decenti, ma mancava sempre qualcosa. Entrare in una relazione che era destinata a fallire fin dall'inizio mi sembrava inutile, quindi restare single è stata la soluzione più semplice."

"Per quanto mi dispiaccia che ti sia stato fatto del male, sono contento che quell'idiota abbia mostrato il suo vero volto prima di poter reclamare ciò che era mio. Avrei infranto persino la legge per sbarazzarmi di lui," dissi in con decisione.

"Amreth!" esclamò Ciara, con indignazione mista a una buona dose di meraviglia e divertimento.

La guardai da sopra le mie spalle con un'espressione impenitente. "Sembra che trovare una compagna abbia sbloccato il mio lato oscuro."

"Così sembra... Ed è piuttosto sexy," sussurrò, sorridendo.

Aprii la bocca per rispondere, ma mi uscì solo un sussulto di stupore. Con gli occhi fissi nei miei, passò l'asciugamano sul mio sedere. Mi sollevò la coda, pulendola per tutta la lunghezza, stringendone poi la punta con la mano prima di scivolare di nuovo verso il basso, come se stesse accarezzando il mio cazzo. Deglutii a fatica mentre tornava sulla mia natica destra. Spostandosi di lato, Ciara tornò a mettersi di fronte a me, procedendo ad asciugarmi la coscia destra. Trattenni il respiro mentre strofinava con sempre più audacia l'asciugamano sul mio pene. Le mie labbra si aprirono e inspirai bruscamente quando lo avvolse con entrambe le mani per pulirlo interamente. Odiavo quell'asciugamano tra di noi, che mi privava del contatto diretto con lei. La mia compagna si prese poi tutto il tempo necessario per dedicarsi anche alle palle, approfittando per stringerle e senza sforzarsi di nasconderlo più di tanto.

Le mie zanne bruciavano per il bisogno di affondare nella tenera carne del suo collo e legarla a me.

Lungi dall'essere soddisfatta, Ciara ruppe infine il contatto visivo mentre si accovacciava lentamente davanti a me. Mi asciugò con cura le gambe, una alla volta, con lo sguardo fisso sul mio membro. Un lampo di fuoco esplose nella bocca del mio stomaco mentre lo esaminava da vicino. Non erano i miei piercing a catturare la sua attenzione, ma le scaglie a "V" che ricoprivano la parte superiore del mio pene e le morbide sporgenze che ne ornavano i lati. Si avvicinò così tanto che, per una frazione di secondo, credetti che avrebbe davvero premuto la bocca su di esso.

Con mio sgomento, quella perfida donna alzò lo sguardo verso di me, con un sorriso malizioso e uno scintillio provocante negli occhi.

"Molto carino," disse provocatoriamente, raddrizzandosi lentamente.

Un miliardo di pensieri vorticavano nella mia mente e anco più parole mi bruciavano sulla punta della lingua. Ma qualcosa scattò dentro di me quando i suoi capezzoli duri sfiorarono ancora una volta il mio petto. Scattando, veloce come un serpente all'attacco, la mia mano destra le afferrò i capelli sulla nuca, come mossa da una volontà propria, e avvicinò il suo viso al mio. La mia coda la avvolse possessivamente, stringendo il suo corpo contro il mio.

Mi resi conto che la stavo baciando quando la mia bocca premette brutalmente contro la sua in un bacio vorace. Mi accorsi vagamente del morbido fruscio del tessuto quando l'asciugamano cadde a terra mentre Ciara avvolse le sue braccia intorno al mio collo. La sollevai, con entrambe le mani dietro le sue cosce, e lei strinse le gambe intorno alla mia vita. Il mio cazzo gonfio pulsava contro il suo ventre mentre approfondivo il bacio. Infilò le dita tra i miei capelli, sciogliendo il nodo improvvisato in cui li avevo sistemati. I capelli ricaddero sulle mie spalle e lei li raccolse sulla mia nuca, stringendoli con entrambe le mani.

Sostenendola con una mano dietro le cosce, le accarezzai la schiena con l'altra. La sua pelle era ancora leggermente umida, dato che non si era asciugata dopo che ci eravamo sciacquati. Ma a me non importava, e nemmeno a lei.

Ruppi il bacio e incrociai lo sguardo con quello della mia donna. Non ci fu bisogno di parole. Lei sorrise, stringendo ancora di più la presa sui miei capelli. Le sorrisi anch'io e reclamai di nuovo le sue labbra. Petto contro petto, la riportai all'interno della casa.

CAPITOLO 12
AMRETH

Ogni passo che ci avvicinava alla nostra stanza incendiava sempre più il sangue nelle mie vene. Un desiderio ardente aveva creato come una pozza di lava ribollente nella bocca del mio stomaco. Non capivo come avesse potuto infiammarmi così facilmente. Avrei voluto dedicare a Ciara un lungo corteggiamento, ma in quel momento, tutto ciò a cui riuscivo a pensare era quanto disperatamente desiderassi perdermi in lei, sentire ogni centimetro del suo corpo avvolto intorno al mio, il suono dei suoi gemiti nelle mie orecchie e il sapore del suo piacere sulla mia lingua.

Tenendola ancora premuta a me, sostenendola con un braccio dietro le sue cosce, aprii senza nemmeno guardare la porta della camera da letto con la mano libera. Ciara mi accarezzava avidamente il petto e il fianco, rendendo ancora più difficile formulare qualsiasi pensiero razionale. Volevo... avevo bisogno di più.

Non ero mai entrato in quella stanza prima di allora. Come Guardiano e Guerriero Obosiano d'Elite, il mio primo istinto avrebbe dovuto essere quello di esaminare rapidamente l'ambiente circostante, per valutare ogni potenziale minaccia e i dettagli tattici che avrei potuto utilizzare per difendermi o attaccare in caso ci fossero stati problemi. Tuttavia, avevo occhi solo per il grande letto posto al centro della parete di fondo.

Continuando a baciare la mia compagna, mi diressi subito verso il letto, prima di adagiarla con delicatezza sul morbido materasso. Quando cercai di raddrizzarmi, Ciara strinse le mie spalle, attirandomi più vicino a lei. Sorrisi, premuto contro le sue labbra, e mi arresi alla sua richiesta. Salii sul letto e sopra di lei. La mia compagna allargò le gambe, in modo che potessi sistemarmi tra di esse. Sostenendo il mio peso con l'avambraccio sinistro, appoggiato sul materasso, interruppi il bacio e le sfiorai tutto il viso con le mie labbra, soffermandomi in particolare su quella bellissima corona sulla fronte.

Avvolgendo il lato del suo collo con la mano destra, le sollevai il mento con il pollice, esponendo l'arteria palpitante in cui le mie zanne desideravano tanto affondare. Invece, mi limitai a baciarle il collo, succhiando la tenera carne nell'incavo, proprio prima che curvasse unendosi alla spalla. Il sospiro di piacere di Ciara risuonò direttamente nel mio cazzo. Scesi fino al suo petto in una scia di morbidi baci, con l'acquolina in bocca mentre mi avvicinavo al premio che mi aveva stuzzicato per quella che mi era sembrata un'eternità.

Mi attaccai al suo bocciolo nodo duro, succhiandolo e leccandolo voracemente come un uomo affamato. La mia compagna mi ricompensò con un gemito voluttuoso e un brivido che la percorse quando le pizzicai e le stuzzicai il capezzolo sinistro con le dita.

Alzando la testa per guardare il bellissimo viso di Ciara, evocai il mio Lumiak nel mio dito indice e lanciai una piccola scarica elettrica sulla parte inferiore del suo capezzolo. La mia compagna gettò immediatamente la testa all'indietro, gridando. Un violento spasmo scosse il suo corpo e i suoi muscoli addominali si contrassero diverse volte. Con il fiato corto, alzò la testa per guardarmi, scioccata.

Le rivolsi un sorriso compiaciuto, mostrando le zanne per

apparire leggermente minaccioso. Usato con la giusta intensità e nel posto giusto, il nostro Lumiak poteva inviare un'esplosione di piacere così intensa da sfiorare l'orgasmo, senza però raggiungerlo del tutto... Beh, a meno che non venisse usato direttamente sul clitoride.

Con lo sguardo ancora fisso sul suo, tirai fuori la lingua, allungandola lentamente. Rimase a bocca aperta quando la punta superò il mio mento, scendendo fino alla mia giugulare. Venne scossa da un altro brivido. Il mio sorriso si allargò e i suoi occhi scintillarono quando abbassai di nuovo la testa per leccare lentamente lungo il suo ventre piatto, diretto verso il mio premio più grande.

Il delizioso profumo del suo sesso faceva pulsare il mio cazzo per il desiderio. A ogni secondo che passava diventava più forte, di pari passo con la sua eccitazione. Trovare i petali della mia donna già bagnati per me alimentò le fiamme del braciere che ardeva nel mio profondo. Erano della più adorabile tonalità di rosa e marrone scuro, con un accenno di viola. Anche se il suo clitoride gonfio implorava la mia attenzione, il bisogno di assaggiare la mia compagna era troppo impellente.

Stuzzicai la sua fessura con la punta della lingua, più appuntita di quella di un essere umano. Ciara sussultò e la sua mano sinistra si chiuse intorno al mio corno destro principale. Quel tocco scatenò immediatamente un lampo di lussuria nel mio inguine. Volevo che afferrasse entrambi i corni primari e li tirasse. Ma potevo aspettare. Non mi restava che pregare che lo facesse, una volta che fossi stato dentro di lei fino alle palle.

Infilai la lingua nella sua fessura. Il sapore acre della sua essenza infiammò i miei lombi. Un ringhio di approvazione vibrò nella mia gola mentre premevo la bocca contro il suo sesso e affondavo ancora di più la lingua. Un grido soffocato sfuggì a Ciara, e la sua mano destra si strinse intorno al mio altro corno. Il mio cazzo doleva e palpitava per il bisogno di reclamarla, ma mi concentrai sul banchetto davanti a me.

Il suono dei suoi gemiti nelle mie orecchie mentre iniziavo a scoparla con la lingua era come una melodia squisita. Le sue pareti interne erano così calde e morbide che immaginare come si sarebbero sentite attorno alla mia lunghezza mi stava facendo impazzire. Accelerai i movimenti della mia lingua, prima dentro e poi fuori. Per aumentare il suo piacere, mi assicurai di strofinare sistematicamente il mio piercing linguale contro il sensibile fascio di nervi del suo punto G.

In pochi secondi, Ciara iniziò a dimenarsi per i fianchi, stringendo ancor di più la presa attorno alle mie corna. Non era forte quanto avrei voluto, ma ogni strattone involontario che tirava, risuonava direttamente nel mio cazzo. Solo quando le sue gambe iniziarono a tremare intorno al mio viso, decisi di dare finalmente al suo clitoride l'attenzione che meritava.

Senza smettere di divorare la sua stretta guaina con la lingua, le massaggiai il piccolo nodo con il pollice. Lo avevo a malapena sfiorato quando la mia donna esplose. Gridò, il suo corpo completamente preso dall'estasi che la stava travolgendo. L'essenza di Ciara si riversò sulla mia lingua e ne gustai avidamente ogni goccia. Il mio pollice e la mia bocca la fecero volare ancora in alto per altri lunghi attimi. Infine, rallentai il ritmo delle mie attenzioni e alzai la testa per guardarla.

La mia compagna sembrava un po' stordita, con le labbra socchiuse mentre respirava pesantemente. Il rapido movimento del suo petto attirò nuovamente la mia attenzione sui suoi seni sodi. Per quanto volessi sprofondare dentro la mia compagna e sentire il suo orgasmo sul mio cazzo, non avevo finito di giocare con lei.

Mi inginocchiai tra le cosce della mia donna e le divaricai le gambe, lasciandola completamente nuda ed esposta al mio sguardo possessivo. Che Tharmok mi fulminasse! Era mozzafiato, e... mia. Tutta mia. L'avrei fatta urlare il mio nome più e più volte prima del sorgere del sole.

Ciara sbatté le palpebre, colta di sorpresa da un movimento

improvviso ai margini della sua visuale, per poi rendersi conto che si trattava della mia coda che si univa alla festa. Spalancò gli occhi, guardandola risalire sul suo ventre per infine strisciare sui suoi seni, stuzzicando i suoi boccioli tesi e induriti. Sussultò, trattenendo per un attimo il respiro, quando la coda riprese il suo viaggio verso l'alto e si avvolse intorno al suo collo. Appoggiando entrambi i palmi sul materasso, ai suoi lati, mi sporsi in avanti per studiare i suoi lineamenti mentre iniziavo a stringere la presa con la coda, costringendo leggermente le sue vie respiratorie.

Alterai la mia visione per esaminare la sua aura, alla ricerca di qualsiasi segno di sofferenza o disagio. Venni quasi accecato da un ipnotizzante e meraviglioso arcobaleno di colori, che mi fece venire immediatamente l'acquolina in bocca per il bisogno di assaporare la sua energia. Ci volle tutta la mia forza di volontà per non cedere alla tentazione di banchettare immediatamente con le sue emozioni.

Pur mantenendola avvolta intorno al collo di Ciara, allentai la presa della coda, ma solo per spingere la punta verso la sua bocca. Senza bisogno che le dicessi nulla, la mia compagna aprì immediatamente le labbra per accoglierla. Un ringhio basso e animalesco vibrò nel mio petto mentre lei cominciava a succhiare lascivamente, facendomi bruciare di desiderio.

Mostrandole le mie zanne, serrai la mano destra intorno al mio cazzo, stringendone la base quasi dolorosamente per reprimere e bloccare il suo bisogno di eruttare. Ogni movimento della sua testa mentre si dedicava alla mia coda risuonava direttamente nel mio inguine. Quando la mia donna fece roteare la lingua intorno alla punta, quasi mi sembrò di sentirla sul mio glande. Cazzo, se l'avessi lasciata continuare, ero sicuro che Ciara sarebbe stata in grado di farmi venire solo con quello. Temevo mi avrebbe fatto crollare velocemente se fosse stato il mio cazzo a ricevere tutte quelle attenzioni.

Sussultò, quasi indignata quando improvvisamente tirai via la mia coda dalla sua bocca. Tentò di dire qualcosa per opporsi, ma strinsi la presa sul collo, con volto serio e impassibile, indicandole che doveva fare la brava con me e basta. Per una frazione di secondo, mi preparai alla possibilità che si ribellasse. Non volevo una vera e propria sottomessa, dato che non mi consideravo un Dominatore nel senso tradizionale del termine; tuttavia, per quanto mi piacesse avere il controllo in camera da letto, non ero uno a cui dispiaceva un occasionale scambio di potere se la mia compagna preferiva prendere l'iniziativa.

In quel momento, però, volevo fare a modo mio con lei, cosa che richiedeva la sua completa sottomissione. Ovviamente, avrei desistito e rallentato se lei avesse mostrato chiaramente la sua contrarietà o si fosse opposta. Potevo solo sperare che non lo facesse.

Sentii un sollievo al cuore quando, improvvisamente, Ciara si rilassò completamente, arrendendosi a me.

"Brava piccola," sussurrai, mentre allentavo la presa della coda prima di ritrarla completamente. "Ora mi nutrirò di te, Ciara."

Il mio tono era quasi minaccioso mentre pronunciavo quelle parole. Ancora una volta, volevo il suo consenso. Tecnicamente, avrei potuto farlo senza che lei se ne accorgesse, e ciò non avrebbe comportato alcuna reazione o disagio in lei. Tuttavia, lo avrei percepito troppo come una violazione, sia del corpo che della fiducia che aveva riposto in me.

Con mia grande gioia, si passò la lingua sulle labbra, in un modo che lasciava intendere chiaramente che avesse grandi aspettative. Osservai le sue mani mentre mi accarezza il petto, con il suo pollice che stuzzicava il mio capezzolo destro. I suoi palmi erano come braci ardenti sulla mia pelle, e ne sentivo il calore fino alle ossa. Posai le mie mani sulla sua vita, accarezzando il suo corpo fino ad arrivare al seno, invocando intanto il mio Lumiak. Sussultò quando i viticci elettrici le accesero e incendiarono tutte le terminazioni nervose, una piacevole sensazione accentuata da piccole esplosioni di piacere quando sfioravo con la mia elettricità le sue zone erogene.

Prima che potesse abituarsi completamente alle mie piacevoli attenzioni, emanai onde, a mano a mano più crescenti, del mio *bakaan*. L'intensità della mia aura agì come una dose di ecstasy liquida iniettate direttamente nelle sue vene. In pochi secondi, Ciara iniziò a gemere e contorcersi sul letto per il piacere contrastante del mio *bakaan* e del Lumiak. Inarcò la schiena sul materasso, poi si aggrappò ai miei avambracci con forza tale da potermi lasciare dei lividi, non appena la punta della mia coda si fece strada tra le sue cosce.

Come previsto, risultò ben più stretta rispetto a quando l'avevo esplorata solo con la mia lingua, così approfittai spudoratamente di quel momento non solo per darle piacere, ma anche per prepararla a ricevere l'ancor più grande circonferenza del mio cazzo. Per i denti di Tharmok, era davvero meravigliosa. La sua aura irradiava come un caleidoscopio di luci scintillanti, avvolgendola con un alone ipnotizzante di colori mentre gemeva di piacere.

I miei occhi brillarono quando iniziai a nutrirmi di lei, poi si girarono all'indietro mentre venivo travolto dal suo sapore divino. Cazzo! Era come bere dalla fontana degli stessi dèi. Banchettai delle sue emozioni, inondandola ancora più intensamente con il mio *bakaan* per aumentare il suo piacere, mentre la mia coda la penetrava senza sosta.

Il grido acuto di estasi di Ciara mi strappò da quell'ebbrezza di piacere. La sua testa scattava da un lato all'altro mentre, ancora una volta, volava fino al suo apice. Anche quando smisi di nutrirmi, le mie zanne bruciavano dal desiderio di affondare nel suo collo, iniettarle la mia essenza e persino bere un po' del suo sangue. Non era più una cosa che la mia gente faceva spesso, ma a volte ci lasciavamo andare ai nostri impulsi più primordiali, soprattutto in momenti di emozioni travolgenti come quello.

Lasciai che il mio *bakaan* e il Lumiak scemassero via e sfilai la coda dalla mia donna... solo per sostituirla con le mie dita. Mentre lei continuava a volare sulle ali della beatitudine, baciai e accarezzai Ciara, preparandola intanto ad accogliermi con la mia mano destra.

Quando tornò in sé, sfilai le dita da lei, leccandole per assaporare la sua essenza, poi mi sistemai con attenzione sopra la mia compagna. Avvolse le braccia intorno a me, l'aria di meraviglia nei suoi bellissimi occhi castano grigiastri, diventanti quasi neri talmente erano scuriti dalla passione, mi sciolse completamente. Ovviamente, non poteva essere amore. Ci conoscevamo appena. Tuttavia, mi diede un assaggio del tipo di legame che sarebbe sbocciato tra noi nel tempo.

Non vedevo l'ora.

"Mia Ciara," sussurrai teneramente mentre le spostavo dolcemente una ciocca di capelli umidi dalla fronte. "Mi vuoi, mia compagna?"

"Sì," sussurrò lei, con la voce un po' roca per le grida. "Ti voglio, Amreth."

Sorrisi, lasciando trasparire la tenerezza e la passione che aveva risvegliato in me, prima di reclamare le sue labbra. Facendo scivolare una mano tra di noi, allineai il mio cazzo con la sua apertura e cominciai delicatamente a spingere. Nonostante quanto l'avessi fatta bagnare e quanto fosse rilassata in quel momento, il suo corpo oppose immediatamente resistenza. Me lo aspettavo, ma ciò non rendeva meno ardente la mia impazienza di essere tutt'uno con la mia anima gemella.

Facendo appello al controllo acquisito in anni di rigoroso addestramento per diventare un Guardiano, mi sforzai di mantenere un ritmo lento, spingendomi dentro di lei con colpi attenti e poco profondi. Per tutto il tempo, le sussurrai dolci parole di incoraggiamento, la baciai e la accarezzai. La mia Ciara ricambiò ogni tocco con la stessa passione.

E poi, ecco che diventammo una cosa sola.

Le sue unghie si conficcarono nella parte bassa della mia

schiena quando iniziai a farmi strada dentro di lei. La sua stretta sul mio cazzo minacciava di farmi venire ad ogni spinta. Sebbene fossero pensate per procurare sensazioni extra alla nostra femmina, le punte che rivestivano i lati del mio pene erano altamente erogene. Il modo in cui le sue pareti interne le stringevano quando entravo e uscivo da lei, scatenava scintille di piacere in tutta la mia regione inferiore e lungo le mie gambe.

Avvolto dal calore bruciante del suo corpo, cedetti gradualmente alla passione che aveva risvegliato in me. Mentre aumentavo il ritmo, sempre più veloce, profondamente e più forte, la mia compagna sollevò il bacino, venendomi incontro spinta su spinta. Un fuoco infernale infuriava dentro di me. Non ne avrei mai avuto abbastanza di lei, del modo febbrile in cui mi accarezzava e mi graffiava, della dolcezza della sua lingua che si mescolava alla mia e del suono del suo piacere.

Ma soprattutto, il sapore di quel piacere...

Ancora una volta, banchettai con ingordigia delle sue emozioni. La mia mente mi urlava di fermarmi, ma non potevo farlo: era troppo bello, troppo divino. Una quantità folle di energia mi attraversò. La mia pelle sembrava sul punto di esplodere per l'eccesso di potere datomi dal nutrirmi di lei. Avrei voluto essere dentro di lei, avvolgerla, prendere tutto della mia compagna e unirla a me. Nessun inizio, nessuna fine, io e Ciara completamente intrecciati come una cosa sola.

Dopo pochi secondi, stavo ormai martellando in lei. Le mie ali si spiegarono, desiderose di spiccare il volo con la mia compagna per completare il nostro legame. Temevo vagamente che i miei istinti selvaggi avrebbero preso il sopravvento e l'avrebbero reclamata irrevocabilmente, senza il suo consenso, nel mio bisogno rabbioso di renderla mia per sempre. Ma stavo annegando in un vortice troppo potente di emozioni e beatitudine, tanto che nemmeno mi accorsi dell'imminente orgasmo di Ciara.

Improvvisamente gridò, le sue unghie affusolate mi graffiarono selvaggiamente la schiena mentre veniva travolta dal suo orgasmo. Le sue pareti interne che stringevano il mio cazzo mi strapparono la mia stessa liberazione. Gettando la testa all'indietro, ruggii e lo sbattei in profondità nella mia donna. Il mio seme eruttò con una violenza che mi lasciò stordito. Schizzò dentro Ciara, in potenti getti di estasi liquida. Tutto il mio corpo tremava mentre, ancora sepolto in profondità dentro di lei, strofinavo il bacino contro il suo fino a quando non esaurii completamente il mio seme.

Devastato, crollai sul letto accanto a lei e mi rotolai sulla schiena, trascinandola con me. Respirava pesantemente, con la testa appoggiata sul mio petto. Avvolsi la mia coda e le mie braccia intorno al suo corpo snello, coperto da un sottile strato di sudore. Venne scossa da un leggero brivido, che la ricoprì di pelle d'oca. Avvolsi le ali intorno a lei per tenerla al caldo e al sicuro... e ancor più vicina a me.

"Sei mia, Ciara. Ora e per sempre," sussurrai.

Si accoccolò ancor più contro di me, dandomi un bacio delicato sul petto. "Così come tu sei mio," sussurrò in risposta.

Sorrisi.

CAPITOLO 13
CIARA

L e mani di Amreth che vagavano su di me mi svegliarono dal mio sonno profondo. Anche se ancora deliziosamente dolorante, mi sarei lanciata volentieri in un'altra sfrenata sessione insieme a lui. Il mio uomo non esagerava quando aveva detto che il sesso con lui sarebbe stato oltre ogni possibile aspettativa. Dire che aveva fatto cantare ogni parte più intima di me non sarebbe stato nemmeno lontanamente vicino a rendergli giustizia.

L'audacia con cui avevo dato inizio a tutto quello tra di noi ancora mi sconvolgeva. Certo, non era una puritana, ma nemmeno il tipo di donna pronta a saltare subito a letto con un nuovo partner. Naturalmente, quello tra me e Amreth era un legame molto più forte rispetto a quello che avremmo potuto avere con un'altra persona. Eravamo anime gemelle. Tuttavia, ciò non significava che dovessimo affrettare le cose.

Il mio cervello iper-analitico continuava a cercare di razionalizzare perché l'avessi fatto, nonostante non fosse qualcosa di cui mi pentissi. Ovviamente, avere un uomo così bello, pronto e disponibile a scopare con me era stata una tentazione difficile da resistere. Tuttavia, per quanto eccitata potesse rendermi, non era stata la mia libido a controllare le mie azioni. C'era qualcosa di più di un'attrazione animale tra di noi. Inoltre, mi ero subito resa conto che, per quanto Amreth rientrasse perfettamente nella descrizione di un vero maschio alfa, era stato estremamente rispettoso e protettivo.

Più di una volta avevo percepito il suo desiderio di spingersi un po' oltre o di provocarmi ancora di più. Tuttavia, si era sistematicamente trattenuto, rendendo chiaro ed evidente che mi avrebbe lasciato impostare il ritmo che fosse più confortevole per me. Avevo davvero apprezzato che cercasse costantemente la mia approvazione e il mio consenso ad ogni passo in più che facevamo. Anche quando era diventato più dominante e aveva preso il controllo completo, non mi ero mai sentita minacciata o costretta in alcun modo. Sapevo, con assoluta certezza, che una sola parola sarebbe bastata a farlo desistere dal perseguire qualsiasi cosa potesse farmi sentire a disagio.

Il modo in cui mi baciava, toccava e parlava, mi aveva fatta sentire al sicuro e adorata. Mi stavo innamorando perdutamente del mio Incubo.

Con molta riluttanza, alla fine rotolammo giù dal letto e andammo a farci una doccia insieme. Mentre ci sistemavamo a tavola per consumare la generosa colazione che i Kreelar ci avevano portato, Amreth fece una smorfia guardando il cibo. Considerando la notevole quantità di carne che quella volta ci avevano fornito, la sua reazione non aveva alcun senso.

"Cosa c'è che non va?" chiesi, confusa.

Vedere le sue orecchie appuntite da elfo scurirsi e il suo viso assumere un'aria imbarazzata stuzzicò ancora di più la mia curiosità.

"Non ho fame," borbottò.

"Che vuol dire che non hai fame? In tutti questi giorni sembravi un pozzo senza fondo!" esclamai. "Considerando lo sforzo di ieri sera, poi, o forse dovrei dire fino a stamattina, dovresti essere affam..."

La mia voce si spense e i miei occhi si spalancarono per l'improvvisa comprensione, mentre il suo viso si scuriva ulteriormente. Nonostante i miei sforzi, non riuscii a trattenermi dallo scoppiare a ridere alla vista della sua espressione mortificata.

"Qualcuno ha fatto indigestione...banchettando un po' troppo della sua compagna?" chiesi, prendendolo in giro.

La faccia scontrosa che assunse fu tutta la risposta di cui avevo bisogno. Risi ancora un po', mentre compassione, divertimento e una buona dose di compiacimento si posavano in me in egual misura.

"È colpa tua perché hai un sapore dannatamente buono," brontolò.

"Mi dispiace... Beh, non proprio. Ma dubito che ci sia qualcosa che possa darti per calmare il tuo stomaco," dissi con tono malizioso.

"Non è il mio stomaco," disse, con lo stesso tono scontroso di prima. "È per l'energia immagazzinata dentro di me, che mi fa sentire la pelle sul punto di scoppiare. Tecnicamente, è paragonabile alla sensazione di uno stomaco troppo pieno, ma come se fosse diffuso in tutto il corpo."

"Ahi," dissi, con sincera compassione quella volta. "C'è un modo per alleviare questo problema?"

Annuì. "Ho solo bisogno di spendere un po' dell'energia che ho immagazzinato in modo da fare spazio. Normalmente, mi sbarazzo di quella in eccesso caricando i cristalli energetici dei vari Quadranti dei miei detenuti. Devo solo uscire e scaricarne un po'."

"Perché non l'hai fatto quando siamo andati fuori per fare la doccia?" chiesi, con sincera curiosità.

"Perché dubito che i nostri ospiti avrebbero apprezzato vedere uno sciame di fulmini venir sparato nel cielo sopra il loro villaggio," rispose Amreth, divertito.

Sbuffai, immaginandomi la scena. Sì, i Kreelar non lo avrebbero trovato affatto divertente, soprattutto se davvero avesse dovuto scaricare una gran quantità di energia. Avevo visto quanto impressionanti potessero essere le scariche elettriche degli Obosiani a livelli letali. Era uno spettacolo veramente terrificante.

"Chiederò a Vala di farmi allontanare un po' dal villaggio per farlo."

"Buona idea," risposi con un sorriso.

Pochi istanti dopo, come in risposta al suo proposito, Vala passò per informarci che i Kald delle altre tribù avevano acconsentito a permetterci di viaggiare liberamente nel loro territorio, compresi i loro villaggi, a bordo della nave di Amreth. Il mio compagno non ebbe bisogno di farselo dire due volte.

Lo accompagnai fuori. Mi diede un bacio prima di tornare alla sua nave per prendere un piccolo shuttle che avremmo usato come laboratorio da campo. Prima, però, intendeva andare a raccogliere delle bacche nella foresta e avrebbe fatto tappa a Bryst per lasciarle a Mehreen ed Ernst. In tal modo, avrebbero potuto testarle e analizzarle a fondo nel laboratorio dove disponevano dell'attrezzatura adeguata.

Scoppiai di nuovo a ridere quando dei lampi iniziarono a illuminare il cielo in lontananza, nella direzione verso cui era partito. Era sciocco, carinissimo e incredibilmente lusinghiero. Amreth non mi sembrava il tipo da indulgere troppo nelle cose o da cedere a qualche dipendenza: che le mie emozioni fossero state così deliziose per lui da non potersi trattenere, al punto da sentirsi male, era il più grande complimento che potesse farmi.

Sospirai malinconica, e mi diressi verso l'ufficio nella sala riunioni del villaggio per avviare una chiamata con Mehreen ed Ernst utilizzando il sistema di comunicazione radio dei Kreelar. Mi sembrava così strano, come se fossi stata teletrasportata in un futuro distopico in cui la società era tornata ai vecchi tempi perché la maggior parte della tecnologia era stata cancellata dal pianeta. Era ancora più strano che la chiamata non fosse in video. Situazioni come quella mi ricordavano quanto i progressi tecnologici rendessero tutto eccessivamente facile, e come spesso dessimo per scontate tante comodità, non apprezzandone più veramente i benefici che apportavano fino a quando non le perdevamo.

"Abbiamo fatto grandi progressi qui," disse Ernst con orgoglio. "Tutti i nostri test hanno confermato che è effettivamente l'estrogeno a uccidere più velocemente le femmine. Come sai, interagisce con l'ippocampo e la corteccia prefrontale per aumentare la sinaptogenesi."

Prima ancora che terminasse il discorso, finalmente compresi esattamente cosa stesse succedendo.

"Ma certo!" esclamai. "La malattia causa le mutazioni cerebrali che conferiscono loro quei poteri psionici. Dato che gli estrogeni stimolano la formazione di nuove sinapsi, il cervello delle femmine muta troppo velocemente!"

"Esatto, e con queste nuove sinapsi aumenta l'attività dei neurotrasmettitori. Il problema è che i prioni interrompono la normale funzione dei neuroni, cosa che porta a una sintesi errata e a sinapsi danneggiate. I loro corpi ne vengono sopraffatti prima che abbiano la possibilità di reagire, e ciò porta i soggetti alla morte," disse Mehreen. "Abbiamo eseguito alcuni test e simulazioni che dimostrano come ormoni antagonisti di rilascio delle gonadotropine funzionano su di loro come sugli esseri umani e impediscono alle loro ovaie di rilasciare estrogeni."

Aggrottai la fronte. "Fantastico, ma è sufficiente?"

"Aumenterà significativamente le loro possibilità di sopravvivenza, soprattutto se diamo loro gli ormoni GnRH antagonisti appropriati. Potrebbe essere necessaria una stasi parziale per aiutare i soggetti in cui la malattia è già progredita troppo. Ma se presa in tempo, la somministrazione di antagonisti GnRH alle femmine porterà le loro probabilità di sconfiggere la malattia a livelli paragonabili a quelli dei maschi."

"Ottimo lavoro!" dissi, sorridendo. "Amreth passerà da Bryst nel giro di un paio d'ore. È andato a prendere la navetta e coglierà delle bacche lungo la strada che poi lascerà a voi. Per favore, dategli degli antagonisti GnRH in modo che possa somministrarli alle femmine presenti qui che ne hanno bisogno."

"Certamente," disse Ernst, con voce colma di entusiasmo. "Ho già iniziato a fare delle ricerche su un modo per sradicare definitivamente le fragole da queste parti. Ma i miei test sono basati sulle specie della Terra. Non vedo l'ora di mettere le mani su quelle locali."

"Io, invece, sto cercando dei modi per rendere i Kreelar immuni, o quantomeno per attenuarne significativamente gli effetti. Tra le due opzioni, dovremmo essere in grado di trovare una soluzione praticabile," disse Mehreen.

"Perfetto. Appena Amreth tornerà qui, andremo direttamente nella foresta per studiare il terreno, la flora circostante e gli animali che si nutrono di essa. Spero di riuscire a ottenere dati utili."

"Mi sembra un buon piano," rispose Mehreen con entusiasmo.

Chiacchierammo ancora un po' prima di concludere la chiamata. In attesa di Amreth, andai a controllare i pazienti. Con mio sollievo, il trattamento che gli avevamo somministrato stava funzionando, almeno per il momento. Ovviamente non era una cura, ma impediva ai prioni di riprodursi. A meno che non riuscissimo a trovare una cura definitiva, cosa che rimaneva ancora molto incerta, non ci sarebbe stata alcuna guarigione miracolosa. Tutto quello che potevamo fare era fornire un protocollo antagonista agli infetti per rallentare la progressione della mutazione abbastanza a lungo da permettere al loro cervello di adattarsi. Quel tempo extra avrebbe permesso loro di sopravvivere ai cambiamenti.

Lavorai anche con i loro guaritori per addestrarli e insegnargli metodi naturali funzionanti con la loro tecnologia per testare il cibo in futuro, nonché per rilevare precocemente le infezioni nei pazienti. L'idea era di non sconvolgere ulteriormente la loro società scaricandogli addosso un sacco di tecnologia avanzata per fargli riprendere il controllo della loro salute generale; dovevano essere in grado di gestirla da soli utilizzando metodi in linea con il loro livello tecnologico corrente.

Non appena arrivato, Amreth attivò una serie di droni per sorvegliare l'area, alla ricerca di piccoli animali che avrebbero potuto nutrirsi delle bacche. Nei giorni successivi, i Kreelar avrebbero organizzato una caccia per abbattere le creature più grandi e affette da rabbia che vagavano più a nord. Aku e i suoi compagni di tribù catturarono un paio di bestie vive per farle esaminare a Mehreen ed Ernst, in modo da capire come poter salvare altri animali di quelle specie qualora non fossimo riusciti a eliminare completamente la presenza delle bacche sul pianeta. La speranza era che potessimo produrre qualcosa di simile al vaccino antirabbico che avevamo sviluppato sulla Terra.

Alla fine, Amreth individuò il luogo perfetto per sistemare la navetta. Era circondato da molteplici cespugli di fragole e da alcune tane di Onei. Quando scansionò l'area, riuscì a catturare un paio di immagini di quelle adorabili piccole creature.

Avevano una groppa rotonda simile a quella di un castoro, ma il corpo snello e la coda lunga di una lontra. Erano abilissimi nel mimetizzarsi, grazie alla loro pelliccia verde che si confondeva facilmente con il muschio e l'erba, il ciuffo a ventaglio che ricordava delle foglie all'estremità della coda e, soprattutto, quell'adorabile testina con occhi enormi, un nasino da topo, una bocca minuscola e una coroncina a forma di foglia di felce. Finché l'Onei rimaneva immobile, era veramente facile confonderlo con la boscaglia circostante.

Stando a quando aveva detto Vala, si trattava di piccoli mammiferi relativamente innocui, in qualche modo paragonabili ai nostri coniglietti, almeno in base alla descrizione che ne aveva fatto. Si nutrivano principalmente di foglie, frutti e noci. In rare occasioni, soprattutto in caso di scarsità di cibo, preferivano invece cibarsi di piccoli insetti. Erano estremamente veloci, con denti molto forti e affilati che permettevano loro di rompere il guscio delle noci. Per quella ragione, anche se solitamente scappavano quando spaventati, se si prendevano in mano gli Onei erano in grado di infliggere alcune brutte ferite, con un morso abbastanza forte da tranciare un dito e artigli così affilati da lacerare la carne.

Ma io avevo la mia arma speciale, un Obosiano particolarmente sexy. Mi posizionai vicino a un cespuglio alto, con guanti e imbottiture intorno ai polsi e agli avambracci per proteggermi. Quel presuntuoso sicuro di sé non usò nemmeno uno scudo di occultamento per avvicinarsi alla creatura, nascosta tra due grosse e spesse radici di un albero molto alto. Le larghe foglie delle piante selvatiche che torreggiavano sui cespugli di fragoline nascondevano parzialmente il piccolo Onei. A dire il vero, se non fosse stato per lo scanner sul mio bracciale che ne confermava la presenza, non avrei mai individuato né lui né le bacche.

Non c'era da stupirsi che i frutti fossero sfuggiti alla nostra attenzione per così tanto tempo, soprattutto perché non si erano ancora diffusi abbastanza a sud da trovarsi in zone dove i giovani Kreelar avrebbero potuto giocare e imbattersi così in quei frutti alieni.

Amreth iniziò a emanare il suo *bakaan*, mirando verso la creatura. Aveva fatto il giro nella direzione opposta alla mia, in modo da poter spingere l'Onei verso di me se avesse tentato di fuggire. Anche se l'area di effetto non raggiungeva la mia posizione, mi sentii immediatamente accaldata ed eccitata al solo ricordo di come mi avesse devastata con quel potere la notte precedente.

Una serie di pensieri decisamente inappropriati cominciarono ad accalcarsi nella mia mente. Li bloccai, rimproverandomi mentalmente di essere stata così impudente e lussuriosa. L'Onei tentò di fuggire quando si accorse finalmente dell'avvicinarsi terribilmente silenzioso di Amreth, catturando nuovamente la mia attenzione, Quella maledetta creatura era veloce. Balzai in avanti per prenderla, ma scivolò tra le mie dita e continuò a correre velocissima, salvo poi inciampare improvvisamente, apparentemente stordita.

Guardai Amreth, con un pizzico di indignazione e sospetto. Aveva chiaramente attenuato la sua aura calmante, permettendo alla creatura di sfuggirmi e rallentandola solo dopo che l'avevo mancata. Lo sguardo eccessivamente innocente sul suo viso sembrava confermare la mia ipotesi. Prima che potessi dire una parola, fece un gesto che mi indicava di sbrigarmi o l'Onei sarebbe fuggito di nuovo.

Mi affrettai verso la piccola creatura, solo per poi vederla sfrecciare di nuovo via proprio pochi secondi prima che la afferrassi.

"Maledetto!" esclamai, girandomi verso Amreth. "Smettila!"

Assunse ancora un'espressione eccessivamente drammatica, ma quella volta con anche l'aria di colpevolezza più finta che avessi mai visto.

"Scusami, mia compagna! Sono stato così distratto dalla tua bellezza che ho dimenticato cosa stavo facendo. Ecco, lascia che lo prenda io per te," disse.

"Ecco, fallo," risposi, aggrottando la fronte.

Non riuscivo a decidere se avessi più voglia di dargli una pedata nel sedere o baciarlo. In realtà, volevo fare entrambe le cose. Lo osservai con sospetto mentre si impettiva, con la coda che ondeggiava lentamente da un lato all'altro, in quella che percepivo come una provocazione e una presa in giro. L'Onei fece ancora qualche passo avanti, ma sembrò essere incerto su cosa volesse fare, se andare o fermarsi.

Amreth lo prese in un attimo, senza che la creatura opponesse la minima resistenza. Aprii rapidamente la mia valigetta medica e recuperai lo stilo che fungeva anche da siringa per prelevare dei campioni di sangue. Stavo per prendere un panno sterile per pulire l'area in cui avrei praticato la puntura quando il mio compagno mi fermò.

"Lascia che lo faccia io," si offrì Amreth.

"Non c'è problema. Ci penso io," risposi, con un sorriso di gratitudine che si congelò pochi secondi dopo.

"Insisto!" disse Amreth, prima di rimettere a terra l'Onei per poter prendere il contenitore rotondo.

"Ma che cazzo…?!" gridai, quando la piccola creatura scattò via e scomparve tra i cespugli.

"Oops?" disse Amreth.

Non potevo sapere quale fosse l'espressione dipinta sul mio volto, ma Amreth non si fermò a chiedere spiegazioni, limitandosi a sbattere le ali per volare un po' più indietro e mettersi a distanza di sicurezza da me. Scoppiò a ridere quando dalla mia bocca uscì una valanga di imprecazioni. Ma anche se non vedevo l'ora di lanciargli un grosso sasso in modo da colpirlo proprio su quelle scaglie sparse tra le corna principali, avevo anche un forte bisogno di ridere.

Ero infastidita oltre ogni dire dal fatto che il mio lavoro fosse stato seriamente ritardato. Allo stesso tempo, amavo vedere quel suo lato fanciullesco e giocoso. Dopo che scomparve nella foresta per qualche secondo, tornando poi con l'Onei comodamente accoccolato tra le sue braccia, lo osservai avvicinarsi a me con sentimenti contrastanti. Sebbene riuscissi a vedere l'ironia nelle sue prese in giro, e persino a divertirmi nonostante il mio sfogo, mi chiedevo anche se fosse il tipo che non sa quando smettere finché non diventa tutto esagerato.

Come se avesse letto i pensieri che stavano attraversando la mente, si fermò davanti a me e incrociò il mio sguardo.

"Prometto di comportarmi bene questa volta," disse con un'espressione seria, anche se non mi sfuggì il pizzico di divertimento nella sua voce.

"Bene," dissi, un po' seria e un po' scherzosamente. "Deve essere piuttosto stressante per l'Onei."

A quelle parole, ogni traccia di giocosità scomparve dal suo viso mentre scuoteva la testa.

"Non è stressato. Ha capito subito che non gli avremmo fatto del male. A volte posso essere un po' dispettoso, ma non maltratterei mai un animale, tanto meno per divertimento."

Mentre pronunciava quelle parole, grattò delicatamente la creatura dietro la lunga squama simile a una foglia che sembrava coprirle l'orecchio destro. Il mio cuore si sciolse all'istante quando l'Onei allungò il collo e inclinò la testa a sinistra per facilitargli il grattino.

"Wow, sembra che tu gli piaccia," dissi dolcemente.

"E a chi non piaccio?" rispose, con presunzione.

Sbuffai e gli diedi un colpetto giocoso. "Stia fermo, signor Adorabile, così posso prelevare qualche campione," replicai, con finta severità nella voce.

La creatura rimase beatamente immobile tra le braccia del mio compagno. Quella calma non era del tutto naturale, tanto che riuscivo a sentire il *bakaan* di Amreth, nonostante fosse a bassissima intensità. Sospettavo che ora fosse più per mantenere l'animale tranquillo mentre gli prelevavo il sangue, non più per impedirgli di scappare.

"Amo gli animaletti," riflettei ad alta voce. "Quando ero piccola, a casa avevamo un cane, un gatto e un acquario pieno di tartarughe. Non mi curavo più di tanto di quelle, a dire il vero, erano più gli animali domestici di mio padre. Ma amavo gli altri due. Come medico itinerante, mi è sempre sembrato crudele adottare animali senza potergli fornire la stabilità di cui hanno bisogno. E non mi piaceva l'idea di doverli abbandonare per settimane. Sistemarmi con te su Molvi risolverebbe il problema.

"E ti faremo avere un animale domestico o due... o cinque," disse Amreth con un sorriso.

Sorrisi e lo guardai con curiosità, prima di rivolgere di nuovo lo sguardo alle fiale di sangue e iniziare a etichettarle.

"Hai qualche animale domestico?" chiesi, riponendo la prima fiala etichettata nello scomparto refrigerato della valigetta.

Alzai un sopracciglio al sorriso quasi diabolico che si allargò sulle sue labbra, lasciando intravedere la punta delle zanne.

"Sì, ma sono di quelli spaventosi che nessuno sano di mente prenderebbe in considerazione," disse, scherzosamente.

"Tipo…? Hai una vasca di piranha?"

Rise e scosse la testa. "I miei animali domestici sono lunghi diversi metri, con cinque teste piene di denti affilati e il tipo di veleno in grado di uccidere anche la persona più resistente in pochi minuti. Inoltre, possono volare e infilzarti con l'affilatissima punta della loro coda."

"Altro che affascinanti," dissi rabbrividendo, cosa che lo fece ì ridere di più.

"I Faernych non sono amichevoli. Sono allevati e cresciuti appositamente per sorvegliare le foreste che circondano i nostri Quadranti. Si legano però al loro Guardiano, cosa che di solito li trattiene dall'attaccarci. Ma non si dovrebbe mai darlo per scontato. Tuttavia, il loro addestramento ci assicura che non provino a spruzzare contro di noi il loro acido."

"Non mi piacciono i tuoi animali domestici," dissi, mentre iniziavo a passare lo scanner sull'Onei, che sembrava ancora contento di restare tra le braccia di Amreth.

Non potevo biasimarlo.

"Non è un problema. Non sono proprio socievoli, quindi non si aspettano di ricevere coccole," aggiunse in tono scherzoso. "E comunque, non lasciano mai la foresta."

Inclinai la testa di lato e lo guardai con aria interrogativa.

"Allora, dimmi… cosa ti ha spinto a diventare un Guardiano?"

"Spesso ci si aspetta che il primogenito di un Guardiano assuma quel ruolo una volta raggiunta l'età adulta," rispose con un'alzata di spalle.

Lo guardai con curiosità. "Quindi l'hai fatto per dovere?"

Scosse la testa. "È una cosa ci si aspetta, non è un obbligo. Dopotutto, bisogna guadagnarsi questa posizione. Prima di tutto, devi possedere i tratti del Guerriero, che ci permettono di evocare il nostro Lumiak. Contrariamente a quanto si crede, non tutti gli Obosiani possono scagliare fulmini. O meglio, la maggioranza può evocare solo una debole scintilla, sufficiente a dare piacere a un partner durante i preliminari, ma non abbastanza da poter essere usata in modo offensivo o difensivo."

"Il che significa che alcuni di voi che vorrebbero diventare Guardiani vengono scartati automaticamente?" chiesi.

Annuì. "È essenziale per il ruolo. Anche se si potessero trovare alternative al Lumiak, per tenere sotto controllo i detenuti che si comportano male o le bestie selvagge che vagano nelle foreste circostanti, è comunque necessario per la rete elettrica. Generiamo l'energia che alimenta ogni Quadrante dei nostri settori. Costruire una centrale elettrica o qualsiasi altra fonte di energia non solo sarebbe costoso, ma anche inefficiente."

Interruppi la scansione per fissarlo con stupore. "Quindi, sei letteralmente una batteria ambulante? Quella cosa di espellere l'energia in eccesso stamattina non era solo un'esagerazione eccessivamente drammatica…dicevi sul serio?!"

Ridacchiò e annuì. "Se il tuo laboratorio mobile fosse a corto di energia a causa di un lungo periodo senza abbastanza sole per ricaricare le batterie, potrei riportarle al massimo della carica per te in meno di dieci minuti."

Fischiai tra i denti mentre completavo la scansione. "Mi vengono in mente un po' di persone che sarebbero felici di averti intorno. Le bollette dell'elettricità possono essere folli su alcuni pianeti."

"Ci scommetto. Lo sarebbero anche su Molvi, altrimenti. A dire il vero, all'inizio non ero sicuro di voler diventare un Guardiano."

"Oh? Cosa è cambiato?"

"Non direi che è cambiato qualcosa, ma piuttosto che le cose si sono chiarite da sole man mano che crescevo. Sono sempre stato indeciso tra diventare un Guardiano o un Giudice. Hai presente come gli umani incentivano i propri figli a diventare avvocati, medici o ingegneri?"

"Sì, assolutamente."

"Per noi, l'equivalente è un Giudice, entrare nelle forze dell'ordine o subentrare nell'attività di famiglia, qualunque essa sia."

"Non diventare Guardiano, quindi?" chiesi, sorpresa, prima di indicargli di liberare l'Onei.

L'adorabile creatura, non più grande di un comune gatto domestico, guardò Amreth con un'espressione quasi offesa per essere stata scartata in quel modo. Considerando quanto fosse desiderosa di scappare prima, mi sarei aspettata che non si sarebbe trattenuta più del necessario. Invece, non fuggì via. Dopo aver indugiato intorno a noi ancora per un po', si allontanò di qualche metro, per andare a sgranocchiare altre bacche nelle vicinanze.

"Non ci sono più Settori da assegnare," disse Amreth, mentre mi accucciavo tra i cespugli per prelevare alcuni campioni di terreno. "Quindi, a meno che la tua famiglia non ne possieda uno o non sposi qualcuno che ne ha uno, le tue possibilità di diventare un Guardiano sono praticamente nulle."

"Oh, mio Dio! Ci sono così tanti prigionieri che l'intero pianeta è occupato da Quadranti?!" chiesi, sbalordita.

Lui sorrise e scosse la testa. "No. Solo un terzo del pianeta è attualmente utilizzato come carcere. La metà è ancora una natura selvaggia indisturbata, e il resto è occupato dalla città e dai settori residenziali. Al momento non c'è bisogno di creare spazio per più Settori. Se quel giorno dovesse arrivare, la competizione per assicurarsi quei nuovi appezzamenti sarà feroce."

"Mi sorprende che la vostra gente non ne abbia semplicemente sviluppati altri a prescindere," dissi pensierosa. "Sulla Terra, qualsiasi proprietà immobiliare disponibile per lo sviluppo viene sempre sfruttata al massimo. L'avidità è una spinta molto potente."

"Lo è," ammisi, porgendole un altro contenitore in modo che potesse prelevare altri campioni della flora circostante. "Ma questo tipo di cose tende a portare alla corruzione e a errori giudiziari. Quando ci sono strutture vuote, si tende a riempirle per evitare di andare in perdita. A sua volta, ciò potrebbe spingere le autorità ad arrestare le persone con scuse inconsistenti e i giudici a dare sentenze più lunghe e severe del necessario. Inoltre, i Settori esistenti non avrebbero più abbastanza detenuti per rendere il loro funzionamento attuale ragionevolmente sostenibile."

"Sarebbe un male per la vostra famiglia?"

Amreth scosse la testa. "Siamo una casata nobile. La nostra ricchezza risale a secoli fa, grazie a delle attività di grande successo e redditizie. La materia prima di cui abbiamo bisogno per alcune delle nostre fabbriche viene raccolta nel mio Settore. Ma pago i miei detenuti a prezzi di mercato per tutto ciò che scelgono di raccogliere. Pertanto, finanziariamente, per noi non farebbe differenza acquistare dai nostri prigionieri o da qualche altra azienda."

Sorrisi. "Non hai idea di quanto apprezzi che ricompensiate equamente i prigionieri invece di usarli come schiavi. Per molto tempo, è così che gli esseri umani hanno trattato i loro detenuti nelle prigioni private."

Mi restituì il sorriso. "Gli Obosiani non sono perfetti, ma per quanto riguarda il sistema penale, credo sinceramente che ci siano molte cose che facciamo bene. Ho abbastanza cugini, per non parlare di mio fratello, che sono della razza Guerriero che avrebbero potuto diventare Guardiano al posto mio. Dato che non mi sono mai interessato alla gestione di un'azienda, rilevare una delle nostre fabbriche non mi attirava come carriera."

"Penso che saresti stato un Giudice meraviglioso. Perché hai scelto l'altra opzione?"

Mi lanciò uno sguardo malizioso. "Forse perché amo...punire?"

Sbuffai e mi spostai in un'altra zona di piante e alberi per raccogliere nuovi campioni, mentre lui teneva il contenitore per me.

"Lo vedo. Ma seriamente, come mai?"

"Perché non avrei potuto restarmene chiuso in un'aula di tribunale a giudicare gli altri," disse, tornando serio. "Ho bisogno di essere attivo. Ho bisogno di stare all'aria aperta. Per diventare un Guardiano, seguiamo un addestramento estremamente intenso che spesso porta molti ad arrendersi e rinunciare. Per quanto riguarda le difficoltà, è paragonabile alle Forze Speciali come i Navy Seals della Terra, ma a questo bisogna aggiungere il combattimento in volo con e senza armi. È un lavoro che mi ha completamente catturato, nonostante le difficoltà dell'adde-stramento."

"E ne è valsa la pena," dissi in tono scherzoso, mentre lanciavo al suo corpo uno sguardo molto significativo e ammirato.

Ridacchiò e chinò la testa in segno di ringraziamento. "Tutta-via, oltre a questo, avevo bisogno di sentire di star facendo la differenza nella vita delle persone. Da Giudice, li condanni e vai avanti al prossimo caso, ma da Guardiano, puoi cercare di aiutarli a tornare sulla via della redenzione. Ogni persona che aiuti a migliorare se stessa, a trovare la propria strada e a vivere una vita retta e produttiva, è la più grande vittoria che si possa desiderare."

Il mio cuore si sciolse per lui e per il modo appassionato in cui ne parlava. Mi aveva permesso di sbirciare ancora una volta il lato da brav'uomo nascosto dietro il suo aspetto severo e inti-midatorio.

"Succede spesso che tu riesca a redimere i tuoi detenuti?" chiesi con voce dolce.

Strinse le labbra e le sue spalle si incurvarono impercettibilmente. "Purtroppo, non così spesso come vorrei. Abbiamo un tasso di successo rispettabilmente alto con i detenuti del Q1, ma diminuisce quasi esponenzialmente quanto più Oscuri sono i Quadranti. Tuttavia, in passato ci sono state redenzioni anche nel Q4. Mi sto impegnando a continuare ad aumentare questo rapporto nel tempo. Ma cosa mi dici di te, invece? Cosa ti ha spinta a diventare un Medico Interstellare?"

Sorrisi e feci cenno con la testa di tornare allo shuttle per portare i campioni che avevamo raccolto.

"Come per te, è stata una questione di famiglia. Entrambi i miei genitori sono chirurghi plastici. Sono stati estremamente felici quando gli ho detto che avrei seguito le loro orme entrando nel campo medico. Ma ho rapidamente frantumato il loro sogno dicendogli che non avrei fatto chirurgia plastica. Sono comunque orgogliosi di me, anche se infastiditi da molte delle mie scelte," raccontai, con un pizzico di malinconia.

"Tipo quali?" chiese, con sincera curiosità.

"Nel corso degli anni ho ricevuto diverse offerte piuttosto lusinghiere per ricoprire posizioni di prestigio in campo medico. Ma quei ruoli si trasformano sempre in qualcosa più legato alle pubbliche relazioni, alla politica e all'amministrazione, dove si tengono solo conferenze, ci si mescola all'élite più snob e presuntuosa e si perde quel contatto diretto con la magia di guarire qualcuno. Come te, voglio fare una differenza tangibile nella vita delle persone. Quei ruoli altolocati o la clinica ancora più prestigiosa dei miei genitori non facevano per me."

Amreth aprì la porta della navetta e mi fece cenno di entrare, prima di venirmi dietro.

"La chirurgia plastica non è solo legata a modifiche dettate dalla vanità," ribatté dolcemente. "Per molti pazienti, la chirurgia ricostruttiva è stata l'unica cosa che ha permesso loro di tornare a vivere dopo un grave incidente o infortunio, per non parlare di coloro che sono nati con gravi difetti di nascita."

Annuii. "Certo, questo è assolutamente vero. In realtà, all'inizio l'ho presa seriamente in considerazione. I miei genitori si sono persino offerti di aggiungerlo come nuovo servizio nella loro clinica. Ma il virus dell'avventura mi ha completamente travolta. Volevo andare là fuori e affrontare il tipo di sfide che non avrei mai incontrato nell'ambiente controllato di una clinica fissa. I mondi che ho visitato e la gente che ho incontrato mi hanno cambiata in modi che non potrei nemmeno esprimere a parole. In tutti i modi che contano, quelle esperienze mi hanno reso una persona migliore."

"Capisco cosa intendi," disse pensieroso. "Anche nel mio caso, lavorare a stretto contatto con i miei detenuti mi ha aperto gli occhi e ha ampliato i miei orizzonti. A meno che non si interagisca con loro direttamente e per un lungo periodo di tempo, ci si dimentica che sono prima di tutto persone e solo poi dei criminali. Mi ha costretto a conoscere le loro diverse culture e circostanze. Per quanto io possa essere severo nel far rispettare la legge, essere un Guardiano mi ha ricordato che le persone non nascono criminali. La società e gli ambienti attorno sono spesso le cause primarie da incolpare. Mi piace poter cercare di riparare al danno che li ha portati in quel posto."

"Proprio come io posso cercare di riparare il danno causato ai miei pazienti, che sia stato intenzionale o accidentale, specialmente quando è dovuto alla disattenzione di qualche idiota," dissi, con un filo di rabbia nella voce mentre ripensavo alle circostanze che avevano portato alla tragedia che in quel momento stavano vivendo i Kreelar. "Vorrei solo poter dire ai miei genitori che va tutto bene e che, prima o poi, tornerò a casa."

"Lo sanno già," disse Amreth, con tono esitante.

Scioccata, quasi lasciai cadere il contenitore che stavo per posizionare sul bancone della stiva della navetta, che avevamo trasformato in un laboratorio improvvisato.

"COSA?!"

Lui fece un sospiro e sembrò scegliere con cura le parole

prima di rispondere. "Ricordi che ti ho detto che Maeve mi ha aiutato a rintracciarti fino a qui?"

"Sì," dissi, con un'irritazione nella voce che indicava chiaramente che non stavo capendo cosa avesse a che fare con la domanda che gli avevo appena fatto.

"Mi ha chiesto di inviare un messaggio non appena avessi avuto la conferma visiva della tua presenza," spiegò. "Inizialmente, lo scopo era che sarebbe stato sufficiente affinché i Pacificatori, e forse anche gli Esecutori, intervenissero direttamente nel caso fossi stata in pericolo o in difficoltà. Quindi, prima di essere catturato, ho inviato a Maeve la registrazione di voi tre che uscivate dal laboratorio mentre ero ancora in perlustrazione."

"Giusto," dissi, sentendo la tensione lasciare la mia schiena. "Ha senso. Ma non abbiamo conferma che l'abbia ricevuto o che l'abbia trasmesso ai miei genitori. Dopotutto, hai detto tu stesso che siamo nella Zona Morta, e comunicare con il resto della galassia è una scommessa, nella migliore delle ipotesi, prima che il segnale viaggi abbastanza lontano da essere captato da uno dei ripetitori."

"Avresti ragione se non fosse per il fatto che ho visto la risposta di Maeve quando sono tornato sulla nave, questa mattina," replicò.

"Cosa?! Perché non me l'hai detto prima? Cosa ti ha detto?" chiesi, sentendomi in qualche modo un po' offesa.

"Dice che hanno ricevuto entrambi i miei messaggi."

"*Entrambi* i tuoi messaggi?!" esclamai, interrompendole prima che potesse continuare.

Annuì. "Il primo messaggio era quello di cui ti ho appena parlato. Ma quella prima notte, quando Aku mi ha permesso di andare a prendere i miei effetti personali, ho inviato un secondo messaggio per informarla che stavamo bene, eravamo al sicuro e che ci stavamo trattenendo qui volontariamente per aiutare a curare la loro gente. Altrimenti, avrebbero mandato qualcuno a indagare e le cose avrebbero potuto precipitare. Se non gli stessi

Esecutori, ti posso garantire che la mia famiglia sarebbe venuta sicuramente a cercarmi."

"Giusto," dissi, ancora sconcertata dall'intera faccenda.

"Quando sono andato a prendere la navetta questa mattina, ho trovato un altro messaggio in cui Maeve confermava che le famiglie di tutti voi tre e gli Esecutori erano stati informati della situazione," continuò Amreth. "Non interferiranno, ma rimarranno in attesa. In verità, credo che siano in orbita o comunque non troppo lontani da qui."

Aggrottai la fronte. "Perché? Cosa te lo fa pensare?"

"Le sue risposte sono troppo rapide," rispose, con pragmaticità. "Senza un ripetitore nelle vicinanze, dovrebbero passare in media un paio di giorni prima che il segnale venga captato."

"Ma perché non me l'hai detto prima? Che sta succedendo? Non amo che le cose si facciano in segretezza, specialmente nelle circostanze attuali," dissi, fissandolo con fastidio.

Odiavo i potenti flashback che mi stavano riportando a quello stronzo del mio ex fidanzato. Aveva tenuto segrete così tante cose, per potersi approfittare di me, che ora avevo problemi di fiducia.

Amreth si passò nervosamente una mano tra i lunghi capelli bianco argentato, un cipiglio solcò la sua fronte coperta di scaglie scure.

"Mi trovò un po' in una posizione strana," disse, con una certa frustrazione che traspariva nella sua voce. "Credo che vogliano che io sia molto discreto."

"Discreto?" ripetei, confusa. "Riguardo a cosa?"

"È difficile da spiegare. Sono solo vari segnali sottili che ho percepito nelle nostre conversazioni e nei messaggi. Ho avuto la netta impressione fin dall'inizio che mi stessero reclutando come agente indipendente per questa specifica missione, in modo da poter reclamare la loro estraneità ai fatti qualsiasi cosa fosse andata storta. E credo che stia succedendo qualcosa di molto più grande, abbastanza per cui vogliano assicurarsi che nessuno sappia che ci troviamo qui."

"Pensi che ci sia qualcosa di losco sotto?" chiesi, con un pizzico di preoccupazione.

Amreth annuì con un'espressione cupa. "Sì, credo di sì. Forse ci sto rimuginando troppo, ma c'era una parola fuori posto, una singola parola, alla fine del suo messaggio. Diceva semplicemente 'Kalmia', come se fosse una firma."

Sussultai. "Kalmia? Come in quell'enorme caso di corruzione che ha provocato una valanga di vittime?!"

Annuì di nuovo. "Non ne sono certo. Ma come per te, è la prima cosa che mi è venuta in mente."

Scossi la testa, rifiutando quell'ipotesi. "Non ha senso. Le bacche che stanno uccidendo i Kreelar sono cresciute naturalmente negli ultimi dieci anni. Le analisi dei computer sul modello di diffusione lo confermano. Nessun assassino è venuto qui per piantare queste bacche. Sono stati gli animali a spargerle in tutti questi luoghi," argomentai.

"Non credo che questo abbia a che fare con le bacche," disse Amreth, pensieroso. "Sono d'accordo con la tua logica sul fatto che le bacche si siano diffuse naturalmente. Ma per me, Kalmia non si riferisce alla situazione attuale, in cui un'intera specie si sta lentamente dirigendo verso l'estinzione nel giro di pochi decenni. Credo possa implicare piuttosto che qualcuno stia inviando un gruppo di assassini per spazzare via rapidamente l'intera popolazione dei Kreelar."

"Ma perché?!" esclamai, rifiutandomi di credere che qualcuno potesse fare qualcosa di così folle, atroce e immorale.

"Perché questa storia non venga mai alla luce," rispose Amreth, con una convinzione che mi fece venire i brividi lungo la schiena. "Aku ha detto che ci sono persone potenti che avrebbero potuto portare il suo popolo verso un fato terribile, se avessero reso pubblica la cosa fin dall'inizio invece di rapire te e i tuoi colleghi."

Annuii. "Giusto, lo ha detto anche a me quando l'ho interrogato a riguardo. Ma di chi si potrebbe trattare?"

"Nel messaggio che ho inviato a Maeve, le ho chiesto di scavare più a fondo nella storia e nelle identità dei membri della squadra di Elias di allora. Ci deve essere una documentazione su tutti i membri del team. Forse esaminando i loro trascorsi, potremmo trovare un collegamento."

"Se stessero davvero pensando di mandare degli assassini, dovremmo avvertire anche gli altri," dissi con voce tesa.

Con mia sorpresa, scosse con veemenza la testa.

"No, gli altri no," disse con forza. "Sono d'accordo sul fatto che dovremmo informare Aku. Tuttavia, al momento si tratta di pura speculazione da parte mia. E se mi sbagliassi? Non c'è bisogno di far prendere dal panico la gente finché non abbiamo ragioni più concrete per credere che si tratti di una minaccia reale. Francamente, ero riluttante a dirlo persino a te."

"Perché?" chiesi, con la mia voce che tradiva il dolore per quelle parole. "So che ci siamo appena conosciuti, ma mi fiderei di te per qualsiasi cosa."

"Non è che non mi fidi di te, mia Ciara. È solo che non volevo spaventarti con un mucchio di speculazioni infondate," disse Amreth, con una sincerità che alleviò un po' l'irrazionale senso di rifiuto che avevo appena provato. "Hai già così tante preoccupazioni che mi sembrava irresponsabile aggiungerne altre al tuo carico."

"Apprezzo che tu abbia cercato di proteggermi," dissi dolcemente. "Ma l'onestà è davvero importante per me. Preferisco una brutta verità, che posso capire come affrontare, piuttosto che vivere nella beata ignoranza finché la realtà non mi dà uno schiaffo in faccia. Non potrei prepararmi a un colpo che non sapevo nemmeno mi sarebbe arrivato."

"Ti chiedo scusa, mia compagna," disse con un'espressione colpevole. "Prometto di essere più trasparente in futuro. È solo che mi fa impazzire che Aku sostenga sarò io a punire i responsabili. Vorrei che mi dicesse qualcosa di più rispetto a quelle frasi criptiche che suscitano più domande delle risposte che danno."

"Non può," dissi con tono comprensivo. "Quella roba dei Veggenti e gli Oracoli è piuttosto complicata. Tutti i giochi intorno al Fato sono sempre complessi e sfuggenti. Se uno di loro ti dice che non può entrare nei dettagli, devi solo fartene una ragione e accettarlo."

Acciglìò la fronte e studiò il mio viso, con malcelata curiosità. "Come fai a saperlo?"

"La Terra fa parte dell'Alleanza Galattica, ricordi? Sentiamo parlare molto di Oracoli e Veggenti. Se ti dicono troppo di ciò che hanno intravisto del tuo futuro, possono influenzare le tue scelte nel modo sbagliato. Tutti loro fanno un giuramento di sangue di dire sempre la verità, ma anche di non cercare mai di dettare la strada da seguire, soprattutto quando si tratta di Oracoli, poiché vedono possibilità, non certezze immutabili come i Veggenti. Il libero arbitrio è essenziale."

"Ma non sarebbe comunque parte del mio libero arbitrio anche se mi dicessero chiaramente cosa accadrà?" obiettò Amreth. "Se mi viene detto che una persona annegherà in un momento e in un luogo specifico, posso scegliere di ignorarlo, andare lì per cercare di salvare quella persona, mandare qualcuno al mio posto o cercare di avvertirla di non avvicinarsi all'acqua in quel momento fatidico."

"Giusto, ma quella premessa iniziale sarebbe il tipo di cosa che il Veggente o l'Oracolo ti direbbe senza problemi," replicai. "Le opzioni che hai elencato sono i tipi di percorsi che un Oracolo vede. Quello che non ti dirà è che se ci vai tu stesso, salverai davvero quella persona ma annegherai nel processo. Non dirà che se lo ignori, un'altra persona tenterà di salvare la vittima e causerà un disastro enorme che mieterà altre cento vite. Non dirà nemmeno che mandare qualcun altro lì gli permetterà di scoprire che sono anime gemelle, o che avvertire quella persona di non entrare in acqua in quel preciso momento gli permetterà di andare in un posto diverso dove concluderà un affare che porterà prosperità a un intero popolo in gravi difficoltà."

"Ma perché non dovrebbero menzionare i due percorsi con esiti positivi? Così potrei scegliere quale ritengo più vantaggioso. Potrei comunque esercitare il mio libero arbitrio," argomentò Amreth.

Sorrisi. "Non proprio. Perché a quel punto, si tratterebbe semplicemente di scegliere tra le due opzioni moralmente più adatte. Ma ogni percorso ha la sua serie di effetti domino. Il tuo annegamento mentre cercavi di salvare quella persona potrebbe mettere in moto l'istituzione di una serie di nuove leggi e misure di sicurezza intorno a quell'area che salveranno innumerevoli altre vite in futuro. Quindi, il tuo sacrificio sarebbe valso la pena. Più si interferisce con i fili del Destino, più vite finiscono per esserne influenzate, positivamente o negativamente."

"Ed è il motivo per cui gli *amici* dei Kreelar si sono rifiutati di farsi coinvolgere ulteriormente. Le potenziali strade che vedevano avevano troppi effetti a cascata negativi," rispose, riflettendo.

Annuii. "Credimi, non c'è niente che odio di più che sentirmi dire di restare ad aspettare e vedere cosa succede. Tuttavia, lo posso comprendere. Mi scalda il cuore sapere che, in qualche modo, sarai tu a fare giustizia contro i figli di puttana che hanno causato tutto questo dolore."

"Questo, te lo giuro," disse, con una fierezza sexy da morire.

Sorrisi, avvicinai le mie braccia alla sua vita e lo strinsi a me. Lui ricambiò il mio abbraccio, avvolgendomi a sua volta mentre una tenera emozione si posava sui suoi bei lineamenti.

"Grazie per aver condiviso tutto questo con me," dissi, con sincera gratitudine. "Sono così felice che tu sia qui. Mi fai sentire al sicuro e supportata, come se tutto fosse possibile e che, indipendentemente dagli ostacoli che incontreremo, ce la faremo, sempre. Grazie per essere venuto a salvarmi."

"Sempre, mia Ciara. Sempre," disse Amreth, con solennità.

Sorrisi e alzai il viso per ricevere un suo bacio. Sì, quella era la mia anima gemella.

CAPITOLO 14
AMRETH

Nei tre giorni successivi, io e la mia compagna ci stabilizzammo in una dolce e comoda routine. Mi piaceva accompagnarla in quelle che avevo iniziato a chiamare le nostre escursioni. L'aiutavo in ogni modo possibile, anche se avrei voluto poter fare di più. La sua intelligenza, le sue capacità e la sua etica del lavoro non smettevano mai di stupirmi. Non avrei mai potuto capire nemmeno la metà delle cose che faceva, ma ero felice di poter accelerare il processo catturando gli animali che aveva bisogno di studiare, raccogliendo alcuni dei campioni richiesti e anche, più semplicemente, portandola in volo ovunque desiderasse andare.

Ma soprattutto, amavo stare insieme a lei.

Mi stavo innamorando perdutamente della mia donna. Era assurdo come la mia mente fosse alla costante ricerca di un modo per farla sorridere. Stranamente, sentivo anche un'occasionale voglia irrazionale di punzecchiarla un po'. Non tanto da farla arrabbiare davvero, ma quel che bastava per farle assumere quello sguardo che esprimeva chiaramente che volesse prendermi a pedate. C'era qualcosa di fottutamente sexy in quell'espressione.

Quel giorno, avendo terminato i nostri ultimi test da svolgere nella regione, ci preparammo per fare ritorno a Bryst. Ciara fece un ultimo giro per controllare i pazienti del villaggio prima di andare ad accomiatarci con Vala.

"Grazie per tutto quello che hai fatto per la mia tribù," disse Vala, con voce colma di gratitudine. "Voglio ringraziarti in particolare per quello che hai fatto per la famiglia di Muti. Dubito che si sarebbe mai ripreso dalla perdita della sua compagna. L'ha amata fin dall'infanzia. Eravamo tutti rassegnati al fatto che sarebbe morta."

Una potente emozione attraversò il volto della mia donna mentre sorrideva al capo del villaggio. Mi sentii pieno di orgoglio guardando la mia Ciara.

"Sta ancora lottando e non è ancora completamente fuori pericolo," la avvertì gentilmente. "Ma sembra che le cose ora stiano migliorando. Finché i guaritori continueranno a somministrare tutte le cure ho buone speranze che lei e gli altri ce la faranno, anche se non posso promettere nulla."

"Non temere, Ciara. Le tue istruzioni verranno seguite scrupolosamente. Fino al tuo arrivo, non avevamo altro che oscurità all'orizzonte. Ora, il sole è tornato a sorgere di nuovo. È con grande tristezza che assistiamo alla tua partenza. Sappi solo che avrai sempre una casa qui, con la tribù di Jaln," disse Vala.

La mia compagna sbatté ripetutamente le palpebre per scacciare le lacrime che le pungevano gli occhi.

"Grazie," rispose con voce leggermente tremante. "Ma non vi libererete di me così facilmente. Torneremo a controllare i pazienti e a vedere come stanno tutti entro una settimana. Nel frattempo, non esitate a chiamarci via radio se qualcosa non dovesse andare bene. Niente è troppo insignificante. Non possiamo correre rischi."

"Hai la mia parola. Buon viaggio, Sorella."

Quell'ultima parola fu il colpo di grazia per la mia compagna. Con mia grande sorpresa, le due donne si abbracciarono.

Dopo essersi lasciate, Vala salutò calorosamente anche me, ma si era creato un legame innegabile tra lei e la mia Ciara. Il villaggio intero cantò per noi, acclamandoci, mentre risalivamo a bordo della navetta. Non avevo mai provato niente del genere fino a quel momento.

"Ora capisco cosa intendi quando dici di voler fare la differenza nella vita delle persone," dissi dolcemente, mentre pilotavo la navetta per tornare a Bryst.

Lei sorrise, il suo viso mostrava ancora le tracce delle forti emozioni che quel commiato aveva suscitato in lei.

"Non sono sempre così espressivi," rispose, con uno sguardo malinconico. "Qualche applauso, acclamazione o regalo è piuttosto comune, a seconda della situazione. Cantare è molto più raro. E in ogni caso, il mio ruolo raramente dura fino a quando la malattia non è altro che un ricordo del passato. Normalmente, resto sul campo solo il tempo necessario per trovare la cura o il trattamento. Poi mi sposto verso una missione diversa, e infermieri o medici generici si trattengono per seguire il trattamento. Per questo, spesso sono loro a essere poi celebrati."

Mi accigliai a quelle parole. "Mi sembra un po' ingiusto."

Lei sbuffò e scosse la testa. "Trovare la cura è solo la punta dell'iceberg. Chi si occupa dei pazienti, curandoli per i giorni, le settimane e i mesi successivi, ha il lavoro più duro. Non è facile assistere a tanta sofferenza cercando di dare sia ai malati che ai loro cari la speranza e la forza di continuare a lottare. Staccare la spina a chi non ce l'ha fatta è straziante ogni singola volta. Inoltre, continui a chiederti se c'era qualcosa che avresti potuto fare meglio, prima o in modo diverso che li avrebbe salvati.

Arricciai le labbra e annuii lentamente, non avendo mai guardato a tutto ciò da quella prospettiva. "Capisco cosa intendi."

"Ogni persona in ciascuna fase del processo è importante ed essenziale. Quindi no, non provo rancore per gli infermieri e i medici che alla fine ricevono la maggior parte dei riconoscimenti. Se lo meritano. Sapere che il mio lavoro ha contribuito a questo successo è la più grande ricompensa che potrei mai desiderare. Ho contribuito a salvare quelle vite."

"Certo che sì, mia compagna," dissi con orgoglio.

Atterrammo a Bryst poco dopo. Ancora una volta, fummo accolti calorosamente, quasi come eroi. Era sciocco, ma mi colpì come le nostre azioni a Jaln avessero avuto un riflesso positivo anche su di loro, come se fossimo un membro della loro tribù che aveva aiutato uno dei loro vicini. Dopo tutto, Aku aveva garantito per noi e le nostre intenzioni.

"Altri membri del nostro popolo partiranno in pellegrinaggio la prossima settimana," disse Aku. mentre finivamo di portare nel laboratorio mobile gli ultimi campioni che io e Ciara avevamo raccolto durante la giornata. "Partiremo in mattinata per mettere in sicurezza i sentieri principali che portano al tempio. È stato avvistato un numero crescente di creature rabbiose che si aggirano vicino al nostro villaggio e ai nostri terreni di caccia."

"Sarei felice di aiutarvi," mi offrii subito, appoggiando il contenitore medico sul bancone. "I miei droni possono aiutarci a localizzarli tutti, e sarà molto più veloce raggiungerli e smaltire i corpi con la mia navetta."

"Grazie. Apprezziamo molto la tua offerta," disse calorosamente Aku.

Non aveva bisogno di specificare che sperava proprio che mi offrissi. Aveva senso, del resto. Da soli, ci avrebbero messo settimane a perlustrare le loro vaste foreste, e probabilmente molte bestie sarebbero sfuggite alle loro squadre, continuando a vagare indisturbate.

"Ecco, mentre siete là fuori, dovreste segnare le posizioni dei cespugli e anche iniziare a sradicarli," intervenne Ernst, aprendo una delle casse che avevamo portato. "Ho saputo che la tribù Jaln ha già iniziato a eradicare le fragole nella loro zona."

"Avevamo intenzione di farlo dopo l'abbattimento degli animali infetti," disse Aku.

Ciara scosse la testa. "Penso che dovreste sbarazzarvi prima o contemporaneamente delle bacche. Il tipo che avete qui è quello che chiamiamo fragole neutrodiurne, ovvero una tipologia in grado di produrre frutti continuamente, dalla primavera all'autunno. Speravo si trattasse di quelle che fruttificano solo una o due volte a stagione, ma purtroppo non è così."

"Ovviamente. Sarebbe stato troppo facile," disse Aku, con tono sarcastico.

"Abbattere tutte le bestie rabbiose non impedirà che altre vaghino fino a quando non troveranno a loro volte le fragole, mangiandole anche loro. Quindi, finché la vostra gente non avrà deciso cosa fare con queste bacche e quale potrà essere il miglior metodo di contenimento in futuro, vi suggerisco di estirparle completamente e noi potremo aiutarvi a regolare il pH del terreno per rendere più difficile la loro ricrescita. Quella che abbiamo pensato finora non è una soluzione permanente, ma ridurrà drasticamente la probabilità che altre creature diventino rabbiose e, di conseguenza, che la vostra gente si ammali."

"Possiamo occuparci di entrambe le cose durante la battuta di domani. I droni potranno rintracciare sia gli animali che i cespugli allo stesso tempo. Se voi le dissotterrate a mano a mano che procediamo, potremmo bruciarle nell'inceneritore della navetta," suggerii.

"Ottima idea," disse Aku, approvando. "Radunerò altre persone che si occupino di quelle bacche mentre cacciamo."

Quella notte, tornare in quella prima casa mi sembrò strano. Era quasi come essere tornato a casa *mia*. Naturalmente, evitai la stanza degli ospiti per condividere la camera da letto di Ciara, che aveva anche un letto più grande, adatto alla mia corporatura alta e robusta. A dire il vero, non dormimmo poi così tanto.

Mi vergognavo ancora di come mi fossi ripetutamente rimpinzato delle sue emozioni. Non potevo farne a meno. Nei pochi giorni trascorsi al Villaggio di Jaln, la tribù aveva iniziato a scherzare sulla mia strana abitudine di scagliare una folle quantità di fulmini in lontananza ogni mattina. All'inizio, temevano che qualcosa o qualcuno mi avesse fatto infuriare, spingendomi a sfogare la mia rabbia in quel modo. Poi, la loro diffidenza lasciò rapidamente il posto al divertimento. Quando chiesi alla mia compagna se avesse fatto la spia sulla causa del mio comportamento, lei giurò di essere innocente. A giudicare dalla sua aura, stava dicendo la verità.

Quindi, come avevano fatto a scoprirlo? Ammesso che l'avessero fatto...

Il pensiero che lo avessero capito a causa del nostro chiasso era mortificante. Tuttavia, era comunque strano avessero potuto collegare le due cose. Per quella ragione, ero convinto non ne avessero idea, ma che fossero semplicemente divertiti da un comportamento che ritenevano bizzarro.

Quella mattina, Aku e sedici Kreelar si unirono a me a bordo della navetta. Nel viaggio di ritorno saremmo stati un po' più stretti se avessimo voluto portare anche le carcasse delle varie bestie. Alla fine, optammo per bruciarle sul posto, in modo da evitare di portare con noi inutilmente qualcosa che potesse essere dannoso per le persone.

Attivai cinque droni, mandandoli in avanscoperta per perlustrare le aree vicine al percorso che i pellegrini avrebbero utilizzato. In pochissimo tempo, trovammo la prima coppia di bestie selvatiche, a cui loro si riferivano come Murthis. Di tutte le creature infette, rappresentavano la minaccia più grande. Lunghe almeno tre metri e alte due, quelle bestie avevano le spalle larghe e il corpo elegante di un predatore. Ciara sosteneva che sembrassero il frutto dell'incrocio tra un leone gigante e un dinosauro. Dovetti fare delle ricerche su quell'ultima creatura che aveva nominato per capire a cosa si riferisse.

Aveva un corto mantello verdastro sul ventre e scaglie verdi lungo il collo, il petto e la schiena. Scaglie ancora più grandi ricoprivano le sue zampe simili a quelle di un felino, così come la coda da rettile, dotata anche di una serie di punte ossee affilate lungo la parte superiore. La testa era innegabilmente da rettile, di forma triangolare, con una bocca larga piena di denti affilati come lame e una lunga lingua e biforcuta. Un enorme paio di corna, anch'esse ricoperte di spuntoni sul bordo superiore, fuoriuscivano dalla fronte, per poi incurvarsi su ciascun lato del muso.

Nonostante le dimensioni e il peso enorme, il Murthis era in grado di muoversi a velocità folli. La sua mascella era abbastanza forte da tagliare carne e ossa con un solo potente morso. Fortunatamente, di solito viaggiavano in piccoli branchi di circa quindici esemplari. La maggior parte dei maschi restava con le femmine e la prole che avevano generato fino a quando i cuccioli non erano abbastanza grandi per iniziare a cacciare insieme alle loro madri, cosa che normalmente richiedeva circa sei mesi. A seguito di ciò, i maschi si allontanavano dalla famiglia, restando da soli, pur rimanendo all'interno del territorio che condividevano con un massimo di altri dieci maschi.

Proprio mentre stavo sperando non dovessimo abbattere le madri e i loro cuccioli, i droni individuarono un branco sospettosamente grande, almeno due o forse tre volte il numero di cui erano normalmente composti. Una rapida ricognizione con il drone mi indicò che erano tutte femmine con i loro cuccioli. Sembravano nervose, e le madri avevano formato un cerchio intorno alla prole.

"Le femmine stanno unendo le forze per proteggere i loro piccoli dai maschi infuriati," disse Aku. "Ti prego, dimmi che nessuno di loro è infetto."

"Gli scanner non mostrano alcuna infezione tra queste femmine o i loro cuccioli," dissi, con sollievo.

"Perfetto. Allora occupiamoci dei maschi contagiati," disse Aku.

Atterrai con la navetta in una piccola radura, a mezzo chilometro dalla bestia rabbiosa più vicina. Come la prima volta che mi catturarono, i Kreelar non erano armati fino ai denti.

Sembrava fossero andati semplicemente a farsi una passeggiata nel bosco. Indossavano tutti quei pantaloni a sbuffo con un drappo decorativo sopra. Scalzi e a torso nudo, avevano una cintura per le armi, dei bracciali e giusto qualche cinturino sul petto.

Mentre alla mia vita pendevano una lama, non proprio una spada ma più lunga di un pugnale, e un blaster, i Kreelar avevano solo una cerbottana, poco più spessa di una cannuccia, un pugnale e un piccolo sacchetto contenente i dardi che avrebbero scagliato contro i loro bersagli.

"Cosa?" chiese Aku quando mi sorprese a osservali mentre uscivamo dalla navetta.

"Stavo solo pensando che le vostre armi sono davvero minime per affrontare bestie così imponenti," dissi con cautela.

I Kreelar sbuffarono all'unisono, guardandomi come se avessi detto qualcosa di ridicolo.

"Guarda e impara, extra-mondo," disse una femmina in tono canzonatorio.

Con la stessa incredibile velocità che avevano mostrato quando mi avevano inseguito, i Kreelar si misero a correre nella direzione indicata dal mio scanner, dove si trovavano un paio di maschi rabbiosi. Si divisero in due gruppi: uno si arrampicò sugli alberi a sinistra e l'altro su quelli a destra. Aku continuò a correre a terra, dritto davanti a sé. Attivai il mio scudo di occultamento e mi alzai in volo, seguendo il loro capo.

Vedere i suoi compagni di tribù dondolarsi da un albero all'altro mi lasciò senza fiato. Ora che non stavo più cercando di sfuggirgli, potevo ammirare la prodezza fisica che ciò comportava. Saltavano facilmente da sei a otto metri fino all'albero successivo, afferrando un ramo con una mano e sfruttando lo slancio per lanciarsi verso quello successivo. Mi ricordava il movimento ipnotico di un pendolo, i loro corpi ondeggiavano da un lato all'altro mentre si aggrappavano con la mano sinistra, saltavano all'albero successivo, afferravano un ramo con la mano destra e saltavano di nuovo, in un ciclo infinito.

Il movimento di tutti quei Kreelar che correvano a velocità simili e in sincronia quasi perfetta, faceva sembrare il tutto una sorta di letale coreografia. Agendo da esca, Aku si lanciò a terra verso il loro obiettivo. Non appena la bestia lo notò, caricò con un ruggito agghiacciante. Dovetti combattere l'istinto di piombare giù e portare il capo dei Kreelar fuori pericolo.

La spavalderia e incoscienza con cui continuò a correre verso una bestia feroce grande almeno quattro volte lui, mi lasciò senza parole. Vederlo tirare fuori la cerbottana me lo fece sembrare ancora più sconsiderato. Tuttavia, la sua aura non indicava paura, solo concentrazione e determinazione. Improvvisamente, scartò verso un albero quando la bestia gli era quasi addosso. All'ultimo momento, Aku saltò a un'altezza impossibile, oltre il Murthis. La creatura si alzò sulle zampe posteriori per cercare di sventrare il Kreelar con i suoi feroci artigli, ma mancò completamente il bersaglio. Prima che potesse tornare giù a quattro zampe, almeno tre o quattro dardi si conficcarono nel suo ventre, scagliati dai membri della tribù che sciamavano sugli alberi.

Ma i miei occhi erano fissi su Aku. Con una grazia e una destrezza fenomenali, si spinse con un calcio contro il tronco di un albero vicino, afferrò un ramo con la coda, usandolo per dondolarsi indietro verso la creatura, e scagliò un dardo contro la parte posteriore della sua testa. Lasciò la presa con la coda, sfruttando lo slancio per atterrare a breve distanza dalla bestia. Restai a bocca aperta quando il Murthis barcollò sotto l'effetto di qualunque droga ricoprisse i dardi. Crollò a terra mentre Aku gli correva incontro.

Aku afferrò la creatura, che ancora si dimenava, per le enormi corna che le incorniciavano la testa e le spezzò il collo con un potente movimento. E in un attimo, tutto finì. Il rispetto che provavo per la sua gente crebbe a dismisura. L'ammirazione per le loro abilità era solo una piccola parte del motivo. Era stato il modo misericordioso ed efficiente con cui avevano ucciso l'animale ad avermi realmente impressionato. Avevo apprezzato anche che, nonostante fosse il capo, non se ne fosse restato tranquillamente in disparte lasciando che gli altri facessero il lavoro sporco. Era sceso in trincea in prima persona, assumendo per di più il ruolo più pericoloso.

Nonostante il mio scudo di occultamento, Aku alzò la testa. Guardando verso la posizione esatta in cui mi trovavo, con un'espressione compiaciuta sul volto. Mi stupiva ancora il fatto che potessero vedermi così chiaramente. Odiavo quanto ciò mi facesse sentire vulnerabile, il che era ironico considerando che il mio popolo sfruttava proprio quel potere per rintracciare i nostri prigionieri.

Annuii, in segno di concessione, prima di cercare la femmina che mi aveva preso in giro dicendo di guardare e imparare. Era accovacciata su un grosso ramo a pochi metri alla mia destra. Mi fece l'occhiolino, con un sorriso divertito che mi fece sbuffare.

Aku emise un singolo suono acuto che li fece muovere tutti nella direzione della successiva preda, tranne due Kreelar che si avvicinarono alla bestia uccisa. Entrambi si fermarono un attimo per spruzzare qualcosa sulla carcassa. Presumevo fosse un repellente per evitare che qualche animale necrofago mordesse la carcassa finché non fossero tornati per sbarazzarsene. Segnai la posizione sul mio bracciale prima di raggiungere il resto della tribù. Arrivai giusto in tempo per vederli eliminare rapidamente l'obiettivo successivo.

Ancora una volta, mi resi conto di quale esercito letale sarebbero stati in battaglia. Non era solo la loro velocità ed efficienza, ma anche quanto fossero incredibilmente silenziosi mentre letteralmente volavano tra gli alberi. Primitivi o meno, l'OPU avrebbe dovuto stringere un'alleanza con i Kreelar e coltivare quel rapporto per il futuro.

Con il bersaglio successivo situato a una distanza significativa, atterrai vicino ad Aku, mentre anche il resto dei suoi compagni di tribù scendeva dagli alberi.

"Ottimo lavoro," dissi, disattivando lo scudo di occultamento. "Sono curioso di sapere perché non hai usato la tua abilità di disturbo mentale invece di precipitarti direttamente su una bestia furiosa."

"Proprio perché erano tutti furiosi," disse Aku con un sorriso. "La mente di un animale rabbioso è già troppo confusa perché i nostri poteri funzionino. La tua abilità calmante potrebbe effettivamente rallentarli, rendendo il bersaglio un po' intontito."

"Sarei felice di farlo," mi offrii immediatamente. "Anche se non sembra che vi serva davvero il mio aiuto."

Sogghignò, compiaciuto, in un modo che mi fece scuotere la testa. In quell'istante, mi resi conto che avrei sentito la sua mancanza, una volta lasciato quel pianeta. In circostanze diverse, ero sicuro che io e lui avremmo potuto diventare amici intimi.

"Rimuoveremo le bacche in quest'area prima di passare alla prossima bestia," disse pensieroso Aku, guardandosi intorno.

"Vado a prendere una piattaforma fluttuante in modo da poter riportare le carcasse all'inceneritore della navetta e portare qui anche le casse in cui mettere i cespugli," risposi.

"Grazie, amico mio," disse Aku.

Ancora una volta, osservai con stupore l'efficienza con cui ognuno di loro lavorava. La loro forza fisica e resistenza rivaleggiavano facilmente con quella di alcuni dei Guerrieri più in forma che conoscevo. In più di un'occasione, mi chiesi se avessero una sorta di mente collettiva. Niente di specifico suggeriva quell'ipotesi, ma solo una combinazione di cose nel modo in cui avevano bisogno di così poca comunicazione per lavorare collettivamente verso un obiettivo comune.

Formarono una fila e avanzarono strappando i cespugli di bacche, il gambo e le radici. Alcuni di loro li seguivano tenendo le casse in cui venivano gettate le piante e osservando il terreno alla ricerca di eventuali segni che qualcosa fosse stato lasciato indietro. Mentre le riempivano, io ne prendevo alcune, le riportavo alla navetta e gettavo il tutto nell'inceneritore.

Per il momento, i Kreelar e i colleghi della mia compagna avevano deciso di non alterare il pH del terreno finché non avessero capito meglio come avrebbe potuto influenzare la fauna circostante. Anche se i loro test iniziali avevano indicato che sarebbe stato sicuro usare alcuni solfati di alluminio per abbassare il pH e renderlo meno adatto alle fragole, che prosperavano invece su terreni più acidi, non c'era alcuna fretta. La pulizia che stavamo facendo ci avrebbe dato una tregua abbastanza lunga da poter prima eseguire test più approfonditi.

Risalirono tutti sulla navetta e ci spostammo in un altro settore. Si sbarazzarono di altri quattro Murthis e di una manciata di creature rabbiose più piccole e meno letali, che minacciavano però la fauna locale.

Ci muovevamo a un ritmo fenomenale, il che lasciava intendere che avremmo potuto ripulire l'intera area entro la fine del giorno successivo. Nel primo pomeriggio, tornammo in volo al villaggio per pranzare e permettere ai Kreelar di rifornirsi di dardi. Quella volta, invece di mangiare nella sala accanto al laboratorio mobile nel cortile interno, i nostri ospiti ci invitarono a unirci a loro nella sala delle riunioni.

Era una pratica comune per loro mangiare insieme, anche se non tutti consumavano il pasto nello stesso momento. Anche se la sala poteva contenere l'intera tribù, di solito si presentavano in gruppi più piccoli, come i bambini con i loro genitori o i loro tutori, i contadini e gli artigiani in un'altra ondata, e poi i cacciatori, anche se non necessariamente in quell'ordine. Ciò non impediva alle persone dei vari gruppi di arrivare in momenti diversi o di mescolarsi con gli altri. Se non altro, i Kreelar sembravano essere molto informali, con un forte senso di comunità.

Non avevano valute ufficiali. Tutto si basava sul commercio, beni in cambio di altri beni o servizi, sia all'interno della tribù che con i vicini. Il fatto che ci avessero invitati a condividere il loro pasto la diceva lunga sul fatto che ora ci stavano accettando come amici, e non solo come intrusi. Speravamo che ciò ci avrebbe dato l'opportunità di osservare la loro società in modo più approfondito, società che tenevano gelosamente segreta e nascosta ai nostri occhi.

Non potevo biasimarli per averci mostrato solo lo stretto necessario per portare a termine il nostro compito. Meno sapevamo di loro, meno si sarebbero esposti a potenziali vulnerabilità che avrebbero potuto essere sfruttate in seguito da noi extramondo.

Nell'angolo posteriore dell'edificio erano stati preparati diversi tavoli, posti davanti grandi finestre che si affacciavano sulla piazza. Su una lunga tavola, invece, era stato allestito un buffet. Era una delle prime volte che vedevo come i Kreelar impiegavano l'elettricità: c'erano ampi vassoi che mantenevano fresche alcune insalate e verdure, e fornelli che tenevano in caldo dei piatti con cibi cotti.

Mentre i cacciatori che ci avevano accompagnato si sparpagliavano prendendo posto ai vari tavoli, Aku ed Enre si sedettero al nostro tavolo, insieme a me, la mia compagna e i suoi colleghi. Ci godemmo il pasto, scambiando chiacchiere informali. Per lo più si trattò di rispondere alle numerose domande che i nostri ospiti ci chiedevano riguardo la nostra vita da extra-mondo. Non mi sfuggì come deviarono abilmente ogni nostro tentativo di farli aprire di più sulla loro gente.

In circostanze diverse, avrebbe potuto essere scambiato per un atteggiamento diffidente, se non addirittura un po' offensivo, ma Aku non era il capo di tutta la sua specie. Sospettavo fortemente che lui e gli altri Kald avessero deciso di evitare di condividere troppo, poiché ciò avrebbe potuto avere un impatto su tutti loro. Dato che solo una manciata di loro aveva potuto incontrare qualcuno di noi, non avevano motivo di fidarsi, nonostante la fiorente amicizia che avevamo stretto con Aku.

Per lo meno, le sue domande erano innocue. Non stava cercando di ficcare il naso in qualcosa che potesse mettere a repentaglio la nostra stessa sicurezza nazionale. Era il tipo di chiacchierata amichevole che si farebbe con una nuova conoscenza riguardo alle famiglie, ai nostri hobby e a cosa ci avesse portato alle nostre rispettive carriere.

Proprio mentre ci stavamo preparando a ripartire, il mio comunicatore si attivò. Incuriosito, lanciai un'occhiata alla sua interfaccia, immaginando non fosse altro che una notifica dei miei droni da ricognizione che avevano rilevato altre bestie selvagge. Con mio grande stupore, si trattava di un vero e proprio messaggio.

"Avete compagnia."

"In nome di Tharmok...cosa?!" sussurrai tra me e me.

A quella singola frase seguivano una serie di coordinate e una frequenza. L'identità del mittente era sconosciuta. Tecnicamente, non avrei dovuto poter ricevere un messaggio diretto come quello. Non era stato inviato tramite una frequenza radio analogica, ma con una digitale, che richiedeva dunque connettività.

"Cosa c'è che non va?" chiese Ciara, con la stessa espressione incuriosita che avevano gli altri.

Condivisi il contenuto del messaggio con loro, poi indirizzai uno dei miei droni più vicino a quelle coordinate, per vedere cosa stesse succedendo.

"Compagnia?" ripeté Aku, aggrottando il volto e con voce dura. "Sono arrivate altre navi extra mondo?"

"Suppongo signifìchi questo, sì," dissi cautamente, aprendo il display olografico dal mio bracciale per vedere la visuale della telecamera dei miei droni. "Datemi un minuto."

All'inizio non vidi nulla, nemmeno impostando lo scanner sul raggio più ampio. Ricalibrai il dispositivo per eseguire una scansione sulla frequenza fornita nel messaggio. In pochi secondi, il drone rilevò una nave mimetizzata a breve distanza.

Sentii lo stomaco sprofondare quando, ingrandendo l'immagine, vidi che si trattava di una nave Nazhral.

"Cazzo! Non promette niente di buono," disse Ernst.

"Chi sarebbero?" chiese Aku, con un barlume di sospetto e tradimento nei suoi occhi marrone giallastro. "Cosa ci fanno qui?"

"A giudicare dalla nave, appartengono a una specie che gode di una reputazione piuttosto negativa quando si tratta di contrabbando e pirateria," spiegai cautamente. "Ma non ho idea di chi siano o perché siano qui. Lo scopriremo insieme. Aku, se ti stessimo tradendo in qualche modo, non condivideremmo in tempo reale notizie come questa."

Aku sembrò imbarazzato per aver insinuato che potessimo averli ingannati. Mi lanciò uno sguardo di scusa e io sorrisi, indicando che non mi ero offeso. Date le circostanze, aveva tutte le ragioni per diffidare degli extra-mondo.

Il drone seguì la nave con discrezione. Fortunatamente, li avevo impostati tutti in modalità occultamento, per evitare di disturbare la fauna locale mentre facevano i loro giri di ricognizione. Poiché non possedeva i sistemi avanzati anti-rilevamento di un drone militare, temevo che i nostri obiettivi potessero individuarlo. Tuttavia, dato che gli intrusi non avevano alcun motivo per sospettare che in quel momento li stessimo seguendo, continuarono beatamente a farsi gli affari loro, apparentemente senza cercare potenziali minacce.

Con nostro grande stupore, la loro nave si diresse dritta verso il Tempio di Svast. Aku si lanciò in una serie di imprecazioni nella sua lingua. Enre mostrò i denti, sui suoi lineamenti era ben visibile una furia eguale a quella del suo Kald. Anche se quello non era il mio pianeta o il mio sacro santuario, mi sentii violato personalmente quando li vidi atterrare in una grande radura vicino al sentiero che conduceva all'ingresso del Tempio.

"Grazie a Dio non ci sono pellegrini in questo momento,"

rifletté Ciara ad alta voce. "Non riesco a immaginare come sarebbero potute andare le cose, altrimenti."

"Sembra incredibilmente conveniente," ribatté Aku, con il volto visibilmente arrabbiato. "Fino a ieri c'erano più di quattrocento dei nostri. Domani ne arriveranno altre centinaia al mattino. Come facevano a sapere di venire proprio oggi per non essere scoperti?"

Era un'ottima domanda e ne scatenava molte altre, tutte potenzialmente in grado di portare al genere di risposte che temevo. Ma la vista di due passeggeri che sbarcavano dalla nave, generò un'altra ondata di shock tra noi. Nonostante il modello della nave, non fu una coppia di Nazhral ad uscire, ma un umano e un Raitheano.

"Che diavolo significa?" sussurrò Ciara.

Nonostante lo shock, feci virare immediatamente il drone in modo da catturare delle immagini dei due e tentare il riconoscimento facciale. Sfortunatamente, non avendo accesso alla rete, avrei dovuto inviare i dati al mio contatto in seguito per cercare di identificarli.

Entrambi gli intrusi percorsero la breve distanza lungo il sentiero che portava all'acqua, all'ingresso del tempio. L'umano rimase sul bordo, mentre il Raitheano si tuffò in acqua. Attraversò a guado la parte meno profonda, fermandosi di tanto in tanto per qualche secondo prima di riprendere il suo percorso. Poi si tuffò nella parte più profonda, scomparendo completamente alla vista, mentre il suo compagno osservava in silenzio.

"Cosa stanno facendo?" chiese Aku. "Chi sono? E sono una minaccia?"

Accigliandomi, scossi la testa, non riuscendo a trovare una spiegazione soddisfacente.

"Non ne sono sicuro. Sono arrivati su una navicella che non appartiene a nessuna delle loro specie. Ma potrebbero averla acquistata usata in un cantiere navale a un prezzo conveniente.

Non sembrano star facendo niente di particolare, tranne il Raitheano che nuota. È acqua salata, giusto?"

Aku annuì.

"Come puoi vedere, i Raitheani sono una specie anfibia. Hanno bisogno di immergersi in acqua salata a intervalli regolari. Questo potrebbe spiegare ciò che sta facendo," dissi, anche se il mio tono chiariva che quella spiegazione non mi convinceva neanche lontanamente.

"Mi sembra giusto," disse Aku, la voce ancora carica di sospetto. "Ma perché nel nostro tempio? C'è acqua in abbondanza ovunque. Alcune delle zone che hanno sorvolato sulla strada per Svast avevano coste ampie e libere, dove gli sarebbe stato molto più facile e conveniente atterrare. Sembra una scelta un po' troppo deliberata."

"Oh Dio!" esclamò improvvisamente Ciara. "È…Kalmia! Sono qui per ucciderci tutti!"

CAPITOLO 15
CIARA

Venni assalita da forte senso di terrore mentre pronunciavo quelle parole. I miei compagni rimasero a bocca aperta, con espressioni stupite e confuse sui loro volti, mentre mi guardavano con incredulità.

"Cosa?!" esclamò Aku. "Ucciderci tutti...come? Cosa significa Kalmia?"

Mi inumidii nervosamente le labbra, passandomi intanto le dita tra i capelli, con la mente in subbuglio mentre osservavo i due intrusi. Sulla Terra, i Raitheani erano spesso chiamati Kraken. Avevano una parte superiore del corpo simile a quella degli umani, con un busto, due braccia e una testa, ma con grossi e spessi tentacoli al posto dei capelli. Inoltre, la parte inferiore del corpo era composta da otto tentacoli, come un polpo, ma solo la metà di essi era dotata di ventose.

"I Raitheani, come quel maschio che potete vedere insieme all'umano, hanno delle somiglianze con certe creature terrestri chiamate calamari e polpi. Sono riconoscibili per i tentacoli che formano la metà inferiore del corpo al posto delle gambe," spiegai. "In genere, sono una specie pacifica, ma possiedono anche alcune abilità estremamente letali."

"Tipo quali?" mi incalzò Aku.

"Possono produrre formazioni simili a perle che chiamiamo concrezioni calcaree," continuai. "Solitamente, hanno la forma di piccoli ciottoli o pietre. Possono essere lisce o ruvide, ma normalmente quelle prodotte dai Raitheani sembrano delle rocce rosse."

Aku si irrigidì, il suo viso assunse un'espressione spaventata che mi fece raggelare. Non era il genere di persona che mostrava apertamente di avere paura.

"Non devono esserci rocce rosse nel fiume," sussurrò, con sguardo spaventato.

"Esatto! Non so perché anch'io so questa cosa, ma..."

"I nostri amici ci avevano avvertito che sarebbe potuto succedere," liquidò la questione Aku, interrompendomi. "Che cosa fanno esattamente queste rocce? Quanto sono pericolose?"

Quel commento mi confuse. Avrei voluto chiedergli cos'altro avessero detto i suoi amici, ma non era quello il momento.

"I molluschi, come i calamari, di solito producono perle o quelle concrezioni come difesa naturale contro corpi estranei, parassiti o ferite. Se un oggetto estraneo entra nel loro corpo e non possono espellerlo, lo ricoprono con una sorta di madreperla per evitare che li danneggi ulteriormente. Nei Raitheani è un po' diverso, in quanto formano un rivestimento fibroso e non cristallizzato come la madreperla."

"Capisco," disse esitante Aku, in attesa di vedere dove volessi arrivare.

"Le concrezioni fatte di madreperla sono estremamente difficili da distruggere, mentre quelle fibrose si sbriciolano abbastanza facilmente sotto pressione o sotto l'esposizione prolungata a qualcosa che potrebbe diluirne la composizione, come l'acqua," spiegai.

I suoi occhi si spalancarono, comprendendo cosa ciò significasse.

"Normalmente, le concrezioni calcaree non sono una minaccia, poiché di solito contengono solo un frammento di legno o altri corpi estranei simili finiti all'interno del loro organismo. Ma in una guerra terribile in cui erano coinvolti i Raitheani, abbiamo scoperto che potevano usare quella capacità in modo letale, per eliminare un enorme numero di persone. Possiedono un veleno naturale in grado di contagiare con una terribile malattia paragonabile a quella che sulla Terra chiamiamo malaria."

"Una malattia letale?" chiese Aku.

Esitai. "Può esserlo, se non viene diagnosticata e curata rapidamente. I Raitheani producono dardi molto sottili delle dimensioni di un ago che possono sparare dalle ventose sui loro tentacoli. Di solito li sparano da lontano, come si fa con le cerbottane, ed è così che infettano i loro bersagli."

"Bene, ma cosa c'entra questo con le rocce rosse?" chiese Aku, sembrando un po' seccato e impaziente.

Gli feci cenno di darmi tempo, mentre cercavo di riassumere l'intero concetto in modo ancora più sintetico.

"Il problema è che, durante quella guerra, i Raitheani mangiarono deliberatamente delle piante tossiche che gli permettevano di secernere un acido virulento e che mescolarono al loro veleno prima di rivestire i loro dardi con quella combinazione letale. Esattamente come possono avvolgere una scheggia o altri corpi estranei nel loro corpo con una membrana fibrosa, possono farlo anche i loro dardi letali. E diventano come bombe a orologeria," dissi.

"Il Raitheano sta uscendo dall'acqua," disse improvvisamente Amreth, interrompendomi.

Aveva nuotato per una distanza considerevole da dove si era tuffato inizialmente. E ciò mi preoccupò ulteriormente. Che avesse sparso un mucchio di concrezioni su tutto il letto del fiume?

"Devi far scansionare l'acqua dal tuo drone per rilevare la presenza di quelle rocce," dissi con voce tesa.

"Ho bisogno dei parametri corretti per farlo," rispose

Amreth. "Posso configurare questo per ora, ma ho un secondo drone in arrivo. Il primo dovrà rimanere con la nave nel caso si spostino."

Annuii e iniziai rapidamente a inserire alcuni parametri, che speravo sarebbero stati sufficienti. Altrimenti, avremmo dovuto aspettare che partissero e attende l'arrivo del secondo drone per poterci avvicinare abbastanza all'acqua affinché la telecamera fosse in grado di rilevare la presenza delle rocce.

Quando emerse dall'acqua, il Raitheano intrecciò sei dei suoi otto tentacoli in gruppi da tre, formando un paio di gambe improvvisate che gli permettevano di camminare, seppur con andatura strana e traballante, come un bipede. Era una pratica comune per la loro gente, poiché tramite le ventose dei loro tentacoli erano in grado di sentire i sapori e leccare il terreno non era esattamente ciò che preferivano fare. Certo, potevano bloccare il recettore del gusto, ma qualche frammento restava sempre attaccato quando poggiavano su una superficie.

Con nostra sorpresa, non appena raggiunse l'umano, entrambi tornarono a bordo della loro nave e presero il volo. Nello stesso momento, il bracciale di Amreth emise un segnale acustico, confermando che il drone aveva effettivamente rilevato le pietre di Puricis nell'acqua.

"Dobbiamo andare subito e fermarli," disse Aku, balzando in piedi e iniziando a dirigersi rapidamente verso l'uscita, seguito da Enre.

"Aspettate," disse Amreth con tono autoritario. "Non possiamo seguirli con la navetta. Se le cose dovessero precipitare, la lora nave ci annienterebbe. E le pietre? Quanto tempo ci vorrà prima che avvelenino l'acqua?"

"Ci vorrà un po' di tempo prima che il guscio fibroso si dissolva," dissi, riflettendo. "Dipende tutto da quanto sono spesse. Se sapevano che oggi il Tempio sarebbe stato deserto ma che domani sarebbe arrivata gente, allora probabilmente le avrà fatte abbastanza spesse da durare almeno ventiquattro ore."

"E questo ci dà un sacco di tempo per inseguirli," insistette Aku.

"Sì, ma solo se le mie ipotesi fossero corrette," lo avvertii. "Potete andare a cercarli mentre Mehreen, Ernst e io andiamo a trovare le pietre nel tempio. Ci servirà solo un attimo per recuperare alcune attrezzature e le tute anticontaminazione, poi saremo pronti."

"Se volete venire con noi, dovremo usare lo shuttle per volare fino alla nave," intervenne Amreth, quando Aku aprì la bocca per opporsi a quell'ulteriore ritardo. "Non avrebbe senso monopolizzare entrambe le navi lasciando queste pietre più a lungo del necessario nel vostro santuario sacro. Abbiamo già il drone che li sta seguendo. Non ci scapperanno. Facciamo le cose per bene."

Stringendo i denti, Aku ci fece un cenno rigido con la testa. "Mentre vi preparate, dirò a Sora di inviare un messaggio a Vala e agli altri Kald per avvertirli di stare alla larga da qualsiasi acqua che condivida un corso d'acqua con il tempio."

"Ottima idea," dissi con un sorriso riconoscente.

Ci affrettammo verso il laboratorio mobile e recuperammo tutto ciò che avrebbe potuto servirci. Mentre salivamo sulla navetta, un milione di pensieri diversi turbinavano nella mia mente. Non appena ci sistemammo sui nostri sedili e Amreth ci fece decollare, condivisi con gli altri le teorie che stavano iniziando a formarsi nella mia testa.

"Penso di aver finalmente capito," dissi, pensierosa. "Il Puricis, ovvero la bomba di pietra rossa prodotta dai Raitheani, servirebbe effettivamente a replicare il Kalmia. Chiunque entri in contatto con quel veleno, non si ammala soltanto. L'acido è in grado di liquefare dall'interno. Quando fa il suo corso, la persona è completamente irriconoscibile, ridotta a una poltiglia."

"Quindi tutti i pellegrini verrebbero spazzati via?" chiese arrabbiato Aku.

"Ancora peggio," dissi, abbattuta. "Il Puricis è altamente

contagioso, una volta che compaiono i sintomi. La morte è atroce ma arriva rapidamente. I batteri si trasmettono per semplice contatto, ma soprattutto attraverso il sudore del paziente. Dura circa ventiquattro ore. Tuttavia, non appena la febbre si abbassa, il paziente muore nel giro di un'ora."

"E cos'è questo Kalmia che continui a menzionare?" chiese Aku, con aria sempre più sconvolta.

"È stato un massacro avvenuto tra due cartelli rivali," spiegò Amreth. "Uno dei cartelli ha avvelenato la fonte d'acqua del complesso dei nemici. Vennero sterminati tutti. Quello che mi preoccupa è che, se gli assassini stessero prendendo di mira i vostri templi, vuol dire che sanno che questa è la stagione in cui la maggior parte della vostra gente si reca in quell'acqua. Chi potrebbe avere questo tipo di informazioni sui vostri costumi?"

"Nessuno, in teoria," disse Aku, con impotente frustrazione. "Anche i nostri amici sanno molto poco di noi. Non ficcano il naso sulle nostre usanze, esattamente come non lo facciamo noi con loro. Quindi, è chiaro che degli extra-mondo ci stanno spiando. E questo mi porta di nuovo ai tuoi di amici. Chi ti ha avvertito degli assassini?"

"La stessa persona che mi ha detto di venire qui a salvare la mia compagna," rispose Amreth con decisione.

"Ti fidi di questa persona?" insistette Aku.

"Sì. Senza questo messaggio, domani o tra un paio di giorni, ci saremmo svegliati davanti a una tragedia irreversibile," disse Amreth. "La domanda è: perché? Chi vi può odiare così tanto da tentare di spazzarvi via quando, da quel che sembra, non volete fare altro che andare avanti con le vostre vite?"

"La risposta è ovvia: le persone potenti che i nostri amici ci hanno detto ci avrebbero dato ferocemente la caccia se avessimo reso pubblica la nostra situazione," rispose Aku.

"Per il sangue di Tharmok!" esclamò improvvisamente Amreth, spalancando gli occhi. "Non hai detto che Elias sostenesse che la creatura all'origine dell'SS12 si fosse decomposta troppo rapidamente per poter avere dei resti da mostrare? Che si è praticamente liquefatta?"

Spalancai la bocca. "Sì. Questa è la risposta che ha dato quando gli sono state chieste spiegazioni. Non può essere una coincidenza. Si è basato sul Puricis come riferimento per giustificare il tutto. Ma perché arrivare a un estremo del genere per quell'incidente iniziale? Non ha senso."

"Qualunque sia la ragione, è chiaro che queste persone vogliono spazzare via i Kreelar e cancellare ogni traccia della loro esistenza," disse Amreth con voce dura. I suoi occhi bianco argentati brillavano di un'inflessibile determinazione. "Andiamo a catturare quei mostri. *Parleranno*."

Il volo di cinque minuti fino alla nave di Amreth mi sembrò durare un'eternità. Non appena atterrammo, Aku uscì di corsa dallo shuttle. Potevo comprendere quell'impazienza. La sua gente aveva già sofferto così tanto, e quella nuova minaccia sarebbe stata il colpo finale.

"Fai attenzione e torna da me tutto intero, capito?" dissi ad Amreth, ferma insieme a lui vicino alla rampa della navetta.

"Te lo prometto, mia compagna. Fai attenzione anche tu là fuori. Non ti ho trovata solo per poi doverti subito perdere," rispose.

"Non esiste. Sei bloccato con me," dissi con un sorriso, nonostante l'apprensione che mi attanagliava.

Ci scambiammo un bacio, fin troppo breve, ma non potevamo indugiare oltre. Aku probabilmente doveva essere già fuori di sé per quel ritardo, e ne aveva tutte le ragioni.

Non appena Amreth scese, tornai al mio posto mentre Mehreen pilotava lo shuttle fuori dall'hangar, diretti verso il tempio. Appena un minuto dopo la nostra partenza, la nave di Amreth decollò. Dovetti combattere contro tutte le terribili immagini che volevano insinuarsi nella mia mente su tutti i modi in cui le cose avrebbero potuto andare male. Ricordare a me stessa che Amreth era un Guerriero d'élite e un Guardiano su Molvi mi aiutò ad alleviare alcune delle mie paure.

Tenevo davvero molto a lui. La prospettiva di una vita senza il mio compagno era semplicemente insopportabile.

Una volta che ci avvicinammo al tempio, tornai a concentrarmi sul compito che ci aspettava. Indossammo rapidamente le nostre tute protettive. Con grande disappunto di Enre, non erano adatte né a lui né agli altri due Kreelar che erano con noi, in gran parte a causa delle loro code.

Fortunatamente, ulteriori scansioni dell'area non rilevarono la presenza di altre persone, telecamere o droni che i potenziali assassini avrebbero potuto lasciare. Ciò testimoniava un eccesso di sicurezza di sé o un alto grado di disattenzione. Qualunque fosse la ragione, per noi era perfetto.

Mentre ci immergevamo nell'acqua, un'ondata di rabbia si sollevò dentro di me. Era un modo così codardo e subdolo di eliminare persone che non avevano fatto assolutamente nulla, se non cercare di vivere la propria vita in pace. Se non avessimo visto il Raitheano entrare in acqua, le possibilità che qualcuno scoprisse cos'era successo realmente sarebbero state minime.

A causa delle loro dimensioni relativamente ridotte, trovare le pietre Puricis sarebbe stato quasi impossibile se non avessimo saputo in anticipo della loro presenza. Ma anche così, fu necessario utilizzare i nostri scanner, dato che continuavamo a superarne molte e a non notarle, visto che si confondevano e mimetizzavano perfettamente nel letto del fiume. Raccogliemmo ventidue pietre e le conservammo all'interno di un contenitore per materiali a rischio biologico.

"Quanto è grave?" chiese Enre, con la voce tesa mentre sigillavo il contenitore.

"Per l'acqua?" chiesi.

Annuì, irrigidendo la schiena.

Gli feci un sorriso rassicurante. "Ernst sta prelevando alcuni campioni d'acqua per compiere ulteriori analisi in laboratorio, ma tutte le nostre scansioni iniziali mostrano che è sicura. Le pietre stesse hanno un rivestimento piuttosto spesso. Sono sicura che non ci siano state perdite. Abbiamo preso tutto abbastanza presto e non c'è una forte corrente che avrebbe potuto trascinarle via. L'acqua, inoltre, è anche relativamente fredda e ciò rallenta la decomposizione del guscio fibroso. Se l'acqua fosse stata calda, sarebbe stato più problematico. Dovrebbe andare tutto bene."

"Grazie," disse Enre, con voce carica di emozione. "La nostra gente non può sopportare un'altra tragedia su larga scala."

I suoi compagni annuirono, con espressioni cupe.

"E faremo tutto ciò che è in nostro potere per assicurarci che non accada," dissi in tono rassicurante. "Torniamo al villaggio, analizziamo questa roba e distruggiamola."

CAPITOLO 16
AMRETH

Ci lanciammo all'inseguimento della nave in modalità occultata. A giudicare dal loro schema di volo, sembrava avessero in mente una destinazione ben precisa. Inserii alcune istruzioni nel mio sistema di navigazione, in modo che l'intelligenza artificiale calcolasse la loro potenziale traiettoria.

Seduto al posto del copilota, Aku mormorò improvvisamente una serie di imprecazioni nella sua lingua. Gli lanciai un'occhiata, incuriosito.

"La mappa che il tuo dispositivo sta mostrando punta direttamente a Lenph," disse Aku con rabbia. "È un altro tempio simile a quello di Svast ma situato in un altro territorio. Siamo vicini ad attraversare il confine."

"È una cosa non permessa?" chiesi con cautela. "Ci sono conflitti tra i vostri territori?"

Scosse la testa. "I Kreelar sono un popolo pacifico. Saremmo tutti uniti se il pianeta non fosse così vasto e le distanze così grandi. Siamo tutti una famiglia allargata. Ma non sarebbe fattibile che ogni tribù frequenti lo stesso tempio. Il viaggio sarebbe troppo lungo."

"Quanti templi di questo tipo avete?"

"Tre in totale. Ma gli altri due territori, Lenph e Durgh, non sono stati contagiati dalla malattia. Solo le tribù che pregano al Tempio di Svast sono state colpite. L'epidemia non si è diffusa oltre il nostro territorio."

Annuii, con volto cupo. "Le bacche non si sono ancora diffuse oltre i vostri confini. Vediamo di fare in modo che non accada mai."

Aumentai la velocità per ridurre ulteriormente il divario con la nostra preda. Volevo essere in grado di intercettarli prima che il Raitheano potesse iniziare a rilasciare le sue pietre avvelenate nel fiume. Solo gli dèi sapevano quali danni potevano essere già stati causati al Tempio di Svast.

Uno sguardo al display che mostrava la telecamera del drone mi mostrò l'area in cui stava volando la nave nemica, oltre a un contorno sfocato dell'imbarcazione stessa. Dalla nostra posizione, ancora non potevamo vedere attraverso il loro scudo di occultamento.

Digitai alcune istruzioni in modo che si attivasse il pilota automatico non appena ci fossimo trovati a cinquecento metri da loro, mantenendoci a una distanza costante da loro. L'obiettivo era avvicinarci di soppiatto e attaccare non appena avessero abbassato la rampa. A giudicare dalle loro azioni precedenti al Tempio di Svast, sembravano essere abbastanza disattenti e fin troppo sicuri che nessuno li avesse scoperti.

"Cosa stai facendo?" chiese Aku quando iniziai a digitare un messaggio su un'altra schermata.

"Sto inviando le immagini dei due intrusi al mio contatto," risposi. "Abbiamo una tecnologia di riconoscimento facciale che potrebbe aiutarci a scoprire la loro identità e, speriamo, a localizzare eventuali complici o magari anche chi li ha mandati qui. Dobbiamo trovare la fonte di tutto, prima che tentino di colpire di nuovo."

"Ottimo. Devono rispondere dei loro crimini," ringhiò Aku. "Dovremmo sapere..."

Una richiesta di comunicazione in arrivo lo interruppe, facendoci sussultare entrambi.

"In nome di Tharmok, cosa...?" sussurrai.

Non avrei dovuto poter ricevere una risposta in così poco tempo, figurarsi una richiesta di comunicazione diretta. Non c'erano ripetitori o satelliti nelle vicinanze. O almeno, in teoria no...

"Che cos'è?" chiese Aku.

"Una richiesta di comunicazione dal mio contatto. Accetterò la chiamata," risposi.

Mi fece un cenno deciso con la testa, la sua tensione era quasi palpabile.

Un milione di pensieri attraversò la mia mente quando il volto di Maeve apparve sul mio schermo, non appena accettai la comunicazione. Aveva detto che sarebbe stata via per un'altra missione. Eppure, eccola lì, abbastanza vicina da poter avere una comunicazione video in diretta in un'area in cui non avrebbe dovuto essere possibile.

"Maeve," la salutai. "Questo è Aku, il capo della tribù che ci ospita. Aku, questa è Maeve, la mia amica."

"È un piacere conoscerti, Kald Aku," rispose Maeve.

"Altrettanto," rispose Aku in modo evasivo, con voce educata ma fredda.

"Non voglio essere brusca o scortese, ma non posso mantenere questa connessione troppo a lungo," continuò Maeve. "Stiamo analizzando i dati che ci hai inviato, Amreth. Qual è la vostra situazione attuale?"

"Ci stiamo avvicinando a loro. Abbiamo intenzione di affrontarli non appena atterreranno. Abbiamo ragione di credere che siano diretti verso un altro tempio," risposi, prima di dare un'occhiata alla visuale dalla telecamera del drone. "In effetti, riesco a vedere il tempio in lontananza. Sono quasi arrivati. Dobbiamo sbrigarci."

"Scacciateli da Kestria, ma non inseguiteli," ordinò Maeve.

"COSA?! Assolutamente no!" sibilò Aku. "Prenderemo quegli assassini e risponderanno delle loro azioni davanti al mio popolo."

"Affronteranno la giustizia!" obiettò Maeve. "La legge..."

"Al diavolo le vostre leggi! Questa è Kestria!" urlò Aku, gonfiando i muscoli per la rabbia. "Voi extra-mondo avete causato la morte di innumerevoli persone del mio popolo e ora osate dettare come saranno trattati i colpevoli?!"

Maeve alzò i palmi delle mani, cercando di placare Aku. "Non stiamo cercando di dettare nulla o di imporre la nostra volontà al vostro popolo. Nonostante i tragici eventi che hanno avuto luogo, vi assicuro che rispettiamo la vostra sovranità. Tuttavia, abbiamo bisogno di prove inconfutabili contro le persone che hanno ordinato questi crimini e finanziato questo attacco, in modo che possano rispondere anche loro di questi crimini di fronte alla giustizia. Non potete ucciderli."

"Perché non dovremmo?" la sfidò Aku, con voce ancora carica di rabbia. "I loro resti saranno una prova sufficiente. A differenza loro, non useremo veleni in grado di liquefare i corpi al punto da renderli irriconoscibili."

"Quel che dice Maeve è vero, Aku. Senza di loro in vita e costretti a testimoniare, sarà più difficile provare la colpevolezza dei mandanti," disso, cercando di tranquillizzarlo. "Avere i loro corpi non dimostra che siano venuti sul vostro pianeta con cattive intenzioni, o addirittura nemmeno che siano venuti qui intenzionalmente. Potrebbe essere considerato un inganno per danneggiare qualcuno con cui siamo in conflitto."

"Avete i vostri dispositivi di registrazione," ribatté Aku.

"Sì," ammisi. "Tuttavia, quei video possono essere manipolati, modificati per mostrare ciò che vogliamo. Molti tribunali non danno molto peso a prove di questo genere, quando si tratta di emettere un giudizio."

"Stanno atterrando!" disse Aku, spostando la sua attenzione sul display che mostrava sullo schermo la nostra preda mentre iniziava la discesa. "Aumenta la velocità!"

A differenza del Tempio di Svast, non c'era bisogno di percorrere uno stretto sentiero fino al fiume che portava all'ingresso. Una grande radura incorniciava entrambi i lati del fiume, che conduceva alla formazione rocciosa in cui era stato scavato il tempio. Alcuni alberi, posti a intervalli equidistanti, adornavano i bordi della riva, con i loro lunghi rami che formavano quasi un arco sul fiume.

"Mi dispiace, Maeve. Dobbiamo andare," dissi scusandomi.

"Per favore, Amreth! Non uccideteli! Sono fondamentali per questo caso!" implorò Maeve.

"Ricevuto. Addio," risposi, con fare evasivo.

Lei strinse le labbra, rassegnata, e mi salutò con un rigido cenno della testa. Interruppi la comunicazione e mi diressi verso il tempio. Mi maledissi silenziosamente per non aver insistito di più prima. Nonostante il lungo viaggio che avevamo fatto, avevo stupidamente pensato avremmo avuto un po' più di tempo e quindi avevo rallentato la velocità per ridurre le possibilità di essere scoperti.

Con mia grande sorpresa, anche se la loro nave era atterrata, non abbassarono subito la rampa. In effetti, non sembrò succedere nulla nei cinque minuti che impiegammo per raggiungerli a tutta velocità. Rallentai e atterrai a duecento metri da loro. Ma ancora, rimasero all'interno della nave senza mostrare alcuna intenzione di voler uscire.

Un altro messaggio in arrivo mi fece quasi saltare dalla mia postazione. Per il sangue di Tharmok! Da quando ero diventato così nervoso? Con mia sorpresa, si trattava di un segnale analogico inviato da Ciara. Il mio iniziale sollievo lasciò rapidamente il posto alla preoccupazione, temendo che qualcosa fosse andato storto.

"Ciara?" esordii, senza nemmeno salutarla, non appena la comunicazione si stabilì. "Va tutto bene?"

"Sì. Siamo riusciti ad occuparci di tutto al tempio," rispose. "Se trovate altre pietre, non toccatele. Mandateci le coordinate e verremo noi a recuperarle."

"I bersagli sono arrivati in un altro tempio ora. Ma per qualche motivo, non escono dalla loro nave. I nostri sistemi non indicano che ci abbiano rilevati, ma comincio a chiedermi se non sia così," risposi, odiando di non poter vedere il viso della mia compagna.

"Non mi sorprende," rispose immediatamente Ciara con sicurezza, lasciandomi di stucco. "I Raitheani hanno bisogno di tempo per creare altre pietre. Considerando la quantità che abbiamo recuperato dal fiume, e a seconda della sua abilità, dovrebbe impiegarci circa un'ora per poter creare un'altra quantità simile e con il medesimo spessore di guscio fibroso. Ciò significa almeno altri quindici o venti minuti."

Mi sentii sollevato. "È un'ottima notizia."

"Il Tempio di Svast è in sicurezza, quindi?" intervenne Aku.

"Finora, abbiamo tutte le ragioni per credere che non abbia subito alcun danno. I primi test indicano che l'acqua è sicura, ma continueremo a eseguire scansioni più approfondite," rispose Ciara.

"Perfetto. Noi cercheremo di impedire che mettano qualcosa nell'acqua. Ti invierò un messaggio una volta che ci saremo occupati di loro," risposi.

"Ricevuto. Fate attenzione," disse Ciara.

Non appena la comunicazione terminò, mi voltai verso Aku.

"Non possiamo ucciderli, amico mio," dissi con tono gentile.

Il suo viso si tese immediatamente. Potevo sopportare la sua rabbia nei miei confronti, ma il barlume di tradimento nei suoi occhi mi ferì profondamente.

"*Non* ho intenzione di lasciarli scappare e sperare che qualche extra mondo li catturi e li faccia rispondere dei loro crimini," ringhiò. "Tu più di tutti, in quanto Guardiano della principale prigione della vostra alleanza, dovresti capire che sono le leggi locali che devono essere applicate quando viene commesso un crimine contro il popolo."

"Lo so, amico mio. Credimi, lo so. Ma questi due uomini sono solo dei semplici soldati nel grande schema delle cose," dissi con tono pacato. "Se decidessi di torturarli o ucciderli, qualunque possano essere i miei sentimenti personali in merito, non interferirò. Questo è il tuo pianeta e quindi si applicano le vostre regole."

"Esattamente. E le nostre regole dicono che dovranno presentarsi davanti ai Kald per affrontare la nostra ira," sbottò Aku.

Sospirai, arrovellandomi per trovare un argomento che potesse persuaderlo. Mi trovavo in una posizione strana. In quanto Guardiano, e anche durante il servizio obbligatorio come Pacificatore che aveva fatto parte della mia formazione, non avevo mai dovuto destreggiarmi in un conflitto diplomatico come quello. Poiché avevo sempre interagito solo con pianeti membri dell'OPU, avevamo una serie di leggi che si applicavano a tutti, e che tenevano conto anche delle leggi planetarie dei singoli membri dell'alleanza.

"Hai un potere incredibile in questo momento. I morti non parlano. Da loro possiamo raccogliere prove sufficienti per arrivare ai mandanti. Se hanno fatto questo al tuo popolo, è probabile che abbiano fatto lo stesso o forse anche peggio su altri pianeti. Le persone potenti a cui hanno fatto riferimento i tuoi amici devono essere fermate. Questi due potrebbero aiutarci a raggiungere questo obiettivo."

Mi fissò a lungo, senza dire una parola. Per un breve istante, sperai di essere riuscito a portarlo alla ragione, ma il suo viso si indurì di nuovo.

"*Parleranno*," rispose.

Aprii la bocca per replicare, ma lo sguardo nei suoi occhi mi indicò chiaramente che avrei fatto meglio a lasciar perdere. Con un altro sospiro, mi alzai in piedi. Il sospetto che si accese istantaneamente nei suoi occhi mi ferì ancora una volta. Per quanto potessi comprendere la sua rabbia, odiavo il modo in cui quella situazione era stata sufficiente a minare gravemente l'amicizia e la fiducia che avevamo gradualmente costruito dal mio arrivo.

"Metterò delle cariche EMP sulla loro nave," risposi alla sua domanda non detta. "Sono dispositivi che rilasceranno una potente scarica elettrica in grado di distruggere il loro motore e i sistemi di navigazione," spiegai. "Se dovessero tentare di fuggire, posso attivarlo a distanza e assicurarmi che non ci possano sfuggire."

Aku si rilassò immediatamente, il sospetto lasciò il posto a un misto di approvazione e gratitudine. Non avevo alcun dubbio che intendesse pestarli fino a ridurli in poltiglia. Francamente, al suo posto, avrei voluto fare lo stesso. Speravo solo di riuscire a dissuaderlo, se e quando saremmo arrivati a quel punto.

La domanda che però continuavo a pormi era chi e quante navi si nascondessero in orbita, nelle vicinanze del pianeta. Non potevo dire con certezza che Maeve fosse tra loro. In effetti, sospettavo che fosse stata sincera quando mi aveva detto che sarebbe stata in missione altrove. Tuttavia, la chiarezza del segnale nella nostra videocomunicazione implicava che l'OPU avesse probabilmente introdotto di nascosto un satellite, un ripetitore o una di quelle navi di comunicazione che fungevano da satellite. Propendevo fortemente verso quell'ultima opzione, in quanto avrebbe evitato sospetti, poiché tali navi, se rilevate, erano mimetizzate per sembrare poco appariscenti e innocue.

Sapevo della loro esistenza solo grazie al mio alto livello di autorizzazione di sicurezza come Guardiano, poiché tali navi erano state utilizzate in precedenza durante delle incursioni per catturare alcuni dei detenuti che erano finiti nel mio Settore.

L'OPU non poteva avere una piccola flotta lassù. Anche se fossero riusciti a inviarla senza essere scoperti, una volta tolto l'occultamento per poter catturare gli assassini, sempre ammesso che fossero riusciti a fuggire, avrebbero creato un ulteriore problema all'interno del sistema giudiziario per aver fatto irruzione nella Zona Morta senza un mandato. Una o due navi erano un'opzione molto più probabile, anche se ciò significava che per gli assassini sarebbe stato più facile fuggire. Gli EMP avrebbero fatto in modo che non potessero nemmeno provarci.

Recuperai i dispositivi EMP dall'armeria, oltre a un paio di blaster, di cui ne consegnai uno ad Aku. Arricciò il naso alla vista dell'arma, prima di lanciarmi un'occhiata come se avessi fatto qualcosa di offensivo. Annuendo, in segno di concessione, rimisi l'arma al suo posto e gli offrii un bracciale.

"Ha uno scudo energetico che si attiva in questo modo," dissi, dimostrandoglielo attivando quello sul mio.

"Non sarà necessario," replicò Aku.

Quella volta, lo fissai con aria infastidita. "Se le cose con quei due uomini dovessero mettersi male, ti spareranno. I colpi dei blaster sono infidi e pericolosi. Ti uccideranno. Capisco se non vuoi usare un blaster, perché richiede un certo addestramento, ma non c'è motivo per non usare uno scudo. Non ho intenzione di tornare al tuo villaggio senza te che cammini sulle tue gambe."

"Attento, Obosiano. Stai cominciando a sembrare preoccupato," rispose con tono provocatorio. "Ma me la caverò lo stesso. Non perdiamo tempo. Secondo le stime della tua amica, dovrebbero uscire a momenti."

"Almeno usa la funzione di scudo di occultamento del bracciale," insistetti, irritato ancor prima della sua risposta, dato che mi aspettavo avrebbe rifiutato di nuovo la mia offerta.

Con mia sorpresa, lui arricciò le labbra, per poi annuire. "La funzione di occultamento potrebbe essere utile. Questa volta sono d'accordo."

Stupito, aprii e chiusa la bocca, facendola schioccare dalla sorpresa. Aku alzò un sopracciglio, divertito. Dopo avergli mostrato come attivare e disattivare lo scudo, discutemmo rapidamente della nostra strategia, poi uscimmo dalla nave.

Mi assicurai che il suo scudo di occultamente fosse attivato correttamente prima di lasciare il raggio di mimetizzazione attorno alla nostra nave. L'espressione sul suo volto era quasi feroce. Nonostante i numerosi giorni trascorsi tra la sua gente, Aku aveva fatto un ottimo lavoro nel tenerci per lo più all'oscuro su tutto ciò che riguardava il suo popolo. Non sapevo come scegliessero chi sarebbe stato il loro Kald, ma sospettavo che non si trattasse solo di leadership e diplomazia, ma anche di essere l'Alfa supremo della tribù. E in quel momento, il suo volto esprimeva chiaramente che in lui si nascondeva un predatore selvaggio e spietato.

Gli feci cenno di stare indietro mentre mi avvicinavo rapidamente alla nave. Con il cuore che martellava nel petto, mi avvicinai furtivamente alla parte posteriore dell'imbarcazione, accovacciandomi al massimo per posizionare la carica EMP il più vicino possibile al motore, ma anche ad un'angolazione tale per cui sarebbe stata difficile da notare, a meno che la loro attenzione non fosse stata proprio su di essa per un qualche motivo

Stavo per fare il giro dall'altra parte per posizionare la seconda carica quando il suono cigolante della rampa che si abbassava mi fece sussultare. La mia testa scattò verso Aku. Attraverso il suo scudo, mi appariva come una sagoma spettrale. Tuttavia, ciò non nascondeva nulla dell'espressione selvaggia che si dipinse sui suoi lineamenti mentre assumeva una posizione difensiva, pronto a scattare in avanti. Gli feci cenno di non muoversi ancora. I suoi occhi guizzarono brevemente su di me, prima di tornare a concentrarsi sui due uomini che stavano scendendo dall'astronave Nazhral.

Aku sfilò la cerbottana dalla cintura mentre io mi avvicinavo furtivamente a lui. Spalancai gli occhi quando fece scattare una serie di artigli affilati dalle mani. Non avevo idea ne fosse dotato, dato che neanche durante la caccia ai Murthis li aveva estratti così tanto. Sapevo che i Kreelar potevano estendere leggermente gli artigli, cosa che facevano regolarmente per arrampicarsi più facilmente sugli alberi, ma quello era qualcosa di diverso. Sentii un brivido lungo la schiena quando capii che quello potesse essere un altro segno che non li avrebbe lasciati vivere.

"Questo pianeta è davvero bellissimo," disse il Raitheano, mentre scendeva la rampa con quello strano modo che aveva la sua gente di usare i tentacoli come gambe improvvisate. "È un peccato avvelenare il pianeta e la sua gente. Non c'è piacere nell'uccidere gli innocenti."

"Chi se ne frega?" disse l'umano, con un misto di fastidio e disprezzo. "Non fare la femminuccia. Sono solo un branco di scimmie parlanti. Non dovremo nemmeno sporcarci le mani per sbarazzarci di loro. È da molto tempo che non riesco a farmi una montagna di crediti così facilmente."

"Non è per i crediti," brontolò il Raitheano, fermandosi dopo pochi passi dalla rampa. "Ci sono cose più importanti dei soldi."

"Niente è più importante dei crediti, stupido coglione. Da quando sei diventato così fottutamente sentimentale?"

Si strinse nelle spalle. "Non sono sentimentale. Non ci perderò il sonno per questo. Semplicemente, non mi piace fottere qualcuno che non mi ha fatto niente di male. Non c'è onore nell'avvelenare persone che non hanno fatto torto a nessuno."

"Amico, risparmiami la scenetta del povero criminale pentito. Vai a cagare fuori quella tua robaccia e andiamocene da qui. Sulla Stazione Spaziale Galathea ci sono delle belle troiette che presto salteranno sul mio cazzo, con tutti i crediti che stiamo per fare. Quindi, vedi di andare a cagare e finiamola!"

"Non defeco e basta nell'acqua. Creare Puricis richiede tempo e inoltre devo farlo durare quarantotto ore prima che si disfino i gusci," disse il Raitheano, con uno sguardo di disprezzo per il suo compagno. "La loro gente è ancora i viaggio, abbiamo tempo."

"Non me ne frega un cazzo di niente di quel che hai detto. Fai il tuo lavoro e basta!"

"Te ne importerà quando non riceverai i tuoi crediti a causa di un lavoro fatto male, stupido umano! Se il veleno viene rilasciato troppo presto, la flora, la fauna e i pesci nelle vicinanze saranno tutti morti per quando arriveranno. Capiranno che è successo qualcosa. Cosa pensi che ci farà Marilia una volta che verranno avvisati gli Esecutori?"

Il mio cuore balzò in gola quando sentii quel nome. Si stava riferendo a Marilia Hesper, l'amministratrice della Typhoon Pharma, il più grande conglomerato farmaceutico intergalattico? Quel nome era troppo singolare per essere una coincidenza.

L'umano mormorò qualcosa di impercettibile sottovoce. A quanto sembrava, quella minaccia lo aveva convinto a calmarsi.

"Ho quasi finito," disse alla fine il Raitheano, con riluttanza. "Dammi altri cinque minuti."

"Non credo proprio!" sibilò Aku, disattivando il suo scudo di occultamento.

Gemetti interiormente, deluso che avesse voluto rivelare la nostra presenza così presto. Il Raitheano avrebbe potuto rivelare ancora qualcosa, e magari quelle informazioni ci avrebbero aiutato a individuare tutte le persone coinvolte in quella losca operazione.

Entrambi gli assassini sussultarono, voltandosi bruscamente a destra per affrontarci. Istintivamente, l'umano cercò di prendere il suo blaster, mentre il Raitheano alzò i due tentacoli non intrecciati nelle sue gambe improvvisate. Prima che uno dei due potesse attaccare, Aku sparò un dardo all'umano con la sua cerbottana. Colpì il collo dell'uomo. La mano sinistra dell'umano scattò verso il punto in cui si era conficcato il dardo, mentre al contempo tentò di aprire il fuoco. Sparò troppo largo, poi barcollò all'indietro, travolto dalla forza del paralizzante che lo aveva colpito e che stava agendo su di lui a una velocità incredibile.

Prestai a malapena attenzione all'uomo mentre, con occhi vitrei, crollava al suolo, lanciandomi invece in avanti attivando il mio scudo energetico per parare la raffica di dardi avvelenati che il Raitheano stava lanciando verso Aku dalle ventose dei suoi tentacoli. Si schiantarono contro il mio scudo, facendolo scintillare. Le mie mani formicolarono quando invocai il mio Lumiak e lo scagliai contro il Raitheano. Rotolò a sinistra, schivandolo, prima di tornare sui suoi tentacoli ormai completamente spiegati.

Quella volta, sollevò quattro tentacoli per sparare una seconda raffica di dardi, strisciando intanto con andatura irregolare verso la rampa della navetta per renderci più difficile colpirlo. Tuttavia, riuscii a bloccare, volando e tagliandogli la strada mentre scagliavo altre scariche del mio Lumiak. Anche Aku era tornato all'azione. Corse verso il Raitheano, saltando a un'altezza impossibile per evitare i dardi.

Il Raitheano attivò il suo scudo energetico, bloccando i miei fulmini, ma allo stesso tempo scoprendo la sua difesa al dardo di Aku. Gridò per la rabbia quando il colpo di Aku si conficcò nel suo fianco e sentì la puntura. Rendendosi conto che non sarebbe mai riuscito a tornare sulla sua nave e che non aveva modo di sconfiggerci da solo, si lanciò verso il fiume. Tenendo lo scudo alzato davanti a sé, scivolò all'indietro a una velocità impressionante, scagliando ancora una volta una nuova raffica di dardi.

Avvertii l'energia psionica emanata da Aku mezzo secondo prima che il Raitheano vacillasse. Aku sbatté le palpebre più volte e scosse la testa, come se si stesse riprendendo da uno schiaffo. Volai verso il nostro nemico, senza incontrare ostacoli, dato che stava concentrando i suoi attacchi contro il mio compagno, che ancora non aveva attivato lo scudo. Era un tentativo sciocco da parte del Raitheano, dato che il Kreelar si muoveva troppo velocemente, saltando e schivando il pericolo a velocità vertiginosa mentre sparava con la sua cerbottana quasi come fosse un'arma automatica.

Molti dei dardi di Aku, se non tutti, andarono a segno. Eppure, il Raitheano non rimase immediatamente stordito o paralizzato come era accaduto all'umano. Mi resi conto che, probabilmente, doveva star rivestendo ogni dardo nel suo corpo con la sua membrana fibrosa prima ancora che il veleno potesse avere un effetto negativo su di lui.

Ma era davvero in grado di neutralizzarli così velocemente?

A quella domanda, però, avrei dovuto trovare una risposta un'altra volta. Nonostante Aku avesse colpito psichicamente la sua mente, il Raitheano riuscì a strisciare fino al bordo della riva del fiume. Mi avventai su di lui, sperando di catturarlo prima che entrasse in acqua, cosa che avrebbe reso estremamente difficile affrontarlo. Con mia grande sorpresa, Aku saltò su un albero vicino alla riva, proprio sopra la nostra preda. Si dondolò sul ramo, usando la sua coda come un lazo e agganciandosi così a uno dei tentacoli del Raitheano, proprio quando si stava tuffando in acqua.

Come un ginnasta in un'acrobazia sulla sbarra orizzontale, Aku ruotò di nuovo verso la radura, trascinando con sé il Raitheano. Lo scaraventò a terra con forza brutale. Stordito, il nostro nemico tentò di rimettersi sui tentacoli e alzare lo scudo, per deviare eventuali attacchi da parte nostra, ma non fu abbastanza veloce. Il mio Lumiak lo colpì dritto al petto. Il suo corpo iniziò a contorcersi e infine, il Raitheano cadde a terra, scosso da spasmi. Lottando contro l'impulso di colpirlo ancora una volta con ancora maggiore intensità, tirai fuori il mio blaster e gli sparai contro, con l'impostazione di stordimento più alta. Il suo corpo si dimenò ancora una volta, prima di cedere completamente e afflosciarsi.

Aku atterrò in piedi e corse per la breve distanza che lo separava dalla sua preda sconfitta. Lo sguardo omicida nei suoi occhi mi fece scorrere un altro brivido lungo la schiena.

"Per ora è privo di sensi," dissi preventivamente, accovacciandomi accanto al Raitheano. "Resterà in questo stato per circa dieci minuti. Metterò un collare di controllo sia a lui che all'umano. Impedirà loro di tentare la fuga o di attaccarci e, nel suo caso, gli impedirà anche di produrre i suoi dardi avvelenati."

Aku non rispose. Restò immobile, osservandomi, con gli artigli completamente estratti e le dita che si contorcevano come se stesse lottando contro l'impulso di fare a pezzi l'extra-mondo privo di sensi. Presi il collare dalla mia cintura e lo misi rapidamente al collo del Raitheano, prima di configurarlo per la sua specie. Avrebbe inviato segnali neuronali specifici per inibire determinate funzioni del suo organismo.

Mi avvicinai all'umano che, al contrario, era ancora perfettamente cosciente e consapevole, anche se completamente paralizzato. Poteva ancora parlare e pensare razionalmente, ma i suoi arti erano come troppo pesanti per permettergli di muoversi. Anche la sua capacità di articolare era compromessa, visti gli insulti biascicati e confusi con cui mi inondò quando gli misi il collare.

"Riportiamoli sulla loro nave," dissi, innervosito dall'intensità fredda, per non dire sadica, con cui Aku continuava a fissare l'uomo privo di sensi.

Presi l'umano e lo portai in braccio su per la rampa. Avevo sentimenti contrastanti su come Aku avesse afferrato il Raitheano per il polso del braccio destro e lo stesse trascinando dietro di sé a peso morto. Secondo gli standard galattici, ciò era considerabile un abuso e maltrattamento illegale di un prigioniero. Avevo una gran voglia di chiedergli di trasportarlo in modo più compassionevole, ma mi trattenni. Quel piccolo sfogo di violenza era comunque meglio di un'esecuzione sommaria.

Portammo i nostri prigionieri sul ponte e li facemmo sedere sui sedili vicino alle postazioni scientifiche e tattiche. Dopo averli incatenati ai loro posti, mi voltai verso il pannello di navigazione e tentai di contattare Maeve. Con mia grande sorpresa, ancora una volta rispose quasi immediatamente. Qualunque dubbio ancora avessi sul fatto che avessero una nave di comunicazione o un satellite temporaneo in orbita, svanì in quel momento.

"Sono vivi?" chiese immediatamente.

"Per ora," rispose Aku con voce fredda.

Maeve si morse le labbra, ma non protestò. "Dammi accesso al loro computer. Ti mostrerò come fare."

Seguii le sue semplici istruzioni e in pochi secondi l'intera plancia di navigazione si illuminò.

"Grazie," disse Maeve, con voce tesa, mentre lanciava un'occhiata al mio compagno, che ancora torreggiava torvamente sui nostri prigionieri. Poi, la donna riportò la sua attenzione su di me, con gli occhi che parlavano da soli. "Conto su di te, Amreth."

Annuii, comprendendo la sua richiesta non detta. Era un compito arduo, ma speravo di riuscirci.

"Il Raitheano ha accennato a una certa Marilia. Sospetto che possa trattarsi di Marilia Hesper. Credo dovresti indagare su di lei."

L'enigmatico sorriso che mi rivolse, con un accenno di trionfo nei suoi occhi marrone scuro, mi lasciò intendere che fosse già sulle sue tracce.

"Ricevuto," rispose in modo evasivo. "Maeve, passo e chiudo."

Anche se aveva terminato la comunicazione, sapevo che la migliore hacker degli Esecutori stava sicuramente setacciando ogni singolo dato dalla nave, compresi i registri delle comunicazioni. Qualsiasi informazione potesse essere raccolta, non sarebbe sfuggita al suo occhio attento.

Non appena raggiunsi Aku vicino ai prigionieri, il mio compagno rivolse la sua attenzione all'umano, che era cosciente e furioso. A giudicare dalla rilassatezza generale del suo corpo, doveva essere ancora sotto effetto del paralizzante.

"Chi vi ha mandati?" chiese Aku, che, a quanto sembrava, aveva aspettato che finissi la chiamata prima di iniziare l'interrogatorio.

"Voglio un avvocato," disse l'umano con arroganza.

"Sei su Kestria, *smarva*! Non avrai nessun avvocato qui. Questo è il *mio* mondo e *tu* seguirai le *mie* regole."

"Non mi interessano le tue regole, stupida scimmia. Non parlerò senza un avvocato," sputò l'uomo, alzando il mento con aria di sfida.

Quell'idiota sembrava non rendersi conto di quanto fosse precaria la sua situazione. Credeva stupidamente che la mia presenza gli fornisse una sorta di protezione. In qualsiasi altro mondo, sarebbe stato vero. Non qui, però.

Aku inclinò la testa di lato e un sorriso minaccioso si allungò sulle sue labbra.

"Sai, abbiamo recuperato i sassolini che il tuo amico ha fatto cadere nelle acque sacre del Tempio di Svast poco fa," disse con voce inquietantemente dolce. "Poiché noi Kreelar crediamo nel trattare gli altri come loro trattano noi, mi sento piuttosto propenso a farti fare un bagno in mezzo a quelle pietruzze. La nostra amica Ciara ha accennato al fatto che l'acqua calda accelera l'esperienza. Dimmi umano, cosa preferiresti? Un bel bagno caldo o una conversazione amichevole?"

A ogni sua parola, l'umano impallidiva di più. Aveva la pelle abbronzata, tipica di chi era abituato a lavorare all'aperto. Sembrava avere tra i quaranta e i quarantacinque anni, con capelli neri e unti che gli ricadevano fino alle spalle, la barba di due giorni, gli occhi piccoli e blu e un naso un po' storto, segno che doveva esserselo rotto almeno una o due volte. Alto e dinoccolato, mi dava l'impressione di essere un tipo dal grilletto facile finché avesse avuto in mano un blaster, ma pronto a darsela a gambe in caso di combattimento corpo a corpo.

"La tortura è illegale," sibilò, cercando di sembrare coraggioso nonostante la paura che ben udibile nella voce mentre spostava lo sguardo su di me. "Diglielo!"

"Non ho niente da dirgli," risposi con nonchalance, alzando le spalle. "L'hai sentito. Questo è il suo pianeta. Quindi, si osservano le sue regole."

"Ma tu sei un Obosiano! Hai giurato di rispettare sempre la legge!" esclamò l'uomo, sempre più in preda al panico.

"Esatto. E la sua gente stabilisce le leggi locali. Rispetterò quelle. Se i Kreelar autorizzano l'uso della tortura, non c'è niente che io possa fare a riguardo."

"Stai mentendo!" gridò, tentando disperatamente di aggrapparsi a una vana speranza. "Questo pianeta è membro dell'OPU. Abbiamo scambi commerciali con i Sangoth!"

"Questo pianeta *non* è membro dell'OPU," lo corressi. "Esiste un accordo limitato con i Sangoth, ma non si estende ad altre specie. Questa è la Zona Morta. L'Organizzazione dei Pianeti Uniti non ha giurisdizione qui, così come non ne hanno gli Esecutori o i Pacificatori. Quindi, a meno che non tu non voglia vedere le tue budella ridotte in poltiglia, ti suggerisco di iniziare a parlare. Perché, e questo posso assicurartelo, Aku sarà più che felice di darti un assaggio di ciò che avevate in serbo per la sua gente."

Finalmente, l'uomo si rese conto della gravità della situazione. Si leccò nervosamente le labbra, mentre la sua mente si arrovellava nel tentativo di trovare una risposta con cui ribattere. Lanciò un'occhiata al suo compagno, incatenato accanto a lui, ma lo trovò ancora privo di sensi. Il Raitheano si sarebbe svegliato da un momento all'altro, ma non gli sarebbe stato comunque di nessun aiuto.

"Non so niente," disse infine l'umano. "Sono solo un mercenario. Questo era uno dei tanti incarichi. Il mio compito era di portare in giro lui in volo in modo che potesse spargere la sua merda in tre templi e nei pozzi, se necessario."

"Perché?" ringhiò Aku. "Perché fare una cosa del genere?"

L'umano scrollò le spalle, anche se il suo movimento fu appena percettibile a causa della paralisi ancora persistente in lui. "È piuttosto ovvio, direi. Ci hanno detto di sterminare le scimmie e gli scienziati."

Una furia accecante crebbe dentro di me, non solo per la continua mancanza di rispetto verso i Kreelar, ma anche per la spietatezza con cui aveva espresso la sua intenzione di uccidere un'intera specie, insieme alla mia compagna e ai suoi colleghi.

"Faresti bene a moderare il tono, umano," sibilai. "Non sei nella posizione di sminuire in quel modo delle persone che sono molto meglio di quanto tu potrai mai essere. Ora, rispondi a quella maledettissima domanda. Perché siete stati mandati ad ucciderli?"

"Non lo so, e non me ne frega un cazzo. Offrivano un bel po' di soldi e a me interessava solo di essere pagato. Il perché e chi ci avrebbe rimesso, non era un mio cazzo di problema," rispose l'uomo, con aria di sfida.

"Menti!" disse Aku a denti stretti.

Aveva ragione. Una rapida occhiata all'aura dell'uomo confermò che ci stava ingannando…e indicava anche qualcos'altro. Mi sembrava…tradimento.

Che cosa stava tramando?

Una potente ondata di energia psionica mi fece sussultare. Nemmeno un secondo dopo, l'umano emise un urlo e del sangue iniziò a colargli dal naso. A denti scoperti e con un'espressione feroce sul volto, Aku stava fissando l'uomo con un odio che mi fece scorrere dei brividi lungo la schiena. Ci volle tutta la mia forza di volontà per non intervenire. Non credevo nella tortura. Del resto, però, come specie avanzata, avevo goduto di molti benefici dalla tecnologia che mi avevano aiutato a sciogliere certe lingue riluttanti a parlare. Volevo credere che il mio compagno non avrebbe spinto le cose al punto da non darmi altra scelta che intervenire.

Per quanto credessi nel rispettare le leggi del suo popolo, non avrei potuto starmene seduto a guardare un omicidio, a prescindere da quanto la vittima potesse meritarselo.

L'ondata di energia psionica terminò, bruscamente come era iniziata. L'uomo abbassò la testa sul petto, le sue urla si trasformarono in gemiti di dolore mentre respirava affannosamente.

"Parla o ti farò desiderare di poter morire," disse Aku con voce minacciosa. "Il tuo popolo ha portato morte e sofferenza al mio con una malattia che ci ha quasi spazzati via. E ora, minacci di sterminarci. *Tu* mi dirai il perché."

"Non so niente! Lo giuro!" implorò l'uomo.

Aku non insistette e gli diede semplicemente un'altra generosa dose di colpi psionici. Mi si rivoltò lo stomaco, ogni fibra del mio essere mi urlava di fermarlo. Non era quello il modo di interrogare una persona. Tuttavia, mi preoccupava ancora di più il fatto che, sebbene la sua voce sembrasse terribile sincera quando aveva detto di non sapere nulla, l'aura dell'umano continuava a indicare che stesse mentendo su qualcosa.

Quando l'uomo iniziò a sanguinare dall'orecchio, posai una mano sulla spalla di Aku, cercando di placarlo. Non dissi una parola. Lui mi lanciò un'occhiata laterale, i nostri sguardi si incrociarono per un momento. Avrebbe voluto chiaramente dirmi, in modo tutt'altro che amichevole, di farmi da parte. Con mia piacevole sorpresa, e grande sollievo, cedette e interruppe il suo attacco.

L'uomo ansimava e gridava, piangendo. Della sua precedente arroganza e spavalderia non c'era più alcuna traccia.

"Non sa niente," disse all'improvviso il Raitheano, facendo sussultare entrambi.

Aveva tenuto la testa china, dandoci l'impressione che fosse ancora incosciente. I tentacoli più corti e stretti che gli pendevano dalla testa, ricordando vagamente dei capelli, avevano nascosto il suo viso, rafforzando l'illusione che fosse ancora svenuto. Alzò la testa, la membrana nittitante delle sue doppie palpebre sbatteva rapidamente, mentre ci guardava con un'espressione leggermente intontita.

"Bruce è solo una recluta qualsiasi. È troppo stupido perché gli venga confidato qualcosa che vada al di là dei dettagli delle sue missioni," disse il Raitheano con voce stanca.

"Ma tu, invece, sai cosa sta succedendo," ribattei.

"So qualcosa di quello che sta succedendo, ma non tutto," mi corresse, prima di spostare la sua attenzione su Aku. "Non so nulla della malattia che gli scienziati stanno cercando di curare. Tuttavia, la sopravvivenza del vostro popolo è diventata una minaccia troppo grande, ora che avete trovato un modo per viaggiare extra mondo. Il nostro mandante non può rischiare che li denunciate pubblicamente."

"Stai zitto, Nylar!" sibilò Bruce.

"No, stai zitto *tu*, stupido umano," rispose Nylar, lanciandogli un'occhiata laterale colma di disgusto. "Non verrà nessuno a salvarci. Ma sei troppo stupido per capirlo."

"Non puoi saperlo!" ribatté Bruce.

"Guarda il monitor," disse Nylar, indicando con il mento lo schermo sopra il pannello di navigazione. "L'intelligenza artificiale sta trasferendo tutti i nostri dati. Hanno qualcuno abbastanza esperto da prendere il controllo della nostra nave da remoto. A quest'ora deve aver già visto ed essersi occupati della nostra chiamata di soccorso d'emergenza pre-programmata. Siamo fregati. Quindi, tanto vale dire la verità."

"Abbiamo effettivamente preso il controllo del computer della vostra nave," confermai, mentre lo guardavo con sospetto. "Ma perché improvvisamente sei così collaborativo?"

"Perché o moriremo qui oggi, o finiremo vittima di un *incidente* sulla via del ritorno, oppure andremo incontriamo un destino altrettanto terribile su Molvi. In ogni caso, siamo fottuti. La Typhoon Pharma non lascerà che parliamo. Quindi, preferisco farlo ora per avere la possibilità di una maggiore protezione dagli Esecutori. Di sicuro deve esserci qualcuno dei loro là fuori. È impossibile che ci abbiate rilevati così rapidamente, o che siate riusciti a hackerare le nostre navi in una Zona Morta come state facendo ora."

Annuii, riconoscendo il suo ragionamento, con il cuore che mi batteva all'impazzata per aver avuto conferma del coinvolgimento della Typhoon Pharma. Il fatto che la sua aura non mostrasse alcun inganno mi rese ancor più entusiasta per la scoperta.

"Sapevo che non avrei dovuto interferire con un mondo così bello, e soprattutto con i suoi luoghi di culto," aggiunse Nylar, con amarezza.

"Eppure l'hai fatto," replicò duramente Aku. "Perché?"

"Dovevo. È il mio lavoro. Per la cronaca, non conosco tutti i segreti, so solo che, se ciò che è accaduto qui venisse rivelato, solleverebbe troppe domande che porterebbero a indagare troppo da vicino sulla Typhoon Pharma," rispose con disinvoltura il Raitheano. "Tutto questo problema ruota principalmente attorno alla figura di Noah Montel, il figlio dell'Amministratrice avuto da una precedente relazione."

"Noah! Conosco quel nome," esclamò Aku. "Era il nome dell'umano morso da Sora."

Nylar sbuffò. "Ovviamente. Quel bastardo riesce costantemente a cacciarsi nei guai. Ho passato la maggior parte della mia carriera a sistemare i suoi casini. Dopo l'ultima grande tragedia che aveva causato, pensavo l'avesse smessa. Ma Elias Jacobs accettò di prenderlo nella sua squadra quando nessun altro lo avrebbe fatto."

"Perché Jacobs avrebbe dovuto farlo?" chiesi. "E perché nessun altro avrebbe voluto Noah con sé?"

"Per i crediti, ovviamente," rispose Nylar con fare pragmatico. "Jacobs non riusciva a ottenere nuovi finanziamenti per la sua ricerca. Noah vorrebbe fare il medico sul campo, ma non riesce a seguire le regole e si annoia abbastanza in fretta. In quel caso specifico, il progetto non si stava rivelando abbastanza redditizio."

Mi accigliai, e la stessa confusione si rifletteva sul volto di Aku.

"Cosa intendi per non abbastanza redditizio?"

"La ricerca sui Sangoth è sempre stata una scommessa enorme in cui nessuno credeva davvero. Ma era solo una facciata. La Typhoon ha sempre sospettato che non avrebbe avuto successo. Tuttavia, dava loro una scusa legale per stabilirsi su Kestria, nonostante la Prima Direttiva. C'è un motivo per cui la Typhoon cerca di essere coinvolta in progetti su pianeti primitivi: gli permette di essere sempre un passo avanti a tutti gli altri quando si tratta di grandi scoperte. Mandano persone come Noah a esplorare aree proibite del pianeta alla ricerca di nuove medicine, piante o risorse da sfruttare."

"Ma perché attaccare la mia gente?" ribatté Aku. "Di sicuro, la vostra Typhoon non va in giro a sterminare la popolazione locale di ogni pianeta che cerca di sfruttare."

"Non lo facciamo, ma il vostro caso è stato unico, in quanto è stata l'azione di Noah a far ammalare la vostra gente," spiegò Nylar. "Ci sono state diverse lamentele contro di lui nel corso degli anni, per precedenti infrazioni e violazioni dei protocolli di sicurezza e medici. Se Jacobs avesse riferito l'accaduto, Noah avrebbe perso la sua licenza. Al di là del fatto che sua madre è sempre stata iperprotettiva nei suoi confronti, non poteva permettersi di perdere l'efficace agente nello sfruttamento dei mondi primitivi che Noah aveva dimostrato di essere."

"Fin qui, capisco. Ma tutto questo è successo più di dieci anni fa. Le nostre attuali ricerche indicano che la fonte della nuova malattia è causata da una specie invasiva di bacche," replicai. "Se mai dovesse venire fuori, Jacobs potrebbe sostenere che non ci sono prove che sia stato il suo team a portarle su Kestria. Diverse persone vengono a lavorare con i Sangoth, pur sotto stretto permesso. Uno di loro avrebbe potuto essere additato tranquillamente come il responsabile."

"Cosa che sarebbe successa, se non fosse stato per il siero SS12," ribatté Nylar. "Ha cambiato tutto, nel bene e nel male."

"In che senso?" chiese Aku.

"Senza il siero, tutti sarebbero semplicemente andati avanti una volta che la tua gente fosse guarita. Ma il siero sollevava molte domande sulla sua origine. Anche le missioni di lavoro con i Sangoth erano un problema. Prima o poi, uno dei lavoratori stagionali avrebbe scoperto i Kreelar, e ciò avrebbe portato alla luce quell'incidente. Gli anni passarono e non accadde nulla, quindi pensammo che tutto si fosse risolto per il meglio. Poi, però, iniziarono ad arrivare i messaggi."

"Quali messaggi?" chiesi.

"Le nostre richieste che Elias riparasse a ciò che la sua squadra ci aveva fatto," rispose Aku al suo posto.

"Solo che Elias non è più il ricercatore debole e quasi al verde che era allora," disse Nylar. "Il siero SS12 lo ha reso follemente ricco e influente. Anche se all'epoca la Typhoon è riuscita a metterlo a tacere, non ha più una presa così forte su di lui. Ha iniziato a mandare messaggi a Marilia, l'Amministratrice delegata della Typhoon, dicendo che era ora di fare chiarezza sull'incidente. Naturalmente, lei non era d'accordo. Mi ha incaricato di fargli capire chiaramente che avrebbe fatto meglio a tacere sulla questione e lasciare che se ne occupasse lei."

"Stai dicendo che Jacobs non è coinvolto in nessun complotto e assassinio?" lo incalzai.

Annuì. "Jacobs è odioso e arrogante, ma non ha mai voluto mantenere segreto nulla di tutto questo. È stata Marilia a costringerlo, per proteggere i propri interessi."

"Quindi, cos'altro avreste fatto oltre ad avvelenare i nostri Templi?" chiese Aku.

"Niente," rispose Nylar. "Avremmo lasciato che il mio

Puricis facesse il suo lavoro. Tra una settimana, saremmo dovuti tornare per una seconda dose, nel caso fosse stato necessario."

"Ma perché? Abbiamo inviato quei messaggi molti mesi fa," insistette Aku. "L'attacco alla vostra nave è avvenuto più di due settimane fa. Perché venire solo ora?"

"Perché avevamo ricevuto la conferma che avevate degli scienziati che vi potevano curare. Sospettavo da subito che fosse una trappola e l'ho detto a Marilia. Tuttavia, lei ha insistito che venissimo qui e vi spazzassimo via tutti."

"Cosa ti ha fatto pensare che fosse una trappola?" chiesi, sconcertato.

"Perché gli Esecutori non fanno mai trapelare nulla, a meno che non *vogliano* che quell'informazione sia resa pubblica. E ogni volta, è una trappola per gli idioti e i creduloni che se la bevono," disse Nylar, con un'espressione abbattuta.

E quello era vero. Ricordavo fin troppo bene come mi avessero "incoraggiato" a far trapelare informazioni simili sulle incursioni dei pirati che coinvolgevano la Levendoc Corporation dopo che Gaelec aveva scontato la sua pena su Molvi.

"Eppure, sei venuto lo stesso," lo sfidò Aku.

Il Raitheano sbuffò e sorrise con rassegnazione. "Come Elias, non avevo molta scelta. Ho lavorato per Marilia per troppo tempo. Una volta che ci si è dentro fino al collo, non si può più tornare indietro finché non si viene liberati, cosa che accade raramente, o la morte non viene a reclamarti."

"Ora che sei stato catturato, ti sei rassegnato a questa morte, eppure non avresti corso il medesimo rischio ma per evitare di spazzare via un'intera specie che, per tua stessa ammissione, è innocente?" ringhiò Aku.

Con mia sorpresa, Nylar non rispose subito e si prese un momento per riflettere sulla sua risposta.

"A dire il vero, per me non eravate persone... non proprio. Eravate solo bersagli... un compito. Non mi piace fare del male a chi non mi ha fatto alcun torto, ma questo non mi ha mai impedito di farlo, se è parte del mio lavoro. Non c'è spazio per compassione ed empatia in quel che faccio. Sappi solo che non era niente di personale," rispose, con voce decisa.

Lungi dal placarlo, le parole del Raitheano fecero infuriare ulteriormente Aku, che gli mostrò i denti.

Nylar sollevò il mento con aria di sfida. "Volevi la verità, l'hai avuta. Non ho mai detto che sarebbe stata piacevole."

"Dovrei ucciderti," rispose Aku, con una voce pericolosamente calma e bassa. "Dovrei portarti davanti alla mia gente, in modo che possano darti una morte lenta e straziante. Ma anche questo, sarebbe un atto troppo gentile."

Il mio cuore sussultò per la speranza, all'udire le sue parole, soprattutto quando si voltò verso di me per guardarmi.

"Ho sentito che Molvi è un posto terribile in cui scontare una pena," disse Aku.

Sorrisi. "Assolutamente."

"Dipende tutto dal Quadrante in cui si è detenuti," disse Nylar con disinvoltura. "Sono già stato su Molvi e ne sono uscito illeso, come potete vedere."

"Non hai mai prestato servizio nel parco giochi di Dakon," ribattei con tono glaciale. "Lì nessuno sopravvive alla pena. E posso assicurarti che è esattamente dove finirete entrambi per i vostri crimini."

Il Raitheano ebbe la decenza di sembrare quantomeno innervosito dopo aver sentito quelle parole. Dubitavo che credesse davvero di poter sopravvivere a una seconda condanna su Molvi, ma probabilmente non si aspettava che potesse avvenire nel peggior settore dell'intero pianeta. Dakon non divideva il suo settore in Quadranti. Tutti i detenuti condividevano lo stesso spazio. Pertanto, accettava solo i criminali più crudeli, spietati e senza alcuna speranza di redenzione. Poche persone duravano più di qualche settimana, e molte nemmeno un paio di giorni.

"Sembra una punizione adeguata," disse Aku. "Che tu possa pensare a noi ogni giorno della tua permanenza lì."

Il segnale acustico di una richiesta di comunicazione in arrivo fece scattare la testa di tutti noi verso il pannello di navigazione. Ancor prima di accettarla, il mio istinto sembrava già sapere di cosa si trattasse. Non fu una sorpresa vedere Maeve apparire di nuovo sullo schermo.

"Fammi indovinare, hai sentito tutto?" chiesi.

Lei sorrise in modo evasivo, prima di spostare lo sguardo verso il mio compagno.

"Con il tuo permesso, Aku, possiamo occuparcene noi da qui. Ho il pieno controllo della nave. Dato che probabilmente preferiresti che nessun altro extra-mondo invada il vostro spazio, posso allontanare questa nave dal tuo pianeta e prendere in custodia questi prigionieri per consegnarli alla giustizia."

Aku fissò in silenzio per un momento, prima di lanciarmi uno sguardo interrogativo. La cosa mi colpì molto, ma in modo meraviglioso. La fiducia che riponeva in me significava molto. Ancora una volta, il mio petto si strinse al pensiero che, molto presto, avremmo dovuto separarci e, probabilmente, non ci saremmo mai più incontrati di nuovo. Potevo tranquillamente immaginare che avremmo sviluppato un'amicizia simile a quella che avevo con Kronos.

"Le affiderei la mia vita e ti posso garantire senza alcuna esitazione che farà in modo non sfuggano alla giustizia," risposi con fermezza.

Annuì, poi guardò di nuovo Maeve. "In tal caso, sono tutti vostri."

"Grazie, Aku. Sul mio onore, prometto che consegneremo alla giustizia tutti coloro che sono stati coinvolti nella tragedia che ha colpito il tuo popolo. Sappi che la tua collaborazione di oggi ci aiuterà a salvare innumerevoli altre vite e a vendicare ancora più persone che hanno subito un torto dalla Typhoon," disse Maeve con fervore. "Con il tuo permesso, ti contatteremo in futuro per tenerti informato sugli sviluppi."

"Lo apprezzerei molto," disse Aku, con fare scontroso.

Maeve si rivolse a me, il barlume di gratitudine misto a un inconfondibile lampo di trionfo nei suoi occhi mi fece quasi sorridere. Non aveva bisogno di dire nulla per farmi capire che si stava congratulando per la missione compiuta. In quell'istante, capii che il mio iniziale sospetto di essere stato reclutato come agente indipendente era corretto. Gli Esecutori avevano sempre sperato che le cose sarebbero andate così. Inoltre, il mio istinto mi diceva che avevano sempre avuto forti sospetti sulla Typhoon Pharma, ma semplicemente non avevano mai avuto prove o indizi sufficienti per ottenere i mandati necessari per svolgere un'indagine vera e propria.

"Grazie per il tuo aiuto in questa faccenda. Fateci sapere se avete bisogno di qualcosa per risolvere la situazione per i Kreelar. Con questo arresto, l'OPU è ora ufficialmente in grado di intervenire e fornire tutto il supporto necessario."

"È un'offerta molto gentile," risposi educatamente, ben consapevole di come le sue parole avessero innervosito Aku. "Discuteremo la questione con gli scienziati e i Kald Kreelar, in modo che possano decidere se desiderano ulteriore assistenza esterna."

Lei sorrise di nuovo e annuì, in accordo. In quel momento, mi resi conto che non solo si aspettava una risposta del genere da me, ma che lo aveva fatto anche in modo provocatorio per ricordarmi come, secondo lei, avevo migliori capacità diplomatiche di quanto credessi.

Le restituii il sorriso. "Tieni presente che ho piazzato un detonatore EMP vicino al motore di questa. Posso rimuoverlo prima che ce ne andiamo."

Lei sbuffò e scosse la testa. "Grazie per l'avvertimento, ma non preoccuparti. Ce ne occuperemo una volta recuperata la nave."

Ci salutammo per l'ultima volta.

"Andiamo a casa," dissi ad Aku quando la comunicazione terminò.

Il sorriso gentile sul suo volto mi commosse profondamente. "Fai strada, fratello."

Ignorando la voce supplichevole di Bruce, scendemmo dalla nave, sotto lo sguardo rassegnato del Raitheano. Quando ci sistemammo di nuovo all'interno della mia navetta, Maeve stava già facendo decollare il vascello Nazhral, comandandolo a distanza. Spiccò il volo pochi secondi prima di noi.

"Gli altri Kald saranno arrabbiati con te per aver liberato gli assassini?" chiesi con cautela mentre tornavamo a casa.

"All'inizio alcuni lo saranno. Ma poi tutti si allineeranno alla mia decisione," disse Aku con sicurezza. "Quello che è successo a noi non può accadere ad altri. E soprattutto, chi è dietro a tutto questo deve rispondere delle azioni che ha portato altri a commettere dei reati. Sarebbe inconcepibile permettere che quei due assassini si prendano tutta la colpa, solo per essere sostituiti in seguito da altri manovrati dalla stessa mano malvagia. Voglio che questi Marilia e Noah vedano il loro intero mondo sgretolarsi intorno a loro, nello stesso modo in cui abbiamo visto il nostro morire lentamente per anni."

"E faremo in modo che sia così," gli promisi.

"So che lo farete."

Completammo il viaggio in un'atmosfera amichevole, durante la quale mi indicò alcuni punti di interesse del suo mondo, raccontandomi anche alcuni elementi del loro folklore ad essi legati. Mentre ci avvicinavamo al villaggio, indicò una grande area aperta dove avrei potuto far atterrare la nave.

"Ti toccherebbe fare una lunga camminata se atterriamo lì. Potrei farti scendere un po' più vicino," dissi, indicando un altro spazio sufficientemente ampio per atterrare.

Lui scosse la testa. "Non è poi così lontano. E puoi lasciare lì la tua nave. Non c'è bisogno che la lasci da un'altra parte per poi volare e tornare indietro."

Le mie sopracciglia si alzarono. "Sei sicuro?"

Annuì. "Grazie per quello che hai fatto oggi. Senza il tuo

avvertimento, non avremmo mai saputo niente e presto saremmo morti tutti quanti. I nostri amici ci avevano detto che avresti assicurato i nostri nemici alla giustizia, ma hai superato ogni speranza che avevamo riposto in te. Sappi che tutti e quattro vi siete guadagnati un posto tra la mia gente."

"Ci onori, Aku," dissi, con la gola stretta mentre sorridevo in segno di gratitudine. Non sapevo ancora molto della loro società e della loro gente, ma ne sapevo abbastanza per capire che non si trattava di un semplice gesto di cortesia, ma di un dono raro.

"Andiamo a casa, fratello."

CAPITOLO 17
CIARA

L e grida concitate provenienti dall'esterno mi fecero uscire di corsa dal laboratorio. Prima ancora che la porta si aprisse del tutto, alzai di scatto la testa per scrutare il cielo. Non appena vidi l'astronave di Amreth avvicinarsi, mi sfuggì un grido di eccitazione. Corsi come una pazza fuori dal cortile, attraverso la piazza del villaggio e oltre i cancelli, con tutti che mi guardavano con un'espressione divertita.

Tecnicamente, non avevo il permesso di uscire dal cortile interno senza scorta. Ma qualcosa era innegabilmente cambiato dal nostro ritorno dal tempio. Quel cambiamento stava già avvenendo gradualmente, anche se in modo più sottile, la tragedia che quel giorno avevamo contribuito a scongiurare aveva completamente ribaltato la situazione.

Anche se sospettavo che i Kreelar degli altri villaggi avrebbero continuato comunque a guardarci con sospetto e diffidenza, i membri della tribù di Bryst ormai ci avevano accolti tra di loro completamente.

Amreth atterrò con la sua nave in una radura ad almeno trecento metri dal villaggio. Sebbene fossi orgogliosa di come mi mantenessi in forma, mi ritrovai senza fiato quando finalmente raggiunsi la nave, temendo per tutto il tragitto che sarebbe ripartito subito dopo aver fatto scendere Aku, per andare poi a parcheggiarla sulla scogliera dove normalmente la lasciava.

Con mio grande stupore, ma anche con piacevole sorpresa, trovai entrambi i due camminare fianco a fianco verso il villaggio. Il volto di Amreth si illuminò quando mi vide e subito sbatté le ali, librandosi a pochi centimetri dal suolo per accorciare la distanza tra noi. Mi gettai tra le sue braccia e lui mi strinse immediatamente. Premetti le mie labbra sulle sue, in un bacio un po' brutale in cui riversai sia la mia felicità che il mio sollievo nel vederlo tornare.

Ancora librandosi poco sopra il livello del suolo, ci fece volteggiare prima di atterrare di nuovo. Interruppi il bacio, affondai il viso nel suo collo e inalai profondamente il suo profumo. Venni subito pervasa da un senso di pace e di... casa. Mi avvolse con le ali, tenendomi stretta a sé, nel silenzio del nostro abbraccio.

Dopo qualche secondo, o forse innumerevoli minuti, anche se non avrei saputo dirlo né mi interessava saperlo, Amreth dischiuse le ali e mi lasciò andare. Feci un passo indietro e lo esaminai immediatamente dalla testa ai piedi, alla ricerca di eventuali ferite.

Ridacchiò. "Sto bene, mia compagna. Stiamo bene entrambi."

Continuai ad accarezzargli il petto e le braccia prima di allungare il collo per cercare Aku con lo sguardo, con un filo di senso di colpa che attraversò i miei lineamenti. Mi voltai a guardarlo e lo trovai in piedi a una rispettosa distanza per concederci un po' di privacy. Ci stava osservando con un'aria di divertimento quasi paterno, cosa che era piuttosto sciocca, considerando che ero più vecchia di lui.

"Stai bene?" gli chiesi, pur restando ancora appoggiata al petto di Amreth. "Ci sono feriti?"

Scosse la testa, avvicinandosi a noi. "Nessuno di noi è ferito e siamo riusciti a fermare gli assassini prima che potessero contaminare il tempio."

"Dove sono ora?" chiesi, guardando oltre la sua spalla, verso la nave, come se potessi vedere attraverso lo scafo fino alla cella.

"Li hanno in custodia gli Esecutori," rispose Amreth.

"Cosa?! Come?" esclamai.

"Ti spiegherò tutto quando torneremo con gli altri," disse Amreth con tono pacato.

La lingua mi bruciava dalla voglia di bombardarlo di domande. Non volevo aspettare, ma non avrebbe avuto senso fargli raccontare la storia due volte. Ovviamente, Mehreen ed Ernst, così come l'intero villaggio, avrebbero voluto sapere cosa era successo.

Alla fine, ci separammo: Aku radunò la sua gente nella sala riunioni, mentre noi quattro ci ritrovammo nel laboratorio mobile. All'inizio ci ferì leggermente non essere stati inclusi nella riunione, considerando il nostro significativo contributo all'intera questione. Tuttavia, Enre e gli altri due Kreelar che ci avevano scortato al Tempio di Svast avevano già aggiornato tutti su ciò che avevamo fatto lì. Quel secondo aggiornamento riguardava più il modo in cui il loro capo aveva gestito la situazione con gli assassini e le probabili azioni che avrebbero voluto intraprendere in futuro come popolo. Al loro posto, anch'io non avrei voluto che degli estranei origliassero, indipendentemente da quanto fosse diventato amichevole il nostro rapporto.

Non appena ci sistemammo nella sala riunioni del laboratorio, Amreth ci raccontò in dettaglio ogni cosa. Restammo tutti sbalorditi da tutte quelle rivelazioni, soprattutto per quanto riguardava il coinvolgimento di Marilia. Eppure, non avrei dovuto esserne così scioccata. Non era un segreto che spesso le grandi aziende agissero in modo altamente discutibile, quando si trattava di aumentare i profitti o rimanere leader nel loro settore. Era particolarmente vero nell'industria farmaceutica. Chiunque avesse ottenuto per primo il brevetto, avrebbe guadagnato miliardi di crediti. Se la scoperta avesse consentito il trattamento tra specie diverse, il potenziale profitto sarebbe aumentato esponenzialmente.

Il siero SS12 aveva reso Elias Jacobs e la Typhoon Pharma incredibilmente ricchi. E quella ricchezza, almeno per quanto riguardava la Typhoon, stava per essergli sottratta, sia come risarcimento danni che per finanziare gli sforzi necessari per raddrizzare i torti inflitti ai Kreelar.

Quando si trattava di pianeti primitivi sotto la Prima Direttiva, le cose si complicavano sempre notevolmente, perché non si poteva semplicemente scaricare un sacco di crediti come risarcimento o condividere della tecnologia. Quella, però, era una sfida che spettava risolvere a persone più qualificate di me in quel campo.

"Wow! Le cose stanno per mettersi davvero male per la Typhoon," rifletté ad alta voce Mehreen. "Sono una società così grande, con laboratori e team di ricerca praticamente ovunque nel nostro settore della galassia. Indagare su di loro sarà un'impresa folle. Potrebbero volerci anni!"

Amreth annuì cupamente. "È molto probabile. Ma questo non significa che le conseguenze non si faranno sentire prima. Gli Esecutori si lanceranno subito contro i loro settori più esposti e vulnerabili per ottenere una rapida condanna e avere maggiore accesso a tutta la documentazione, in modo da poter in seguito sporgere ulteriori accuse per i crimini precedenti. Mi fa infuriare che alcuni di quei reati potrebbero non essere perseguibili a causa della prescrizione. Tuttavia, ho la sensazione che ci saranno abbastanza crimini per assicurare che nessuno di loro possa mai più assaporare la libertà."

"Avrebbero fatto meglio a confessare piuttosto che cercare di coprire Noah," disse Ernst. "Posso capire che una madre voglia proteggere il proprio figlio, ma lui da sempre ha creato troppi problemi. Allo stesso tempo, non sono sicuro se fosse per amore materno o semplicemente per avidità. Dopotutto, non deve essere stato facile trovare qualcuno con le credenziali mediche adeguate disposto a fare quel tipo di lavoro sporco."

"In ogni caso, sono fottuti," dissi con un'alzata di spalle. "Ma cosa succederà a Elias?"

Amreth strinse le labbra mentre rifletteva sulla domanda. "Dipende. Ovviamente, ci saranno delle ripercussioni per aver nascosto quello che è successo qui. Quella negligenza ha privato i Kreelar dei controlli regolari di cui avrebbero beneficiato negli anni successivi, il che avrebbe impedito che questa tragedia andasse avanti per quasi un decennio. Tutto dipenderà da quanto è stato costretto a restare in silenzio. Sulla base della dichiarazione del Raitheano, Marilia ha minacciato seriamente Jacobs. Se un crimine viene commesso sotto costrizione, si può essere scagionati."

"Credevo che ciò non si applicasse se il crimine causa la morte di qualcuno, non è così?"

"Le prove finora raccolte non indicano che qualcuna delle azioni di Jacobs abbia portato a morti dirette," disse Amreth. "Non era presente né è responsabile di ciò che Noah ha fatto. Ha prontamente fornito cure ai Kreelar non appena si è reso conto che erano stati infettati. Il suo crimine è stato non segnalarlo all'Ordine Medico galattico. Ma apparentemente non lo ha fatto perché sotto costrizione, nonché quando c'erano poche ragioni per pensare che la malattia sarebbe tornata. E infatti, la causa è stata una fonte completamente diversa che Elias non avrebbe potuto sospettare e di cui non aveva idea dell'esistenza fino a quando gli amici dei Kreelar non li hanno aiutati a inviargli un messaggio."

"E poi lo ha riferito immediatamente a Typhoon, chiedendo di renderlo pubblico," conclusi al posto suo. "Potrebbe anche farla franca, o almeno cavarsela giusto con uno schiaffo sulla mano. Solo il tempo ce lo ha dirà. Tuttavia, la rovina della Typhoon è la migliore punizione possibile. La speranza è che tutto ciò mandi un chiaro messaggio a tutte le altre società e corporazione che usano questo tipo di tattiche immorali per arricchirsi."

"Ben detto," disse Mehreen.

"Ma ora si è fatto tardi," dissi infine. "Avrei bisogno di una doccia, un buon pasto e un po' di riposo e relax."

"Oh, sono sicura che ti *riposerai*," disse Mehreen, agitando le sopracciglia.

Le lanciai un'occhiataccia mentre i miei colleghi ridacchiavano.

"In realtà, ti riposerai davvero," disse Amreth con un'espressione maliziosa. "Credo che qualcuno si sia guadagnato una giornata alla spa sulla mia nave. E, guarda caso, è parcheggiata a pochi passi da qui."

"Oh, cavolo, sì!!" esclamai, facendo ridere di nuovo i miei colleghi.

Una volta data la buonanotte ai nostri amici, non mi tirai indietro quando Amreth mi prese tra le braccia e mi portò in volo fino alla nave. A dire il vero, si tenne abbastanza vicino al suolo da non farmi venire la nausea a causa delle mie sciocche vertigini.

Era la prima volta che facevo un vero giro della nave. Non solo era all'avanguardia, ma mi colpì anche come fosse decisamente di fascia alta a livello di lusso. Anche se avevamo parlato spesso di come sarebbe stato il nostro futuro una volta risolta tutta quella faccenda, non ci eravamo mai addentrati in discorsi più materialistici e pragmatici come le nostre situazioni finanziarie.

Non ero ricca, ma vivevo piuttosto agiatamente e rientravo tranquillamente nella classe medio alta. Oltre alla ricchezza generazionale ereditata dai miei genitori, il mio lavoro di epidemiologa mi garantiva un reddito invidiabile. Tuttavia, era chiaro che Amreth appartenesse a una fascia molto più alta. Dopotutto, era un Lord.

Mi faceva sempre ridere pensare che, una volta sposati, sarei

diventata ufficialmente Lady Ciara. La sola idea mi faceva ridacchiare in un modo tutt'altro che signorile. Considerando quanto
trovassi pomposa la maggior parte delle persone durante eventi
come il simposio in cui ero stata rapita, un titolo del genere era
un po' sprecato per una come me. Del resto, ero solamente grata
che Amreth non sembrasse essere rigido o pignolo riguardo alla
gerarchia e al riconoscimento del suo rango. Il caso contrario
sarebbe stato sicuramente un problema.

Tuttavia, fu una delizia per gli occhi vedere la scelta di colori
e l'arredamento che decorava la grande nave. Sospettai che
riflettesse la sua estetica a casa. Per qualche motivo, mi sarei
aspettata molti colori scuri, da varie tonalità di grigio a rossi
intensi e marroni scuri. Invece, l'interno era per lo più bianco,
beige chiaro e con occasionali accenti di ossidiana. Aveva un
qualcosa di molto zen e pacifico.

"Mi piace questa scelta di colori," dissi, mentre mi conduceva nella parte posteriore della nave, dove erano situate quattro
camere da letto, due delle quali con bagno privato e le altre due
con bagno in comune.

"Mi fa piacere sentirlo," disse Amreth con un sorriso. "Casa
mia ha colori simili. Adoro come rendano l'ambiente spazioso e
rilassante. Abbiamo anche molte finestre enormi, con enormi
terrazze su tutti e tre i piani della villa. Non vedo l'ora che tu la
possa vedere. Ovviamente, sarai libera di apportare tutte le modifiche che desideri per renderla più adatta a te."

"A giudicare da quello che vedo finora, dubito che sarà
necessario," dissi in tutta sincerità. "Ma comunque non vedo
comunque l'ora di vederla."

"Beh, qui ne hai un primo assaggio," disse, aprendo una
porta su quella che si rivelò essere un'imponente camera da letto.

Rimasi a bocca aperta alla vista del letto enorme, che occupava almeno un terzo dello spazio. Sembrava abbastanza largo
da permettere ad Amreth di sdraiarvisi sopra con le ali spiegate.
Lenzuola e cuscini di toni più terrosi aggiungevano un tocco di

calore e una spruzzata di colore in più. Quasi nemmeno notai il comodo divano in legno scuro e con morbidi cuscini beige posto di fronte a un gigantesco schermo. Con mia sorpresa, nella stanza non c'erano né un tavolo per la colazione né una scrivania. Tuttavia, a catturare la mia attenzione furono i grandi quadri astratti che adornavano le pareti.

Non ero mai stata una persona in grado di elencare nomi di famosi artisti o che amasse investire in opere d'arte da collezione scandalosamente costose. Tuttavia, apprezzavo sinceramente il lavoro di coloro che erano in grado di trasmettere un sentimento o suscitare un'emozione con la loro arte, da un semplice disegno, a una scultura o una canzone. Non avrei saputo esprimerlo a parole e non pensavo neanche che fosse necessario. Per me si trattava solo di accogliere qualunque emozione tali opere potessero suscitare. E quelle che avevo davanti, risuonavano pienamente in me.

"Sì, penso proprio che la tua casa mi piacerà così com'è," dissi con aria malinconica mentre ammiravo le opere d'arte.

Lui sorrise, mi baciò sulla tempia e poi mi prese per mano, guidandomi verso una stanza attigua.

Quasi mi uscirono gli occhi dalle orbite una volta entrata in bagno. Non scherzava quando aveva detto di avere una vera e propria spa. La stanza era più grande della maggior parte delle cabine delle normali navi da crociera. L'enorme vasca incassata attirò immediatamente la mia attenzione. Amreth non aveva esagerato descrivendone le grandi dimensioni. Strillai come una ragazzina, battendo le mani, e lui scoppiò a ridere.

Poi notai la doccia ancor più grande che occupava quasi un'intera parete. Dal soffitto pendevano dei soffioni e lungo la parete erano allineati una serie di getti. A giudicare dal loro numero e dalle angolazioni, erano stati progettati specificamente per gestire l'ampia apertura delle ali di un Obosiano. Non c'era da stupirsi che il mio compagno fosse così triste per l'assenza di tutte quelle sue comodità. In un angolo, vidi delle lunghe strisce simili a prese d'aria verticali, poste sul muro, e una quadrata sul soffitto, che immaginai essere una sorta di asciugatrice.

Di fronte alla doccia, un lungo bancone con un doppio lavandino era posizionato davanti a uno specchio che arrivava fino al soffitto. All'altra estremità della doccia, separata da una parete per dare maggiore privacy, c'era un gabinetto posto su una piccola piattaforma che lo sollevava rispetto al terreno. Considerando l'ampio spazio tra la tazza e la parete di fondo, mi resi conto che la distanza e l'elevazione erano state pensate per rendere il tutto più confortevole per le sue ali e la coda.

"Questa è una replica quasi perfetta del bagno privato nella camera da letto principale di casa mia," disse Amreth, prima di avvicinarsi a un motivo a spirale sulla parete vicino all'ingresso con una pietra luminosa accanto. "E qui dentro troverai asciugamani puliti e ogni altro accessorio necessario. Non devi far altro che agitare la mano davanti alla pietra."

Rimasi a bocca aperta quando il motivo a spirale sembrò trasformarsi in un liquido denso, scomponendosi e rivelando gli scaffali all'interno.

"Va bene, questo è davvero forte," dissi, impressionata.

Mi rivolse un sorriso compiaciuto. "Queste porte sono lo standard su Vargo e, per estensione, anche su Molvi. Se hai bisogno di aprirne una, non devi fare altro che agitare il palmo della mano davanti alla pietra. Per chiuderla, invece, basta muovere il dorso della mano davanti alla pietra."

"Prendo nota," dissi, eccitata al pensiero di tutte le altre meraviglie che avrei scoperto nel suo mondo.

"Bene. Ora togliti i vestiti e bagniamoti un po'..." disse Amreth, con una voce provocante che mi fece subito arricciare le dita dei piedi.

Sorrisi e feci come aveva detto, mentre lui intanto si dedicò a riempire la vasca d'acqua.

"Torno subito," disse con tono misterioso, stuzzicando la mia curiosità.

Il mio sguardo si soffermò su di lui mentre usciva dalla stanza, ammirando la sua schiena robusta e il modo in cui la sua lunga coda ondeggiava dolcemente dietro di lui. Il ricordo delle cose sporche che mi aveva fatto con quella coda fece immediatamente pulsare ed eccitare tutti i punti giusti del mio corpo. Piena di aspettative, finii di spogliarmi e riposi ordinatamente i miei vestiti sul bancone. Mi avvicinai alla vasca, che si stava riempiendo a una velocità impressionante, e vi immersi la punta dei piedi per provarne la temperatura. Un sorriso si allargò sulle mie labbra quando la trovai della temperatura perfetta. Scendendo i due gradini che portavano all'interno della vasca, mi adagiai nell'acqua con un lieve gemito voluttuoso.

Il leggero fruscio della porta che si apriva dietro di me richiamò la mia attenzione. I miei occhi si spalancarono quando vidi Amreth seguito da un vassoio fluttuante, sui sopra vi erano due flûte colmi di una bevanda spumante che somiglia allo champagne e due piatti, uno carico di frutta esotica a fette in uno e l'altro di un lussuoso assortimento di cioccolatini gourmet.

"Oh, mio Dio! Dove li hai presi?!" esclamai, raddrizzandomi nella vasca mentre lui si avvicinava e posizionava il vassoio fluttuante davanti a me, all'altezza perfetta.

"Li ho portati con me con l'intenzione di gustarli durante il nostro primo appuntamento dopo averti liberata," disse Amreth compiaciuto, iniziando a spogliarsi. "In realtà, c'era l'equivalente di fragole ricoperte di cioccolato come parte del menu. Ma date le circostanze, ho pensato che ne avessimo viste abbastanza in questi giorni e fosse meglio lasciarle da parte."

Sbuffai, divertita e commossa dalla sua premura. "Caspita, sei così... dolce!"

"Normalmente, mi offenderei se venissi descritto in questo modo, ma questa volta te lo permetto," disse in tono scherzoso. "Non ti ho esattamente liberata, ma comunque direi che abbiamo motivo di festeggiare."

"Sì," convenni mentre mi godevo la vista del mio uomo. "E in più di un modo."

Con mia sorpresa, non si unì a me nella vasca, ma si sedette di lato, sul bordo rialzato, con i piedi ancora sul pavimento. Amreth prese i due flûte, porgendomene uno. Lo presi, con il cuore che batteva forte, mentre lui mi guardava negli occhi con un affetto così profondo da lasciarmi sottosopra.

"A te, mia Ciara, la più grande benedizione che gli dèi avrebbero mai potuto concedermi. Mi sono sempre chiesto come sarebbe stata la mia anima gemella. Speravo che fosse gentile, intelligente, divertente, affettuosa e, naturalmente, rispettosa della legge," aggiunse, con una strizzatina d'occhio provocante, facendomi ridere.

Tornò serio e mi accarezzò delicatamente la guancia con le nocche.

"Ma tu hai superato tutto questo. Sei audace, coraggiosa, compassionevole e altruista. Giorno dopo giorno, ti ho vista lavorare fino allo sfinimento per salvare queste persone con empatia e rispetto. Non hai mai nemmeno considerato come il successo in questa impresa avrebbe potuto portarti lodi e prestigio. Ti sei preoccupata solo del loro benessere. E questo traspare. Non puoi nemmeno immaginare quanto io sia orgoglioso di poterti reclamare come mia."

Sentii la gola stringersi e delle stupide lacrime tentarono di inumidirmi gli occhi, pronte a coronare il tutto. Non credevo di fare niente di speciale, se non ciò che ritenevo essere necessario e giusto. Ma la sua reazione a ciò che avevo fatto mi aveva commossa nel profondo.

"Mi piace che tu non abbia paura di dire ciò che pensi, di rimanere fedele alle tue convinzioni e di perseguire ciò che vuoi. E soprattutto, adoro quanto mi sento felice semplicemente stando al tuo fianco. Il solo pensiero di vedere il tuo viso e di sentire la tua voce mi fa sorridere. Mi sto innamorando di te, Ciara. Non vedo l'ora di iniziare la nostra vita insieme."

"E anch'io non vedo l'ora di iniziare la nostra vita insieme. Anche tu hai superato i miei sogni più sfrenati. Per ogni mia qualità che hai elencato, potrei dire lo stesso di te. La mia più grande paura era che tu fossi troppo rigido. Invece, sei estremamente umile, di larghe vedute e disposto a guardare le cose dal punto di vista di qualcun altro. Sei protettivo senza essere controllante, di sani principi ma non ipocrita, disciplinato eppure giocoso e, soprattutto, sei il miglior "coccolatore' del mondo. Quegli abbracci con le ali sono semplicemente qualcosa di fuori dal mondo," aggiunsi in tono scherzoso.

Sbuffò e scosse la testa.

"Amo che tu non ci abbia pensato due volte a venire a salvarmi. Adoro che ti sia adattato rapidamente alla nuova situazione e che non abbia esitato a fare la cosa giusta, anche a scapito della tua carriera su Molvi. Sei altruista, proprio come sostieni sia io. E tutti qui riescono a vederlo. Sono ancora più orgoglioso di te di quanto tu possa esserlo di me."

"Dubito che sia possibile," disse, cercando di sembrare burbero per nascondere quanto le mie parole lo avessero toccato.

"Credimi, è così. Hai così tanto potere che potresti facilmente abusarne, eppure cerchi sempre l'opzione più pacifica per evitare spargimenti di sangue. Mi fai sentire al sicuro, rispettata e apprezzata. Mi sto innamorando di te: coda, ali, corna e tutto il resto."

"Anche i piercing?"

Scoppiai a ridere, mentre lui ridacchiava affettuosamente.

"Sì, anche i piercing. Soprattutto... quelli," aggiunsi, lanciando uno sguardo significativo al suo inguine.

"Bene! Perché, quando torneremo a casa, sospetto che il Conclave mi conferirà più algarium come ricompensa per il mio contributo alla risoluzione di questa crisi. Inizia a pensare dove vorrai che aggiunga qualcuno di quei piercing."

Restai a bocca aperta, con lui che ancora ridacchiava, compiaciuto.

Il Conclave era la massima autorità legale su Vargos, il pianeta natale degli Obosiani. L'algarium era il metallo raro che usavano per i loro piercing, che dovevano guadagnarsi attraverso azioni o risultati straordinari. Avrei dovuto chiedergli per cosa ottenuto tutti quelli che adornavano il suo corpo.

"Fino ad allora… brindiamo a noi due," disse Amreth, senza attendere la mia risposta.

"A noi due," ripetei, brindando con lui.

Bevemmo entrambi. La bevanda si rivelò essere più simile a un rosé fruttato, anche se poteva benissimo essere una versione Obosiana dello champagne. Non che mi importasse particolarmente, dato che non ero mai stata una gran bevitrice. Ma quello era davvero delizioso.

Con mia sorpresa, Amreth non assaggiò le prelibatezze nei due piatti, ma si mise invece dietro di me, accovacciandosi sul bordo della vasca, per farmi un vero massaggio alle spalle. Un mugolio uscì dalla mia gola, simile a delle fusa.

"Mangia, mia compagna, e goditi queste piccole e meritate attenzioni," disse Amreth.

"Tu non mangi?" chiesi, prendendo uno dei cioccolatini.

"No. Sto lasciando spazio per il banchetto da acquolina in bocca che intendo concedermi un po' più tardi," rispose, con un tono suggestivo che non lasciava dubbi cosa fosse sottinteso.

Una piacevole fiamma si accese nella bocca dello stomaco mentre mi abbandonavo al massaggio e mi gustavo qualche altro dolcetto. Usò il suo *bakaan* a un livello di intensità molto basso per rilassarmi ancora di più. Con un comando vocale, attivò l'impianto audio, che iniziò a riprodurre una musica Obosiana rilassante.

Finii il mio drink, sgranocchiai ancora un po' di frutta e cioccolatini, poi misi da parte il vassoio mentre Amreth abbandonava le mie spalle per fare il giro intorno alla vasca. Il mio cuore fece un balzo quando entrò nella vasca enorme, che aveva ancora spazio a sufficienza per far unire comodamente a noi almeno un altro adulto. Tuttavia, Amreth si sedette di fronte, all'altra estremità, invece di accoccolarsi con me. Solo allora mi resi conto che stava per farmi un massaggio ai piedi e alle gambe. Un altro forte mugolio mi uscì dalla gola. Mi appoggiai alla vasca, con la nuca sul bordo rialzato mentre il mio uomo mi coccolava.

Il suo tocco era magico. Mi ci volle un attimo per capire che il piccolo formicolio era dovuto al fatto che mi stava massaggiando usando una minima quantità del suo Lumiak. Per un attimo, mi chiesi se non fosse una cosa un po' rischiosa, dato che l'acqua era un ottimo conduttore di elettricità. Ma con i suoi quarantasei anni, ero sicura che ormai sapesse cosa fosse sicuro fare e cosa no con i suoi poteri.

Quando terminò il massaggio, ero completamente languida, con la sensazione che tutto il mio corpo stesse fluttuando su una nuvola. Amreth uscì dalla vasca e poi attivò i getti di bolle. L'acqua calda iniziò immediatamente a incresparsi tutt'intorno a me, dandomi un altro massaggio completo che mi fece sciogliere ancor di più.

Il mio compagno ridacchiò, compiaciuto, sporgendosi in avanti per baciarmi. Restituii il bacio, desiderando che si accoccolasse con me nella vasca. Invece, Amreth si raddrizzò e si diresse verso la doccia. Sentendomi un po' abbandonata, lo guardai confusa iniziare a lavarsi. Era davvero uno spettacolo vedere tutti quei getti d'acqua che gli schizzavano addosso, soprattutto sulle ali.

Sembrava un dio pagano quando le allargò. Mi venne l'acquolina in bocca mentre lo guardavo alzare le braccia per iniziare a lavarsi i capelli. Espose ogni centimetro del suo corpo delizioso ai miei occhi avidi. La luce ambientale si rifletteva nel modo giusto sui suoi piercing, attirando ulteriormente la mia attenzione su di essi. Deglutii a fatica, ricordando la sensazione che mi aveva dato sentirli sulla mia lingua, così come ciò che avevano suscitato in me le piccole squame e le morbide punte lungo la sua lunghezza.

Si girò verso i getti d'acqua che gli bagnavano le ali. Il mio sguardo scivolò sui forti muscoli della sua schiena, che scendevano verso il basso sotto la pelle grigio-marrone seguendo la spina dorsale fino a quando si curvava sfociando nella lunga coda. Sebbene la base fosse un po' spessa, non nascondeva niente dei suoi deliziosi glutei rotondi. Avevo le dita che prudevano dalla voglia di afferrarli con entrambe le mani. E avrei voluto anche dare un bel morso ad ambo le natiche.

Alzò il viso verso il getto che scendeva dai soffioni. Dopo un attimo, fermò l'acqua, poi si voltò di nuovo verso di me. Con gli occhi chiusi, appoggiò il palmo delle mani contro le porte di vetro, con la testa leggermente china. Solo allora sentii un fischio molto sottile, che immaginai provenire dall'asciugatore ad aria. Pochi secondi dopo, notai effettivamente il leggero movimento dei suoi lunghi capelli biancoargenteo, che indicava come l'aria li stesse scompigliando.

Mi resi conto di essere uscita dalla vasca quando iniziai a camminare verso la doccia. Gli occhi di Amreth si spalancarono un attimo prima che raggiungessi la doccia. Le sue iridi biancoargento, quasi completamente inghiottite dalla sclera nera che le circondava, si espansero improvvisamente tornando loro dimensione normale mentre incrociava il mio sguardo. Si raddrizzò e lasciò ricadere le mani dalle porte di vetro. Le aprii e feci un passo dentro, la corrente tiepida dell'asciugatrice mi avvolse in una dolce carezza.

Senza dire una parola, mi avvicinai al mio compagno e gli posai i palmi sul petto. Alzai il viso per ricevere un suo bacio, che mi concesse generosamente. Le nostre lingue si intrecciarono, suscitando in me una scarica di desiderio. Era più affilata di quella di un essere umano, con una consistenza leggermente più ruvida che esaltava ogni sensazione, specialmente nei punti più sensibili. Anche il piercing al centro della lingua aumentava l'esperienza.

Avvolse la mano destra alla mia nuca, mentre la sinistra

scivolò lungo la mia schiena in una dolce carezza prima di posarsi sul mio sedere. Interruppi immediatamente il bacio, non volendo permettergli di prendere il controllo del momento. In camera da letto era naturale fosse dominante. Anche se di solito non avevo problemi a cedere su quel fronte, in quel preciso istante volevo saziare la mia fame di lui alle mie condizioni.

Non cercò di fermarmi quando iniziai a baciargli la mascella e a percorrere la curva del collo. Amavo la morbida consistenza della sua pelle, che al tatto sembrava leggermente coriacea rispetto a quella di un essere umano. Le scaglie a punta sulle sue spalle mi solleticavano i palmi e i bordi sfregavano contro le mie mani mentre lo accarezzavo.

La mia bocca si avventurò più in basso, verso il suo capezzolo sinistro. Ero diventata piuttosto dipendente dal succhiare il piccolo piercing a bilanciere che aveva lì. Sentire il piacere che ne ricavavo mi faceva sempre sentire in colpa per non avere piercing a mia volta con cui potesse divertirsi lui. Ero ancora convinta che non me ne sarei mai fatta uno, ma ero diventata un po' meno contraria a priori, da quando avevo preso confidenza con il suo. Il fatto che Amreth non ne avesse più fatto menzione o che non cercasse nemmeno lontanamente di farmi pressione affinché anch'io ne avessi uno, sicuramente aveva giocato un ruolo importante. Mi piaceva che rispettasse davvero la mia autonomia di scelta sul mio corpo e che gli piacessi così come ero.

Il profondo rombo del suo gemito di approvazione risuonò direttamente nel mio clitoride. Non c'era niente di più eccitante di vedere come l'amore della tua vita fosse incredibilmente sensibile e reattivo al proprio tocco. Amreth non sembrava averne mai abbastanza di me, proprio come io avevo un costante desiderio di lui. Leccai e giocherellai con il suo capezzolo ancora per un po', succhiando il piccolo bocciolo mentre pizzicavo l'altro con la mano sinistra.

Ripresi il mio percorso verso il basso, fermandomi per dedicare un po' di attenzione al piercing nell'ombelico. Sentire i suoi muscoli addominali contrarsi sotto i miei palmi alimentò ulteriormente la fiamma che cresceva sempre più nel mio ventre. Toccai e accarezzai quei muscolo con le mani, prima di tracciare ogni solco cesellato con la lingua.

Amreth emise un sibilo quando la mia mano destra si fece strada tra le sue cosce, per poi avvolgere audacemente la sua lunghezza. Dio mio! Non mi sarei mai stancata della sensazione paradisiaca del suo cazzo nella mia mano. Le sue *xinnix*, le piccole sporgenze lungo la parte superiore della sua asta, e i numerosi piercing sparsi per tutta la lunghezza e sulla punta del suo cazzo, mi davano una moltitudine di sensazioni che mi facevano fremere di anticipazione. Tutto ciò che stavo sentendo in quel momento con il mio palmo, mentre iniziavo ad accarezzarlo, sarebbe stato mille volte più forte una volta dentro di me.

Mi accovacciai davanti a lui, deliziando i miei occhi con la perfezione del suo fisico. Sporgendomi in avanti, iniziai immediatamente a stuzzicare la fessura della sua testa con la lingua, prima di tracciare lenti cerchi intorno al glande. L'altra mano accarezzava e stringeva i suoi testicoli, di cui trovai estremamente piacevole la consistenza insolitamente liscia. Le dita di Amreth scivolarono tra i miei capelli, stringendoli nel suo pungo ma allentando la presa abbastanza da non limitare i miei movimenti. Emise un gemito soffocato quando gli leccai l'intera lunghezza un paio di volte, prima di prenderlo in bocca.

Dire che era enorme non avrebbe reso nemmeno lontanamente l'idea. Stranamente, fui io a sentirmi delusa dal fatto di non poterne prendere di più in bocca...avrei davvero voluto poterlo prendere in gola. Ad ogni modo, compensai accarezzandolo in contrappunto al movimento della mia testa. Il suono profondo e ringhioso dei suoi gemiti che giungeva alle mie orecchie mi fece infradiciare in pochi secondi. Sentivo i seni pesanti e i capezzoli doloranti dal bisogno di ricevere anch'essi qualche attenzione.

Nonostante il suo fenomenale autocontrollo, Amreth iniziò a dondolarsi delicatamente in risposta ai miei movimenti. La prima volta che lo fece, temetti che mi avrebbe distrutto le tonsille una volta che la passione avesse preso il sopravvento. Fortunatamente, anche quando dominato dal piacere, il mio uomo non dimenticava mai di mettere la mia sicurezza al primo posto. Per un motivo del tutto irrazionale, quella consapevolezza mi invogliava a fargli perdere ancor di più la testa, come in una sorta di bisogno masochistico di spingerlo oltre i suoi limiti.

Amavo il suo sapore, leggermente piccante come lo zenzero dolce. Purtroppo, troppo spesso mi privava del piacere di assaporarlo appieno. Era una strana voglia che avevo sviluppato esclusivamente per lui, considerando che non mi era mai piaciuto particolarmente ingoiare. Eppure, amavo tutto di lui e non ne avevo mai abbastanza. Amreth aveva però un problema con il raggiungere l'orgasmo per primo. Era ossessionato dall'assicurarsi che io fossi venuta almeno un paio di volte prima di potersi godere il suo.

Come se avesse letto i miei pensieri, Amreth iniziò a tirarmi delicatamente i capelli per allontanarmi da lui. A giudicare da come i suoi addominali si contraevano spasmodicamente e dal leggero tremolio delle gambe, il mio uomo stava per cedere. Rifiutandomi di farmi sottrarre il mio premio, strinsi la base del suo cazzo e accelerai il movimento della mia testa, succhiando ancora più forte. Quando tentò di tirarmi via con un po' più di forza, ricorsi spudoratamente alla tattica scorretto che avevo scoperto lo faceva venire in pochi secondi.

Sfiorai con i denti le sensibili sporgenze delle sue *xinnix*. Per lui erano come dei punti G esterni. Proprio come previsto, il suo corpo si irrigidì e la sua mano mi strinse dolorosamente i capelli mentre gridava. Anche se l'avevo provocato deliberatamente, quasi soffocai al primo potente getto che mi arrivò in bocca. Ingoiai, preparandomi a riceverne ancora, ma quel maledetto maschio si tirò indietro, tenendo la presa sui miei capelli troppo stretta per permettermi di tentare di resistere.

Sibilò e avvolse la mano intorno alla base del suo pene, proprio sotto la mia che cercava ancora di accarezzarlo. Amreth strinse forte, arginando il flusso del suo seme. Mi leccai le labbra, in modo lascivo, con un luccichio malizioso negli occhi misto a un barlume di disapprovazione per non avermi lasciata fare a modo mio.

Ma pur continuando a tremare leggermente per le ondate di estasi del suo orgasmo, Armeth mi fissò con un'espressione quasi feroce, che esprimeva chiaramente quanto fossi stata una cattiva ragazza e che mi avrebbe punita per quel che avevo osato fare. La pulsazione tra le mie cosce aumentò a dismisura mentre mi preparavo alla sua vendetta.

E arrivò rapidamente.

"Ti piace giocare sporco?" disse con un ringhio. "So farlo benissimo anch'io."

Un'onda incredibilmente potente del suo *bakaan* si schiantò contro di me. Urlai, inarcando la schiena mentre venivo travolta da un violento orgasmo. Due braccia forti mi sollevarono proprio prima che crollassi sulle piastrelle del pavimento.

Aggrappandomi alle sue spalle, con il corpo tremante, cercai di riprendere il controllo mentre sentivo un fuoco liquido scorrere nelle mie viene e il mio clitoride pulsare quasi dolorosamente. Il petto di Amreth, premuto contro il mio, vibrò mentre lui ridacchiava, compiaciuto. Mi baciò la macchia bianca sulla fronte, o la mia corona, come la chiamava lui, poi fece scorrere le labbra lungo la mia tempia fino all'orecchio destro.

"Che ne dici di fare un gioco diverso?" sussurrò con un tono quasi malizioso.

Ancora troppo stordita, cercai di chiedergli cosa intendesse. Ma lui mi accarezzò il sedere, facendo scivolare la mano tra le mie cosce e piegando le dita per raggiungere il mio clitoride. L'unico suono che mi uscì fu un altro grido di estasi quando colpì il mio piccolo nodo gonfio con un fulmine di Lumiak. I miei occhi ruotarono all'indietro mentre, ancora una volta, venivo travolta dal piacere.

Ondate di beatitudine si abbatterono su di me quando Amreth mi fece volare in alto con un misto del suo *bakaan* e, tra una carezza e l'altra, un uso strategico dei suoi fulmini nelle mie zone più erogene. Mi ci volle troppo tempo per rendermi conto che anche la sua coda si era unita alla mischia, entrando e uscendo da me freneticamente, mentre il mio compagno mi ricopriva il viso e il collo di baci appassionati.

Un terzo orgasmo mi reclamò, quella volta però crescendo gradualmente dentro di me invece che esplodere selvaggiamente come i due precedenti. Mi aggrappai ad Amreth come se da lui dipendesse la mia vita, desiderando di averne di più e, allo stesso tempo, temendo di frantumarmi in mille pezzi. Il mio cervello riusciva a malapena a elaborare le dolci parole che mi sussurrava, la mia mente era troppo stordita e annebbiata dal piacere travolgente. Il susseguirsi infinito di gemiti che fuoriuscivano dalla mia bocca e il rombo del sangue nelle mie orecchie, rendevano ancora più difficile sentire quel che mi stava dicendo.

Eppure, quando tirò fuori la coda per sostituirla con la sua grossa asta, le sue parole penetrarono la nebbia di lussuria che offuscava i miei pensieri.

"Ancora una volta, amore mio. Sul mio cazzo... Insieme..."

Come ogni volta che scopavamo, il suo cazzo mi riempì completamente, con la sua circonferenza non trascurabile che mi allargava fino a quello che sembrava essere il mio limite. Eppure, non ne avevo mai abbastanza. Ogni spinta mi strappava un gemito soffocato dopo l'altro. Tra le punte delle sue *xinnix* e i piercing che rivestivano la sua lunghezza, le mie pareti interne vennero colpite da un assalto sensuale indescrivibile che mi fece cantare in preda all'estasi. Il piercing a bilanciere sulla punta e le squame sulla parte superiore del suo pene sfregavano sistematicamente contro il mio punto G con precisione micidiale, entrando e uscendo, facendomi impazzire di piacere.

Il mondo cessò di esistere, il mio intero universo si ridusse alla sensazione di lui, dentro e intorno a me. Un inferno mi stava consumando dall'interno, ogni terminazione nervosa infiammata da un turbine di sensazioni.

Amreth iniziò a penetrarmi sempre più forte e più veloce-mente, il suo respiro divenne affannoso, sfiorando il mio orec-chio in brevi e forti raffiche mentre si avvicinava al limite. In poco tempo, mi stava martellando, stringendomi il culo con entrambe le mani, con gli artigli parzialmente estrusi che affon-davano nelle mie natiche. Il suo cazzo mi stava distruggendo e potevo sentire l'onda del mio orgasmo finale avvicinarsi, carico di una furia sfrenata come uno tsunami.

La mia spina dorsale si bloccò e una luce accecante esplose davanti ai miei occhi mentre crollavo di nuovo. Le mie pareti interne si strinsero sul cazzo di Amreth, intensificando la sensa-zione delle sue punte, scaglie e piercing dentro di me. Unì la sua voce alla mia, le sue mani sul mio sedere strinsero la presa in modo quasi doloroso. Mi sorprese che i suoi artigli non mi aves-sero lacerato la pelle.

Il suo seme esplose in me, inondando la mia figa dolorante con un flusso bruciante mentre continuava a muoversi dentro e fuori di me. Schiacciò le mie labbra contro le sue in un bacio vorace, inghiottendo i miei gemiti di estasi. Poi ruppe il bacio e io affondai il viso nel suo collo, devastata e senza più forze. Lo sentii vagamente barcollare all'indietro e poi appoggiarsi al muro, probabilmente cercando di ritrovare l'equilibrio. Come fosse riuscito a tenermi salda a sé sfidava ogni logica. Ma ne fui solo grata.

L'acqua che ancora scrosciava su di noi mi strappò dal mio stordimento. Mi sentivo troppo annebbiata per muovermi, ma del resto non ce n'era bisogno. Con una tenerezza e una cura infinite che mi commossero, Amreth finì di lavare entrambi noi, tenendomi avvolta tra le sue braccia, baciandomi e sussurrando parole d'amore mentre l'asciugatore ci soffiava addosso aria calda.

Poi mi riportò nella sua stanza, adagiandomi delicatamente sul grande materasso prima di unirsi a me. Amreth mi tirò su di lui, con la coda e le braccia avvolte intorno a me e le sue enormi ali che ci coprivano.

Mi addormentai tra le braccia del mio compagno, sentendomi al sicuro, amata... e a casa.

CAPITOLO 18
CIARA

Nella settimana successiva alla cattura dei due assassini, la maggior parte delle nostre interazioni con i Kreelar furono dominate da diverse questioni diplomatiche. Ora che l'intera faccenda era diventate pubblica, l'OPU e gli Esecutori avevano formalmente avanzato l'offerta che Maeve aveva menzionato ad Aku e Amreth. Intendevano fornire personale e risorse tecnologiche per aiutare a trovare una cura o un trattamento ed eradicare l'infestazione di fragole.

Se prima avrei incoraggiato senza esitazione una specie primitiva nella loro situazione ad accettare quell'aiuto, il breve periodo trascorso tra loro mi aveva davvero aiutata a comprendere meglio la loro riluttanza. Quelle persone hanno sofferto di un vero e proprio trauma a causa delle loro interazioni con gli extra-mondo. Il tentato genocidio aveva solo moltiplicato la loro angoscia di migliaia di volte.

Inoltre, non ero così ingenua da credere che l'offerta fosse puramente altruistica. Sì, l'OPU e gli Esecutori volevano fare la cosa giusta per i Kreelar, ma stavano anche cercando di ingraziarseli, gettando le basi per future alleanze.

Anche se i miei colleghi, Amreth ed io, ci eravamo guadagnati la loro fiducia, i Kreelar non erano così entusiasti di estenderla ad altri. Allo stesso tempo, anche con il laboratorio mobile e Amreth che si occupava della maggior parte delle ricognizioni, eravamo troppo pochi per l'entità del lavoro da svolgere. Avere una squadra completa, soprattutto per le analisi, l'esecuzione delle simulazioni e la preparazione dei trattamenti, avrebbe accelerato notevolmente i nostri progressi. Ancora più importante, l'accesso a una tecnologia all'avanguardia, di cui il nostro laboratorio mancava, e la connessione all'infinito database del Consiglio Medico Galattico avrebbero fatto un'enorme differenza.

Sebbene inizialmente i Kald si fossero rifiutati di permettere a qualsiasi altro extra-mondo di atterrare sul loro pianeta, acconsentirono al posizionamento permanente di un satellite di trasmissione per darci finalmente la connettività di cui avevamo bisogno. Permisero anche che una squadra rimanesse in orbita a bordo di una nave scientifica per aiutarci a svolgere gran parte del lavoro.

Entro la fine della settimana successiva, sviluppammo un siero che rivestiva i prioni con una sostanza che ne impediva l'assorbimento. Non era un antidoto, ma un trattamento per coloro che erano già infetti. Incoraggiavamo comunque ancora fortemente la vaccinazione, ma eravamo fiduciosi che quel farmaco avrebbe funzionato.

Il dibattito più importante per loro come popolo era decidere cosa farne delle fragole. I nuovi poteri introdotti da quelle mutazioni erano ormai parte integrante del loro popolo. La nostra ricerca indicava infatti che quella mutazione fosse sempre stata prevista come parte dell'evoluzione naturale della loro specie. I prioni l'avevano solo innescata molto prima di quanto fossero pronti.

La domanda era se avrebbero dovuto eliminare il fattore scatenante e permettere alla loro gente di cercare di tornare alla loro linea temporale normale, nella misura in cui ciò fosse possibile, o se avrebbero dovuto imbrigliare quell'evoluzione e attivare la mutazione alle loro condizioni. La realtà era che, anche se fossero riusciti a sbarazzarsi di ogni fragola sparsa in giro, quella capacità psionica oramai esisteva tra la loro gente. Alcuni bambini sarebbero nati già dotati di quelle abilità, altri avrebbero potuto svilupparla improvvisamente e in altri ancora, invece, avrebbe potuto restare latente. Ciò avrebbe creato una classe diversa di persone nella loro popolazione che avrebbe potuto causare una frattura o uno squilibrio di potere in grado di far deragliare il loro intero futuro.

Se avessero accettato quei nuovi tratti, avrebbero potuto coltivare le bacche in un ambiente controllato e somministrarle deliberatamente in piccole quantità alla loro gente prima della pubertà. In combinazione con la medicina che avevamo sviluppato, avrebbero potuto garantire una mutazione sicura per tutti.

Qualunque sarebbe stata la loro scelta, era comunque necessario sradicare le bacche selvatiche. E ciò riaprì le discussioni sul permettere l'accesso agli extra-mondo sul loro pianeta. Eravamo lì da ormai un mese. Con la crisi principale praticamente scongiurata e tutte le persone infette stabilizzate e mutate in modo sicuro, non era più giustificato trattenere Amreth lì, lontano dai suoi doveri.

In realtà, tecnicamente avrebbe potuto andarsene già nei due giorni successivi all'arresto degli assassini. Tuttavia, avevamo bisogno di lui per fare da autista con la sua navetta. Se Amreth avesse lasciato il suo shuttle e fosse intanto tornato con la nave, Mehreen, Ernst ed io saremmo stati comunque troppo impegnati con il lavoro scientifico per fare tutto quell'andirivieni. Ad ogni modo, Amreth non voleva lasciarmi indietro, cosa che segretamente mi rendeva felice.

Alla fine, in gran parte grazie al mio compagno, i Kald accettarono di permettere a cinque piccole squadre, sotto stretto controllo di Amreth, di venire a eliminare tutte le fragole, oltre a rintracciare, curare o abbattere qualsiasi animale infetto. Ogni squadra acconsentì a essere supervisionata da un paio di Kreelar. Poiché ci sarebbero volute molte settimane per completare il compito, furono fornite loro delle sistemazioni nei cortili interni del villaggio a cui erano assegnati.

Dopo ulteriori discussioni, i Kreelar decisero che sarebbero stati i singoli individui, e non la loro tribù o i Kald, a scegliere se attivare la mutazione. Allestimmo una serra speciale in ciascuno dei tre templi, dove i loro Adhias, ovvero i loro leader spirituali, avrebbero supervisionato la crescita e la somministrazione delle bacche. A partire dall'età di dieci anni, se la mutazione non fosse avvenuta spontaneamente, ogni Kreelar poteva decidere se consumare o meno le bacche, che gli sarebbero state fornite da un Adhia.

Trascorsi la mia ultima settimana su Kestria fornendo un ulteriore addestramento ai Kreelar, per permettergli di creare da soli dei test di rilevamento e curare pazienti infetti insieme a casi supervisionati di persone che avevano consumato deliberatamente le bacche. Mehreen ed Ernst accettarono di trattenersi fino a quando tutto non fosse stato ultimato, cosa che avrebbe richiesto almeno altri tre mesi.

Tuttavia, mi offrii volontaria per prendere parte ai controlli cadenzati che si sarebbero svolti ogni sei mesi, per i primi due anni, e poi una volta all'anno per i successivi tre, con un'ultima visita che sarebbe avvenuto al decimo anno. Grazie al satellite di trasmissione, ora i Kreelar disponevano di un metodo diretto per contattarci e chiedere aiuto se qualcosa fosse andato storto tra un controllo e l'altro. Naturalmente, Amreth mi avrebbe accompagnata in quelle visite. Più che per proteggermi, lo avrebbe fatto per passare del tempo con il suo nuovo miglior amico. Se Aku e Vala non mi fossero piaciuti così tanto, quasi avrei potuto essere gelosa.

Il giorno della nostra partenza fu devastante. Mi commuovevo sempre un po' quando terminavo una missione, ma quella volta fu diverso. Vala, i guaritori e gli Adhias con cui avevo lavorato, vennero a salutarci. Vedere Muti e i suoi due piccoli mi toccò profondamente.

L'intero villaggio si era riunito nella piazza. Con mio grande stupore, formarono un cerchio perfetto intorno a me e Amreth, in più anelli concentrici. Ogni persona teneva la mano del proprio vicino e intrecciava la coda con quella della persona di fronte a loro, nell'anello più piccolo. Poiché gli anelli interni contavano meno persone, una persona su due aveva la coda intrecciata con due persone. Vala, Aku, Enre e due Adhias circondarono Amreth e me, che eravamo in piedi l'uno di fronte all'altra.

Tenevo entrambe le mani del mio compagno tra le mie. La sua coda era intrecciata con quella di Aku, ma Enre e uno degli Adhias avevano avvolto la loro intorno a ciascuno dei polpacci di Amreth, mentre Vala e l'altro Adhias avevano fatto lo stesso con me. Ogni singola persona del villaggio era completamente connessa agli altri, mani e code, formando un cerchio ininterrotto.

Come un'unica entità, i Kreelar iniziarono a cantare una melodia struggente che mi fece venire la pelle d'oca. Di tanto in tanto, gli Adhias pronunciavano parole nella loro lingua mentre gli altri continuavano a cantare. Non sapevo cosa stessero dicendo, ma non ne avevo bisogno. Aku aveva detto che volevano donarci la benedizione del viaggiatore. Ma a livello viscerale, credevo si trattasse di qualcosa di molto più profondo, come se ci stessero rendendo ufficialmente membri della loro tribù.

Amreth aveva descritto una scena simile al tempio, quando lo aveva sorvolato la prima volta alla ricerca di animali infetti. Il fatto che avessero voluto coinvolgerci in un rituale che, chiaramente, doveva essere sacro per loro, mi commosse profondamente.

Quando il canto terminò, le persone lasciarono ricadere mani e code, ma rimasero in un cerchio unico e più ampio intorno a noi. Muti e i suoi piccoli si avvicinarono a noi. La gola mi si strinse quando mi porse un tessuto ripiegato, splendidamente ricamato, che si rivelò essere una coperta con vari simboli, tra cui l'emblema della tribù Jaln.

"Io e la mia amata l'abbiamo fatto per te. Avrebbe voluto essere qui anche lei, ma si sta ancora riprendendo," disse Muti, con voce tesa dall'emozione. "Ho tessuto la coperta e la mia Ranae l'ha ricamata con i simboli della vita, dell'amore e della felicità, perché è quello che ci hai restituito. Ogni volta che la avvolgi intorno a te, sappi che sono le nostre braccia e i nostri cuori ad abbracciarti."

"Grazie, a entrambi voi," dissi, con la gola quasi troppo stretta per parlare. "Aiutarvi è stata già di per sé una grande benedizione per me. Farò tesoro di questo dono."

Posò il palmo della mano sul petto e chinò la testa. Con mia grande sorpresa, ognuno dei suoi figli afferrò la mia mano destra e vi premette la fronte. Contemporaneamente, avvolsero la coda intorno al mio polpaccio. Durò solo un momento, e subito si staccarono da me, facendo un passo indietro e guardandomi con i loro adorabili faccini.

Risposi al loro sorriso, con il cuore che mi scoppiava. La famiglia si ritirò quando Vala e Aku si fecero avanti. Ognuno di loro aveva al collo una di quelle collane di perline decorate che indossava la loro gente, anche se non erano solo perline. Sembravano pietre sculpite, con cristalli o gemme preziose intrappolate all'interno. Non le avrei paragonate a geodi, perché l'esterno era simile a un sassolino levigato, mentre il cristallo o la gemma all'interno erano troppo chiari, lisci e iridescenti.

Le collane sembravano anche molto più elaborate e lussuose di quelle che i membri della tribù usavano quotidianamente come ornamento.

"Questo è un *ondishae*," disse Vala, tenendo la collana davanti a me, mentre Aku faceva lo stesso con la sua davanti ad Amreth. "È sia un importante simbolo di identità, che un legame comunitario. Ogni Kreelar ne riceve uno il giorno in cui viene svezzato dalla madre o dalle balie, intorno ai sette o otto anni.

Negli anni successivi, man mano che instaurano relazioni strette con gli altri e creano un proprio posto nella tribù, anche il loro *ondishae* cresce."

"Cresce?" ripetei, incuriosita.

"È composto da due parti. *L'ondi*," spiegò Aku, rimuovendo la parte centrale della collana, che si rivelò essere una singola catena con una serie di sette gemme più grandi. "E gli *shae*," aggiunse, mostrando l'altra parte, molto più grande, che aveva quattro catene, ognuna adornata con innumerevoli piccole gemme e pietre scolpite. "La prima pietra dell'*ondi* rappresenta la tribù a cui appartieni o in cui sei nato, mentre le altre indicano le altre tribù che ti considerano parente o amico."

Mi premetti un palmo sul petto mentre il suo significato penetrava dentro di me. Sette gemme... Sette tribù che ci reclamavano.

"Gli *shae* sono simboli di amicizia da parte di persone la cui lealtà, rispetto o amore vi siete guadagnati con grandi azioni," continuò Vala. "Non vengono dati alla leggera, poiché l'intera unità familiare deve essere d'accordo prima che possano essere conferiti, il che rappresenta in media tra le quattro e le otto persone che devono tutte concordare che sia giustificato. I vostri *shae* contano ciascuno centoventisette pietre."

"Siamo senza parole...," disse Amreth, la sua voce carica delle stesse emozioni che stavo provando io.

"Non servono parole," disse Aku, con un tono leggermente divertito. "Non ci si aspetta che si indossi l'*ondishae* tutti i giorni. Essendo più pesanti, gli *shae* vengono solitamente esposti all'interno delle nostre case in un posto d'onore. Tuttavia, è comune indossare l'*ondi* come collana, avvolto intorno ai bracciali o intrecciato nelle nostre cinture."

Alzò l'avambraccio, come per mostrarcelo. Solo allora notai che aveva effettivamente il suo *ondi* ben fissato al bracciale. Prima, pensavo fosse semplicemente adornato con delle gemme incastonate.

"Questo è un regalo da parte di tutti i Kald e delle loro tribù per quello che avete fatto per noi. Siete Kreelar, se non di sangue, almeno di cuore. Sarete sempre i benvenuti qui," disse Vala con voce solenne.

Mormorai un ringraziamento mentre mi allacciava la collana al collo. Anche se non era scomoda o dolorosa, era innegabilmente pesante, cosa che spiegava ampiamente come mai nessuno la indossasse tutti i giorni, sempre che avessero ricevuti tutte quelle pietre. In quel momento mi resi conto che funzionava come un braccialetto portafortuna, ma dove le buone azioni potevano fartene guadagnare persino uno nuovo.

Con mia sorpresa, Aku mise gli *shae* al collo di Amreth, ma legò l'*ondi* al suo polso. Vala mi attirò nel suo abbraccio, richiamando la mia attenzione. Mi strinse in modo quasi materno, anche se mi sembrava pressappoco di un paio d'anni più giovane di me. Le restituii il gesto con lo stesso affetto.

Quando mi lasciò andare, mi baciò sulla fronte e fece un passo indietro. "Che le luci divine brillino sempre su di te, così come hai scacciato l'oscurità che ci soffocava. Al nostro prossimo incontro, Sorella: che i tuoi giorni con il tuo compagno siano pieni di tutta la felicità che meriti, e anche di più."

"Fino al nostro prossimo incontro, che tutte le tenebre rimangano sempre distanti, e che tu e la tua gente riceviate ogni benedizione," dissi.

Mentre ci preparavamo a partire, Aku estrasse una cerbottana dalla cintura insieme a una piccola faretra di dardi. Ancora una volta, rimasi sbalordita dalla mia mancanza di spirito di osservazione. Così come non avevo notato il suo *ondi* sul bracciale, non avevo nemmeno visto che era equipaggiato con una seconda cerbottana e una faretra in più. Porse entrambi gli oggetti ad Amreth, che li prese con un sopracciglio alzato e aria curiosa.

"Non puoi considerarti un abile cacciatore finché non riesci a sconfiggere la tua preda usando nient'altro che la tua cerbottana e le tue naturali caratteristiche fisiche, esclusi i poteri psionici," disse Aku in tono di sfida.

Amreth sbuffò mentre accettava il dono. "È una sfida?"

"Sì," confermò Aku con un sorriso quasi malizioso. "La prossima volta che verrai a trovarci, vedremo come te la caverai contro un Murthis."

"Sfida accettata," disse Amreth con compiacimento misto a un pizzico di arroganza. "Assicurati di invitare molte altre tribù a unirsi alla festa quella sera. Porterò abbastanza carne con quella piccola cerbottana da sfamarne almeno cinque."

Scoppiammo tutti a ridere mentre scuotevo affettuosamente la testa in risposta alle parole di Amreth. Entrambi i maschi tornarono seri, poi Aku pose la mano sulla spalla del mio compagno.

"Buon viaggio, fratello. Alla prossima, che il sole e le stelle illuminino sempre il cammino che percorri," disse Aku.

Dopo qualche altro saluto e un abbraccio amichevole con Mehreen ed Ernst, partimmo per una nuova avventura, la più grande e importante per me: la mia nuova vita con la mia anima gemella.

Appena lasciato il pianeta, la prima cosa da fare sulla mia lista era chiamare i miei genitori. Vederli piangere entrambi, specialmente il mio solitamente imperturbabile papà, mi fece un certo effetto. Come mi aveva detto Amreth, erano al corrente che stessi bene. Tuttavia, c'era comunque una grande differenza tra sentirsi dire qualcosa e vederlo con i propri occhi. Non furono molto contenti di scoprire che non sarei tornata a casa, ma che sarei andata direttamente su Molvi. Per quanto fossero colpiti dal mio compagno, come la maggior parte delle persone, avevano un'immagine terribile del pianeta prigione. Nella loro mente, si trattava di un mondo devastato, pieno di creature demoniache, acque putride e l'aria pregna di tossici fumi sulfurei.

Solo quando Amreth mandò loro le immagini della sua casa e del paesaggio circostante, finalmente cedettero un po'. Continuarono comunque a lamentarsi del fatto che non sarei tornata sulla Terra. A dire il vero, mi sentivo un po' in colpa per quello. Al loro posto, probabilmente anch'io avrei voluto abbracciare la mia bambina per rassicurarmi che stesse davvero bene. Allo stesso tempo, avevo preso parte a innumerevoli missioni ed ero stata lontana dalla Terra anche per due o tre anni di fila, parlando con i miei genitori solo una volta alla settimana tramite videocomunicazione. Ma la promessa di farli volare fino a Molvi o Vargos entro un paio di mesi, per il nostro matrimonio, li tranquillizzò un po' di più.

Il viaggio di due giorni verso Molvi si trasformò in una mini luna di miele, con Amreth che faceva di tutto per viziarmi in ogni modo possibile. Ovviamente, ci assicurammo di darci da fare in ogni stanza e su ogni superficie della nave. Ciò non mi impedì di ritagliarmi qualche minuto per chiamare Mehreen ed Ernst.

L'OPU e gli Esecutori era rimasti inquietantemente silenziosi. Non avrebbe dovuto sorprendermi, considerando che casi importanti come quello richiedevano un'indagine enorme e che avrebbero dovuto procedere con molta cautela. L'ultima cosa che volevamo era che il colpevole la facesse franca grazie a qualche cavillo tecnico, solo perché si era fatto tutto in fretta e furia. Non avevo dubbi che Marilia ormai fosse al coerente che qualcosa fosse andato storto con i suoi assassini. Probabilmente, avrebbe cercato di eliminare quante più prove incriminanti possibile, anche se sospettavo che lo avesse fatto già nel corso degli anni in previsione di un simile sviluppo degli eventi.

Desideravo con tutta me stessa di vederla affrontare la giustizia per tutto il dolore e la sofferenza che aveva provocato, permesso o perpetuato. Ma soprattutto, volevo che Aku e i Kreelar venissero vendicati. Avevano riposto in noi una fiducia enorme. L'esperienza con gli extra-mondo era stata più che negativa per loro. Se l'OPU e gli Esecutori non avessero fatto giustizia come promesso, il danno al rapporto che stavamo costruendo con loro sarebbe stato irreparabile. Speravo solo che presto ci fossero novità o conseguenze tangibili.

Il nostro arrivo su Molvi mi lasciò senza fiato. Nonostante le bellissime foto che Amreth aveva condiviso con i miei genitori e le sue parole sulla bellezza del pianeta prigione, non ero riuscita a scrollarmi di dosso la paura persistente che fosse un posto orribile e deprimente. Ma il mio compagno non aveva esagerato quando aveva paragonato il paesaggio di Molvi alla bellezza selvaggia e indomita del pianeta natale dei Kreelar.

La casa di Amreth, la *nostra* casa, mi fece quasi saltare gli occhi fuori dalle orbite. Mi aveva mostrato delle foto anche in quel caso, ma la realtà superava qualsiasi cosa avessi potuto immaginare. Le sue dimensioni mi lasciarono senza parole. A quanto sembrava, come per tutte le ville, o forse avrei fatto meglio a dire castelli, di ogni Signore dell'Inferno che si rispettasse, la sua casa era stata scavata direttamente nella cima della montagna. Aveva tre piani, con ampie terrazze su ogni livello, abbastanza grandi da ospitare almeno duecento persone. Una piscina olimpionica occupava la maggior parte della terrazza del livello inferiore, dentro cui vi si riversava una cascata naturale. Un cortile interno permetteva di avere finestre a tutta parete che davano sulle parti interne della casa, evitando così di farla sembrare claustrofobica.

Come la sua nave, la casa era per lo più bianca con alcuni accenti beige chiaro e marrone scuro o nero. Diverse piante e fiori profumati le davano il tocco di colore necessario per renderla più calda e accogliente invece che asettica. Giardini e una flora ancora più sorprendente tappezzavano il terreno ai piedi della ripida scogliera sotto le terrazze.

"È stupendo," dissi, appoggiandomi alla ringhiera della terrazza principale mentre guardavo il giardino sottostante e la foresta lussureggiante che sembrava estendersi all'infinito. "Sembra un posto perfetto per un picnic."

Con mia grande sorpresa, Amreth scoppiò a ridere, guardandomi come se fossi impazzita.

"Un picnic per le piante, sì. Per noi, no di certo," disse divertito. "Ogni singola pianta laggiù, compresa l'erba, ti *ucciderà*. Alcune si prenderanno il loro tempo per farlo, tenendoti in vita nella peggiore agonia mentre ti divorano lentamente, mentre altre ti uccideranno all'istante, con le loro spore che, fondamentalmente, faranno scoppiare le tue vene e i tuoi capillari come acqua ghiacciata in un tubo. E poi ci sono quelle che ti soffocheranno prima di mangiarti, o ti sputeranno addosso l'acido più virulento esistente, in modo da liquefarti completamente, ossa comprese, e assorbire i nutrienti attraverso le radici.

"Ma che cazzo…?!" esclamai, inorridita. "Perché tenersi vicini delle cose orrende del come quelle?"

"Perché è tutto parte dei sistemi di difesa e deterrenza per impedire ai prigionieri di fuggire'," rispose Amreth come se fosse ovvio. "Per la cronaca, i prigionieri vengono informati in anticipo di tutte le difese letali disposte intorno ai loro Quadranti e in tutto il Settore. Se decidono di correre il rischio comunque, è un loro problema."

Un brivido mi percorse mentre osservavo il giardino dall'aspetto variopinto e quasi paradisiaco sottostante.

"Perché renderlo così dannatamente bello e invitante se ci sono quelle spaventose cose pronte a scatenarsi contro di te? Perché non farci crescere invece delle viti nodose con spine grandi come pugnali, funghi giganti con quei colori al neon che indicano chiaramente ti faranno a pezzi oltre ogni immaginazione?"

Amreth rise di nuovo e mi rivolse un sorriso indulgente. "Perché poi guardo queste piante ogni giorno quando mi rilasso sulle mie terrazze. Preferisco di gran lunga una vista carina a una brutta."

Arricciai le labbra, ancora sconvolta da tutto ciò. "Sì, ha

senso. Ma ora la domanda è: quante volte ti sei 'goduto' lo spettacolo di uno dei tuoi detenuti che veniva massacrato dai fiori?"

Ridacchiò ancora, apparentemente divertito dalla mia espressione drammatica. "Tranquilla, amore mio. Non è mai successo. Questa è l'ultima difesa... beh, a parte il dirupo, impossibile da scalare. Nessuno è mai sopravvissuto cercando di attraversare la foresta. Ci sono un sacco di cose brutte che si aggirano là dentro, compreso un fiume con creature ancora più orrende. Non temere, mia compagna. Questa casa è sicura e non sarai costretta a vedere alcune delle cose meno piacevoli che, occasionalmente, avvengono nei Quadranti."

"Bene," dissi, sembrando tutt'altro che convinta.

Amreth sorrise. "Non essere così turbata, mia Ciara. Non troverai queste piante letali nel resto di Molvi. Sono state create appositamente per i nostri Quadranti e sono rigorosamente confinate all'interno di essi. Ma vieni, è ora che tu conosca i nostri Nundar. Hanno preparato un vero e proprio banchetto per noi e non vedono l'ora di conoscerti."

Il mio battito cardiaco aumentò immediatamente e la mia schiena si irrigidì per la tensione. Per quanto fossi curiosa di incontrare gli sfuggenti famigli di cui Amreth mi aveva raccontato con tanto affetto, non potei fare a meno di essere timorosa che potessero non avere una reazione positiva nei miei confronti. Sceglievano con cura la casa in cui entrare, poiché erano estremamente sensibili alle emozioni delle persone. E se non gli fossero piaciute le mie? E se la mia aura fosse così insopportabile per loro da farli considerare di lasciare Amreth piuttosto che essere sottoposti alla mia sola presenza?

Smettila, ragazza! Sei l'anima gemella di Amreth. Sono destinati ad amarti!

Quel pensiero mi tranquillizzò un po', ma percependo il mio nervosismo, il mio compagno mi calmò ulteriormente con il suo *bakaan*. Gli rivolsi un timido sorriso di gratitudine.

"Non preoccuparti. Ti adorano già. Sento la loro eccitazione.

Di solito si nascondono e aspettano qualche giorno prima di presentarsi formalmente, per dare al partner il tempo di abituarsi alla nuova casa. Ma non vedono l'ora di conoscerti. La tua aura li ha attirati dal momento in cui sei scesa dalla nave."

Con lo stomaco in subbuglio, mi lasciai condurre da Amreth per mano all'interno della casa. Le enormi portefinestre a tutta parete si aprirono davanti a noi, rivelando un'ampia zona giorno piuttosto formale. Ancora una volta, l'atmosfera era molto zen, ma abbastanza lussuosa da farmi chiedere se fosse opera di un arredatore professionista.

Tuttavia, a catturare tutta la mia attenzione furono le due dozzine di strani esseri che ci accolsero. Erano bipedi, con un collo molto lungo e striato, sormontato da una testa dalla forma di un cono. I loro volti non erano del tutto piatti, ma avevano un naso a gobba, quasi simile a una proboscide, sopra un paio di labbra molto sottili. Un lungo paio di baffi simili a pelliccia, di un colore beige un po' più chiaro della loro pelle, incorniciava le loro larghe bocche. I loro piedi assomigliavano a zoccoli a forma di stella e una lunga e folta coda si estendeva dietro di loro. Indossavano lunghe tuniche ricamate, che mi ricordavano gli abiti medievali della Terra.

Mi scrutarono con grandi occhi curiosi, traboccanti di gentilezza.

"Bentornato a casa, padrone. I nostri saluti, padrona," disse una voce nella mia testa mentre tutti i Nundar si premevano la mano destra sul petto.

Solo allora mi resi conto che avevano solo due dita estremamente lunghe per ogni mano, con due artigli appuntiti all'estremità. Ma cercai di restare concentrata sulle loro parole.

Anche se sapevo di aver *sentito* quel saluto, non erano state parole vere o una voce reale, ma come una comunicazione telepatica. Era stato più simile a un trasferimento di pensieri che avevo semplicemente capito. Amreth accennò di sfuggita che avevano una sorta di mente collettiva. Non usavano nomi individuali e bisognava sempre rivolgersi a loro come a un'unica entità. Non sapevo quale di loro avesse parlato a nome degli altri.

Una parte di me sentiva come se dovessi essere in qualche modo un po' spaventata da quegli strani esseri. Eppure, istintivamente, mi ritrovai a sorridere e a mio agio. Che fossero essere spirituali era chiarissimo, quasi luminoso. Irradiavano un'aura di pace e gentilezza da cui avrei voluto farmi avvolgere completamente.

"Grazie," disse affettuosamente Amreth. "Ciara, ti presento i miei Nundar."

"È un piacere conoscervi," dissi calorosamente.

"I Nundar hanno preparato un banchetto. Ricette terrestri condivise dai Nundar di Lady Malaya. Serviremo il pasto quando siete pronti."

Quella notizia mi toccò nel profondo. Non avevo ancora incontrato Malaya, la moglie di Lord Kronos, il miglior amico di Amreth. Ma il fatto che i nostri Nundar si fossero presi la briga di imparare delle ricette umane per farmi sentire la benvenuta, mi commosse profondamente.

Amreth gonfiò il petto, trasudando orgoglio e gratitudine per il gesto fatto dai suoi Nundar.

"Grazie, amici miei. È molto gentile da parte vostra. Mangeremo dopo che avrò finito di mostrare alla mia compagna la sua nuova casa," disse Amreth.

Insieme, chinarono il capo prima di disperdersi. Con mia sorpresa, una manciata di loro ci superò e uscì dalla casa attraverso le grandi porte del patio, mentre gli altri si diressero nella direzione opposta, più all'interno. Mi resi conto che, con tutta probabilità, il primo gruppo doveva stare andando a recuperare i nostri effetti personali dalla nave.

"Sono incredibili!" sussurrai, con voce piena di stupore.

"Lo sono, e pensano lo stesso di te. Non vedo l'ora che ci leghiamo definitivamente, così che tu possa vedere le loro aure come sono in grado di fare io. In tua presenza, brillavano di colori ancora più belli di quanto non facciano mai per me. Quasi mi sento offeso," disse con un'espressione imbronciata.

Scoppiai a ridere. "Non essere geloso del mio fascino irresistibile! Ma avanti, coraggio. Stammi vicino abbastanza a lungo e magari riesco a contagiarti! E così sarai...bello come me!

Sbuffò. "Se è questo ciò che serve, allora aspettati di trovarmi attaccato a te in ogni istante per tutti i prossimi giorni," commentò, con voce carica di promesse.

Risi e mi lasciai accompagnare a visitare la villa che, da quel momento, avrei iniziato a chiamare casa.

EPILOGO
CIARA

Il mese successivo che passammo a Molvi si rivelò un vero e proprio uragano. Tra il rafforzamento del mio rapporto con Amreth, la familiarizzazione con il mio nuovo mondo e sistemare definitivamente la mia carriera, il tempo mi sembrò volare via. Ma la mia vicina e nuova migliore amica, Malaya, fu una vera e grande benedizione. Avendo attraversato anche lei l'intero processo di trasloco sul pianeta prigione, conosceva tutti i trucchi e i consigli per rendere il tutto il più indolore possibile.

Dire che fosse un angelo non avrebbe reso affatto giustizia. Malaya era divertente, spiritosa e sempre pronta ad aiutare. A dire il vero, dovetti addirittura rimproverarla e ricordarle di risposarsi, visto il suo pancione e l'avvicinarsi dell'arrivo del suo primo figlio. Vederla affrontare quella gravidanza alleviò anche molte delle mie preoccupazioni su futuri bambini con Amreth. Le donne spesso si lamentavano di come il loro feto colpisse la vescica e i reni come un forsennato, ma i bambini Obosiani erano protettori naturali.

Da quanto avevo capito, avvertivano ogni disagio che causavano alle loro madri e si controllavano immediatamente per non avere un impatto negativo su di lei. Certo, erano più che enormi, ma non da arrivare ad essere debilitante.

In quanto Corrispondente ufficiale del Conclave e degli Esecutori, Malaya ebbe l'occasione di scrivere lo scoop sconvolgente sugli arresti di massa di Marilia Hesper, suo figlio Noah Montel e innumerevoli altri soci. La caduta della Typhoon Pharma provocò un'ondata di shock in tutto il settore medico. Il gigante farmaceutico venne posto sotto commissariamento mentre la giustizia seguiva il suo corso. Naturalmente, Amreth e io abbiamo concedemmo a Malaya un'intervista approfondita sulle difficoltà e la devastazione subite dai Kreelar.

La reputazione di Elias Jacobs subì un duro colpo quando venne travolto anche lui dallo tsunami legale. Tuttavia, si era preparato per quel giorno per anni. Poche ore dopo la pubblicazione delle prime accuse, il suo esercito di avvocati stava già presentando mozioni di archiviazione con una quantità impressionante di documentazione a supporto e dettagliati precedenti che giustificavano il motivo per cui avrebbe dovuto essere esonerato da ogni responsabilità, a causa della coercizione e della costrizione a cui Marilia lo aveva sottoposto per anni. E poi, vi era gioco anche la prescrizione.

Quella volpe era stata abbastanza furba da scrivere delle comunicazioni in cui esprimeva il suo bisogno di rendere pubblica la cosa, che venivano sistematicamente respinte con minacce tutt'altro che sottili. Avevo forti dubbi che quelle richieste fossero dettate da un vero e proprio tormento morale. A mio avviso, stava solo cercando di pararsi abilmente il culo.

Alla fine, se la cavò con un severo rimprovero e una multa sostanziosa, che in realtà non era nulla considerando la ricchezza che il siero SS12 gli aveva fatto guadagnare. Anche se una parte di me avrebbe voluto che affrontasse conseguenze più severe, non potevo davvero contestare il risultato. Dopotutto, nessuna di quelle tragedie poteva essere attribuita specificamente a lui. Non aveva mai incoraggiato o giustificato le scappatelle romantiche di Noah che avevano innescato il contatto iniziale. Noah aveva portato di nascosto le fragole a sua insaputa e senza il suo consenso. Jacobs, d'altronde, non aveva alcun motivo ragionevole per giustificare una perquisizione degli effetti personali della sua squadra o per seguirne i movimenti.

Sarebbe potuto succedere a qualsiasi altro capo di un team di ricerca, con un compagno di squadra del genere.

L'intero caso avrebbe richiesto almeno un paio d'anni prima che tutte le accuse e i processi venissero completati. Ma almeno Marilia, suo figlio e i suoi più stretti accoliti, si erano assicurati un viaggio a Molvi. Mi sorprese che Amreth sperasse che non finissero nel Quadrante di Dakon. Mi sarei aspettata che augurasse loro il peggior destino. Tuttavia, lì sarebbero morti troppo in fretta. In un settore come il suo o quello di Kronos, avrebbero sofferto per anni prima di morire.

Il fatto che anch'io desiderassi soffrissero a lungo mi rendeva forse un mostro?

L'unica cosa che contava era che Aku e i Kreelar fossero più che soddisfatti del risultato, soprattutto dopo la conferma che l'indagine aveva rivelato ulteriori illeciti commessi nei confronti di altre specie primitive. Proprio per quella ragione, l'OPU aveva allestito uno straordinario laboratorio per me su Molvi, reclutandomi per svolgere ricerche avanzate in vari campi relativi alle specie primitive. La maggior parte riguardava i pianeti colpiti negativamente dalle azioni mercenarie della Typhoon Pharma. Fortunatamente, in nessuno dei casi scoperti fino a quel momento le popolazioni avevano subito qualcosa di così tragico come i Kreelar. Tuttavia, uno dei casi più disgustosi che portammo alla luce riguardò la loro divisione di prodotti di bellezza. Avevano manomesso il cibo dei rettili selvatici per modificare la loro pelle e le loro squame. Una volta che le creature finivano la muta, gli impiegati della Typhoon si precipitavano a raccogliere la pelle per usarla in creme ringiovanenti dal costo elevatissimo.

La manomissione aveva avuto un effetto negativo su quegli animali, rendendo la muta estremamente dolorosa e riducendone l'aspettativa di vita. Aveva anche reso quei rettili inadatti al consumo da parte delle specie primitive che li cacciavano e per le quali erano una delle principali fonti alimentari.

Per quanto odiassi che accadessero cose del genere, ero al settimo cielo perché quelli erano sempre stati i tipi di progetti su cui aspiravo a lavorare. Inoltre, rendeva Amreth più che felice sapere che avessi una carriera appagante proprio lì su Molvi. Anche se cercava di mostrarsi rilassato tutte le volte che discutevamo del nostro futuro insieme, potevo vedere nel profondo dei suoi occhi la paura che non sarebbe riuscito a rendere Molvi un posto abbastanza buono per far sì che scegliessi di sistemarmi lì definitivamente.

Come aveva previsto, il Conclave gli conferì trecento grammi di algarium per il suo contributo a salvare i Kreelar dall'estinzione. In realtà, avrebbe dovuto riceverne solo la metà, poiché l'altra era stata donata a me. Tuttavia, poiché non eravamo ancora ufficialmente sposati, non potevano darmi nulla, dato che si trattava di un premio riservato agli Obosiani, cosa che si applicava per estensione solo ai loro coniugi e alla loro prole. Mi commosse comunque che avessero scelto di includere la mia parte nella sua, in modo che potesse darmela tra qualche mese, una volta celebrato il nostro matrimonio.

Quella celebrazione era stata continuamente rimandata a causa di tutto quel che stava succedendo, per non parlare di come sia i suoi genitori che i miei stavano impazzendo dalla voglia di tenere il matrimonio più grande e straordinario di sempre, combinando riti umani e Obosiani. A me e Amreth sarebbe andata bene anche solo una fuga d'amore con matrimonio segrete, ma eravamo felici di lasciare che i nostri genitori si divertissero con quella follia, a patto che si facessero carico di tutto quel fardello, cosa che, a dire il vero, fecero con entusiasmo.

Quella sera, due settimane dopo essere stata onorata in quel modo dal Conclave, tornai a casa e feci atterrare la mia navetta personale sulla piattaforma di atterraggio ai margini della terrazza principale. Scendendo la rampa trovai Amreth ad attendermi davanti all'ingresso, con un'espressione misteriosa. Il fatto che indossasse ancora la corazza mise in allerta tutti i miei sensi. A quell'ora, a meno che qualche incidente non lo richiamasse in uno dei suoi Quadranti, al mio compagno piaceva pavoneggiarsi e starsene comodamente a nudo, proprio come le donne umane si sfilavano il reggiseno non appena tornavamo a casa dal lavoro o dalle commissioni.

"Che succede?" chiesi, prima di allungare il collo per guardare oltre la sua spalla e vedere se avessimo un ospite inaspettato.

Non riuscivo a immaginare chi potesse essere, dato che normalmente mi avrebbe avvertito in anticipo, anche se si fosse trattato solo di Kronos e Malaya. Del resto, si sentiva abbastanza a suo agio con entrambi da non indossare una maglia o una corazza in loro presenza. Per molti versi, erano come fratelli per noi.

"Ho una sorpresa per te," disse, con la stessa espressione indecifrabile.

"Una sorpresa piacevole, spero," dissi, incuriosita ma anche un po' preoccupata.

"Voglio credere che sia così," rispose, fissandomi negli occhi.

Avvicinai la mia faccia alla sua. Abbracciandomi all'istante, ammorbidendo il suo sguardo con una tenerezza che rasentava l'adorazione, attenuò immediatamente la mia tensione. Si chinò e mi diede un bacio appassionato che mi fece arricciare le dita dei piedi e tremare le ginocchia. Erano passati appena cinque mesi dal nostro primo incontro, dopo il suo tentativo di salvarmi, ma mi erano bastati per innamorarmi perdutamente del mio Incubo. Mi sarei aspettata che la passione iniziale che aveva bruciato così intensamente tra di noi le nostre prime volte, si sarebbe trasformata in qualcosa di tenero e confortevole con il tempo. Invece, sembrava continuasse a crescere, come se un milione di vite non sarebbero bastate a saziare la fame e la febbre di passione che ci consumavano.

Mi lasciò andare, poi prese la mia mano e mi attirò verso il grande tavolo vicino alla piscina. Solo allora notai due bicchieri alti, una bottiglia di spumante messa a raffreddare e una scatola di medie dimensioni tra di loro.

"Cos'è?" chiesi, incuriosita. "Cosa stiamo festeggiando?"

"Ho finalmente deciso come usare l'algarium, ma ho bisogno del tuo consenso per procedere," disse, con un accenno di nervosismo nella voce.

"Il mio consenso?" ripetei, sorpresa. "Come hai detto tu a me un tempo, il tuo corpo è tuo e puoi farne ciò che vuoi. Non hai bisogno del mio permesso per farti piercing in qualsiasi parte del corpo desideri. E sei abbastanza informato sull'argomento da non fare una scelta che potrebbe essere dannosa per la tua salute o il tuo benessere a lungo termine."

"Hai ragione," disse con attenzione. "Ma questa volta coinvolge anche il tuo di corpo."

Mi irrigidii e il mio viso si chiuse immediatamente mentre un brivido freddo mi percorreva la schiena. Nemmeno cinque minuti prima, stavo pensando a quanto fossi follemente innamorata di quel maschio. Davvero poteva avere così poco rispetto per i miei limiti da cercare di farmi sentire in colpa per farmi fare dei piercing, nonostante avessi chiaramente espresso che per me era fuori discussione? Pensava che, avendoli già fatti fare apposta per me, non avrei avuto il coraggio di rifiutarmi?

"Non è come pensi," aggiunse rapidamente, notando la mia reazione. "Hai già stabilito chiarato inequivocabilmente che non ti farai piercing. Lo rispetto. Quello che ho in mente non richiederà alcuna modifica del tuo corpo."

"Va bene, allora," dissi con cautela, la tensione abbandonò le mie spalle mentre mi sporgevo per guardare la scatola. "Allora cosa c'è lì dentro?"

Amreth allungò una mano verso il tavolo. Con mio grande disappunto, invece di prendere la scatola per rivelarne il contenuto, afferrò la bottiglia, poi si prese tutto il tempo per aprirla e infine riempì i bicchieri. Lo fissai, ma lui continuò a sorridermi compiaciuto, con aria di sfida negli occhi.

Sfida accettata!

Ero brava anch'io con quei giochetti. Mentre stava riempiendo il secondo bicchiere, cercai di rubargli la scatola. Proprio quando le mie dita stavano ormai sfiorando la superficie, la coda di Amreth si avvolse intorno al mio polso, strattonando via la mia mano.

"Ehi!" esclama, indignata.

"Cattiva!" borbottò. "Non si tocca."

"Hai detto che era un regalo per me," obiettai, prima di allungarmi di nuovo verso la scatola con la mano ancora libera.

Quel maledetto lasciò il mio polso e avvolse la coda intorno a me alla velocità della luce, schiacciandomi le braccia contro i fianchi e legandomi come una salsiccia.

"Ma che...?!"

Ridacchiò, guardandomi con un'espressione insopportabilmente compiaciuta, con gli occhi che brillavano di malizia.

"Un oggetto diventa un regalo solo dopo che è stato donato," disse Amreth con un leggero tono di rimprovero. "Questa scatola non ti è stata ancora data. Anzi, ciò che contiene *non* è nemmeno per te."

Stupita, smisi di lottare contro la sua coda che mi teneva legata e lo fissai, sbalordita e confusa.

"Non lo è?" chiesi, prendendomi a calci mentalmente per aver ripetuto l'ovvio.

Scosse la testa, con un'espressione beffarda. "No. Questo è il tuo regalo per *me*, se prima accetterai il mio."

Lo fissai, senza parole, con la mente vuota su cosa diavolo

stesse succedendo. Con mia sorpresa, invece di mostrarsi ancora più compiaciuto e malizioso, Amreth sembrò improvvisamente un po' nervoso, quasi timido, mentre srotolava la coda che mi tratteneva.

"Nei mesi trascorsi da quando ci siamo incontrati, mi sono innamorato perdutamente di te, mia Ciara," disse con tono quasi solenne. "Poiché Kayog ci aveva riconosciuti come anime gemelle, fin dall'inizio era scontato che io e te ci saremmo sposati. I nostri genitori, quanto meno, sembrano essere sicurissimi."

La punta di divertimento con cui pronunciò quell'ultima frase mi fece sbuffare e poi annuire in segno di approvazione. Tuttavia, ero ancora più confusa sul perché lo stesse facendo. Se non fosse stato per la frase iniziale, in cui aveva ribadito il suo amore per me, sarei stata sul punto di andare in iperventilazione alla prospettiva che si stesse preparando a lasciarmi.

"Mi sembra che nulla di tutto questo sia stato gestito nel modo normale e corretto. È stato fatto tutto al contrario. Ma io voglio farlo nel modo giusto. Tu *meriti* che sia fatto nel modo giusto," disse, facendo battere forte il mio cuore.

Il respiro mi mancò quando Amreth fece un passo indietro prima di inginocchiarsi. Con gli occhi spalancati, lo guardai estrarre una piccola scatola dalla tasca e poi tenerla davanti a me. Lacrime iniziarono a fuggire dai miei occhi quando aprì il coperchio per rivelare il più splendido anello di fidanzamento che avessi mai visto. Sembrava algarium che era stato intrecciato in riccioli simili a quello che facevo occasionalmente ai miei capelli. Al centro, gli intrecci creavano un delicato ricettacolo che conteneva una bellissima pietra Kreelar, abbinata al colore dei miei occhi, e con inciso il simbolo dell'eternità.

"Voglio che siamo una cosa sola, ora e per sempre, nel corpo e nell'anima, perché ci siamo scelti e ci amiamo. Voglio che tu ti leghi a me e che questi anelli siano la rappresentazione fisica dell'impegno che prendiamo l'uno verso l'altra, in accordo con la tua cultura, ma anche abbracciando la mia. Vuoi sposarmi, Ciara?"

E fu allora che la mia diga cedette.

Le lacrime mi bagnarono le guance mentre piangevo e ridevo, singhiozzando mentre rispondevo con un "sì". La mia mano tremava quando mi mise l'anello al dito. Il mio compagno aveva uno splendido viso, sul quale si leggeva un misto di divertimento, per la mia reazione sciocca, e di gioia per la mia accettazione. Quando infine mi porse la scatola sul tavolo per farmi mettere l'altro anello al suo dito, per troppe volte rischiai quasi di farla cadere a causa dell'emozione, facendolo scoppiare a ridere.

Alla fine, riuscii in quell'impresa e mi gettai tra le sue braccia. Era stato sciocco da parte mia avere una reazione del genere per quella che, tecnicamente, era una semplice formalità, ma era stato tutto così perfetto. La premura con cui ha trovato un modo per farmi partecipare a un aspetto importante della sua cultura rispettando i miei limiti, significava tutto per me. Il fatto che lo avesse fatto in quel modo, chiarendo che non mi dava per scontata solo perché tutti vedevano il nostro matrimonio come un'ovvia conclusione, mi aveva fatto sentire amata e apprezzata.

Mi baciò, un bacio possessivo che mi fece immediatamente ardere di passione. Allungai la mano verso le fibbie della sua corazza, desiderosa di avere libero accesso alla perfezione che era. Con mia sorpresa, Amreth mi afferrò per i polsi, fermandomi. Interruppe il bacio e mi guardò negli occhi mentre io lo fissavo confusa.

"Voglio legarmi a te. Ho il tuo consenso?" mi chiese, con gli occhi che guizzavano tra i miei.

Il cuore mi balzò in gola. Passai nervosamente la lingua sulle labbra, con eccitazione e un pizzico di paura che mi facevano fremere lo stomaco. Gli Obosiani potevano legarsi solo una volta nella vita, unendo la loro anima per l'eternità al partner scelto. Anche la morte del coniuge non avrebbe permesso al sopravvissuto di formare un nuovo legame con qualcun altro. Si sposavano davvero per la vita. Quindi, dal suo punto di vista, chiedermi di legarmi a lui non era un impegno preso alla leggera. Voleva davvero che stessimo insieme finché avessimo respirato.

Il legame in sé non mi spaventava. Ero più che pronta. Tuttavia, di solito gli Obosiani lo facevano durante un volo. La mia paura avrebbe rovinato il momento, e probabilmente mi sarei fatta la pipì addosso o avrei vomitato, terrorizzata per le vertigini. In base alla descrizione che Malaya mi aveva dato del suo volo di legame con Kronos, faceva impallidire anche le montagne russe più spericolate e spaventose che esistessero. Anche se aveva sorvolato alcuni dettagli, il legame aveva includeva anche un paio di cosette piuttosto sensuali. Poteva anche causare un certo dolore agli esseri umani, ma ci modificava leggermente: non solo per migliorare il nostro sistema immunitario, ma anche per concederci la capacità di vedere le anime, anche se non nella stessa misura di un Obosiano purosangue.

Tuttavia, ci sarebbe voluto molto di più per impedirmi di legarmi all'amore della mia vita. Al diavolo le mie vertigini. Non avrei permesso che rovinassero la cosa migliore che mi fosse mai capitata.

"Sì, Amreth, acconsento. Voglio passare il resto della mia vita con te," dissi con voce un po' tremante.

"Amore mio," sussurrò, reclamando ancora una volta le mie labbra con un fervore che mi sciolse.

Mi sollevò e istintivamente gli avvolsi le gambe intorno alla vita, concentrandomi sulla sensazione che mi dava la sua presenza intorno a me e reprimendo quei primi accenni di paura che cercarono subito di attecchire nel mio cuore. Con mia grande sorpresa, Amreth non prese il volo con un solo potente battito d'ali come era sua abitudine. Invece, iniziò a camminare con disinvoltura verso la casa, senza mai interrompere il bacio. Quando le porte giganti si aprirono con un leggero fruscio, mi tirai indietro per guardarlo con curiosità.

Sorrise teneramente. "Volare non è necessario. Il tuo comfort e il tuo benessere sono tutto ciò che conta. Anche gli Obosiani senza ali possono creare i legami pur rimanendo a terra."

Il mio petto si strinse per l'amore verso il mio compagno e un lieve senso di colpa per averlo privato della piena esperienza del legame.

"Sei così meraviglioso con me. Mi dispiace di averti privato di…"

"Non mi stai privando di nulla," mi interruppe lui con severità, dirigendosi verso la nostra camera da letto. "Posso volare quando voglio, e posso farlo ogni giorno. Il legame non riguarda volare nel cielo, ma due anime che si uniscono. Non mi interessa dove o come lo facciamo. Voglio solo che la mia anima sia una cosa sola con la tua."

"Sei così dannatamente perfetto. Non so cosa ho fatto per meritarti," sussurrai, con la voce carica di emozione.

Sbuffò. "Non sarai della stessa idea la prossima volta che ti tormenterò solo per il gusto di farlo."

Sorrisi, annuendo mentre mi portava nella nostra stanza. Poteva essere una peste insopportabile, facendomi venire voglia sia di strangolarlo che di baciarlo. Ma tutti quei pensieri volarono via dalla mia mente quando mi rimise a terra di fronte al nostro letto. Come era possibile che qualcuno potesse farmi sentire così amata con un solo sguardo?

Non fu necessario dire niente, furono le nostre mani a parlare, mentre ci toglievamo reciprocamente i vestiti tra dolci baci e carezze. In quel momento non c'era traccia della solita lussuria sfrenata che normalmente ci infiammava. Solo amore puro e tenerezza infinita. Mi sollevò con cura e mi distese sul letto prima di unirsi a me. Per l'eternità successiva, adorò ogni centimetro del mio corpo, le sue mani e la sua lingua su di me mi portarono lentamente a un dolce orgasmo, a differenza di quelli travolgenti che era solito darmi e che mi lasciavano completamente distrutta. Quello, invece, mi fece volare in alto, fino all'apice, avvolta in una nuvola di beatitudine e completo benessere.

Capii che mi stava preparando per il morso che avrebbe suggellato il nostro legame. Prima che tornassi completamente in me, si sistemò sopra il mio corpo e iniziò a spingersi dentro con cautela. Non mi sarei mai stancata della sensazione del suo enorme cazzo che mi allargava e mi riempiva fino a scoppiare. Le sue squame, le *xinnix* e i piercing che sfregavano contro le mie pareti interne e il mio punto G, mi fecero rapidamente raggiungere di nuovo l'orgasmo. Mi baciò, le nostre lingue si mescolarono mentre lui accelerava gradualmente il movimento dei fianchi.

Interruppe il bacio e sollevò la testa per guardarmi. Uno sguardo all'espressione sul suo viso trasformò il mio gemito voluttuoso in un sussulto soffocato. Le sue iridi bianco argentato si erano rimpicciolite così tanto che erano quasi scomparse nel mare nero della sua sclera. Le sue zanne scoperte sembravano più lunghe, ancor più affilate, con le punte luccicanti di una goccia di quella che sospettavo essere la sua essenza di legame. Ma fu il modo selvaggio in cui mi stava fissando, come una bestia feroce sul punto di divorare la sua preda, che mi mise completamente sottosopra.

Prima che potessi dire o fare qualcosa, Amreth si mosse alla velocità vertiginosa di un serpente che scattava all'attacco e affondò le zanne nel mio collo. Una sensazione di bruciore intenso esplose nel punto in cui i suoi denti penetrarono in me. Aprii la bocca per urlare dal dolore, ma invece uscì un grido di estasi quando subito mi colpì con una potente ondata del suo *bakaan*, strappandomi un orgasmo istantaneo e travolgente.

Allo stesso tempo, qualcosa sembrò cedere dentro di lui, e scatenò la sua passione su di me. Con le sue zanne che ancora riempivano le mie vene della sua essenza, il mio compagno mi scopò duramente, ogni colpo del suo enorme cazzo scatenava un vortice di fuoco che percorreva tutto il mio corpo, mentre un'ondata dopo l'altra di folle piacere si abbattevano su di me, alimentate sia dal suo corpo che mi stava devastando, sia dalla sua aura che faceva ribollire di desiderio il mio sangue. Quel vortice infinito di beatitudine soffocò la sensazione di bruciore della sua essenza, simile a un acido, che mi divorava dall'interno.

Il mio cervello sapeva che quel dolore avrebbe dovuto farmi contorcere in agonia. Eppure, a fuoriuscire dalla mia bocca furono infiniti gemiti di estasi, mentre affondavo le unghie nella possente schiena del mio compagno. Il piacere, quasi troppo da sopportare, stava crescendo costantemente dentro di me, mentre sollevavo il bacino per andare incontro al suo martellare, spinta dopo spinta. Quando finalmente mi resi conto che aveva estratto le zanne, notai anche che le sensazioni travolgenti che si stavano abbattendo su di me non appartenevano esclusivamente a me.

Ora potevo sentire anche il piacere di Amreth come se fosse il mio.

Un orgasmo violento mi travolse. L'istante dopo, lui gettò la testa all'indietro, ruggendo e venendo a sua volta, riempiendomi del calore bruciante del suo seme. Una luce accecante esplose davanti ai miei occhi e l'eco dell'orgasmo di Amreth risuonò dentro di me con una forza così brutale che temetti la mia mente potesse cedere. Si creò così come un ciclo infinito di beatitudine, con il suo piacere che alimentava il mio e viceversa, finché non ci fu più inizio o una fine tra di noi, solo un crescendo infinito di estasi.

Eravamo un corpo e un'anima.

Crollò sopra di me, il suo corpo tremante per gli stessi spasmi di beatitudine che si stavano abbattendo sul mio. Con mia sorpresa, si girò su un fianco, mettendosi di fronte a me, invece che sulla schiena per tirarmi sopra di lui come faceva normalmente. Sentendomi un po' tradita, privata del calore avvolgente del suo abbraccio, aprii i miei occhi annebbiati, fissandolo, solo per rendermi conto che ancora ero accecata dalla stessa luce intensa di poco prima.

Sbattei le palpebre un paio di volte, confusa e non sapendo cosa stesse succedendo. Poi, la luce cominciò a brillare in un motivo iridescente circolare che mi lasciò senza fiato, mentre il viso di Amreth cominciava a emergere dal bagliore luminoso. Restai a bocca aperta e improvvisamente compresi che il bagliore accecante si era come ritratto in modo da formare un alone meraviglioso intorno alla testa del mio compagno.

"Oh, mio Dio! Riesco a vederla," sussurrai, incantata.

Amreth sorrise, con infinita tenerezza e gioia.

"Sì, mia compagna. Ora puoi vedere la mia anima come nessun altro essere vivente potrà mai vederla. Ti amo, amore mio. La mia luce, tutto ciò che sono e tutto ciò che sarò è tuo, Ciara."

"Come io sono tua. Tu sei il mio cuore, il mio amore, l'altra metà della mia anima, ora e per sempre."

Alla fine, si girò sulla schiena, attirandomi nel suo abbraccio e chiudendo le ali intorno a noi. Al sicuro e protetta tra le braccia del mio amato, cuori e anime intrecciati, mi sentii finalmente a casa.

FINE.

SAGUL

ONEI

MURTHIS

FAERNYCH

NUNDAR

KRONOS & MALAYA

Se il libro ti è piaciuto, dagli una valutazione e tieni gli occhi
aperti per i miei prossimi romanzi in arrivo!

CRONACHE VEREDIANE
Sfuggire al Destino
Destino Velato
Crescere Amalia
Scherzo del Destino
Mani del Destino
Sfidando il Destino
Destino Imperiale

BRAXIANI
Anton's Grace
Ravik's Mercy
Krygor's Hope
Keran's Dawn

I GUERRIERI XIAN
Doom
Legion
Raven
Bane
Chaos
Varnog
Reaper
Wrath
Xenon
Nevrik
Rogue

AGENZIA PRIMARIA
Ho Sposato Un Uomo Lucertola

Destinata a uno Spettro
Destinata al Mietitore
Destinata al Licantropo

ALTRI LIBRI
Risveglio Alieno
Cuore di Pietra
L'Uomo d'Acciaio

SU REGINE

Regine Abel, autrice bestseller di USA Today, è una fanatica del fantasy, del paranormale e della fantascienza. Qualsiasi cosa che includa un po' di magia, un tocco di insolito e molto romanticismo la fa saltare di gioia. Ama creare guerrieri alieni sexy ed eroine toste e determinate che si evolvono in nuovi fantastici mondi mentre si imbarcano in avventure piene di azione, mistero e colpi di scena che non ti aspetteresti.

Prima di dedicarsi alla scrittura a tempo pieno, Regine si è abbandonata alle sue altre passioni: la musica e i videogiochi! Dopo un decennio di lavoro come ingegnere del suono nel doppiaggio cinematografico e nei concerti dal vivo, Regine è diventata Game Designer e Direttore Creativo professionista, una carriera che dalla sua casa in Canada l'ha portata fino agli Stati Uniti e a vari paesi in Europa e Asia.

Facebook
https://www.facebook.com/regine.abel.author/

Sito Web

https://regineabel.com

Gruppo di lettori Regine's Rebels
https://www.facebook.com/groups/ReginesRebels/

Newsletter
http://smarturl.it/RA_Newsletter

Goodreads
http://smarturl.it/RA_Goodreads

Bookbub
https://www.bookbub.com/profile/regine-abel

Amazon
http://smarturl.it/AuthorAMS